Where
the Indus is
Young

# 那里的印度河正年轻

〔爱尔兰〕黛芙拉·墨菲 著　阎蕙群 译

著作权合同登记号　图字 01-2016-2716

WHERE THE INDUS IS YOUNG by DERVLA MURPHY
Copyright © 1999 Dervla Murphy 1977
This edition arranged with Eland Publishing Ltd
through BIG APPLE AGENCY, INC., LABUAN, MALAYSIA.
Simplified Chinese edition copyright:
2016 SHANGHAI 99 CULTURE CONSULTING CO., LTD.
All rights reserverd.

图书在版编目（CIP）数据

那里的印度河正年轻/（爱尔兰）墨菲著；阎蕙群译.—北京：人民文学出版社，2016
（远行译丛）
ISBN 978-7-02-011602-7

Ⅰ.①那… Ⅱ.①墨… ②阎… Ⅲ.①游记-作品集-爱尔兰-现代 Ⅳ.①I562.65

中国版本图书馆 CIP 数据核字（2016）第 090293 号

| 出 品 人 | 黄育海 |
| 责任编辑 | 朱卫净　潘丽萍 |
| 封面设计 | 汪佳诗 |

| 出版发行 | 人民文学出版社 |
| 社　　址 | 北京市朝内大街 166 号 |
| 邮政编码 | 100705 |
| 网　　址 | http://www.rw-cn.com |
| 印　　刷 | 山东临沂新华印刷物流集团 |
| 经　　销 | 全国新华书店等 |
| 字　　数 | 175 千字 |
| 开　　本 | 880 毫米×1230 毫米　1/32 |
| 印　　张 | 11.5　插页 5 |
| 版　　次 | 2016 年 10 月北京第 1 版 |
| 印　　次 | 2016 年 10 月第 1 次印刷 |
| 书　　号 | 978-7-02-011602-7 |
| 定　　价 | 49.00 元 |

如有印装质量问题，请与本社图书销售中心调换。电话：01065233595

目 录

1　自序　写在远征之前

1　前言　展翅待飞
24　第一章　吉普车时代的吉尔吉特
51　第二章　印度河峡谷漫游
84　第三章　偏向险山行
110　第四章　哈兰伴我行
136　第五章　巴尔蒂斯坦的都市生活
162　第六章　穆哈兰姆纪实
182　第七章　哈兰有疾
208　第八章　前进克伯卢
237　第九章　诺巴希派的伊斯兰教世界
269　第十章　消失的步道
299　第十一章　吉里斯到斯卡杜
313　第十二章　春临希加

350　附录　装备清单
354　地图

## 自 序
# 写在远征之前

本书是受到意大利探险家吉欧托·达奈利(Giotto Dainelli)一段探险之旅的启迪而产生。达奈利在一九一三年与一九一四两年间从意大利远征喀喇昆仑山,他对此地的风貌有如下的描绘:"……所有老一辈的旅行家皆认为,巴尔蒂斯坦乃是西藏最西之端……"目前尚无人有机会合法进入西藏地区,我也还不确定自己想在这个时候去,不过说真的,能到"最西之端"一游,对我的确颇具吸引力,于是我迫不及待地赶到伦敦的巴基斯坦驻英大使馆,打听进一步的信息。

先前的十四个月,我的日常生活完全围绕着印度打转。怎么说呢,因为除了撰写中的印度旅游书之外,我还花费了极大的心力想要充分了解印度的文化。我亲自到印度待了一阵子,其余的时间全都拿来阅读、思考、写作,以及感受有关印度的一切事务,可以说是排除了所有的杂务。这十四个月真是一段极富挑战、刺激、疲惫但又很有意思的时光——不过,一切却在刹那间突然结束了。我的书才刚刚出炉,停笔还不到二十四小时,我人就已经到了巴基斯坦驻英大使馆。

就在我和一群长途跋涉到此的旁遮普人聊天的当儿，立刻便感受到有些美国人所谓的"文化冲击"。假如我从印度文明转换到巴基斯坦文明能相隔一个星期以上的时间，这种情形大概就不至于发生了。可惜情况并非如此，因此这两者之间在许多层面上的遽然改变，对我的震撼也就在所难免了。

先前的几个星期，我经常出入"印度之家"，因而留下了印度是富国的印象，但是位于朗兹广场的巴基斯坦大使馆却截然不同（至少在一九七四年十一月时的情况是如此）。当然，这里的某些房间维持了大使馆应有的标准，但是其间的许多回廊、走道以及楼梯还是感觉到简陋。不过，这个早上还是令我有一种仿佛回到家的放松感觉——因为完全没有遭遇到任何阻碍。

**印度与巴基斯坦**

若硬要将印度与巴基斯坦拿来做一番比较，其实是蛮危险的，总难免会出现"顺得姑情而逆了嫂意"的情况。但是为了对这个次大陆完全不熟悉的读者，我也只得甘冒得罪双方的大不韪，试着为各位说明。

大多数的欧洲人会发现，与巴基斯坦人建立起单纯的友谊，要比与印度人来得容易；而我们一般人总是比较同情弱者，两相比较，巴基斯坦自然是属于比较弱势的一方。印巴分裂之时，印度承袭了万事俱备、运作井然的行政首都；反观新立都于卡拉奇（Karachi）的巴基斯坦政府，甚至连一台编列名下的打字机或电话都没有,中央政府也不是在国有大楼中办公,而是将一些铁皮屋和破旧的私人住宅暂时权充。再者,《分裂协议书》(*Partition Agreements*)中载明应划归巴基斯坦的大批军火,却仍旧全数掌握在新印度政府的手中,奥金莱克元帅①位于德里的指挥总部也早已遭废除,来不及监督军火的移交行动。此外,除了著名的奎达(Quetta)官校以外,大多数军械工厂以及军校都在印度境内。印巴分裂初期,尽管巴基斯坦人情况愈来愈不利,并没有得到他们期待的外援,却依然表现出不凡的勇气。相较之下,印度由于较具影响力,反而获得几个强权国家较多的奥援。

在这种种情势之下,巴基斯坦自然博得其他国家的同情。也或许是基督教与伊斯兰教之间有许多相似之处,所以欧洲人自觉与他们容易沟通。不过如今情势已不可同日而语,政教合一制度在西方国家并不盛行。一九六〇年以来,巴基斯坦政府采取了许多乌列马②不可能准许的措施,其中最著名的便是阿尤布·汗总统所颁布的"伊斯兰教家庭法",其中有关于禁止一夫多妻制以及离婚的规定。

其实观光客会发现,以伊斯兰共和国自居的巴基斯坦,其政教合一的色彩并不浓厚,反倒是印度的宗教意识要更强烈些。由

---

① 奥金莱克(Auchinleck),英陆军元帅,一九四一年到中东指挥英军,被公认为防卫战之典范。但当时英军溃败,他终被撤职,一九四三年调回印度,担任印度巴基斯坦战区总司令,直至年底。
② 乌列马(Ulema),由有名望的伊斯兰教神学家与教法学家共同组成的委员会。

于笔者最近曾亲自造访印度与巴基斯坦境内数个历史悠久的基督教机构,所以可以断言,自从一九四七年印巴分别独立之后,基督教教会在巴基斯坦的传教工作,要比在印度顺利得多,而且即使是巴基斯坦最具有权势的毛拉①,其影响力也远逊于爱尔兰的天主教主教。

远在印巴分裂的七十多年之前,印度"伊斯兰教复兴"组织的领导人,便积极致力于伊斯兰教的现代化,令毛拉感到深恶痛绝。这些改革者支持巴基斯坦建国,毛拉却一致反对,其理由不单是基于这项主张违反传统,而是民族主义会破坏伊斯兰教倡导四海之内皆兄弟的理想。

**最西之端**

巴尔蒂斯坦涵盖的面积约一万平方公里,约自一八四〇年起便由克什米尔的邦主(Maharaja)统治,因此现在成为印巴两国之间"有争议领土"的一部分。联合国的停火线,将巴尔蒂斯坦的东北部、东部及东南部边界画成一个半圆形,约从中国大陆的边境,一直延伸到接近伯吉尔隘口(Burzil Pass)之处,形成了一个非常"敏感"的区域。(我在卡拉奇的时候,曾有一位喝得半醉的信德族人正经八百地告诉我,"那里是性感带的相反——让人觉得很

---

① 毛拉(Mullah),伊斯兰教国家对精通伊斯兰神学的穆斯林,或是伊斯兰教的法律教师及解释者,以及有学问的人之通称。

讨厌而不是喜欢"。)因此我早已做好心理准备,非得费好一番工夫不可,才能拿到进入巴尔蒂斯坦的许可证(说不定根本就拿不到)。就我所知,印度政府不允许外国人进入其境内的喜马拉雅山边境区域,想必巴基斯坦政府也是照此办理吧?

当我终于找到大使馆负责的相关单位并提出申请时,那位坐在大办公桌后、面目和善的先生打量我之后回答说:"你不必申请签证或许可证就可进入我们的北部地区,只要你持有有效的爱尔兰护照,便可以到巴基斯坦的任何地区旅行,而且停留时间也没有限制。"

"什么!不需要办许可证?"我不可置信地问他,"您确定吗?"

那位和善的先生回答说:"非常确定,我们又没有什么需要掩人耳目的,我们欢迎每位旅客到巴基斯坦的任何地区游览。不过根据联合国的规定,你只能到达停火线十英里以外的地方,除此之外别无任何限制。"接着他从抽屉里拿出一份印刷精美的小手册,介绍"吉尔吉特—罕萨—斯卡杜",一看之后心情便往下沉,是我来晚了吗?难道巴尔蒂斯坦(斯卡杜是巴尔蒂斯坦的首府)已经成了一个旅游重镇?其实我根本过虑了,巴基斯坦观光发展公司是一个新单位,所以说得比唱得好听,它所提供的信息,或许在十年后还有机会兑现,但是一九七四年的巴尔蒂斯坦仍只是全亚洲开发程度最低的一个居住区域。

观光发展公司的资料很不可靠,根据小册子里所写的:"在吉尔吉特到斯瓦特谷地的塞杜沙里夫之间,新近修筑完成一条长达三百零二英里、路况良好的公路。"在离开伦敦之前,我原本计划帮女儿蕾秋在塞杜沙里夫买一匹小马,再从那里拐进新修筑好的印度河公路,它便位于印度河与吉尔吉特河的汇流处附近。但是到了拉瓦尔品第之后,我的美梦泡汤了。幸亏如此,否则恐怕我这条老命早就休矣,根本无法活到现在跟各位报告我们的旅程。差不多快到十二月底的时候,斯瓦特发生地震,造成数千人死亡,而印度河公路更坍方长达四十英里。

在我们前往巴基斯坦的时候,蕾秋还不满六岁,有些人听到我要在冬季带着这么小的孩子到喀喇昆仑山,都很不以为然。不过蕾秋可不是玩票级的程度而已,她在去年冬天就已经和我一起在南印度待了四个月,算是她的首次亚洲之旅。她认为,若非那次的表现十分成功,我不可能考虑这次让她同行。当然我们都很清楚,这次的旅途绝不可能一路风调雨顺,而且还需要高度的耐力——以一个六岁孩童的标准而言——因为对她这么个外国孩童来说,途中并不太容易遇到玩伴。不过我知道,蕾秋这孩子一向对物质要求很低,活力充沛又很能吃苦,一天走上十至十二英里绝不成问题。再者,虽然蕾秋天性喜欢有人作伴,但是身为独生女,她一向便颇能自得其乐,适应力要比大多数同龄的孩子高出许多。

我个人认为,小孩五到七岁这个阶段比较能够适应艰苦的旅行,因为五岁以下的孩子生理还不够成熟,难以应付健康上的危险;而七岁以上的孩子,又比较不能够以达观的态度适应生活中的不便,以及各种奇风异俗;孩童在八岁左右,就已经建立起自己对人生的看法(而且通常是强烈的),并不太乐意遵从父母的领导。反正情况就是如此,我已经打算下一次我们母女俩的共同出游——如果还有下次的话——必须是我们两个都同样喜欢的目的地才行,而不是像这次一样由我片面决定,然后强迫她参加。

十一月二十二日上午,我们终于搭乘飞机前往卡拉奇。虽然我们两人带的行李都还未到免费载运的重量上限,可是似乎还是带得太多了。对于那些极力主张轻装便简的人士来说,我们为了度过这个寒冬所带的行李,还是稍嫌过重。我把我们这次随身携带的行李列了一张清单,见附录。

# 前　言
# 展翅待飞

拉瓦尔品第那间时髦的佛莱希曼饭店（Flashman's Hotel）仍旧和一九六三年我初次到访时一样，大厅接待柜台前的巨大告示上写着："各位贵客，请先将您随身携带的武器寄放在本柜台，再进入餐厅用餐。"虽然拉瓦尔品第属于旁遮普省，而且该省位于印度河的西方，但是那告示却令人感到仿佛置身巴旦（Pathan）。

巴基斯坦观光发展公司的总部就设在佛莱希曼饭店内，由观光局长负责主持业务。局长是一位身材颀长、年纪蛮轻的巴旦人，有着一头赭色头发，一对碧绿色的眼珠，对于那些想从事非观光性事务（像是打算在巴尔蒂斯坦过冬之类的计划）的人没多大兴趣，不过他仍旧很客气地向我解释，印度河公路已经不对外国人开放达数月之久了，所以我们母女俩必须搭乘飞机到吉尔吉特。但冬季期间飞越喜马拉雅山的飞机班次不多，我们不一定弄得到机位。

离开佛莱希曼饭店之后，我继续前往富丽堂皇的巴基斯坦国际航空公司办事处。从侧门可以进入他们的"北部地区事务部"，这里的工作人员在弥漫着长期危机的气氛中上班；往后的几个星期，这种气氛对我来说竟成司空见惯。尽管如此，不论是面对笨手笨脚的乡下人或是粗鲁蛮横的军人,这些职员都一径以礼相待,未曾显现不耐烦的神色。在此处订机位的人,与在大楼中出出入入的巴基斯坦有钱人很不一样,他们大多数人肤色白皙,间或有些像是蒙古族人;有些人咳得很厉害,有的则有甲状腺肿大的毛病,其余的大多失去了一只眼睛。他们几乎人人都头戴毛料的卷边帽,这种帽子在寒天时可以将卷边放下,以保护前额及双耳不受冻。当中有极少数的几位旅客,穿着从外地旅行时买回的高级登山装束,他们颇为自己的与众不同而顾盼自得;一般人多半穿着宽松的衬衫及灯笼裤,偶尔有个年轻小伙子,穿着从市集买来的平价西装;几位来自吉尔吉特的长者,身穿精工刺绣的及踝毛料长袍,看起来颇具王室威仪。至于巴尔蒂斯坦人呢,通常都会在肩上扛着绑得整整齐齐的厚重的羊毛毯子。

在等待天气通知的这段时间,旅客往往得在这个大房间的靠背长椅上枯坐数小时,灰色的地板上满是烟灰,有些人不自在地瞄一眼我这个唯一的外国女子。我从来没有在这个订位房间见到其他女性,北部地区的妇女鲜少有机会到平地来,至于会搭乘飞机的少数几名妇女,多半是政府官员或军官的妻女,全都由仆人替她们跑腿。

第一次来这里时,坐在高高的柜台后面那位温文有礼的高个子年轻人,笑着摇头对我说:"恐怕你来晚了,我们无法在冬季的时候载旅客到北部地区——你可能得一直待到四月才能回来。"

我说:"可是,我们本来就不打算在四月前离开啊,我们计划在巴尔蒂斯坦一直待到四月。"

那名年轻人有点担心地注视着我,好似下一刻我会突然怒气冲天。他问道:"你知道巴尔蒂斯坦在哪儿吗?就算是当地人,只要他们有办法,也是绝不肯待在那儿过冬的。"

我很平静地回答他说:"没问题的,我们带了好多厚衣服来。到底我们多快能抵达吉尔吉特?"

"你是和先生一起旅行的吗?"

"不是,我是带着女儿一起来的,所以请给我一张半票,她下个星期才满六岁。"

那名男子耸了耸肩,这个动作显示我们之间不太可能再进行理性的对话。他低头看着一本厚厚的登记簿:"你在我们的候机名单上排第两百八十七号,到十一月十日以前都不可能排到位子。如果冬天的雨季从现在就开始的话,你们一直要等到一月十日才能启程。"我随即付了机票钱,由于这段航程受到巴基斯坦政府的补贴,所以两人的机票只花了区区五英镑。

之后,在走回国家公园附近的接待家庭的途中,我决定花两天的时间到塞杜沙里夫村去一趟,斯瓦特是我极想重游的旧地,这次距离我首度到巴基斯坦已经十一年半了。

**旧地重游**

我们借宿在拉瓦尔品第数英里外的巴旦族朋友家中,他们的村子位于印度河西岸,朋友那栋崭新的豪华大楼便耸立在山丘上,后面有一栋坚固的老房子。从他家的屋顶上,我们可以俯望平坦的农田，远眺国家公园的绿树，以及一处占地广大的红土垃圾场，由于那里的土壤被挖去做砖，所以凹陷的面积愈来愈大。虽然此时已是十一月底，但今年的冬雨还未降临，所以垃圾场显现出极度干枯的可怖样貌，相比之下，友人家的庭院却是繁花似锦，出现了这个时节不该有的美景。巴旦族人与大多数的中亚民族一样擅长园艺，这对于这个骁勇善战的民族来说，的确令人意外。更令人惊奇的是，虽然大多数的巴旦族人目不识丁，却非常雅好诗文。普什图语①是一种语汇丰富、包容性大的语言，在过去三四百年间，几乎每一族都曾出过一位重要的诗人，而且他们的后代或门生皆颇受敬重。

卡林汗的家让我有一种宾至如归的感觉，仿佛前世我曾身为巴旦人。我觉得巴旦人的待客之道十分独特，令人觉得无拘无束，但又受到无微不至的照顾；让人自觉既是受欢迎的贵客，又是备受关爱的家族分子。

卡林汗亲自设计了这座平顶的迷你皇宫，每一处细节都显露出主人的富裕及好品位。蕾秋一边四处打量我们的卧室，一边评断道："我们很少住过这样的房子。"她脚下踩的橄榄绿地毯毛长及足踝，胡桃木的大门雕刻着美丽的纹饰，天花板上的线板熠熠生辉。卧室里的用具更是应有尽有，蕾秋的床头柜上摆着一大盒乐高玩具，浴室里还放了瑞士制的吹风机。总之，任何人看到这

---

① 普什图语（Pushtu），阿富汗东部及巴基斯坦西北部的普什图人所使用的一种语言。

里的陈设，定会觉得这是一个完全西化的家庭。其实西化的只是摆设用具罢了，在西化的表象之下，他们仍然过着巴旦族式的生活，像是枪不离手，妇女依旧头罩面纱，近亲通婚的传统也还维持着，人们也照常朝夕祈祷，家里的后院养着羊群，部落之间的仇恨代代相传，贴身保镖随时都保持警戒，村里的一缸子穷亲戚都靠他们吃喝过活。其实我刚刚用"表象"这两个字非常不恰当，因为巴旦人最了不起的地方，就在于他们完全不懂矫饰，当他们有能力享用西方物质文明时，会不顾一切地抓住机会，而且除了少数的例外，年轻一辈是完全不在乎表露出西化的面貌，这种情景让我备感亲切。

隔天早上，他们带蕾秋到瑙谢拉（Nowshera）附近的家族村落玩，我则出外采购物品。一副鞍具只花了我六英镑，肚带及护臀仅要价一点五英镑，而且都是全新的。虽然皮料稍差，马鞍的木框上也有点虫蛀的小洞，不过这些东西如果在爱尔兰买的话，至少也要六十英镑，所以我实在没什么好抱怨的（之前我在英国已经为蕾秋买了一顶带有安全扣链的硬式骑马帽，以及一副马镫）。我还买了一个防水的大包，打算在必要时拿来充做登山背包，除此之外，还买了五码的绳子、一顶卷边帽，又给蕾秋买了一顶可以保护头耳的毛帽、一具煤油炉、一支茶壶、一个炒锅，以及两个蓝色的塑料碗；这一堆拉拉杂杂的用品里，最贵的是罐头食品，才十二小罐的鱼、肉和起司罐头就花掉我七英镑多。

采购这些东西用去我大半天的时间，不过这倒是调剂在卡林家生活的一个好办法，那儿的生活宛如与世隔绝。我在采买途中听到了许多有趣的八卦新闻,尤其是那位声称表亲在国际电信局上班的年轻皮货商,他活灵活现地描述了许多亚洲重量级政客(以及他们的夫人)的香艳绯闻。不过我可不敢在这里学舌,免得无端惹上诽谤罪的官司。我足足在那间小店里待了两个钟头,店里堆满了手提箱、皮包和鞍具等皮货,在等候老板为肚带铺棉的当儿,我闻到空气中混杂了新制皮货,以及对面小吃店飘来的炒洋葱和爆香料的味道,而我们那些活辣生香的国际艳史的对话,亦常常被陆续进来的顾客给打断。他们多半是来自山上的身材高大的巴旦人,有着一张气势不凡的鹰脸,头上随意地扎着头巾。他们的肩上都挂着土制的英国步枪,而且全都是来买枪套、子弹带及鞍具之类的东西。他们很会讲价,但皮货商会说旁遮普语、乌尔都语①和英语,而巴旦人大多只会说普什图语,双方鸡同鸭讲之下,不时会出现巴旦人瞪大眼睛的场面。这时,年轻的皮货商便会很紧张地看看坐在一堆手提箱前的我,仿佛万一有个什么三长两短,我这个异族统治者的遗族,便可以帮他对付自己的同胞。

### 时过境迁

第二天中午我们启程前往斯瓦特,在一辆挤满乘客的巴士上坐了两个小时。这车本来应该在十点半出发的,但一直拖到这个

---

① 乌尔都语,现为巴基斯坦官方语言之一。

时候。巴基斯坦的公交车服务比起印度要差多了。此刻我们母女俩的行李已经堆积如山：我的大背包、蕾秋的小背包、昨天才买的大包、一只捆扎好的纸箱、一具木制马鞍、马镫及皮件，还有一个两加仑装的塑料水壶。这是我有生以来第一次携带分量超过单手便能提取的行李，这种情形真是讨厌之至。不过在这辆满载着回乡的斯瓦特人的巴士上，人人都非常乐意帮忙，因为我们是乘坐友人奥兰柴布（Aurangzeb）的车子到达巴士站的——他是最近刚被罢黜的斯瓦特领主之子。

位于拉瓦尔品第和瑙谢拉之间的这一段乡野地区，处处可见龟裂、破碎的灰棕色地面，很像是沙漠地带。坐在我旁边的农民忧心忡忡地说，如果再过六天还不降雨，那么明年的小麦收成肯定会完蛋。这趟旅程让我回想起好多的往事——记得我在一九六三年从爱尔兰到印度旅行时，六月间，独自骑着自行车行经大道路，迎面刮着强风，我只能以每小时五英里的牛步前进。而现在，坐在身旁的蕾秋丝毫不知道这段往事，她兴奋地指着沿途经过的各种有趣的事物，都是昨天朋友带她去邻村拜访时见过的。

旁遮普省的魅力颇不寻常，随着那混杂着红色、棕色、灰色的地面变得愈来愈破败崎岖，两旁的山形却益加明朗起来。其间的住家也愈显露出边塞人家的风貌，他们的窗户只是一道狭长的裂缝，以方便发射枪弹，这般景致让我油然兴起一股思乡之情。

我们从瑙谢拉朝着北方的马拉坎隘口（Malakand Pass）前进，在一间市税征收所的旁边，写着一份新近昭知的告示："外国人最好勿在晚间外出，同时勿随身携带贵重物品。"上回我骑车经过马拉坎隘口时适逢大雨,所以什么也没看到,但这次当我们这辆超载的巴士气喘吁吁地爬上山时,居然见到红棕混着灰蓝的美丽夕阳。从拉瓦尔品第到明戈拉(Mingora)相距一百六十五英里,所以当我们抵达巴士站的时候,天色约在半个钟头前便已经暗了下来。我们把行李一一塞进一辆有篷的机动黄包车上,然后在冷冷的夜色中颠簸离去。

抵达领主的故居时,那群老仆人竟然都还记得我(领主全家现都住在伊斯兰堡),他们的热忱欢迎令我十分感动。自前次到访迄今,巴基斯坦的政坛已经迭有更替,当时斯瓦特的法律地位是巴基斯坦的领地,依法巴基斯坦政府仅有权插手外交事务,而领主则可依照习俗、伊斯兰教律法以及其个人的知识来执行司法。我曾经和奥兰柴布以及他的夫人纳馨(Naseem)一起生活过一段时间(纳馨是故总统阿尤布·汗的长女,阿尤布·汗曾是巴基斯坦勤政爱民的领导人),因此我曾亲眼见识到,斯瓦特领主的非官僚式行政的极富效率,以及该省的富庶繁荣,令我印象非常深刻。

阿尤布·汗于一九七四年四月在伊斯兰堡去世,距离他下台已经五年。同时,新成立的政府下令废除所有的领地,包括斯瓦特、第尔(Dir)、契特拉(Chitral)、罕萨、纳加尔(Nagar),以及巴尔蒂斯坦的许多个小部落。罕萨、纳加尔和巴尔蒂斯坦,以及前吉尔吉特事务处,现在统称为北部地区,而斯瓦特、第尔和契特拉则由地方行政长官统辖,他的办公室在塞杜沙里夫,正好位于斯瓦特领主故居的对面。奥兰柴布现在国民大会中仍有一席,以反对

8　那里的印度河正年轻

党的身份代表斯瓦特，与由布托总理任命来取代领主的现任地方行政长官伯吉（Burki）关系非常好。伯吉的能力相当强，我想这样的安排应该是出自于奥兰柴布公正为怀的心胸，以及伯吉的圆滑手腕。

我这个人对政治完全不懂，也无法假装对于巴基斯坦这十年间的政坛变化有任何深层的了解，不过多数娴熟于政治事务的评论家似乎都同意吉尔伯特·莱斯韦特（Gilbert Laithwaite）的看法："一般人皆认为，阿尤布·汗将巴基斯坦带向了民主之路——一种为人了解且切实可行的民主。他执政的那十一年间可谓政绩卓著，巴基斯坦的经济发展、社会安定而进步，并得跻身于国际事务之中……"

当然也有许多人对这样的说法不以为然，并且会认为是我有偏见——这也没错。我不否认对巴旦人有一份天生的同情心，对阿尤布·汗的雄心壮志更是深感钦佩，对他的遗孀和家人也有着一份私人的深切情感。他当然也曾犯错，但那往往是出于军人的直率性格，以及对欺骗行径的深恶痛绝，这正是他与大多数仕途无量的政客的不同之处。他不屈不挠推行的家庭计划，就是拿来说明他所犯"错误"的一个最好的例子。当时一群足智多谋的不明人士带头反对这项措施，并大肆散播反对节育的谣言，为此阿尤布·汗曾上电视予以反击。这些反对组织很可能是由伊斯兰教中的毛拉所领导，他们的宗教观念正好被阿尤布·汗的反对者加以利用。而阿尤布·汗想要降低巴基斯坦人生育率的决心，则成了这些人打击他的最佳武器，因为巴基斯坦的人民绝大多数是不识字、易受骗的保守农民。事实上，许多观察家都认为，这才是导致阿尤布·汗下台的真正原因，而非他直系亲属涉嫌贪污的指控——虽然这项指控被大肆渲染，但一直都未获得证实。不管怎样，有件事我觉得有必要在此一提：我曾经亲耳听到，印度一位极有分量的政治人物感慨万分地说："如果我们印度也有像阿尤布·汗这样的领导人该有多好！"

**天降甘霖**

谢天谢地，大家期盼已久的雨水终于降下了。在我们抵达斯瓦特的第一个晚上，就下起了大雨，而且一直持续到隔天的中午，令大家都松了一口气。午餐过后，我们不顾灰蓝的天色，便急着到外面走走。由于云层不低，可以尽情地饱览塞杜沙里夫三面的美丽山景，但是位于北边的雪峰却依旧看不见。官邸附近，有数百间石造或泥砌的平顶房舍坐落在陡峭的山崖上，房舍与房舍之间有许多细窄的小巷弄或阶梯。斯瓦特严格执行面纱制度，由于我在当地人眼中看起来很像男人，所以当我们在巷道间穿梭行进时，常惹得妇女急忙躲进屋内，有些人甚至连水罐都来不及带进屋就直接把它丢在台阶上，就连那些才八九岁的小姑娘，看到我们也都急忙用面纱把脸遮住。

山丘之间有一条深而干的石头水道，平常人们就拿它当做丢弃废物的通道及公共厕所，连夜的大雨使它散发出一股令人作呕的恶臭。

这天晚上，我到友人伯奇斯家作客，当我要离开时，伯奇斯太太邀请蕾秋明天到她家和她的三个小孩一块玩。

回到官邸时，看到岗亭内的纺织工人还在快速地织着布，五个钟头前我出门时就已经看到他在织布。斯瓦特的男性是出了名的织工，过去他们曾经在这些岗亭内扛着枪担任护卫，但现在则改行织布，从他们的手中源源不断地织出毛衣、围巾、袜子、帽子和手套，除了自己使用，也可以给家人用，相信支持妇女解放运动的人士看到这样的景象一定很乐。

第二天起床后，竟是一片万里无云的好天气，窗外的焦黄草地上覆盖着厚厚的霜气，在阳光下闪闪发光，高低绵延的喜马拉雅山棱线刚披上一层新雪，也被日光映照出闪亮的光芒，这会儿北边的美景也清晰可见了。九点钟时，我将蕾秋寄放在伯奇斯家，这些巴旦族的孩子，比起蕾秋去年在南印度遇见的那些孩子，个性要强悍多了，似乎令她有点手足无措。不过我倒是很愉快地爬了一座迷你的小山，并再度造访斯瓦特的几间印度寺庙，还到明戈拉的市集和当地人八卦了一下。我和十四位会说英语的本地人闲聊当地的政治事务，其中有十三人明确而公开地表示支持领主，我认为这一点对布托所领导的政府相当重要，显示民众很支持他，才会对全然陌生的外人毫无顾忌地表达政治的看法。

### "观光客车"

巴基斯坦的路上，最近出现了一种叫做"观光客车"的新玩意儿,这是一种快速的迷你巴士,连司机一共可以坐十一人,专门在城市与城市之间往返,中间不上下乘客。搭乘这种车的人不一定是观光客,大多是手头较为阔绰的巴基斯坦人。从此地前往白沙瓦(Peshawar)一百十二英里,要价十六个卢比(约合八十便士),而一般的巴士大约只要四点五个卢比。我们母女俩靠着女士的身份,得以坐上司机旁边的那两个大位,在这种车上,这两个位子(如果必要时再加上后座)就是所谓的"女士专属座"。

我们离开明戈拉的时候,整座山谷在一片闪亮耀眼的阳光下看起来美极了,秋天的颜色依旧闪耀在杨木、榆树、白桦树和水榆树上。斯瓦特河在晴朗无云的天空下看起来就像一条美丽的蓝丝带,一路迤逦奔流,流经平地,也流经黄褐色山边吃草的数百头各色山羊。我们遇见三辆巴士从对面车道上到马拉坎隘口,巴士顶上载满了唱歌、挥舞着手的乘客,车轮在急转弯处只差几英寸就要滚落山下,真叫人捏一把冷汗。我们的司机一直把右手放在窗外,以便随时猛按他那只圆形的塑料喇叭,显然他认为转弯时不按喇叭要比单手驾驶更危险。

### 巴旦的巴黎

我在第一本书《单骑伴我走天涯》(*Full Tilt*)中,曾形容白沙瓦"就像是英国的城市,只不过多了一些水牛、兀鹰和蜥蜴而已"。当时这段文字是我在骑了好几个月的单车,游遍波斯(即伊朗)及阿富汗等一些较偏远的地区之后,好不容易抵达开伯尔隘口

(Khyber Pass)时的感想。但是在一九七四年时,我直接从卡拉奇、伊斯兰堡、拉瓦尔品第以及塞杜沙里夫等这几个生活富庶的地方来到这里,发现这个被洛维尔·托马斯形容为"巴旦的巴黎"的地方,的确很特别。以现代的眼光来看,它称不上是座城市,反倒比较像是由数个中古时代的市集所形成的一块领地,其间聚居了各色人种。它是自从我初次到访后,变成嬉皮族群居的三个巴旦城市之一;另外两个都在阿富汗,分别是坎大哈(Kandahar)及杰拉拉巴德(Jellalabad)。

一九六三年时,嬉皮族的大规模东向移民潮尚未开始,而我的书《全速前进》因此遭到大肆批评,责其促使了这项移民风潮。这番批评对我来说是贬多于褒,尤其当我看到许多嗑药的家伙在亚洲各地游荡时,真是痛心疾首。幸好,嬉皮族的流风,仅仅使白沙瓦稍稍修正了对待陌生人的态度。白沙瓦的意思是"边境小镇",它应付各种外来入侵者的经验至少已经有四千年了,嬉皮族对他们来说,不过是当地的趣谈而已,当然对毒贩而言,就是衣食父母了。

我们住在白沙瓦郊区的友人康萨达斯的家里。一九六三年时,他们曾在阿伯塔巴德(Abbottabad)的寓所招待过我,而且在我染上痢疾时细心照料我。但因为无法从塞杜沙里夫预先通知康萨达斯太太我们的来访,所以第一晚只好在廉价旅舍草草打发。

才五点十五分,天就已经黑了。在残存的日光下,我们随兴四处游逛这些古老的市集。在我们穿梭于狭窄、幽暗的小巷弄时，蕾秋立刻被身旁的事物深深吸引住。在我们的上方，赫然耸立的石砌或木造的高大房屋都是有好几世纪的屋龄了。然后我们又走过了肉摊、糕饼摊和铜烛台摊，偶尔驻足，观看工匠量秤大理石块、雕刻木头、修理收音机、修理鞋子、敲制铜器或是裁制衬衫等，这些巧匠仅仅靠着吊挂在摊子顶篷上的灯笼发出的微弱亮光来做事。一位浑身沾满面粉的烘饼师傅，从地底下的泥炉子里拿出一条热烘烘的长面包给我们，还有人邀我们到小吃摊，尝尝鲜美多汁的烤肉串，接着又到另外一家小摊子喝了一碗美味的咸奶酪，然后又到两家很简陋的茶室喝巴旦族特有的绿茶——这杯茶下肚后，让我深深地想念起阿富汗来。当我们轻松地闲坐在茶室时，有个小男孩正好经过，他看到我们时迟疑了一下，随即踮起脚尖，把一朵即将盛开的粉色玫瑰递给蕾秋，我们还来不及谢谢他，小男孩便一溜烟地消失在黑暗中，然而他的温馨举动，却为这个晚上画下了完美的句点。

**等待起程**

几天后我们回到拉瓦尔品第，去看看前往北部地区航班的情况。航空公司的人员表示："一直要到十六号才可能轮到你们，因为上个星期的天气状况实在太糟了。"

我正要离开柜台时，一位驻扎在斯卡杜的旁遮普年轻军人教我，不妨对那名办事员施加一点压力，这样我在候补名单上的顺序必定可以往前挪一些。我并不清楚他所说的压力是指什么——是道义上还是金钱上的压力呢？不过我很清楚，如果我偷偷塞点钱给柜台那名温文有礼的办事员，一定会令他勃然大怒的。再者，看看四周那些可怜的老百姓，他们被困在平地好几个星期不能回家，早就归心似箭了，如果我硬是要插这个队，实在是罪不可恕。

我们母女俩只好又在伊斯兰堡待了三天，住在阿尤布·汗的家，这时距离阿尤布·汗去世才七个月而已，家属仍旧笼罩在追思的气氛之中。阿尤布·汗夫人的表现令我想起母亲在父亲过世后的模样。我的母亲与阿尤布·汗夫人一样，都是性情十分坚毅的女性，虽然她们外表并未显现悲伤的样子，其实内心的沉痛远远超过外在的表现。

阿尤布·汗那栋宽敞的宅邸位于伊斯兰堡的东北角，其下是翠绿的圆丘，丘上间或出现浅棕色的泥土或是灰色的岩石，形成了一种不规则的图案；后方则是穆里丘(Murree Hills)的蓝色山脊。我们发现大房子里满是人群，阿尤布·汗的儿女、媳妇、女婿、孙子辈，还有侄子、侄女，以及其他我们不认得的亲戚全都齐聚一堂，阿尤布·汗夫人的殷勤招待无微不至，在她的温馨呵护下，我们备觉受宠。

奥兰柴布和纳馨夫妇俩住在一英里外的地方，他们宅邸的一边是一条笔直的公路，路的两旁尽是外交官或巴基斯坦富豪的宅邸；另外一边则是绵延数英里的灌木丛林地。这片广阔区域之外的山脚下，耸立着巴基斯坦的国民大会堂、总理官邸兼办公室、巴基斯坦银行总行、巨大的联合国大楼、英国大使馆人员的宿舍区，以及苏联、加拿大、英国和中国的大使馆等。

记得当年骑自行车游览巴基斯坦时,正好遇上伊斯兰堡建城,那时心里便暗想,不久之后此地就会出现一座丑陋不堪的新城——就像另一个昌第加①。但事实上,巴基斯坦的新首都是一座拥有宽阔耀眼的大道、绿树成荫、美丽花园的城市,城里没有高楼大厦,只有许多吸引人的传统式建筑,而且并不显得标新立异。它的政治地位让人觉得像是拉瓦尔品第一个气质非凡、见多识广的市郊——两地距离仅十五英里,且精神上也极为接近。当年阿尤布·汗在规划此城时,曾特别要求"附近不得进行工业开发",可惜继任者并未具备这种远见。

还有一项比工业发展更为直接的威胁,乃是亚洲道德的式微。东方人并没有花上很长的一段时间便完全对西式的建筑及都市计划俯首称臣。许多的建筑商将建筑废弃物随处弃置,再加上雄伟的银行大楼、大使馆及商店街的阴暗,常可见到游民盘踞其下,使得伊斯兰堡的市容为之黯然失色。即使是在外交人员住宅区的角落,也会发现垃圾堆积或是房屋偷工减料的情形,至于那些较穷困的区域,其败坏的程度当然更不在话下。在古老的亚洲城市,这一类的情形似乎还令人可以忍受,但是杂乱无章的新建筑就特别惹人生厌。无法避免地,伊斯兰堡市里还是会有乞讨的人,不过,人数已经远比我所知的任何一个印度城市要少得多了。这些可怜的人躺卧在地上,身上仅仅披着一块极单薄的棉布

---

① 昌第加(Chandigarh),印度北部的城市。

那里的印度河正年轻

或是破烂的袍子,尽管他们已经骨瘦如柴,乞讨的手也几乎一动不能动了,但你还是可以认出那是个活生生的人;这是巴基斯坦这个新国家的一个老问题了。

在伊斯兰堡与拉瓦尔品第之间,也有"观光客车"来回奔驰,乘客可以随意在两地间的任何地点上下车,每次的费用是一卢布。乘客往往几分钟就可以坐上车,但如果乘客太少,司机说不定会花半个小时在街上多兜几圈,在凑足不赔本的人数后才启程。即使是从最时髦的区域上车的妇女,她们大多数仍旧穿着传统的长袍,若你想知道坐在旁边的人到底是男是女,就必须趁着他(她)在因为急转弯而把手伸出来抓住护杆的时候,赶紧瞧个仔细,从对方的手以及手上的饰物,便可以八九不离十地猜出这个罩在黑袍子里的人的年纪、体形、社会地位及族裔。

虽然这些观光座车的外观看起来很新潮,但是仍和大多数的亚洲运输工具一样,车顶上堆满了任何可以拖吊上去的东西,像是几大捆干草、一堆木柴、堆成金字塔似的不锈钢锅具,还有挤成一团咩咩乱叫的羊群、塑料餐桌、一头刚出生的小牛、一袋小麦、两只关在木箱里的鹅等等,不一而足。通常车上总会有这么一位善良又乐于助人的少年,体贴地为大家看牢这些物品。以下是蕾秋最喜欢的一则有关观光座车的趣事,我写出来和大家分享:有一头属于甲女的山羊,竟然站到属于乙女的一束干草堆上,在我们抵达拉瓦尔品第时,甲女发现了这头羊的背叛行为,非常的生气,两名女士毅然扯下了面纱,好把对方的眼珠给挖出来。双方一直争吵不休,直到一位毛拉经过,看她们实在闹得太不像话,于是用拐杖打了两人,方才结束了这场闹剧。

对于伊斯兰堡附近的农民来说,他们的日常生活丝毫未受首都多样化风貌的影响。我花了一天的时间在附近的山区闲逛,有些村人在看到我这个洋人时所露出的惊恐,说明了住在伊城的那些外交人员很少走出他们的圈子。今天又是阴沉沉的天气,很像晚秋时的爱尔兰,从这样的天气判断,想必今天又没有班机飞往北部地区了。

午后时分,有两位年轻的妇女邀请我到她们住的石屋坐坐,我想当年第一位入侵印度半岛的亚利安人,一定对这个景象相当熟悉。她们还好心地一定要泡茶招待我,结果这茶几乎花了快一个小时才煮好。在这个村庄里,只有几户人家使用最新式的水泥混凝土来筑屋。

在某个山丘顶上,我往下看到大约有十名妇女缓慢地往上爬,她们每人的头上都吊着两个赭色的水壶,一边还要忙着招呼羊群和小孩子一起前行,羊的身上都穿着"奶罩"以保存奶汁。再往下瞧,我看到一条大约两百米长的放牧地上有数间低矮的长形小屋,再过去是一条宽广、平坦的环形公路,上面有许多漂亮的外交使节的车辆在奔驰,公路的两旁是许多设计精巧的别墅,里面装设了各式现代化的设备。在这些别墅之间是伊斯兰堡的宽广街道,道旁种满了修长的杨木,它们的枝干上还残留着不少橘黄色的叶子,看起来很像是巨大的烛台,闪耀在傍晚的灰寂中。我穿过一片长着细树的林地往回家的路上走去,到处可听见斧头砍伐树枝的声音,供人们拿回家当做夜间取暖用的木柴。大约在五点钟的时候,夕阳在西边的天际抹上最后一抹嫣红,这番景象相较于整日的阴霾显得特别耀眼,不一会儿,天就全黑了。

**湿婆文明的重镇**

接下来,我们母女俩离开伊斯兰堡,前往穆里待上两天。穆里是所有英军在印度山间驻地中唯一被划归巴基斯坦的,此地位于海平面以上七千五百英尺,所以覆盖着一层厚厚的白雪。我们母女俩住的是一间破旧的廉价旅馆,它所谓的"双人房"一个晚上只要五个卢比。当我们回到伊斯兰马德时,一位年纪很轻的帕巴旦友人,对这种与她的出身截然不同的环境有着高度的兴趣,她以十分憧憬的口吻问我,住在那种廉价旅舍的滋味如何。她语气里的那份羡慕,让我不禁珍惜起自己能够四处行动的自由。我们欧洲的妇女,一向把这种自由视为理所当然,但是对巴基斯坦的妇女来说,不论思想如何独立、个性多坚定,她都不可能自由自在地在国内四处旅行,体验一下穷人的生活。想当然,并不会有太多的巴基斯坦妇女想要像我这样四处旅行,我突然发现这并不会对她们造成太大的困扰。虽然我一向对妇女解放运动没啥好感,但或许它对亚洲妇女确实有些好的间接影响。

十二月十五日一早,我便从塔克西拉(Taxila)回到伊斯兰堡。我们在塔克西拉待了五天,探访这个曾经身为印度湿婆(Gandhara)文明中心的重镇。期待已久的雨终于在前一天的晚间降临了,然而天气却变得像是爱尔兰那种既冷又湿,而且阴暗的冬季；更惨的是，整个城市变得泥泞不堪、寸步难行。很显然，我们绝对不可能在十六号飞往吉尔吉特。这次回到伊斯兰堡，我们改住在奥兰柴布家。十七号那天，艳阳高照，我独自到山丘上闲逛了一天。

我走的是一条人烟罕至的古道，农民宁愿坐巴士多绕三十英里，也不愿走这条十英里的路。在越过第一道山脊之前，你还会听到嘈杂的市集声传上来：揿喇叭的声音，街头小贩的高亢叫卖声，某个利用箱型车传教的修正教派，用扩音器大声播放福音，然后突然之间，山底的城市就再也不见其影、不闻其声了。

这一整天我只遇见两个人，他们的头上都顶着好大捆的木柴。这份难得的宁静，让我得以将三个星期前抵达卡拉奇以来的所见所闻，好好地省思一番。

前天晚上我遇见一位老先生，他听说我最近去过印度，便忙不迭地向我打听那儿的消息。两杯威士忌下肚后，他终于耐不住地坦承，随着年纪愈来愈大，他益发地想再度前往德里一解乡愁。他的家族曾在德里住了五个世纪以上，他对德里怀抱着一种思乡与挚爱之情；但另一方面，他又将德里视为敌人之邦，归根结底就是巴基斯坦民族主义在作祟。

老先生说，即使到他孩子这一代，巴基斯坦对他们来说，仍旧只是个流亡之地而已。我有一位住在德里的西旁遮普友人，他到现在都还说拉合尔（Lahore）才是他的家乡。不过他们两者之间还是有一项显著的差异，住在巴基斯坦的印度人并不认同这种分裂行为。至于住在印度的巴基斯坦人呢，他们对于印巴分裂的感觉是难过多于愤怒,他们并不希望两国分裂,其中部分人仍旧对双方关系的剧烈恶化终致分家深感遗憾。伊安·史帝芬斯(Ian Stephens)就曾在他的有关巴基斯坦的大作中数度表示:"在英国殖民期间,的确有所谓的印度穆斯林联盟或印度文化存在过。若要更准确一点说明,它应该是自公元六七世纪便已存在了……这一点有必要予以特别强调,以保持正确的平衡。长期以来,这两大宗教系统互相依存、毫无芥蒂,有时甚至惺惺相惜。"

**历史的吊诡**

我在松林中找到一块平地坐下来歇歇脚,心中暗自思考着:"巴基斯坦到底应不应该建国?"现在已是二十世纪七十年代了,何必再问这种蠢问题?事实上,我们外国人心中常常会兴起这样的疑问,只是不好意思坦白告诉巴基斯坦友人而已。这是否意味着,在无神论的二十世纪,"印度穆斯林联盟或印度文化"反倒要比一个独尊伊斯兰教的国家,更能够发展出璀璨的文明?抑或是说,若非当初的建国行动过于草率,何以立国三十多年来,它仍旧无法在人们心中建立起一个鲜明的国家形象?

人们很容易便会忘记,当初巴基斯坦是如何仓促建国的:多年来真纳(Jinnah)和所有的印度人一样,反对印巴分裂。一九一六年,他成为所谓的"印度穆斯林联盟大使",二十年后,旁遮普省的总督还以其调停锡克教与伊斯兰教交战派系有功,而予以赞扬。然而不到一九四〇年,他便决定接受巴基斯坦了。印度半岛上的穆斯林迫不及待地梦想着拥有自己的伊斯兰教国家，而这个国家，在没有经历长期的历史孕育及任何挫败时代的情况下，诞生了。这正是现代巴基斯坦人对于失去孟加拉国觉得不痛不痒的原因。当然啦，寻常的百姓一提到这件事还是觉得相当丢脸，再一想到印度在这事件中所扮演的角色，更是令他们怒火中烧。可是失去孟加拉国（这可是一半的国土被活生生地肢解掉），竟比不上克什米尔独立更令他们痛心。他们生活在截然不同的文化与地理背景之下，双方唯一的联系是宗教，但由于差异甚大的历史经验，使得他们对于伊斯兰教的解释也都不尽相同。

许多巴基斯坦人直率地告诉我（而且口气里绝对没有掺杂一丝酸葡萄的意味），他们认为孟加拉国不在反倒比较好，因为现在反而能够利用剩下的部分做些有意义的事。

不过这回旧地重游，最令我诧异的是，巴基斯坦人态度的转变并不十分积极正确。现正成长的这一代巴基斯坦人，他们对于这个次大陆上的其他国家丝毫没有好感，也感受不到那种经历数世纪的共同历史而形成血脉相连的情感。我遇见各行各业在立国后出生的第一代巴基斯坦人，包括医师、农夫、律师、商贾、教师、银行职员、记者以及公务员等，他们绝大多数都对印度有一种鄙视和不了解的敌意。他们不像其父祖辈，拥有从小与印度邻居一同成长、参加印度节庆、在市集里观赏印度神祇的电影等种种的回忆。我发现他们的内心并不平静，因为他们正好代表了这个世界大量增长的仇恨。当我告诉他们，我和小女去年在印度过了一个很愉快的寒假，遇到的人全都很和善时，他们显得非常惊讶。

他们并不想知道,巴基斯坦国界以外的世界住的是一群和他们一样慷慨且乐于助人的平凡人。

或许有人会认为,那些曾经亲身经历与印度人或锡克人之间流血冲突的人,比较会对对方抱有恶意的偏见。其实不然,老一辈的巴基斯坦人对印度人反倒没有多少敌意,他们知道印度人和他们一样都是人,难免会有凶残的一面,但也有慈爱的一面。他们也不会忘记,一旦下了赌注,在伊斯兰教与印度教暴民那种无法控制的残暴行为之间,其实并没有什么选择的余地。但是年轻一辈的巴基斯坦人并没有直接与印度人交往的经验,他们对印度人的看法多半是从带有偏见的媒体那里得来的二手经验,那些媒体往往将印度人塑造成贪婪、狡诈、不义及残忍等无人性的形象。或许在巴基斯坦追求国家认同的过程中,无可避免地一定会出现这种不良的情绪反应吧。

时值正午,当我走在坡顶上时,恰巧一架吉尔吉特的飞机飞过头顶,我抬头仰望,看见它的螺旋桨在深蓝色的天空中画出阵阵白烟,这是今天第三架飞往北部地区的飞机,我不禁开始期盼我们能于十九号顺利出发。

# 第一章

# 吉普车时代的吉尔吉特

旅行的无聊程度恰与行进的速度成正比。

——约翰·罗斯金

**吉尔吉特,一九七四年十二月十九日**

真不敢相信我们终于抵达吉尔吉特了,虽然自一九六三年以来,吉尔吉特的风貌已经改变了不少,不过能够旧地重游真好。

从拉瓦尔品第飞到吉尔吉特只需五十分钟,但是当局严格规定,除非班机能够立刻自吉尔吉特回返,否则不准出发,因为如果不能保证实时飞回,飞机可能会因天气问题而被困在吉尔吉特好几个星期。如此一来,一趟天气良好、往返至少需要两个小时的航程,扣除飞行时间,上下机的时间只剩短短的二十分钟。在"可能"有航班的晴天里,旅客必须提前到拉瓦尔品第机场内等候,因为当吉尔吉特方面发出"起飞!"通知时,是不可能来得及以电话通知旅客搭机的。

今天早上,我们母女俩就在机场新盖好的北部地区候机楼里,惶惶惑惑地等了五个钟头。候机楼里没什么人,厕所因为没人打扫,不时传来阵阵臭气,而候机楼外则有水泥搅拌器和气动钻子的嘈杂声。一串串的电线从墙上的管线孔一路散落到地板上,让蕾秋不敢随便走动。不时有两个面色凝重的电气工人跑进来,随意摆弄一下那团电线,然后大声咒骂,接着便跑了出去。不多久,我们就觉得嘴巴里似乎塞满了水泥灰,但是候机楼里没有扩音设备,所以也不敢走到很远的餐厅去,最后实在受不了,正打算豁出去,先去吃点东西再说,幸好一位年轻的罕萨人越过重重的混乱,在舱门关闭以前,及时把我们送上飞机。机上其余的乘客清一色是男士,包括军人、政府官员、商人以及几名放寒假的学童。

据说这趟航程是全世界排名第二危险的航段,仅次于斯卡杜,不过巴基斯坦国际航空公司的飞安记录还挺不错的,过去二十年间仅发生过两次空难。在今天这晴朗的冬日下,我发现吉尔吉特比起十一年前我的仲夏自行车之旅时,要美丽且舒服多了。不过今天的感觉,与当年(一九六三年六月四日)的情况相比并没有改变,"用这种方式进行一趟旷世之旅是错误的,你必须付出相当的努力才有资格饱览这样的景致,而我居然不费吹灰之力便得以一偿宿愿,因此心中颇为自己的侥幸而忐忑不安……"

**安全着陆**

飞机在一万六千英尺的高空,以每小时三百英里的速度,缓缓飞过一道蜿蜒的棕色山丘时,我们见到了穆里和阿伯塔巴德。

不久之后,眼前的山峰变得更高峻、更陡峭、更接近,而且覆盖了更厚的白雪,我们与山峰是如此之近,因为飞机已然穿进了群峰之间。再一会儿,昂然耸立的南加帕巴峰①出现了,它比我们高出一万英尺,娇羞地躲在面纱之后——整个天空只有它的峰顶有云朵围绕;再遥望过去,是美不胜收的喀喇昆仑—喜马拉雅山,这雄伟的世界第一高峰。

我指给蕾秋看巴布萨隘口(Babusar Pass),它刚好比我们低三千英尺,不过也已覆盖了白雪。她很轻蔑地说:"上回你一定是疯了,才会骑自行车上这儿。"接着我们飞越过荒芜的印度河谷地,从空中鸟瞰它还真可怕;我也看到了当初骑自行车到奇拉斯(Chilas)时所经过的路线。在那趟行程中,我曾经中暑,幸好受到当地人的悉心照料而康复,他们的爱心让我永难忘怀。数分钟后,我们终于要降落在一大片淡红色的平地,地面上仅见树叶掉光的黑压压的树丛,以及刚与印度河汇流的吉尔吉特河。

机场里大约有五十个大人,再加上一大群的孩子在等候这班飞机,他们全都很好奇地看着我和蕾秋。我发现的头一个改变是,这里矗立起了一幢其貌不扬的灰色石砌机场大厦,仿佛是从背后的山峰里冒出来的;当我们站在风沙飞扬的机场边缘时,蕾秋仔细地看了看它外围的巨大石墙说:"这地方好像个笼子。"她本以为地面的积雪会深及腰,结果事与愿违,所以有点失望。其实这里很少下雪,在这栋形似笼子的大楼上,也只有墙顶覆盖了

---

① 南加帕巴峰(Nanga Parbat),位于克什米尔西北部。

一点白雪而已；不过在东北边上有一座美丽、陡峭的三角形山峰，它像一束银色的火炬般闪亮在深蓝色的天空。我们降落的时间才不过下午两点二十五分，太阳光却已逐渐隐没，只留下最后的余光照着东北角的那座山。

大多数人都是等着看飞机起飞的，飞离吉尔吉特要比飞进来时更加困难。从机场看过去，你会觉得飞离的飞机好像要朝着山峰撞过去，不过瞬间便向上攀升，飞在悬崖上的样子看起来很像是吊挂在墙壁上的昆虫。过了一会儿，飞机猛然掉头，接着便消失在两山之间狭长的细缝里了。

航空公司的迷你巴士将我们送往镇上，途中经过了一面干净的新告示牌，写着："往伊斯兰堡四百英里；往奇拉斯九十英里"。然后我们看到了两辆油罐车、一辆喷着鲜艳彩漆的白沙瓦货运卡车、一辆箱型车、几部牵引车和吉普车，全都以不要命的高速奔驰着。老天，这里的变化真大！不过幸好事情并没有我想象的那么糟糕，由于在刚修筑好的印度河公路上行驶并不十分的牢靠，因此有些东西还能保持着吉尔吉特的传统风貌（至少在冬季是如此）。再者，这条公路通往市镇及其外环地带的拓宽部分，皆是平整的石头路面，所以行走非常顺畅，可想见未来的运输成本必定十分高昂，或许可以让这个地区不会一下子就冒出许多丑怪的高楼大厦。

**吉普车当道**

我们在市镇的外围找到一间"观光旅馆"，是一栋长方形的驿站式旅馆建筑。旅馆经理是一位外表温和的年轻人,想不到他却狮子大开口,要价每晚六十卢比,摆明了就是要狠敲外地人一笔。不过因为根本连个房间都没有租出去,所以他立刻自动降为半价。房间的情况真是糟透了,床单肮脏,房间里连桌椅也没有,只有一盏十五瓦的小灯,厕所里的抽水马桶没有半滴水,臭不可闻,也没有暖气(因为太冷了,所以我一边写字,还得不时把手放在臀部下面取暖,让冻得僵硬的手指"化"开来)。观光局坐视这种烂旅店漫天要价而不管的做法实在很不明智,在机场附近的旅馆更离谱,随便一个破房间都至少索价七十五卢比。

我们在飞机上曾遇到一位医生,他说知道有个人可能有小马要出售,所以我们迫不及待地去找他说的这位阿布都先生,他住在吉尔吉特的一个农业区里。可惜啊,那匹小马才刚刚被主人以三百公升"普尼尔水"(Punial water,当地的一种烈酒)的代价卖给别人了。为了抚慰我因这失之交臂的机会而受伤的心灵,我用十卢比跟阿布都买了一公升的"普尼尔水"。阿布都有个十多岁的儿子充当我们的临时翻译官,他告诉我这附近已经找不到小马了,因为油料和石油都有政府补贴,所以雇辆吉普车还比养马划算。想不到人类这么快就将长久以来充当坐骑的马儿给甩了。

阿布都的家是附近少数几户用泥土及石材盖成的房子之一,虽然不大却很坚实,筑有七英尺高的复合式墙壁;在每道墙的简陋木门附近,都种有一棵高大、盘根错节、叶片落尽的大树,树上覆盖着金黄色的干草,作为树冬季的养分,这个设计真是巧妙无比,兼顾了养分以及水分的供应。

我们母女俩走在一旁有灌溉水渠的狭窄小路上，吸引了一大群孩子的注意，他们好奇地嬉笑着，大都穿着破破烂烂的衣服，没有洗澡。他们非常兴奋地争着要看蕾秋，很想摸摸她细柔的头发，以及她脚上的漂亮靴子。蕾秋粉嫩的脸颊又和他们瘦削苍白的面庞多么不同呀。不过这样的关注显然令蕾秋消受不了，她一点儿也不想和这群孩子打成一片。去年她在南印度时，就和那儿的孩子相处得很好，南印度的孩子要温和得多，再加上她现在已经六岁了，不像才五岁时，比较容易和人混熟。

回到旅馆时，太阳已经快要下山了，而那座壮丽的三角形山峰也快速地变换颜色，一下子由浅白色转为浓黄，再变为淡粉红色。

我们向旅馆经理打听哪里可以买到小马，可惜毫无结果，他那间狭窄的办公室里充满了煤油的气味，害我们急着想找一间茶室喝杯茶。在西边的高山上，一道弯月高悬在空寂的深蓝夜空，旁边恰好是明亮的金星。蕾秋兴奋地大叫："妈，你看，是巴基斯坦的国旗！"我也跟着愉快地欣赏这美妙的天体巧合。记得十一年前，这附近还不太有人知道巴基斯坦国旗是什么样子，不过现在大家肯定很清楚了，不知这究竟是好事还是坏事。

**夏天堂，冬炼狱**

少数几家还未打烊上锁的小摊子点着昏暗的煤油灯，因为火光实在太微弱了，根本无法照亮路面。我们在镇上的另一头发现一家简陋的茶屋，想不到一杯温吞吞的茶居然要五十派沙（paise，一百派沙等于一卢比）；在平地一杯茶只要三十五派沙。这间茶屋还蛮大的，它那被烟熏黑了的天花板，由六根树干支撑起来，地面则是泥土地。屋里有好几个头戴卷边帽、以长毯裹身的男子，咋咋呼呼地用厚煎饼蘸着香辣的羊肉汁吃，他们随意地把肉骨头吐在地上，还以不屑的眼光打量着我们，这随即令我想起吉尔吉特人特有的冷淡和不友善的态度。

我们踏着明亮的星光越过杳无人迹的市集，白雪覆盖的山峰在暗夜里闪闪发光，像是山壁的顶端长着什么活生生的东西。我们不时会在村民的庭院或房舍里，看到一小群人围坐在小火堆边。下午的时候这里的气温还算好，可是太阳一下了山，气温便急速降低，居民全都准备上床睡觉了。在这个树木无法生长的地区，燃料的取得便成了一大问题。上回我在盛夏来到吉尔吉特，这里简直是人间天堂，现在虽然景物依旧美丽，可惜气温却差多了，若不是我们有温暖的衣着，恐怕会觉得犹如身处地狱。可是大多数本地人却还是打着赤脚，要不就光着脚穿皮凉鞋，上身仅穿着单薄的棉布衬衫，下身着宽松的灯笼裤；运气好一点的，外面还多罩件长披巾。从外表看来，大多数当地人都显得营养不良，难怪在冬季他们的死亡率会大幅扬升。

我现在就是裹着太空被在写东西，这玩意儿真怪，足足有六平方英尺大，重量却只有十四盎司。我第一眼看到它的时候，立刻倒足了胃口，压根儿没有购买的欲望（光听名字就够讨厌了）。可是我现在却觉得，这真是一项了不起的发明，光冲着这一点，我也就不再计较某些人大搞什么莫名其妙的登月探险活动了。天知道这玩意儿是怎么做出来的，虽然颜色和材质实在很不对劲，因为它一面是浅蓝色，另一面是银色，不论从心理上感觉还是从声音上判断，都会让人联想到锡箔纸。当你把自己裹在这毯子里——就像要把食物放进烤箱里那样，乖乖！马上就觉得温暖无比了。嗯，说也奇怪……今晚我还真感谢那个动用了三寸不烂之舌，让我买下这条毯子的售货员呢。

**吉尔吉特，十二月二十日**

哇，真是愉悦的一天。虽然我必须坦承，以我个人的超高标准来说，夏天时吉尔吉特的游客人数实在太多了（观光局的资料说每星期至少有十二名游客到访），所以我绝不可能在夏季来这里。事实上我个人认为，像我这种对旅游质量极度挑剔的人，应该是所有挑剔族中最不惹人厌的一类吧。如果你旅行的目的之一是想看看这世上另一半的人是如何过生活的，那么你就应该亲身到一些还没被咱们西方人污染的地方去看看，不是吗？——跟着我走就没错了。（不过今晚我可能走不远，因为我那瓶"普尼尔水"已经去掉四分之三了。）

太阳一露脸我们就醒了，而且口渴难耐，却连一口水也找不到。我们只得层层包裹自己，只露出鼻子以上的部位，穿过冷冰冰的道路去找茶屋。才一大早，七点十分，市集里却已是人声鼎沸。

## "千禧旅舍"

结果我们要的东西没找到，却意外发现一家"千禧旅舍"，距离我们的烂旅馆不到四分之一英里。我随即发现它是吉尔吉特最棒的一家平价旅馆，附设的餐厅有四十多英尺长，外表看起来破破烂烂的，门漆掉了一半，镶板也坏了，门把更是破旧不堪，若非熟门熟路的本地人或十分饥饿的食客，根本不会摸到这儿来用餐。写着"千禧旅舍"的大招牌倚放在外墙上，字迹已模糊不清，这招牌想必原本应该在门上才对，不过似乎根本没人理会过这件事，这个小细节却让我害起了思乡病，因为在家里，我也有好多东西是像这样随意闲置的。在餐厅的后面一共有十八个小房间，成马蹄形围绕着庭院，房间的内部陈设比我们住的那间旅馆要好多了，而且每个房间还有一个小煤油炉可以取暖，也没有臭气冲天的马桶，在庭院的末端还有一个公用厕所，每个晚上只索价二十卢比，连暖气费用都包含在内。

虽然旅馆经理警告我们"千禧"的房间里有很多跳蚤，但我们还是在用过美味的早餐之后，便打包准备搬家。新旅馆的老板是一位身材魁梧、蓄着胡子的罕萨人，他大部分的时间都坐在简陋的柜台后面，穿着一套老旧的英国制粗呢大衣，脖子上围着两条围巾，一只手戴着手套，头戴一顶附有护耳罩的皮帽。

我们在十点钟的时候前往英国的特派代表官邸，特派代表是我的老朋友，一九六三年我来吉尔吉特时便承蒙他热忱接待。我们在他的办公室里喝着茶、吃着饼干,他还记得上回我把自行车靠在官邸的一棵大桑葚树上,然后坐下来大啖新鲜的杏子,速度快得让他们来不及剥壳。代表认为我们要在这里买到一匹马儿的机会相当渺茫,他建议我们最好坐吉普车到斯卡杜,那里的马儿比较多。

当我们自官邸出来往山下走的途中,有两位十九岁的男孩和我们结伴同行。他们两个都留着胡子,由于在家里帮忙牧羊一直到十岁才入学,所以还有好几年才能毕业。其中一个名叫巴伦的男孩子,他以勉强够用的英语和我交谈,还热心地邀请我们到他姐姐家吃饭,当我欣然接受邀请时,他的脸上显现出愉快的神情。

我们在中午抵达巴伦他姐姐的家,大家全都坐到一个满是孩童的阳台上,温暖的阳光照在身上好舒服。这个时节的吉尔吉特人大都尽情地休闲,享受阳光免费的温暖,怎么能怪他们懒散呢?今天还蛮热的,我赶紧脱掉身上的德制二手军用大衣,但阳光才消失一会儿,我们马上就又需要戴上手套了。

今天的午餐非常丰盛,有刚出炉的薄煎饼,腌渍的青辣椒,另外还有一个绿色搪瓷大碗盛着美味的炖牛肉,这完全是为了我们的到来而准备的,当地一般人家的餐食里根本很少见到肉类。巴伦告诉我们他有八个兄弟、六个姐妹,全是同一个母亲生的,而且每个孩子都活下来了。我们今天的女主人是巴伦的大姐,她才二十二岁,就已经生了一个儿子、两个女儿,最小的孩子都已经三岁了。巴伦的姐姐长得相当漂亮,可惜脸上已经显现出操劳过度的神态。她通过巴伦问我,听说西方有一种药吃了不会生小孩,是真的吗?我告诉她是真的,心里暗自希望她会要求我寄一些给她,没想到我们的女主人脸上显现的表情非但不是羡慕,反而是一脸的同情和疑惑,巴伦说他姐姐不明白,为什么有钱的西方人养不起孩子。

我发现这房间里的虫子还真不少,真是讨厌极了。事实上我这个人并不怕虫子,唯独蜘蛛是例外。那些虫子在桌子上快速地爬来爬去,显然是受到桌上那两盏烛光的吸引(吉尔吉特的电力无法连续供应三十分钟)。这些虫子身长约一英寸,头上还长着好几根触角,颜色棕里带黄,爬行的时候看起来像橡胶般有弹性,外形介于迷你蛙和大蜘蛛之间,要不是我在喝酒前就看过它们的样子,还以为自己得了什么怪病呢。

### 吉尔吉特,十二月二十一日

昨晚巴伦带着两名同学来找我时,我正打算上床睡觉,他们带了一些大麻和鸦片给我吸食。当我得知今年夏天有一群嬉皮士到过这里时,我觉得好难过。从建造高速公路,巴国观光当局努力招揽游客,到抽鸦片的嬉皮族蜂拥而至,这种种作为只会令整个地区变得更堕落和败坏。当然,我也不希望回到十一年前的那个风貌,但是我明知将来会变成怎么样的一种情况,我的心情还是颇为沉重。

今天早上我们度过了非常难忘的四个小时。我们沿着吉尔吉特河的左岸往上游走去,蕾秋走在那座亚洲最长的吊桥上时有点害怕,这座吊桥每次只能容纳一辆吉普车通过,即使在我们徒步经过时都会感觉到摇晃。我们走到半途时,看到三头难得一见的牦牛,被人载到河岸边的屠宰场,这是为了即将到来的伊斯兰教宰牲节①。在这节庆期间,人们可以吃大量的肉,而今年的宰牲节正巧碰上圣诞节。牦牛在此地并不多见,因为这里的高度只有四千五百英尺,不适合它们生长。

**灰天灰地成一色**

仿佛是为了配合冬至日似的,今天太阳一整天未露脸,在一片白蜡似的天色下,吉尔吉特山谷看起来有点森冷可怕,但我却很喜欢这种幽暗的风味。被点点白雪覆盖的石头从绿色的河水中冒出头,蜿蜒的河岸两旁是细柔的棕色沙滩,蕾秋开心地搜集到一堆各种色彩、被河水冲刷平滑的石头。步道的附近有着圆形的大石头,大小像一间小屋子,千万年来的砂岩以及夏季奔流的洪水,把它们雕琢成亨利·摩尔式的塑像。在我们的右手边,则是大片的灰色页岩——这是典型的不毛之地——一直向上延伸,最后与灰暗的天色连成一气。当我们终于回到旅馆时,天气又变得寒冷刺骨,而附近的山上还下雪了呢。

---

① 宰牲节(Id-Ul-Adha),伊斯兰教节日,纪念易卜拉欣(Abraham)甘愿遵安拉之命献祭亲生儿子。宰牲节日,穆斯林宰绵羊和山羊,将羊肉分给穷人。

我们下一步的行程充满了不确定性,究竟能否在二十三号出发前往斯卡杜,只看那些吉普车主的私人生活如何安排,我早就不抱太大的希望了。不过行程未卜的情况丝毫不令人忧虑,因为吉尔吉特实在太有意思了,人人都会情不自禁地爱上这个古怪的小镇;不过今天的情况实在很糟糕,地上积满了大片的冰、泥和柴油,刺骨的狂风卷起漫天沙尘,整个山谷一片荒芜。

这个下午我们在市集里四处闲逛,看到一些有趣的东西,有一块招牌写着"快速修车",让我有些狐疑:"快速修车好吗?"写"细心维修"不是比较正确吗?不过我的想法显然错了,因为这里的人开车根本不要命似的,我从未在别处见识到更可怕的驾车习性。闪避各种车辆已经成为这里最受欢迎的一种运动,宪警吉普车是最目中无人的,牵引车也常以我认为绝不可能的高速呼啸而过,所有的交通规则根本形同虚设。

吉尔吉特是个百分之百的市集小镇,整个地方没有半个有钱人,就连世袭的领主也是苦哈哈的。惟一一家贩卖所谓的"奢侈品"的商店,由一位年轻的帅哥经营,他的货全是从恶名昭彰的兰第科塔(Landikotal)国际市场走私进来的。他今天带来好几件"玛莎"百货公司的全新毛衣,每件只要一点四英镑;摊子上还摆了好几台晶体管收音机、录音机、照相机、手表、香水、玻璃器皿、瓷器以及爱尔兰制的麻质餐巾。看到这一堆东西我忍不住问老板,在吉尔吉特有谁买得起这些高档货?他笑着告诉我,这些全是夏天卖剩下来的旧东西呢。我心想,或许是那些精打细算的美国观光客,不去邦德街的爱尔兰商店,而专程绕到吉尔吉特来拣便宜,因为这店里每样东西的价格都只是原产地的三分之一而已。

我从政府的供应站那里买了两加仑的煤油,由于政府的补贴,所以每加仑只要三点五卢比,与平地的价格一样。这种优惠对吉尔吉特人的确有必要。今天我们就看到一个小男孩,小心翼翼地将地上的油渍用布抹起来,这些油渍是停放在路边的卡车滴下来的,而这条沾了油的破布,在今天晚上丢进旧铁桶燃烧时,将可为小男孩带来一段时间的温暖。这些可怜的当地人,在如此恶劣的环境下仍旧能够保持愉快的心情,真是令我惊叹。他们虽然活得如此艰辛、邋遢及穷困,可是品德却没有败坏。不过我发现吉尔吉特人不像巴旦人那般有活力、有魅力和聪明。

今天有一位在本地极负盛名的伊斯兰教"圣人兼学者"来看我,真可谓是蓬荜生辉。他的名字叫纳西尔(Haji Nasir),来自罕萨。他是一位令人印象深刻的男士,年约五十多岁,相貌潇洒,皮肤白皙,浑身上下充满良善、平和与坚毅的气息,他编著了一份手稿,将迄今尚未形之于文字的罕萨土语收录其中,此外他还出版了好几本以乌尔都文及波斯文撰写的书籍。

纳西尔是经由我们"吉尔吉特最要好的朋友"(蕾秋如此认定)介绍认识的,至于这位好朋友是谁呢?我且引用他的名片来介绍他,那张镶金边的绿色名片上写着:"古兰·穆罕默德·贝格·亨吉,阿嘉汗伊斯兰教最高法院名誉书记"。古兰的个子很高,身材也很棒,他总是戴着绵羊皮帽以及深色眼镜,长年住在千禧旅馆里(因为老板是他的姻亲)。他帮了我们很多忙。

**吉尔吉特，十二月二十二日**

今天早上的天气很不错，是个凉爽的晴天，稀稀落落的白雪（不一会儿就没了），让附近的山景变得不再那么冷硬。

纳西尔邀请我们吃过早餐后到他家去坐坐："咱们再多聊聊宗教，我还准备了一些小点心喔。"这种邀请实在令人难以拒绝。在吉尔吉特要找到某人的住处很不容易，我在市集里向一位年轻男士打听纳西尔家怎么走，谁知事情竟这么凑巧。"请跟我来，我是纳西尔的儿子。"他带我们走入一条狭窄、蜿蜒的通道，小径穿梭在许多灰泥砌成的房子间，最后穿过一道老旧的木门，进到一间干净的小屋子，房子的两旁皆有阳台，里面有好几个房间。纳西尔的儿子把我们带到他父亲的书房兼祈祷室，纳西尔正盘坐在一块红色的拼布刺绣丝绒坐垫上，津津有味地读着插图精致、装饰华美的十七世纪的波斯文手稿。我们坐在便床的边上，当我和纳西尔讨论佛教的时候，蕾秋则在一旁画图。接着纳西尔将他最近刚出版的一本书拿给我看，这是一本薄薄的宗教诗集，以波斯文撰写，是他为了纪念两名过世的至亲而写的——一位是他的长子，死于拉瓦尔品第飞往吉尔吉特的空难；另一位则是他最喜欢的一个侄女，她在纳西尔的长子过世几个月后，不幸丧生于吉尔吉特到斯卡杜的车祸事故。

在我们抵达的时候，纳西尔已经准备了好几盘杏子干以及杏子果仁。我们聊了将近一个小时以后，有两位举止严正的男士加入谈话,这两个人话不多,看起来像是纳西尔的门生。这时纳西尔的家人为我们送上茶水及饼干,不过这些女眷只把食物送到门口,再由男主人将食盘端给我们,显见伊斯兰教的教规在吉尔吉特执行得非常严格,难怪我在市集里常会惹起周遭人士的敌意。

**爱尔兰市?**

在我们喝茶的时候,纳西尔好奇地问我:"爱尔兰是在美洲的哪里?离纽约近不近?它是个大城市吗?"天啊,现在已经是一九七四年了,从纳西尔这样一位博学多闻的学者口中问出这番话,差点令我为之绝倒。这情形真让人仿佛回到了马可·波罗的那个年代,国与国相距遥远,所以人们完全无法想象对方的一切事物。

相当值得一提的事是,我发现即使是那些会说英语的本地人,也对外在的世界极度无知,包括对巴基斯坦。大多数人的确很感激布托政府的补贴政策,但还是习惯性地将"巴基斯坦"当成一个友好的邻国,而不觉得那是自己的祖国。而且有些人——通常是那些能说会道、教育程度较高的人士——公开地对巴基斯坦政府将吉尔吉特与其他几个地方合并为"北部地区"的做法表示不满。这些人士指出,合并行动使得吉尔吉特的犯罪率大增。过去吉尔吉特是由几位小领主在各自的小领地内执行司法,这一带从来就不需要警察,即便是治安最糟的奇拉斯也是一样。反观现在,巴基斯坦政府建立了一批警察武力,由于住宿地点不足,所以他们常常占据英国殖民时代所建立的驿站旅馆,而部分来自平地的不肖警察,把索贿的歪风带到山上,让恶徒得以逍遥法外,这种情形在以前根本不可能发生,执法者根据伊斯兰教法很快便会将罪犯定罪执行。好在并没有太多平地警察上山,因为大多数资深警察都是由以前领主的家人转任——就这一点来说,巴基斯坦政府算是做对了。

离开纳西尔家的时候已经中午了,我们还要再去拜访另一位朋友,他邀请我们过去吃午饭,还郑重地将他的名字和住址抄在我的记事本上:"米尔·阿曼·夏,建筑包商,七○○号"。这位朋友也是在昨晚来访的,他在罩袍下藏了半瓶"普尼尔水"作为见面礼,然后蹲坐在小小的媒油炉边聊他的故事。米尔今年三十五岁,普尼尔人,拥有拉合尔大学文学学士的学位,但是因为他在平地无亲无故,因此大学毕业后找不到工作,只好来到吉尔吉特做兼职的建筑包商,工暇时还得下田务农。当他提起太太时所表现出的款款深情,在伊斯兰教男士中实属难得一见。他说他的太太是一位非常有骨气的贤淑妇女,同时也是一位风趣又情投意合的好伴侣。他的先祖是从阿富汗移居过来的,不过那是很久很久以前的事了,所以他的家里并没有人会说普什图语。

**嬉皮族的天堂**

就在我们锲而不舍地找寻七○○号时,正好遇见巴伦和他的好友,因为吉尔吉特只有两条街,所以只要你在这里住上几天,出门必定会遇见认识的人。不过在巴伦的协助下,我们还是找了好久才找到米尔家,因为他们家正好位于两个市集中间的一个聚落。米尔家所在的这个区域要比纳西尔家差多了,肮脏的水沟里堆满了家庭垃圾,泥土砌的屋子破旧不堪,这里的孩子看起来都脏兮兮的,一副没吃饱的样子。

在一名骨瘦如柴的独眼小男孩的协助下,我们终于找到了米尔家。巴伦与友人和我们一起进去,米尔和巴伦并不相识,不过这一点也不要紧,才一会儿他们就一起喝起了自家酿的甜酒,而我则喝我的普尼尔水,然后米尔请巴伦到小吃店把我们的午餐买回来——薄煎饼及炖羊肉。在这里抽大麻、鸦片或是其他任何可以吸食的东西,就像我的家乡到处林立的小酒馆那般平常,在市集里甚至还有政府核发执照的毒品摊位呢,无怪乎嬉皮族会趋之若鹜。

米尔家是一间租来的小房子,里面只放了两张不太稳的便床和一个木柜,由于天空又是乌云满布,所以我们全都挤坐在一个小煤油炉边。在我们聊天的当儿,不时有墙上的泥土落下来,米尔的寝具上有跳蚤的痕迹,肉骨头、烟屁股、石榴皮以及杏子核丢了一地。

昨晚米尔来访时,对我带来的几本宝贝书极感兴趣,所以我借了一本史帝芬斯的《巴基斯坦》(*Pakistan*)给他,从他今天聊的话题看来,我猜他昨晚一定熬夜读完了那本书。像米尔这种人在亚洲还真不少——空有满腹经纶,可惜怀才不遇。

下午我们到河岸上的农垦区走了走,打道回府的时候正好太阳下山。由于天色昏暗,让我们在行经一条无照明的小巷时差点踩到电线,幸好有一名好心的年轻人火速从门后闪出来,他大力挥舞着一根绑着警示红布的小木棍,大声喊道:"小心,地上有电!"他还指着旁边一头被电死的小牛,证明他所言不虚。

这个季节是牲畜命运最悲惨的时刻,小牛因为吃不饱瘦得像羊一般,母牛则像小牛,每回在市集里看到那些可怜的牲畜,因为饿得饥不择食,把地上的纸片全都吞进肚子里——管它是香烟的锡箔外包装还是什么(待会儿它肯定会不舒服),都会让心地慈悲的蕾秋忍不住掉泪。所有的茶室都使用炼乳,而且全都是外国货,每罐十四盎司只要三点五卢比。

**吉尔吉特,十二月二十三日**

古兰曾向我们保证,今天应该会有一辆吉普车到斯卡杜,可是一早都没有见到任何车辆的影子,而那个说好要和我们分摊费用的年轻政府官员,也没有出现。七点四十五分,我到他住的那家旅舍找他,可是他并不在那里。接着我又按指示到另外一家旅馆去找他,也没找到人;我甚至还到特派代表官邸外的岗哨去找他,负责岗哨的卫兵是他的表哥,也是他未来的大舅子,结果一样不见人影。最后我终于死心了,并且请古兰另外再帮我们安排一辆车子。稍后,我得到的答复是,因为宰牲节的关系,所以三天内都不可能弄到车子离开吉尔吉特。就在这个时候,巴伦突然神不知鬼不觉地出现,他认为这种说法完全是胡扯——事情根本与宰牲节毫不相干，真正的原因是天气太糟，以至于通过印度河峡谷的道路变得异常危险。巴伦解释给我听："那条道路的路况并不好，老是有吉普车翻进河里去……"

不过，此刻我很高兴今早没有离开，因为今天的天气实在是好极了。十点钟我和蕾秋从旅馆出发，口袋里装满了杏子干，打算趁着好天气爬爬山。不知不觉已经下午四点半，我们走了十二英里路，而且在蕾秋的主导下，爬了一段比较耗费体力的山路。在蕾秋眼里，喜马拉雅山似乎没什么大不了的，她一直问我："我们为什么不爬到它的山顶呢？"这当中有好几次，我看她一副不在意的样子走在五百英尺高的陡坡上，心脏简直要跳出来了。不过孩子和动物一样，步履其实相当稳，因此只有在越过结冰的地方，我才坚持由我带路或是把她抱过去。对我而言，今天的健行之所以会这么值得，完全是因为蕾秋在置身于山林时的那股兴奋之情。这趟踏青之旅，让我们之间感觉更像是朋友了（暂时别管什么母尊女卑那一套了）。

**民风浓郁**

我们从位于山阴的河岸逐渐往上爬，沿着灌溉水道的两旁结了厚厚的冰层，形状各有不同，却都美不胜收。有时候冰层甚至可达五六英尺高，蕾秋兴奋地在那些结冰的水道上走着，并且在刚下的一层薄雪上踩下足印。不久我们便走到山阳的那一面，清澈的冰河水快速流过梯田，发出闪闪的亮光，这一小片浅棕色的土地刚刚才整过地,上面有一棵叶片落尽的树,堆满了金黄色的玉米秆,看起来很像是某种美丽飞禽的鸟巢。从这里望过去,吉尔吉特的那座大吊桥变得像个拼装玩具。

在一片宽广向阳的草原上有三间简陋的土屋,屋旁长了许多杏子树及胡桃树,屋前有五名妇女和我们打招呼,她们全都没有戴面纱,举止自然不拘谨,和吉尔吉特镇里那些躲着不敢见人、不敢说话、手足无措的妇女,真是有天壤之别。我永远都记得,她们头上戴着刺绣华丽的织锦帽,上面有手工粗糙的银饰从帽檐垂到前额。其中三名妇女正在哺乳,怀里的小婴儿很脏,身上满是苍蝇卵,通常这些孩子都是揣在母亲的大斗篷里,不过他们的母亲很自豪地把小宝贝拿给我们看。当我啧啧称奇地赞美这些小婴孩时,有个女孩依照大人的吩咐,拿了十几粒核桃送给我们。我一边走,一边不禁沉思,这十几粒核桃真可谓是礼轻情意重,其价值远超过住在平地那些生活富裕的朋友所给予我们的一切,虽然他们的关照无微不至,但因为他们是那样的富有,所以他们的慷慨实在不能与这一堆干果相提并论。

我们继续往上爬,在另外一个狭窄的山脊上,遇见一位老妇人,她正在将冰块敲碎,放进盛水罐里。她一再向我们示意,要我们到她家里坐坐。到家后,她把盛水罐搁在靠着石墙的一架老式手织机的旁边,然后便拉着我的手,带我们进到客厅去,她的脸上一直带着笑意,我们之间完全不需言语便能沟通。地板的中央有一个石头围边的凹洞,里面还烧着些余火,上方是一扇正方形的天窗,我们便围坐在那个石炉子旁边用泥土堆成的平地上。主人用驴粪做燃料烧茶款待我们,在这里驴粪可是非常珍贵的哟。这时我才发现,其实我们的女主人并没有外表看起来那么老,因为她最小的孩子才两岁多,她一共有九名子女,另外还有四个不幸早夭的孩子。她的长女非常美丽,才十五岁,就已经有一个孩子了,此刻就坐在我旁边,叫我别客气,多吃些杏子干,偶尔还不忘弯身向前替烧得很慢的驴粪扇扇风。另外有三个男孩子,身穿自家缝制的破旧外套、头戴卷边帽,他们坐在蕾秋旁边,脸上显现出不可置信的夸张表情。驴粪在燃烧的时候会散发出辛辣的烟,害得我们大家眼泪直流又不停地咳嗽。

主人家有两组嵌入式的架子,里面放着家中仅有的几样物品——必备的烹调用具以及几件替换的衣服,而地上铺着的草席显然就是大家睡觉的地方,白天的时候则把软垫收起来叠放在墙边。天花板上吊挂着两张羊皮,是用来制作奶油的,这个方法倒是和藏族人一样。一只邋遢但显然颇受宠爱的姜黄色猫咪一直待在炉火边,门道上则站了一只毛茸茸的小羊,慢条斯理地啃着一根长长的嫩枝。

我发现主人家的茶叶虽然号称"印度茶",却是从中国来的进口货。茶煮好后加一点新鲜羊奶,再倒进两只不怎么干净的平底玻璃杯里(居然是法国货)。主人从架子上取下一个装糖的锡杯给我们,虽然糖价有政府补助,可是糖在这里毕竟还是很昂贵,所以我叫蕾秋不要加糖。这时女主人拿起一块粉红色的岩盐,并且做出问我要不要加的表情,我点了点头,她马上在我的杯子里放了点盐——这又是藏式喝茶法。

在我们离开的时候,主人正准备弄午餐,他们改以黄色的煤块来生火,因为煤块生的火比驴粪更快、更旺,只有在煎饼的时候才拿来用。主人非常热忱地邀请我们留下来用餐,可是我看他们大家都一副营养不良的模样,实在不忍心瓜分他们的食物。当我向蕾秋解释我们必须离开的原因时,她很不解地问:"你付钱给他们不就好了吗?"我只好再试着让她了解,付钱会亵渎了主人家竭尽所能热忱待客的古老传统。我们这些来自贪婪的西方世界的人,很清楚这些穷人家的付出,绝非金钱所能衡量。真高兴在距离吉尔吉特不到四英里的地方,居然有如此明媚的风光,而且我们今天在途中遇见的人,至少有一半都邀请我们到他们的家里去坐坐。

**坟场之后的惊喜**

我们继续往上行,又见到一处人迹杳然、草木不生的荒芜之地,原来这里是一处坟场。由于墓碑上完全没有刻字,只能从外观、大小以及土堆的高低来判断,这是个成人还是孩童的坟。其实我觉得,埋骨在这荒山野地,反倒要比我们那套充满繁文缛节的丧葬仪式更有尊严。

走过坟场之后,我们便越过了山的那一头,意外地发现约一千英尺下有个隐蔽的小谷地,老天!落差还不小哩,难怪蕾秋今天会为景致的遽然变化而折服。我们继续走山路,然后沿路到达这个小谷地的顶端。冬季期间这个小山谷是绝对照不到太阳的,所以可以看到粗约十英尺的大冰柱，在我们上方那座高不可测的崖壁上闪闪发光。我们顺着雨水冲刷而成的小道，向下走到平坦的谷底，途中一再爬过被冰包覆的巨砾，让蕾秋乐不可支。当冰雪融化时，这条小水道肯定会变成一条水流奔腾的大河，不过现在的水位很低，如果不小心掉进河里，顶多只会觉得不舒服而已。

当我们回到千禧旅舍时，古兰正在等候我们，告诉我他找到了一名巴旦族的吉普车司机，名叫穆罕默德，会在明天早上八点钟载我们到斯卡杜去。至于费用嘛，如果蕾秋占位的话，要一百卢比；如果我把蕾秋抱在腿上，就只要七十五卢比，因为这样可以腾出较大的空间摆行李。我算算这样的价钱还算合理，因为从这里到斯卡杜距离一百四十六英里，而现在是冬季，所以大约要两天的时间才能到达。通常在夏季，如果司机不休息，一口气驶抵，只要十四个小时就能到达了。许多司机在上路之前都会抽点大麻，好放松神经，可是这却会造成在遇到紧急状况时，无法适当反应而把车开进河里。不过古兰向我保证，这个穆罕默德可是这里出了名的好司机，他不抽大麻，只抽香烟，而且开车非常小心，算是开斯卡杜这条路的老手。

**吉尔吉特，十二月二十四日**

才早上七点五十五分，我和蕾秋便已经把行李拿到千禧旅舍对面的吉普车旁边了，不过看样子，我们实在不太可能在五分钟后启程。但我还是乐观地想，说不定我们可以在十点钟出发。

第一章　吉普车时代的吉尔吉特　　47

**好事多磨**

八点二十分的时候，来了好几个身穿修车服的年轻人，他们打开车子的引擎盖，叽里咕噜地说了一些话，看起来不怎么乐观的样子。接着他们用千斤顶把车子的前轴给顶了起来，然后便开始动手修车，结果一弄就是三个钟头。每隔一阵子就有人告诉我们："再过十五分钟就好了。"虽然明知这不太可能，但我们还是满怀信心地站在车子旁边。今天早上的天气不太好，附近的山上下着大雪，我们这里则偶尔下点小雪，我实在不太情愿离开车子太久，可是隔一会儿，我们就必须进旅馆里喝杯茶让身子暖和点。这些本地人对酷寒的忍受力实在太不可思议了，我看到五名瘦弱的年轻人一整个早上都待在停车场，他们身上只穿着单薄的棉衫，脚上则穿着旧轮胎做的凉鞋，我一共只看到他们升了两次火取暖，可是显然没什么作用。可知吉尔吉特为什么没有垃圾问题？因为只要地上有任何一丁点废弃物，不是被动物吞食，就是被人拿来当做燃料取暖。

最后车子终于修好可以上路了，却找不到穆罕默德的人影。一个小时后他终于出现了，可是他说通往加格洛（Juglote）的路上下大雪，所以今天的行程被迫取消。不过他保证，如果明天天气不错，我们可以准时在中午出发。这回我可不敢再轻易相信了。

我们和古兰、米尔一起在千禧吃午餐，不用说，还是薄煎饼配炖羊肉。米尔认为，穆罕默德当然不肯在今天出发，因为明天早上九点钟他还得到清真寺去朝拜。可是古兰却很不高兴地否认，但我觉得米尔说得可能没错，穆罕默德应该是在运用拖延战术，以免我们找别的司机。

吃过午饭后，又有一位新朋友加入，他的名字叫做杰穆尔，是一位很有活力的罕萨人。他的皮肤白皙，脸上长着雀斑，一头淡棕色的头发，浓密的赭色胡须，两道粗黑的平眉，像一条线似的横跨在淡褐色的眼睛上方。杰穆尔的家乡距离中国的边界约八英里，现在在拉合尔大学攻读政治学，他很想从政，却不知如何进入这一行。杰穆尔与我在此地遇见的大多数罕萨人一样——千禧是罕萨人在吉尔吉特的大本营——痛恨印巴分裂，他认为巴基斯坦的生活方式变得更糟了。他举了一个例子证明自己所言不虚。从前平地的士兵和警察还未上山时，他们罕萨的妇女可以不戴面纱就上街，可是现在她们却失去了这种自由。这还真是一种奇怪的"进步"，有点像是以前土耳其之父凯末尔（Mustafa Kemal）为偏远的农村引进巴士，好让农村妇女可以搭巴士进城时所引发的奇怪的副作用。

杰穆尔也批评一般的巴基斯坦人，理所当然地认为伊斯兰堡有权统治北部地区，的确，北部地区曾在一九四七年至一九四八年间，同意归巴基斯坦管辖，不过也有些人反对这么做。这种情形公平吗？他们对伊斯兰教效忠，而得到的回报却是放弃英国人留给他们的独立程度……杰穆尔愈讲愈激动、愈讲愈大声，害得旁边的人都开始瞪着他。幸好这时候蕾秋出面解围，她建议我们再出去走走，才及时化解了尴尬的场面。

我们在前往市集的途中，遇见两组来自中国的筑路工人，他们正坐上帅气的"路虎揽胜"越野车。虽然他们人数不少，可是几乎与吉尔吉特人没什么往来。他们所使用的物资几乎全数来自中国，根本不需要在这里购物，此外，他们与吉尔吉特人也没有其他的接触管道。听说他们经常做好事，像是帮村民修崩塌的梯田挡土墙或是灌溉水道等，从来不多问话也不求回报，这里的人个个对他们赞不绝口。

当我们经过河边时，附近的山丘完全被乌云笼罩，空气变得湿冷沉滞，光秃秃的树枝在铁灰色的天色中抖动。途中还好几次看到路边宰羊群的可怕场面，这是宰牲节的唯一征兆。我们在天黑时走过昏暗的市集，大多数的摊贩都已经收摊上锁，今晚的街道让我想起了伦敦和都柏林。不过我很感谢真主安拉让我来到吉尔吉特，但这只是我个人自私的想法，若从蕾秋的角度来看，她连续两年的圣诞节都在异乡度过，真是可怜。好在她很喜欢首饰，而在这里只要花十卢比，就可以买到一大堆手镯、胸针、戒指和项链，太棒了！

# 第二章

# 印度河峡谷漫游

> 我的心情就像是，啊，车子终于停下来了，总算可以下来伸伸腿、好好欣赏一下风景……我能够真正地看清生命，而不是任凭汽车和司机的意志，匆忙地度过这一生，却丝毫没有机会享受一下途中的美景。
> 
> ——杨赫斯本爵士

**加格洛，十二月二十五日**

我打赌，雷秋不可能有机会再过一次这么奇特的圣诞节了。太阳才刚升起，北方侦察部队（他们的练习场地就在附近）的军乐队，就开始响亮且快速地演奏起《美好的往日》（Auld Lang Syne）这首曲子，而且一口气就演奏了半个钟头。我不清楚他们演奏这首曲子究竟是为了追悼某位基督徒军官，还是部队庆祝宰牲节的方式，看起来好像也没有半个人了解这件事。这是个阴暗、寒冷的早晨，云层很低，七点三十分的时候突然传来一阵响雷般的嘈杂声，当中还夹杂着两军在交战时令人毛骨悚然的呐喊声。我们急忙冲出餐厅门外看个究竟。原来是二十匹马术队的小马，披着色彩鲜丽、缀有流苏的鞍布，整齐划一地奔驰而过，看起来就像是穿着美丽服饰的轻骑兵队。骑在它们身上的马术队员身着轻便服装，手持挂着三角旗的长矛。除了我们母女俩以外，没有人出来看热闹。不知道这些轻骑兵队要去哪里，不久他们便消失在了灰茫茫的晨雾中。

**终于上路**

没过多久，云雾散去，我们便趁着等候穆罕默德的空当，沿着河的左岸快步走了一阵。正午刚过四分钟，穆罕默德便出现了，倒让我十分意外，不过现在却又发现找不到停车场的钥匙；我们猜想，大概是停车场的老板把钥匙带回家去了，他家距此地可有七英里。我自告奋勇地表示，直接把锁敲坏就是了，我会负责赔偿（反正一把新锁只要二点五个卢比），不过穆罕默德对我这个不道德的建议置之不理。既然如此，我便要他赶快想想办法。就这样，我们无可奈何地隔着停车场木门上的板条，望着我们的吉普车被困在里面。

四十分钟后，一名年轻人上气不接下气地把钥匙送来了，这时候却又找不到穆罕默德了。当他终于现身时，已经有人生好火放在引擎下暖车，行李已经放到车上，我们母女俩也在座位上坐定。可是不知怎么搞的，虽然引擎已经运转了好一阵子，可是车子却动不了。穆罕默德跳下车去，神情倒是很镇定，然后他拿了几个螺丝和几条电线,三两下就把车子给搞定了。穆罕默德的修车技术还真管用,我们在两点十分终于上路了。这条路我还记得非常清楚,只不过上回来的时候我是骑脚踏车经过。虽然这条路现在已经改称为喀喇昆仑公路,可是它的路面还是跟以前一样差,我必须沿路抱紧蕾秋,而且不准她开口讲话,免得万一遇上猛烈的震动把舌头给咬断。

愈往这条喀喇昆仑公路前进,我就愈发对那群筑路的中国工人产生一股钦敬之情,他们约有数百人,沿路每隔一阵子就会看到他们的身影。他们的挑战极度艰辛,使用的机器却又如此之少,我们只看到一辆卡车后面放着一台发电机,用来在岩壁凿洞放置炸药,偶尔会见到一辆手推车——我不知道手推车能不能算是机器;他们大多数的工作全是靠铁铲、铁镐、柳条篮子以及双手来完成的。在这些工人当中,看不出哪位是他们的工头或组长,他们全都穿着一模一样的蓝色高领连身工作服,做着同样的工作;最后这一点最是令我感动(当然也有点不习惯)。巴基斯坦的工头是绝对不动手的,他们还会刻意穿上与"苦力"不同的衣服,以示区别。

**贵气的巴旦人**

我们在四点钟过后抵达加格洛,此地距吉尔吉特河与印度河的汇流处只有数英里。不远处有个规模不大的巴基斯坦军营,我们在这里停车补货。营区的对面是巴尔蒂斯坦物资供应站,许多从平地开上来的卡车全在这里补充汽油、煤油、糖、面粉、米、香烟、茶叶、炼奶、衣服以及其他几样物品,这些货物全都是由一些小吉普车趁着好天气时载运上来的。

到了这个时候,穆罕默德终于露出了一点紧张的神色,不过这并不难理解,因为此时午前的太阳早就下山了,四周的高山全笼罩在一片云海之中,而巴尔蒂斯坦则被厚厚的积雪所覆盖。穆罕默德在供应站的朋友对于前程很不乐观,他认为在这样的天气下,不太可能兼程赶到斯卡杜,因而建议穆罕默德尽量往前走,等到路况真的看不清楚时,便找个地方住下来休息一晚——我觉得这个主意甚好。他们俩完全是以他们的语言在对话,我是怎么知道他们谈话内容的呢?这就是了,有时候我真觉得自己还算能理解乌尔都语,尤其是在遇到压力的时候。

我和蕾秋都很喜欢穆罕默德,他个子很高,瘦瘦的,而且很英俊。他身上穿着宽大的巴旦式灯笼裤,上面则罩一件满是油渍的厚夹克,头上用羊毛围巾随意扎成头巾的样子。虽然他穿得如此随意,可是仍旧和一般的巴旦人一样,不论衣着及职业有何不同,全都散发出一股君临天下、雍容华贵的气派。穆罕默德是那种话不多,可是绝对不是不友善的人,让我深受吸引。即使是和朋友在一起,他也不说一句废话,而且除非必要,否则绝不跟我们闲聊。我认为,再也找不到另一个比他更令人放心的司机,来载我们穿越印度河峡谷了。

如果安排得宜,小小一辆吉普车其实可以载运不少的东西,像穆罕默德就载了两大桶煤油、六袋面粉、两袋糖、好几捆棉花,以及几箱杂货（包括德国进口的炼奶、荷兰进口的罐装液体奶油，以及从拉瓦平地买来的饼干、香皂和香烟）。光是要把这一大堆东西绑好，让它们能够承受这一路上的极度颠簸，就得花上好几个小时。东西若没捆好，万一掉进印度河里，那不单是财务上的损失而已，可能会让车子在急转弯的时候偏离了车道。所以这个下午我和蕾秋就有不少时间好好地散步，虽然我们根本没有吃一肚子美食，需要靠走路来帮助消化。我们还在供应站那里看了一场斗鸡比赛，这项"娱乐"吸引了一群人来观赏。阿兵哥队派一只棕色的公鸡出赛，老百姓队则派一只有斑纹的公鸡，两只鸡在生锈的铁桶围起来的场子中斗个你死我活，最后是阿兵哥队获胜，然后他们把两只鸡都给宰了，作为宰牲的大餐。

**清粥薄饼是滋味**

夜幕低垂时，我们全都蹲坐在供应站走廊上一个烟雾迷蒙的小油炉子旁取暖，供应站的经理好心邀请我们，今晚就睡在储藏室的便床凑合着过一夜，可是不知为了什么原因，穆罕默德坚持要继续再开两英里路，住进加格洛的这间小旅馆。十一年前的六月十五日，我也曾住过这里，那次我是睡在路边的吊床上，因为天气实在太热了，根本没办法待在屋里。

今晚的天气却又太冷，绝对没法在室外待上超过撒一泡尿的时间。当我们一路颠簸着开进加格洛的街道时，周遭已是漆黑一片，只有这间旅舍后面的茶室外挂的一盏煤油灯笼发出微弱的光芒。旅舍的老板是一位饱经风霜的老人,头上戴着一顶锈着金色花边的无檐便帽,嘴上蓄着花白的胡子,嘴巴的左边有三颗棕色的大板牙暴突出来。他亲切地将我们从冷风刺骨的茶室迎进暖些的厨房,厨房里有一口高及腰部的泥土大灶,里面烧着淡黄色的桑葚树枝,灶上的火苗是这屋里唯一的光源,唯一的食客正盘腿坐在木凳上不发一言地吃着,他的长相有点像古人;餐盘旁边摆着一支步枪,身上则披了一条厚毯子,当他食毕离开,我才发现,他的下半身居然没有穿长裤,真不知待会儿他要如何抵挡屋外的天寒地冻。

我们的晚餐是薄煎饼配一碗稀粥,饭后有一杯味道极淡的茶。由此可见,即使是在宰牲节期间,加格洛的村民仍旧无法尝到肉味。不过由于这是连续十二个小时以来我们的第一餐饭,所以还是觉得滋味无穷。

吃过饭后,老板领着我和蕾秋经过小小的庭院,进到我们今晚住宿的房间。老实说,这房间在我们爱尔兰连当猪舍都不够格。房间的石墙被驴粪和泥土弄得脏污不堪,在墙壁的高处有一个没装玻璃的小窗户,屋顶上还有一个排烟的"烟囱"(从地上的泥灰看来,想必是有客人自己带木柴来在房中生火取暖),都可以用来通风;房间的一角堆放了一大叠棉被,用来租给没带寝具的客人。我们与穆罕默德共同分租这个房间,每张便床要付三卢比,若以当地的水平来算,这个价钱实在很不便宜。而且我们还得先爬过别人的床,才能睡到自己的床上。刚刚穆罕默德经过时,还踩断了我床上的两根绳子。

正当我为蕾秋念今晚的床边故事时（不论情况多么不方便，我们的床边故事从未中断过），我们听到屋子的一角传出奇怪的声响，不像是人类的脚步声。蕾秋吓坏了，我也有点害怕。最后我不得不鼓足了勇气，用火把向怪声的来源照过去，原来是一只打算在那叠棉被上过夜的花毛母鸡，正聚精会神地啄食跳蚤呢。

? 十二月二十六日

等明天我向穆罕默德打听清楚，这里究竟是什么地方，就可以把这个问号给换掉。我们现在已来到印度河峡谷的中心地带，到目前为止，旁人一共告诉我三个不同的地名，可是我在带来的巴尔蒂斯坦详细地图上却找不到这些地名，或许地图上写的是另外一个名字，管它呢，知不知道名字又怎样？重要的是，我再也找不到另外一个地方，要比这儿更适合被困在冰天雪地里。

**蛮荒大山**

此地距离加格洛不过七十八英里，却花了我们八个半小时才抵达。我想，穆罕默德一定是个从不胡思乱想又笃信宿命的人，否则他怎么肯开着这么一辆超载的破车，走过这样一条稍不小心随时都可能翻落到数百英尺深谷下的险路。这整座傲然耸立的雄伟山脉，硬是被印度河打通了一条出路，我们只得顺着它往前行。没有亲身游览过印度河峡谷的人，着实难以想象那会是怎样的一番景象；要亲近它的唯一方法，便是徒步健行。

除了心理作祟使得我的神经紧绷不放之外，这座山脉本身便具有一种慑人的气势，这是我在其他地方从未遇见过的。山形、山色以及质地交织而成一种极度蛮荒、不生寸草的印象。我完全找不出任何一个形容词，能够恰当地说明这座大山的风貌；其实"风貌"这个词本身就已经不甚恰当。不论是"壮观"或是"雄伟"，都不足以形容这座绵延数百英里的巨大断崖给人的感觉，整座断崖峭壁见不到一株草、一棵树或任何植物，只有流贯其间的碧绿色印度河——有时急速奔流的河水会幻化成闪亮的白色泡沫——打破这一整片灰棕色险峻山岭的单调沉闷。这座山脉中的许多山峰都被教堂般大的尖锐石块所覆盖，可是它们看起来却只不过是些巨砾而已。乍见印度河的时候，你可能会被那个景象吓破胆，可是不一会儿它便会产生一种催眠效果，只要你一直凝视下方那条美丽却又无法触及的绿色蛇妖，便会觉得它不过是一条小溪流罢了，因为河实在距离你太远、太远了。我们还见到两条供人通过山谷用的"流笼"，当地人坐在小木箱里，拉着钢索前进，当我看到有个人吃力地要过桥时，心里真是十分庆幸"幸好不是自己"……

当然，这个区域大部分是不适合人居住的，不过在极难得的一两处可供开垦梯田的山坡，或者是能够抵挡泥土流失的石地上，便会见到几间长方形的石头小屋聚居，屋旁种了杏子树、桑葚树、水榆和杨树等。我想在夏天的时候，这几处绿地看起来一定很美，不过现在恰是隆冬，大地一片荒芜，自然是见不到绿叶的踪影。我想一定有人弄不懂，为什么他们要跑到这种鸟不生蛋的地方来落户,这里的气候和地形都太不适合人类生存了。

这条吉普车道兴建完成的时间还不满十年,是按照古道翻新而来的。目前巴基斯坦陆军打算把它拓宽成传统的公路,让巴士、卡车和汽车都能通行。不过这项工程的艰难程度,与中国修筑的印度河公路相比,绝对是有过之而无不及。如果他们的修路方式和态度不大幅改变的话,恐怕是难以成功的,但布托总理仍旧要求,要在一九七七年年初完成这项工作。有段小插曲倒是令我永难忘怀:我曾见到修路部队炸掉一块大石壁,碎块就落在车道的边缘,然后再由四名老兵慢慢地把它移走。他们四个人全坐在地上——其中两个人面朝大石块,另外两名同袍则由背后顶住,他们费尽力气想用两只脚把大石块给推下去,这样子修路真不知几时才能完工……不过这个景象可让那些痛恨汽车的人乐极了。

一整天,我们只遇见一辆吉普车,而且就在这附近。当时车道因为积雪非常滑溜,那辆车为了让我们通行而倒车,我看见它外侧的车轮离车道的边缘不到四英寸,吓得我胃都疼了。我不禁猜想,这一整天里,我们自己的车子是不是也常常出现这样的危险状况。在这么狭窄的车道上行驶,驾驶人很容易养成习惯,觉得四英寸是非常安全的距离,而无视山上随时可能的落石。除此之外,我们遇见的是一群群的山羊,我猜想牧羊人是要把它们赶到草比较丰盛的地区,因为羊在这儿是吃不饱的。我从未见过面容如此沧桑的牧羊人,他们身上穿的不是衣服,而是用碎布缝缀成的披搭,头上戴着各色玻璃片装饰的无檐便帽,脚上围裹着细细的皮条子,他们赶的牛则裹到半身高。昨天我们也遇见过类似的情况，只不过他们是赶着一群混种牛朝吉尔吉特前进，虽然那些牛身上和牦牛一样长着长毛，不过主人还是为每头牛另外套了只布袋，我想这是因为它们是从很高的山上下来的，而且得在路上夜宿。

**招待所**

我们在下午四点半抵达此地时，由于云层低又厚，还下着小雪，所以天色已经相当昏暗。印度河峡谷到了这儿便豁然展开，车道与河道分开，越过一片被狭窄的小峡谷贯穿的灰茫茫的石砾沙地。人们在这些深深的裂缝上架起了一座全新的木桥，宽仅容一辆吉普车通过，而桥下是奔腾的印度河急流，河水拍打在石壁上发出轰然巨响。

穆罕默德把车子停在一家"饭店"的外面，这家"饭店"很巧妙地建在路边一块突出的巨石上，老板很有头脑地就地取材，把石砾当做座椅、泥土壁炉的支架，以及厨子准备薄煎饼的桌子。刺骨的寒风从"饭店"石墙的四面八方钻进来，里面的客人全都挤在烧得正旺的大火旁边，火上正煮着茶和一锅鸡肉，深褐色的肉汁只尝得出辣椒的味道。在厨房兼餐厅外有一间宿舍，里面有十二张吊床，全都没有附带寝具，每晚的住宿费是四卢比——不过这个季节里旅客非常少。当地人很自然地把这里叫做"饭店"，并且把它当做运往斯卡杜的物资供应站，因为在天寒地冻的冬季里，运货员往往只能到这里就再也无法前行了。（据说从此地到斯卡杜之间的这一段路,要比我们从加格洛到此地危险得多。老天,我真不敢再往下想了。)

坐在火堆旁的那几个男人和青年面无表情地看着我们坐下来,穆罕默德忙着卸货的时候,他们并没有和我们寒暄,而是互相嘀嘀咕咕,我们怎么会以这么不舒服的方式来到这里。这是我头一回听到别人以巴尔蒂斯坦话交谈,那是一种古老的西藏方言,我可以听得懂几个字。其实我并不在意他们的冷淡态度,那只意味着我必须采取主动,我相信,一旦我对他们的社会造成的初步震撼消除,我们之间的关系很快就会有所改善。

当穆罕默德再度出现在门口时,他向我们招手,并吐出自我们见面以后的第一句英语:"招待所。"我们不是就要在这间"饭店"过夜了吗?真搞不懂他还提招待所做啥?而且我认为,绝对不会有人跑到这地方来建招待所的。没想到,我们的吉普车又从刚才来时的路开出去,外面下着小雪,在爬上一小段陡坡之后,居然真的来到一家小型招待所的走廊。这栋建筑物很新,去年才刚盖好,专门供过路的政府官员住宿。它的外观是仿造英国殖民时期的驿站旅馆,不过有一点非常可笑的错误,英国人绝对不可能干这种蠢事——在标高八千五百英尺的小房间上,居然开了三面大窗户。

我们的房间是所谓的"贵宾套房",旁边便有一间盥洗室,整间套房全部铺着厚地毯;另外一个更大间的套房,则从十月起便由一个来自平地的三人医疗小组住下。我想,明天一定可以跟他们好好聊聊。没想到就在我们把行李拖到走廊的时候,就遇见他们的领队马札尔医生。他以流利的英语和我打招呼,这位英俊有为的医生年仅二十四岁,从他的表情看来,显然是非常高兴看到我们这些外地客。我们随即聊了起来,不过因为我实在是非常累了,所以不打算在这里把我们的谈话内容记录下来。

### 索渥尔,十二月二十七日

我终于打听出来这个小村庄叫做索渥尔(Thowar),此地还获选为隆达(Ronda)地区的行政中心呢。隆达地区东西宽约四十五英里,南北长约三十二英里,意思是"峡谷之区",本区的领主则向来臣服于斯卡杜的领主之下。

### 贵宾套房

从索渥尔的重要性可以解释,为什么我们所住的招待所会这么豪华了,像我睡的床有一张泡沫橡胶床垫,另外一张弹性很好的长沙发,则充当蕾秋的睡床。房间里还有两把椅子,一张让我们能够写点东西的桌子(蕾秋的日记已经写到第七页了),浴室里甚至还有洗脸盆与马桶呢。当然,这里没有自来水,不过浴室里的"盥洗用具"虽然闻起来味道很怪,可是看起来还相当不错。其实看到这些豪华的装备觉得蛮生气的,因为根本不需要费那么大的劲,从别处运来这些豪华装备,本地做的东西一样很好用啊,而且看起来更棒,也更省钱。

旅馆的后面有一条冰河细流，从八英尺高的梯田上流下来，像一道瀑布似的，我们必须先越过一道十英尺宽、二英尺厚的冰块，才能走到瀑布下面。当我刚把水壶凑过去取水时，完全没料到它的力道那么强，把水壶都冲到了地上。瀑布四周是一些闪闪发光的冰柱、冰丘和大冰球，模样奇形怪状，仿佛来自别的星球。

由于房间里有三扇大窗户，所以很难让房间暖和起来。从我们的房间可以俯视一群美丽的高峰，许多山峰都覆盖着白雪，如果你能在一堆黝黑的石块与淡棕色的悬崖中找出印度河峡谷，便会发现它在我们下方非常深的地方。今天早上八点钟，我们母女俩走了好长一段路来到昨天那家"饭店"，去喝杯茶、吃点厚煎饼。吃完早餐后继续上路，路上的雪才刚下不久，底下则有一层冰，我们小心翼翼地走着，大约走了半英里路，来到一个名叫丹布达斯（Dambudass）的市集，里面有三名巴旦族的小贩卖着面粉、石盐、茶叶、糖、炼奶、煤油、香烟、火柴、衣服和香皂（从本地人的外貌看起来，这里似乎不太用香皂这玩意儿）等货品。市集里面还有一间茶屋兼旅店，老板是一位很迷人的老先生，他的脸看起来像一粒放大的胡桃，头上戴着一顶色彩鲜艳、饰有玻璃片的帽子，盘腿坐在泥灶上，只要客人吩咐，他马上便开始煎饼。我们在等摊贩包装茶叶和炼奶的时候，向他点了两杯茶来喝，可是他坚持不收茶资。买了这些东西之后，我们终于可以自己泡茶喝了。

没想到那些运到北部地区的煤油，早被平地的不肖商人掺了柴油进去，这种行为对于使用者的健康根本毫无益处。这种油燃烧的火很旺，可是却害我头痛、泪流不止；而我从拉瓦尔品第带来的蜡烛也很奇怪，烧起来一点也不像蜡烛，不但会发出嘶嘶声，烛油还不断溅到我的稿纸上。

**人民警察**

在我们从丹布达斯回来途经"饭店"前时，忽然有个满脸怒容的年轻男子站在门口，招手叫我们过去。这人头戴卷边帽，下身着宽松的裤子，外头再披了条长披巾，脸形很长，肤色苍白，而且长满了面疱。这人肯定是一位颇具权势的人物，因为他说得一口很不地道的英语，这种程度的英语最可怕了，它会造成极复杂的误解。不知为了什么原因，他摆出一副很不高兴的样子，对我们母女俩充满敌意。这时"饭店"里充满一股怪异的气氛，我们母女俩坐在里面唯一的家具吊床上，看着下面好几张被火光映照出来的半圆形面孔，这时他们都一副等着看好戏的样子注视着那名男子，他似乎就打算拿我们出气。他并没有说明自己是谁，便径自开口问我们是从哪里来的，为什么来到巴尔蒂斯坦，打算在这里停留多久，接下来要到哪里去？他说我们无权住在招待所，或是隆达的任何地方，必须即刻离开此地。（那我们该上哪儿？怎么去呢？）随着我们对话的进行，愈加暴露出他的英语实在很菜，而他却愈发的盛气凌人；虽然我已经尽量放慢速度，想办法说得更清楚一些，但是我终于搞清楚，他显然完全不了解我在说什么。每隔一会儿他便对着他的同胞大声地以本地话啰嗦一番，显然是在为自己辩护，这个场面实在太奇怪了。不过我可以感觉到，旁边的人全都转过来支持我们,令我开始替他难过起来,因为显然没有人认同他的立场。

当我们好不容易从"饭店"脱身回到住宿的旅馆时,外面却下起了大雪,从中午开始我们就一直被大雪困在旅馆里。吃过午餐后,马札尔医生邀我们到他们的房间去喝茶。医生的助理是一位极美丽但非常害羞的年轻护士,她来自拉瓦尔品第,另外还有一位比较年长的斯卡杜妇女,担任他们的监护人兼翻译(因为巴尔蒂斯坦人的语言和巴基斯坦人的完全不同),他们三个人分别睡在三张吊床上,因为伊斯兰教法典中并未禁止两性共处一室而眠。他们有一口俄国式的锡炉,可以烧水,也可以煮菜,可是得以非常昂贵的木柴当做燃料。我们母女俩觉得房间太热,可见巴基斯坦人比我们怕冷——马札尔医生是马尔坦人(Multan),是一位非常讨人喜欢的年轻人,蕾秋十分崇拜他。

马札尔医生所参与的是一项了不起的"医疗先锋"计划,这项计划的目的是要减轻巴尔蒂斯坦的健康问题。因为短期之内,巴基斯坦政府无法为北部地区的人民提供正常的医疗协助,所以暂时先由充满爱心的义工四处下乡。他们会预先挑选适当的人选,然后教导他们基本的卫生常识,由于这些义工可能会一直留在巴尔蒂斯坦,希望借由他们能将卫生的观念逐步推展出去。除此之外,医疗义工还会学习到如何处理痢疾、寄生虫病、支气管炎,以及当地一些常见的疾病。

我们才刚刚回到自己的房间,点燃炉子时,马札尔医生又来了。今天早上那位凶巴巴的年轻人则跟在他身后,他的上身不再披着长披巾,而是换上了一件橄榄绿色的毛衣,上面有一块红色的臂章写着"巴基斯坦人民警察"。

马札尔医生向我介绍说:"这位是瓦吉尔警官,他是隆达地区的警长,他想看看你们的护照。"后来马札尔医生私下向我们透露,其实瓦吉尔是隆达唯一的警官,鉴于当事人好像颇在意警长的头衔,所以不那么称呼他的话,似乎有些失礼。

瓦吉尔警官花了二十五分钟,巨细靡遗地把我们的护照查看了一遍,我看他那么仔细的样子,猜想他可能是要找我们的入境签证,于是便请马札尔医生转告他,爱尔兰公民是不需要签证的。可是瓦吉尔警官很不耐烦地摇头,继续以一种既困惑又很不高兴的表情查看我们的护照,当他看到我们今年年初曾在印度待过时,随即勃然大怒。马札尔医生和我花了十分钟才让他的情绪平静下来,这时我反而开始有点喜欢瓦吉尔了。除了先前在"饭店"的那段小插曲,他在不得已的情况下变得防卫心很重,其实他不过是个还不太能适应新职位的年轻人罢了。他在离开之前突然对我们微微一笑,并且热情地握手道别,还感谢我的帮忙,并一再叮嘱我们,如果经过克伯卢(Khapalu),一定要去找他哥哥。看来除了我们的护照令他不太满意之外,他显然已经决定接纳我们了。

### 索渥尔,十二月二十八日

在下过一场雪之后,今天又是个晴朗的好天气,金色的阳光闪耀在蓝天白云之中。八点钟,我站在旅馆的外面,一座不知名的两万英尺高的山昂然耸立在北方，白雪覆盖的山峰在一片蓝天的衬托下，散发出耀眼的光芒。我想，这世上再也找不到如此令我心醉神迷的地方了。峡谷的上方、往斯卡杜那个方向的山峰，仍旧是云雾缭绕，当我们要去隆达的村庄逛逛时，山边却覆上了一层薄薄的冰雪，而位于步道旁边的急流，因为水面上层已经结冰，所以水流只闻其声不见其影。我们走得很慢，因为蕾秋不太适应高山的环境，我倒是丝毫不受影响，在八千英尺的高山上，就像在海平面一样精力十足。蕾秋跟不上我的速度，可怜兮兮地说："我快喘不过气来了。"我只得放慢脚步陪着她。

**新石器时代遗迹**

这条步道经过一块棕色的长方形梯田，田的边缘筑着整齐的挡土石墙。我们还经过一丛被藤蔓缠绕的杏子树林，以及几间小小的方形石屋，然后来到一片被雪覆盖的宽广平台，就位于高约一千英尺的悬崖底部，这里的景致美极了，简直像梦境一般。终于看到隆达了，在吉尔吉特与斯卡杜之间，隆达是唯一一个出现在巴托罗得（Bartholomew）地图上的地名，可是它实在连个小镇都称不上；这里充其量只是一群木屋和石屋，零散地分布在长一英里、宽八分之三英里的空间上，有些屋子简陋得简直像新石器时代的古物；许多房子都在平坦的屋台上加盖了兽棚，为牲畜挡风遮雪并尽量吸收阳光，人们则由石头阶梯爬到屋台上。村子里最惹人注目的是一栋非常古老的两层楼大房子，两旁别无其他住家，楼上有四扇没装玻璃的窗户，那些裂开来的木制窗棂，让我想起了尼泊尔与西藏地区交界处的塔满人（Tamang）的住屋。事实上，如果你曾经见过西藏城镇与村落的照片，那么隆达会令你兴起似曾相识之感。

不一会儿，我们身旁聚集了一大群瘦弱沉默的孩子，显然是因为乍见我们而太吃惊了，以至于说不出话，也挤不出个微笑来。他们当中有不少人的皮肤白皙，简直和我们爱尔兰人没啥两样，甚至还在当中看到两名红头发、淡蓝色眼珠的孩子；而姜黄色头发、蓝眼珠的孩子在这里更是相当寻常。之后大人们也出现了，其中有三位非常美丽的年轻女子，她们的轮廓细致，典型的瓜子脸，皮肤晶莹剔透，两颊娇似玫瑰，一双明眸闪闪发亮。本地大多数的妇女都戴着华丽的圆形织锦帽，上面缀有银制的饰品，背后全都背着一个脏兮兮的小婴儿，或是正在学步的小孩。她们非常的友善，当我们受邀到村长家坐坐时，这群妇女全跟在我们后面，兴奋地笑闹着、聊着。其实村长到丹布达斯去了，接待我们的是他的长子，一位三十岁左右的高个子帅哥，他的妻子和妹妹就在刚才那群妇女当中。

要形容村长的家还挺困难的，因为在这里，住家和兽棚以及谷仓其实是混在一起的。我们先穿过一排黝黑的小房间，它们是用木头、泥巴以及石头混合盖成的，这些房间全挤成一堆，而且散发出一股牲畜的气味。之后主人把我们带进"客厅"，地板上铺着一长条破旧的席子，客厅的一角叠放着一堆铺盖卷，房间里除了一口小锡炉子别无他物。不过光是这口炉子，恐怕就是相当有分量的地位象征。附近的一大群邻居跟着我们挤进村长家,她们席地而坐,相互帮忙将背上的孩子放下来。主人和我用简单的乌尔都语交谈,因为这刚好是我们两个流利程度相当的一种语言。主人花了半小时才将茶准备好,然后将茶水从一把又老又旧、失去光泽的银制茶壶,倒进几只脏玻璃杯里,茶的味道很甜,可是没有奶味。主人非常郑重地取出三片小饼干(是从拉瓦尔品第来的),放在一个很大的锡盘子上给我们配茶,我看了看四周那些饿得瘦巴巴的孩子,赶忙低声叫蕾秋克制一点。

我自己有一套贫穷的分级制度,今天我给这个村落的生活水平评定为"无法接受"。当然,我并不是光看到人们没有手表,必须依据日照来推断时间;或者看到人们因为没有毛巾,而必须在茶屋的火堆旁烘干手;或是看到因为家中没有镜子,而必须对着吉普车的后视镜整理仪容,便一口咬定对方生活贫穷。但如果一个村子里,几乎人人看起来都是一副长期营养不良的样子,那么我会认为这里的人是贫穷的。因此我不得不承认,如果开发的过程不会摧毁当地的传统,不会降低其品位,不会激起村民的贪婪之心,那么,开发或许对村民是件好事。可惜偏远地区居民的生活水平,若要不受"消费社会"的污染,通常是极难加以提升的。

**蒙混过关**

在回旅馆的途中,我们再度经过隆达地区那间小小的新设派出所,"警长"和一位资深警官邀请我们进去喝杯茶。这位警官来自土地肥沃的希加(Shigar)谷地,因为被派到这么个荒野的地方,而显得心情"郁卒"。两位警官虽然对我们以礼相待,可是我看得出来,对于我们突然入侵他们的地盘还是相当在意。瓦吉尔警官很不好意思地制作了一张流动人口申报表,他用铅笔在一张纸的上方写下——姓名/住址/护照号码/年龄/职业/来访目的/日期。当我将这份表格填写完成(我甚至还捏造了护照号码,因为它太长了,我老是记不住),瓦吉尔警官的神情显得愉快多了。这种官僚作风还真不赖,我曾在十几个国家干过类似的事情,随便把一堆数字填进护照号码栏内,而且从未发生过不好的状况。

晚上聊天的时候马札尔医生告诉我,这里从未发生过什么犯罪行为,所以那两名警官的主要功能乃是调解夫妻间的争吵,显然当地人发现他们根本不需要警察,所以随即主动将派出所改成婚姻调解委员会。据说上个星期有一对夫妇吵架,男主角是"饭店"的老主顾,因为瓦吉尔支持太太这一方,所以惹得"饭店"的那帮人对他很不高兴。

我们将汤装在保温瓶里打算拿来当午餐,然后便往下朝峡谷走去。经过一个小时的健行和爬山,我们终于找到一处除非异常小心,否则别人绝对不可能来到的野餐地点。这个野餐区位于一座巨大的圆形石块上,大小约与威克洛[①]的山相当,从这里看下去,印度河约在我们下方一千英尺的地方,贯穿一道淡棕色的石墙,而开凿出一条狭窄的水道;这座石墙高约一万三千英尺,位于

---

① 威克洛(Wicklow),爱尔兰东部港市名。

我们正对面。我坐在野餐石上喝着牛尾汤，随手将一粒石头直直扔进下方的印度河，由于河水距离我们非常遥远，所以觉得水流既稳又静。若你抬头仰望那被印度河凿开来的巨大峭壁，你会看到一群雪白的山峰矗立在颜色暗沉的峡谷崖壁上方。我猜不出这些山有多高，但是当你从河面往上仰视群山时，便会觉得这些山好大。我从未在别处体验过这样的感觉，就连以前在尼泊尔时亦未曾经历过。

在这块野餐石坐下来用餐的时候大约是两点十五分，那时阳光还挺温暖的，可是才不过半小时，天气就变冷了。蕾秋四下看看后，突然评论说："这里的风景真是乱七八糟。"这句话拿来形容印度河峡谷还真是相当贴切，它看起来仿佛昨天刚刚发过大洪水，每样东西七零八落散了一地。每座山都像是由凹凸不平的破裂石块堆积而成的垂直石墙，就连山羊也没法走在上面；要不就像是由松软的灰棕色沙粒及岩屑，混合着各种形状大小的石砾所形成的一片平滑山壁，看起来好像随时会从山坡上滚落下来——事实上也的确如此。由于山崩和落石在这里形同家常便饭，不论灌溉渠道或是步道的修筑维护都极为不易，公路就更不用说了。

我们从另外一条比吉普车道高出许多的路走回旅馆，这条路先沿着一条绕过两座山外围的干涸的灌溉渠道，再经过一个斜度极大的山坡便到家了。

老实说，我现在开始觉得带女儿一起旅行是麻烦的，因为每当我坐在山坡上痴痴地仰望着高耸入云的喜马拉雅山时，这个小人便会冷不防地问一些扫兴的问题，像是："雷达到底要怎么用啊?"

**索渥尔,十二月二十九日**

今天早上的天气看起来很不妙,大片灰色的云低低地罩下来,仿佛触手可及,而且峡谷里还飘着细雪。想不到没多久天气却好转了,十点钟的时候,我们便趁着明亮的日光出发去"探险"了。在往吉尔吉特方向的步道上走了约一英里时,我们便离开了印度河,转而循着它一条被冰封的支流向上来到一座小山谷,阳光尚未照进这座山谷,但我们却在一个角落里看到十几名男子以及年轻的男孩,击碎了结冰的河面,站在深及膝盖的河水中洗裤子。从他们的神情看起来,似乎并不觉得河水冰冷。可是我们来得真不是时候,由于一般巴尔蒂斯坦人都只有一条裤子,所以他们是光着屁股站在河里的,幸好他们的上衣很长,遮住了重要部位,所以不算春光外泄。可是这些可怜的老实人,还是惊叫着跳出河里,然后坐在石头上,两腿并拢直直伸向前,匆匆忙忙地套上裤子。我不相信在这么幽暗的山谷里衣服会很快干掉,他们一定在裤子还潮湿的时候便穿上去了,难怪有不少当地人为风湿病而苦。

**发现之旅**

这是一座典型的灰色山谷:尘土飞扬的步道是灰色的,河床里的石块是灰色的,两旁的山坡是灰色的,坡上纠结的砂岩从页岩中突出来,看起来很像史前怪兽的骨骸。到处可见山石刚刚崩落的痕迹,不久步道便突然终止了,因为数吨落石横挡在路上,走不过去。不过我们可以看见步道在上方继续向前延伸,为了绕到那条步道上,我们只得沿着一条山羊走的小径上去,每走一步都造成一堆碎石子和沙土往下落。这里的地形实在太险峻了,我必须牵着蕾秋前进,终于在接近山顶的地方接回先前的那条步道,这时我们两人已经喘得上气不接下气了。可是这些辛苦是有代价的,我们看到雪豹刚刚留下的一堆足印,然后又看到一只巨大的老鹰在下方的溪流盘旋,它的双翼伸展开来足足有四英尺宽,最后还看到先前没见过的位于峡谷南边的许多座雪峰。

我们还发现了另外一条回旅馆的路。马札尔医生亲切地邀请我们共进午餐,老天,若不是马札尔医生提醒,我压根不知道今天是星期天。虽然我每天都写日记,可是我只会记下当天的日期,而不会记星期几,这诚然是所谓的"山中无甲子"。

我原本以为,吃过午饭后蕾秋一定会觉得累了,没想到她居然兴致勃勃地要我再带她出去"探险",这回她想走位于我们旅馆前方的那条又长又宽又陡峭的斜坡。这座山坡上覆盖着一大片凹凸不平的黑色石头,看起来就像是一群士兵用榔头把一座山敲碎似的。我们像山羊一样蹦蹦跳跳地越过这片石头地,马札尔医生告诉我们,村子里的人都觉得我们母女疯了。就在这时候,我居然在很近的距离目睹一只极美的狐狸,它的体型要比爱尔兰的狐狸大上一半,身上的橘黄色毛皮闪闪发亮,尾巴的顶端有一截白毛。蕾秋因为没有看到而非常懊恼,我忍不住对她说,如果她安静点,待会儿说不定还能看到更多只狐狸。

当我们从一座很容易碎裂的浅棕色泥土悬崖的边缘往下看时,终于又看到印度河了。河岸两旁的悬崖被河水侵蚀成大巨人的胸腔,好似印度河很快便要将这些悬崖全部侵蚀掉似的。一旦置身于喜马拉雅山脉,自然便非常注意起大自然的力量。

我们正对面是一个叫做门迪(Mendi)的村子,村子里的石头房子与背后的小块棕色田地混成一色,若不是从中偶尔飘出缕缕蓝色的炊烟,以及黑色牛群和花色羊群的笨拙动作,一般人根本不会察觉此地有人家。门迪村所在的这片宽广石块的上方,另有一座覆盖着冰雪的陡峭山峰。往下游看去,则有数个蕾秋最爱的"沙滩",在碧绿色的印度河旁边,静静躺着美丽的银色细沙,千百年来都无闲杂人等侵入。

在回程的途中我们遇见几只鹌鸡,它们吓得满天飞窜。真不知道这里怎么会有这么一大群鹌鸡,天晓得它们在冬季里要吃些什么。

现在是晚间十点半,我走出旅馆,抬头仰望闪耀在隆达上空的明月,夜空里万籁皆寂,唯有远方印度河的潺潺水声依稀可闻。在这片粉蓝色的天空中只有几颗星星在默默眨眼,四周却泛着冰雪的奇妙闪光。在斯卡杜的那个方向,独有一座山峰鹤立鸡群,像是一顶挂在天空中的皇冠,附近的山群则散发出无瑕的光芒,这种让人心醉神迷的经验往往会改变一个人;虽然这样的美景通常只能维持一阵子,可是已经令我们精神大振了。

### 索渥尔,十二月三十日

一早七点,我就拿着茶壶到昨天的那座瀑布取水,想不到它已经结成冰了,我只得把冰块敲碎再装进茶壶里。昨晚气温骤降至零下三十八度,可是今天早上十点太阳照在这九千英尺的高山上,竟然让我觉得热乎乎的,这种寒冷干燥的天气非常舒服,像爱尔兰那种湿冷的天气就令人非常难受。不过我们的皮肤却因为空气缺水分而受了伤,虽然我不时为蕾秋抹上高山用的乳液,仍旧不管用(我那一身老皮倒是不麻烦)。

### 疯狂二人组

我们今天的目标是那座可以俯视隆达村的高山。在上山的头一个小时里,我们慢慢地从一些小块梯田间往上爬,田地旁边的灌溉渠道都已结冰,在阳光下闪闪发光。这座山上种了很多杏子树、苹果树、桑葚树、胡桃树以及悬铃木,有些树的树干上有茂密的藤蔓缠绕着,有些藤蔓悬挂在树与树之间,好像美丽的长蛇。我们找了一处位于悬崖边附近的地面坐下来休息,俯看昨天那座"灰色的山谷",以及更下方的印度河,然后转头过去看到了隆达村舍的屋顶。我们并不打算走到一万四千英尺高的山顶,因为那是一块有凹槽的突出山壁,爬不上去。不过我们打算走到离山顶约两千英尺的地方,那里有一条小径可以通往位于隆达之外的戈木村（Gomu），这条小路看起来很像是笔直划过巨大岩屑堆的铅笔线条，之后再爬过一堆棕色的大石块，从这里看过去，小路似乎消失了。

到达戈木时，那些原本坐在石头围边梯田上晒太阳的村民，全都站了起来，并且把手放在眼睛上遮住阳光，惊疑不定地看看我们是何方神圣，但不一会儿他们就放下心来，热情地招呼我们。他们塞给我们母女俩一人一个甜美多汁的青苹果——这是在巴尔蒂斯坦隆冬出现的珍果，而且这些妇女也没有拒绝我为她们拍照。巴尔蒂斯坦人大约在五百多年前从佛教改为信奉伊斯兰教，不过他们似乎并不很清楚先知的教诲。

戈木村里大约有一百户人家，他们的房子分散地盖在高低不同的果树林里，在村子的外围有一间新盖好的小清真寺，是依照传统一层花岗岩、一层木头交替搭盖而成的美丽建筑，除了木雕的正门以及饰有浮雕的屋檐以外，外观与一般的房舍并无二致。巴尔蒂斯坦人的住宅一向都很朴素，不过本地的工匠会费心思装饰清真寺，以彰显真主安拉的光辉。

我发现这里有不少藏族人的面孔，而本地人也有着藏族的开朗个性，虽然我们可能会觉得他们的生活条件并不好，实在没什么好开心的。巴尔蒂斯坦算得上是一个民族大熔炉，就算是在这种人数不多的小村子里，你也可能会看到白皮肤、蓝眼珠的人，还可能会见到克什米尔人、阿富汗人、土耳其人或是波斯人的后代。

大多数的戈木妇女会戴着镶珊瑚的银制头饰，有些妇女的脖子上还会戴着镶有大块绿松石的银制颈饰，至于衣着方面，男子与妇女都穿着自家缝制的无光泽袋状宽松长袍。村民在冬季期间几乎全都坐在阳光下纺织羊毛,在十一月中旬到三月中旬这一段时期内,除了照料牲畜别无其他农务;所谓照料牲畜,除了添加饲料,还包括在白天带它们出来晒晒太阳,让它们自己找水喝。

当我们打算从那条赶山羊时所走的小径继续前行时,那些好心的村民担心死了,他们想不通我们为什么要故意冒险,一大群男男女女及孩子追着要告诉我们"走错路了",我假装跟他们说是要去拍照,可是他们还是非常担心,也搞不懂我们想干什么。显然爬这些危岩陡壁对这些村民来说并非有趣之事。当我一边前进,一边沉醉在这片大自然的美景中时,忽然想通了,何以这些壮丽的景观对一般的巴尔蒂斯坦人来说没什么大不了,就像我在自己的家乡闲逛时,也同样没什么特别的感觉。

走到小径的尽头,这里已到了印度河峡谷之外,我们可以见到聚集在印度河南方的幽暗山坡上,那一大片光滑无瑕的雪地。我们正对着下方的隆达村,不过它距离我们太远了,下面的人看起来只有蚂蚁般大小。坐在石块上享用美味西红柿汤的时候,我们隐约可以听见从戈木村传来的声音,我很惊讶于他们发出的快乐音符;当然,这些声音是由多种不同的声响交织而成的,不过这是显现一个民族特性的重要音符。例如印度的许多地区,传出来的是一种抱怨不休的声音,土耳其东部传出来的则是争执吵架的声音,在埃塞俄比亚高地传出来的是一种温驯而愉悦的声音,而从戈木村传出来的则是一种快活、嬉闹的叽喳声,因为巴尔蒂斯坦人很爱逗弄别人。

第二章　印度河峡谷漫游

从小径安全归来时,戈木村的人都非常高兴,他们已经煮好茶,放在一个高高的锡镴制水罐里,这个水罐的盖子和把手非常的漂亮。里面装的果然是我非常喜爱的藏式奶茶(不过蕾秋却不敢领教它的味道),而且还加了酥油。每个人看到我这么喜欢他们的茶都很开心,还把拿来当做搅奶器的山羊皮,以及里面装了好几磅这种珍贵奶油的牦牛皮袋(这些奶油已经用烟熏了好几个月)拿给我们看。他们还将好几条盐渍的牦牛肉干挂在架子上,放在火上烤。巴尔蒂斯坦人和藏族人不同,他们不喜欢吃腐烂的肉,或许是因为这里的天气不够冷,使得味道不一样。

**乐天派**

在回旅馆的途中,我们终于第一次目睹了纯种牦牛。这是一头两岁的牦牛,体型已经非常硕大,以前我并不清楚牦牛和其他的牛有什么不同,现在我才知道,它们的腿像芭蕾舞星一般细长,可是光是躯体的前四分之一,就足足有一头野牛那么大。这头牦牛非常喜欢我,我为它拍照时,它向我走过来,想要把我手中的相机吞进肚里,当我轻轻摩挲它的头时,它非常开心。它两只牛角的间距已经有十八英寸宽了。没想到,当蕾秋穿着她那件猩红色的雪衣出现时,这头牦牛马上把头低下来,鼻孔呼呼地喷着气,四只脚开始刨地。我赶紧拿出照相机引开它的注意力,然后轻声叫蕾秋不动声色地走出它的视线……老天保佑,这套妙招奏效了。

我们在三点半时回到旅馆，我一人再走到"饭店"去买些薄煎饼当晚餐。几个钟头前就刮起的大风威力仍未稍减，大风在峡谷里卷起漫天的风沙，可是我刚刚经过的那几个骨瘦如柴、面容枯槁的孩子却都只穿着单薄的棉衣和宽松的裤子，上衣的领口一直开到胸前。要是蕾秋只穿这么点衣衫的话，铁定不到二十四小时就给冻死了。

"饭店"外头站了十几名男子，他们有着一头粗浓的头发，一身的破烂，脸上一副羞羞的模样，许多人的甲状腺肿得像橄榄球那么大。他们很有耐心地等着领取由政府按月补助的小麦，他们把麦子拿回家后，再到村子的水力磨坊里磨成粉。每一份麦子都由发放人员以石秤仔细秤好，再倒进他们带来的绵羊或山羊皮袋，有些皮袋上甚至还留着羊毛呢。拿到麦子的人先坐在地上，由旁人帮忙把麦子放到他肩上，再使尽全身力气站起身来，然后就这么一路步履蹒跚地把麦子扛回到山坳里的家去。看着他们这样一路顶着刺骨的寒风，佝偻着背把重重的麦子背回家，不禁令我想起杨赫斯本爵士曾经说过："第一眼看到巴尔蒂斯坦人时，你会觉得他们一副愁苦绝望的样子，其实他们是很温和、很可爱的人，一旦他们忘记了如何喂饱自己的难题，便会兴高采烈，叽里呱啦说个不停。"

我认为巴基斯坦政府的这项食物救济计划极富人道意义，而且这不太可能是为了争取选票。有些巴基斯坦人认为，巴尔蒂斯坦人的贫穷是他们自己造成的，因为他们天性懒惰，所以无权享受这些补助；就拿罕萨来说吧，他们的自然条件也没有比较好，生活却一向比巴尔蒂斯坦人富裕。关于后面这一点，因为我没有去过罕萨，所以无权置喙，只知道我所有曾经雇用过巴尔蒂斯坦搬运工的科学家或登山家，都一致称赞他们工作勤奋、吃苦耐劳、忠心耿耿、有耐心、性情温和、个性开朗，而且非常诚实。

**索渥尔，十二月三十一日**

今天我们不再往山上走而改成向下行，结果竟然让我们找到一个可以接近印度河的地方。今天是个艳阳高照的晴天，可是我们沿着往斯卡杜方向的吉普车道走了五英里路，都没有晒到一点阳光，因为我们是下行到河面的地方。由于有一股刀尖般刺骨的强风在峡谷里盘旋，我们母女俩都穿着连帽的厚大衣，戴着手套和雪地护目镜，护目镜是为了不让这阵狂风将沙子吹进眼睛。

**掬一杯印度河水**

这个地区的壮观、诡异、多变和猛烈真不是盖的，有时候我们走着走着，便会见到步道的上方突出些三层楼高的大石块，好似一只老鼠就能够把它们推落到路面。这种情况让蕾秋胆战心惊，有时候不知何故，突然就会有小石子滚落山下，这时蕾秋就像被猎人射击的兔子般吓得跳脚。老实说，我觉得就是这种潜在的危险让生活变得刺激有趣。我们一向认为，周遭的情况非常稳定安全,但是这个地区显然不是那么回事。

在离开步道之后,我们下行的终点来到了一处灰色的沙质山坡,上面布满灰色的石头和干枯的百里香。在这座山坡与河流之间有一个奇形怪状的黑石小丘,圆形丘顶上是金黄色的沙子,从步道上看过去还以为是一座小岛。

当我们终于来到河边,我发现河水拍打的是个小型的银色沙滩,站在河边的感觉十分奇特,因为这星期以来,我们都一直只能站在高处远远眺望它。为了庆祝这伟大的一刻,我们用保温瓶的杯子舀起印度河的河水,非常庄重地喝下肚,然后用手杖把我们的名字写在沙滩上,但是风很快就把地上的字迹给吹散了——这倒是可以发表一下哲学性话题的好机会。

在岸边有一堆乱七八糟的浅棕色石块,有大有小,表面都被风和沙冲刷得晶晶发亮,好像涂了层蜡,大自然的作用真是非常惊人。这些石块就像保养得宜的家具一样,闪闪发光。

最奇特的景致,要算是我们坐在它下面的山洞里享用午餐的那片两千英尺高的悬崖了,它是一面由突出、裂开的石头堆积而成的灰黑色石墙(我们用餐的那个山洞就是它其中的一个裂缝),这些石头斜斜地往上一直堆叠,看起来只要一个最轻微的地震,便会让所有的石头全部掉进印度河里去似的。中午我在喝着带来的"豆子汤"时,突然想起蕾秋她们那群小鬼最近非常喜欢说双关语,顿时觉得这"尿汤"差点令我食不下咽(英文的"豆子"[pea]与"尿尿"[pee]是音同意异的双关语——译注)。

### 了不起的巴尔蒂斯坦人

到了下午两点,风开始变得更强劲,我们只得赶紧打道回府。从沙滩往下游行约半英里,我们看见河流上方不远处的一块石台上有间房子,可是我们一整天没见到半个人影,想是因为巴尔蒂斯坦人的衣服不够厚,难以抵挡寒风的缘故吧。

我真的觉得住在这种环境下的人非常了不起,他们必须耗费无尽的毅力和决心,才能生存下来。像当地的这些灌溉渠道,就是一项非常棒的基础工程,这里几乎不下雨,人们得花很多的时间、动很多的脑筋,才能让它们发挥功能。

所以人们必须设法将冰河水引到田地里,引水道往往长达数英里,而且要流过高山、越过峭壁,才能到达那一小块极为难得的绿洲。然后,为了要取得这得来不易的宝贵水源,人们必须用双手开辟出梯田,如果巴尔蒂斯坦人真像某些巴基斯坦人所说的那么懒惰,他们早就绝种了。

而建造畜栏也是需要巧手慧思,即使从很近的地方看过去,此处房舍的屋台看起来很像一片田地(由此你就知道他们的田地面积有多小),然后你会突然发现原来你正站在畜舍之上。从畜舍的边缘看过去,你会看到梯田的石堤中间有一扇小木门;畜舍在春季到秋季期间是供山羊和绵羊过夜的地方,冬季则用来存放饲料,至于牛群则圈养在村子里。

每一块沃土上都种植了好几种树,包括建材用的杨树,杨树的枝干细长又没树皮,在冬季尤显得脆弱,特别是和粗壮、有着银棕两色如拼图般交错而成树皮的亚洲悬铃木,或者是和藤蔓缠绕的桑葚树或杏子树等一比,杨树显得弱不禁风。

现在已经是晚间十点,该上床睡觉了,真遗憾我没法守岁迎接新年的到来。再者,除了一杯茶以外,我们也没有什么好东西可以过年。其实我发现人真的很奇怪,以前在家的时候,我每晚一定得小酌一杯,不然就会觉得浑身不对劲,想不到来了这里以后,因为弄不到酒,这件事居然也就忘了。

## 第三章

# 偏向险山行

向上行一百英里左右,便可见到黝黑的印度河从群山环抱中,顺着气势雄浑的峡谷缓缓流向前去……印度河在幽暗的峡谷翻搅奔腾,发出慑人的怒吼;但即使在那些绝无可能横渡的地方,都仍然有勇敢而聪明的人战胜自然,在波涛汹涌的水面上架起绳索桥,或是在两条突出的狭长石块间架起梯子,立时成就了一条路。不过,走在其上,看到脚下如沸水翻滚的河水,真是不禁头晕目眩。

——亚历山大·卡宁厄姆(1854)

**索渥尔,一九七五年一月一日**

这真是个令人难过的新年,吃过早餐后我带着蕾秋到丹布达斯买煤油,不想竟然遇见卡兹米(Syed M. Abbas Kazmi)先生,他是斯卡杜的大人物,我们在吉尔吉特的时候就见过面了。他是昨晚到的,他告诉我们,大前天斯瓦特地区发生严重地震,那里离索渥尔不到一百五十英里,可是我们却完全不知道此事。奥兰柴布一家在十二月二十一号回到塞杜沙里夫，想必他们平安无事，否则收音机一定会报道。这次地震造成七千五百人死亡、一万四千人无家可归，印度河公路塌方达四十多英里长，预计要花好几个月才能修复通车。在这期间由于公路运输中断，所以物资无法运进北部地区，未来将会出现煤油及石油严重短缺的情况。

老实说，衣冠楚楚的卡兹米出现在这个地方实在令人觉得很突兀。卡兹米是一位身材高瘦、脸色白皙的克什米尔人（不过他的祖先是波斯人），从小在斯卡杜出生、长大，可是现在的他却穿了一身剪裁上乘的欧式西服，说一口流利的英语，若说他是个花花公子也不算过分。我们坐在客栈外头的吊床上聊天时，他一连赶走了五只母鸡，"这些讨厌的鸡会弄脏我们的衣服"。他看到我一身污秽的厚外套，便很同情我们在巴尔蒂斯坦缺乏洗衣设备。我老实不客气地回答他说，反正我们又不需要更换外衣，有没有洗衣设备根本没什么差别。不过除了他这一身高贵无比的行头之外，卡兹米其实是个非常可爱的人，他很熟悉巴尔蒂斯坦的一切事务，为人也相当仁慈。我们在吉尔吉特初次见面时，他曾听说我打算在斯卡杜租间房子住几个星期，今天便告诉我不必担心住宿问题，他有一位朋友在冬季的时候都会住到平地去，所以我们可以放心地借住他的房子。我发现在亚洲，将计划广而告之绝对是件好事。

在这里贩卖的煤油是没有政府补贴的，所以两加仑的煤油索价二十五卢比（而非七卢比）。不过这个价钱并不过分，一来物资运输不易，再者这种纯煤油不会发出有毒的臭气，我们可以安心使用。

**新年大餐**

我们经常光顾生意的店老板札斐尔，今天居然开口邀请我们到他家去坐坐。札斐尔是巴旦人，这间客栈的老板也是巴旦人，还有"饭店"的老板也是巴旦人。本地人对于金钱没有太大的兴趣，不懂得运用吉普车道所带来的商机。卡兹米告诉我说，在这整条车道上开店或经营旅馆的全是巴旦人；而且他们多半是吉普车司机的亲戚，在夏季期间吉普车司机会定期载运物资到斯卡杜。在整个巴尔蒂斯坦，巴旦人和旁遮普人最不受欢迎，除了因为他们是外来者之外，还因为这些外来者常在老实的村民想要交换小鸡、鸡蛋、水果、茶叶、糖或衣服的时候，趁机占他们便宜。不过话又说回来，也不是每个外来者都一定会欺负那些纯朴的巴尔蒂斯坦人，其中有些人，包括札斐尔在内，也都对当地人失去他们的酋长而表示同情。

我们到达札斐尔家时，他的长女出来接待我们，她是一位态度大方的美丽少女。札斐尔的家和丹布达斯大多数的住宅一样都是新盖的，在整理得井然有序的院子里种了一些杨木的小树苗。他们在阳光直射的那面墙上挂了一张吊床，上面铺着干净的拼布缝被。札斐尔的小女儿和她的朋友坐在我们旁边，那个小女孩是巴尔蒂斯坦人，脖子上挂了一串沉甸甸的银制项链。这附近没有女子学校，不过札斐尔的小女儿正在用芦苇笔蘸粉笔灰水，在一块桑葚木做成的板子上练习写乌尔都文。在札斐尔一家搬到这里之前,他的大女儿曾经上过平地的学校,所以她正在教导妹妹认字。我很好奇,为什么那名巴尔蒂斯坦的女孩不趁这个机会一起学,结果她们告诉我"她不喜欢学习"。

大约半小时之后,女主人把一张铺着洁净白色桌巾的桌子搬到院子里来,然后有个打杂的小男孩捧了一壶热水、一块香皂、一只洗手盆以及一条松软的毛巾给我们净手,巴旦人的待客之道就是这么体贴入微。我们的午餐照例是薄煎饼和炖羊肉,唯一不同的是炖肉里加了些马铃薯块,对我们来说这真是一顿丰盛的新年大餐。

今天真是特别,在我们回家的路上又有人邀我们去他们家玩。这次是一个叫阿卡巴的十五岁少年拦住我们,他的父亲是一名巴旦人,职业是"政府承包商",他们一家人住在"饭店"附近的一间住家兼仓库的房子里。据我所知,隆达地区政府补助物资的运输和发放,便是由政府承包商负责的。阿卡巴找我们,和他的母亲及两位已经出嫁的姐姐一起喝杯下午茶,阿卡巴的两位姐夫都帮着老丈人照料生意。她们这几位来自白沙瓦的女性非常守规矩,所以都觉得这里的生活无聊死了。这里的妇女没人会说乌尔都话或普什图语,所以她们除了札斐尔的女儿以及医疗小组的那两位女士,别无其他的聊天对象。不过我看阿卡巴似乎蛮喜欢这里的生活,他自告奋勇地提议明天带我们去一个叫门迪的地方玩,我们必须搭"格拉里"(ghrari,即流笼)越过印度河到对岸去,其实我想自己去,可是实在不知道要怎样拒绝才不失礼。

第三章 偏向险山行　87

晚上马札尔医生又照例过来聊天,我现在愈来愈喜欢他了,这并非因为他和我们一样都是背井离乡者所产生的那种泛泛之交,我想离开后我一定会非常想念他。他是品格非常高尚的正统穆斯林,为人极有原则而且态度正经,可是却风趣十足,既有同情心,也很喜欢探索其他国家的文化。马札尔说,他其实一点也不想到作风开放的美国继续深造,不过也坦承留在国内的话,不可能获得第一流的医疗训练。

今晚马札尔还谈到自己的结婚计划,他说从美国回来以后,会从父母为他安排的结婚人选中择一完婚,然后再请示对方的父母,是否接受他做女婿,只要对方的父母同意,那么他相中的女孩便不太可能会拒绝这门亲事。马札尔相信这样安排的婚姻是最好的,因为他对于年轻一辈西方夫妇的行为无法苟同。他以一副亲眼目睹堕落行为的口气述说,他曾在拉瓦尔品第看到一对少年男女朋友勾肩搭背地走在街上,他说:"这种事应该私底下做才对嘛,他们在光天化日之下这么做,会令每个穆斯林反感,这种景象会让我们觉得很恶心,有教养的人怎么可以在小孩和少年面前做这种事?我们真的无法理解。"可怜的马札尔,等他到了布鲁克林的医院实习时,我担心他可能会因为惊吓过度,而必须接受心理治疗。

### 索渥尔,一月二日

今天早上我们在"饭店"和阿卡巴碰面时,门迪就在我们的正对面,可是因为当地的地势太过混乱,所以得多绕四英里路才能到达河对面的"格拉里"。老天,这段路还真不好走;其实先前我们在乱逛的时候已经大略走过,因为遇到了瓶颈,所以并没有走完全程。通往"格拉里"的是一条坡度极陡的羊肠小道,而且是下坡路段。我一直以为只有行动敏捷的年轻山羊才有办法走这种路,没想到它居然是通往门迪的捷径。

**逼出来的勇气**

阿卡巴一个人自顾自地大步往前走,我则紧握住蕾秋的手,一边祈求安拉保佑,一边小心翼翼地跟在阿卡巴后面。因为路很窄,根本容不下两个人并肩同行,所以大部分的时候我都是像螃蟹般横着移动,结果让我得以绝佳的视野观看印度河的景色,不过这样一来,我们前进的速度便非常缓慢,而且一失足便随时可能葬身印度河。今天是入冬以来印度河中首度出现大片的冰块,使得河水看起来更加险恶。其实我们母女分在前后依序前进也许还比较安全,可是身上那股母性的本能却超过了理智,我真的不放心让蕾秋自己走,虽然我知道她非常乐意这么做。原本她还觉得我这么婆婆妈妈的似乎太可笑了,可是当我们终于看到"格拉里"时,她马上变得正经起来。

这时正好对岸有个男人要从门迪渡河过来,我们便在这头看着,一个小小的身影站在一只浅浅的木箱里,一路摇摇晃晃地前进,那木箱的大小和小型的茶柜(tea chest)差不多,只是少了一边,然后用两根绳子悬吊在一条钢索和滑轮上。那条架在两座悬崖之间的钢索全长一百一十码,距离河面上方约两百英尺,钢索两端各有一个栈桥①,以切割的石头做成,位于两岸步道的尽头。

蕾秋惊奇地吁了一口气之后,小声地问我:"我也要一个人过河吗?"

我坚定地回答她说:"绝对不会。"然后我心里便暗自祷告,那个木箱千万别容得下两个人(就连一个大人加一个小孩也不行),那么我就可以顺理成章地拒绝搭乘这个可怕的交通工具。

我们继续往下走,并且尽量避免看到那个在峡谷里摇来晃去的箱子。当我们走到栈桥时,那名乘客刚好"下车",阿卡巴看看我们,然后扶稳那个可怕的东西,好让蕾秋爬上去。这会儿我看清楚了,那玩意儿正好可以容纳一个大人和一个小孩。

这时蕾秋有气无力地问我:"妈,你真的很想去门迪吗?"

我只好老实地回答:"一点也不想。"就在我正打算提议我们不如放弃的当儿,蕾秋却说:"可是如果我们现在回去的话,就太不勇敢了。"我这个号称大胆旅游家的家伙,其实是被一个小孩子逼得表现出那副英勇模样的。

当我扶蕾秋站上去的时候,那箱子摇晃得厉害,实在很担心在我爬上去之前,箱子就会顺着滑轮溜出去。我们母女俩紧紧地靠在一起,两只脚则悬在木箱外,当阿卡巴把箱子推出去时,我的两只手赶紧牢牢地抓住那根绳索,然后我们就靠着钢索上那个小

---

① 栈桥,一种突出在水面上的浮桥,通常修筑于缺少码头的岸边,以便接泊。

小的滑轮往前荡去。

真奇怪,当事情真的发生时,反倒不觉得那么恐怖了。蕾秋甚至高兴地大叫:"它只是看起来很可怕而已,其实坐上来还挺好玩的。"虽然形容这种渡河方式"好玩"有点离谱,不过我懂得她的意思,因为当我们真正坐上来后,才发现其实它蛮安全的(虽然负责拉绳索的那个人和老朋友聊过头而忘了操作,害得我们在河中央停了好一会儿没动)。能够坐在"格拉里"上,看着两岸高耸的黑色石崖,还有下面那表层结冰但下层河水依旧奔腾的印度河,的确是一种永生难以忘怀的经验。不过我到现在才敢说,河水真的很深,它唯一的好处是,万一钢索不幸断了,至少我们不会因为掉在石壁上而摔得面目全非。

负责看守"格拉里"的人费力地将箱子向上拉时,箱子便缓慢地摇晃前进,有时候摇晃得厉害,让我不由自主地把绳索抓得更紧。虽然我一再提醒自己,每天两岸都有那么多的人搭乘这玩意儿渡河,有什么好怕的;可是说实在的,一直要到上了栈桥,我才真正地松了一口气。不过那只是片刻的轻松,因为巴尔蒂斯坦人虽然经常要走这条路,阿卡巴还是曾告诉我们,到门迪的路"非常危险"。

**热中马球赛**

位于门迪这边的印度河谷要比对岸肥沃,人口聚居地段绵延数英里长。不过它当然不是一块平坦的土地,我们必须从一条狭窄且摇晃的木板桥,到达高深且满布石头的断崖,然后从滑溜的灰色岩屑堆山坡往上爬三百英尺,接着再从一处几乎呈透明棕色的悬崖往下走五百英尺,再越过广达数英亩的焦黄色牧草地,这片草地上满布着谷仓般巨大的黑色石块,之后还得再从红棕色泥土河堤上爬两百英尺,才算是到此一游。

我发现在这里要分辨居屋是属人类或是兽类并不太容易,因为有些人的宅舍简陋,而有的兽栏却盖得仔细。有不少兽栏以好几层木头和石头搭盖而成,上层则用柳枝编筑。

阿卡巴指出本地领主所住的两间"皇宫"给我们看,其中比较旧的那一栋,高高耸立于坚固的山坡上;比较新的那一栋才盖好没几年,距离"格拉里"的栈桥不远。这两栋房舍自然比一般老百姓的房子要大多了,但式样却没什么不同。

我们在这里头一次见到巴尔蒂斯坦的小马,由于这个地区的人非常喜爱看马球比赛,所以这些结实灵巧的小家伙可是被伺候得舒舒服服。不过本地的领主制度废除之后,连带使马球运动受到影响,因为过去领主都会饲养最棒的马,补助鼓励马球运动,同时还常常率领当地的队伍出赛。今天我们便行经两座保养得非常美丽的马球场,它们是自我离开吉尔吉特之后所仅见的两处平坦之地。在那两座马球场里,我们都曾看到一群男孩子组队比赛马球,不过当然并没有真正的马出赛,看起来跟爱尔兰的曲棍球比赛很像,他们用削过的树枝当球棍,用皮绳缠绕一粒石头当球。这些小孩的体力和技巧都不错,快速地在宽敞的场地里跳来跑去,旁边则有一些大人坐在四周低矮的石墙上,大声叫喊着指导孩子。有个十二岁左右的孩子，显然是为了表现他的功夫，故意将很重的球从我的头旁边丢掷过去，我可以感觉到耳边咻的一声。阿卡巴目睹此景气得不得了，万一那孩子失手击中我的太阳穴，那可不是开玩笑的。

我们在门迪快到山顶的地方吃午餐，这里有六户人家，阿卡巴全认得他们。从这里可以看到美丽绝伦的山景，四周的地平线都被覆盖着白雪的山峰包围成一道白色的火焰。我们一坐下来，漫天的风沙马上在地上堆积成一块毯子。虽然今天又一如往常地吹起了狂风，风沙打在身上非常难受，却没有半个人邀请我们进去坐坐。屋外只见到一群小孩，他们的衣着破烂、身上肮脏，全都一副营养不良的样子，没有人敢接近我们。虽然蕾秋主动向他们打招呼，可是这些小朋友全都被我的照相机吓得不敢近身。不过放眼望去，动物倒是多得很：有牦牛、母牛、小牛、绵羊、小羊、山羊、小孩、小马以及一群母鸡；可是唯独不见人类最久的伴侣——狗，我在巴尔蒂斯坦连一只狗或猫都不曾见过，我猜想可能是食物不足吧。

阿卡巴从一户人家那里弄来了我们的午餐，主人因为太过害羞所以不敢和我们见面。这顿午餐包括一片可口的玉米面包、一盘加了大蒜和野生百里香调味的扁豆汤。这里的山上长满了百里香，即使是叶子枯干的百里香树丛，稍一碰触仍旧会散发出香味，就因为这里的羊都是以百里香为主食，所以肉质特别香甜。风势实在太强，我们一吃完午餐，就马上拍拍屁股要走人。就在我们动身的当儿，有一名妇女叫住阿卡巴，他回来的时候手上多了三枚蛋，是那名妇女送给蕾秋的礼物。在这种季节里，不论花费多少钱，都不可能在丹布达斯买到这样东西。

**九死一生**

两个小时之后，我们再度来到峡谷的边缘，这时候我的心又下沉了，不过不是因为看到"格拉里"，而是因为眼前的这条步道根本没法行走了。一般来说，下山本来就比较容易，而我们的向导阿卡巴又早已经跟着他在门迪的一个朋友走了大老远，我抓着蕾秋的右手（悬崖的断口在我们的左手边），小心翼翼地一步一步往下走。我试着不去看下方的印度河，可是这并不容易做到，因为水声以及河的流动具有一种催眠的作用。这么行来一路无事，可是走到河面上方两百五十英尺的地方时，步道却不见了。就在眼前有一个约两码宽（其实也只不过是两大步而已！）连鸟雀都无法栖息的悬崖陡坡，下方的石头被世世代代的门迪人踩得光滑平顺，而这块突起就这么显眼地悬挂在河的上方，所以根本不可能往下看。但最可怕的还是那些在我们脚下翻滚游移的大冰块，要平安通过这一块隆起的峭壁，必须把身子向外弓起，同时还得注意把头放低，以免碰到上方的石块，此时周遭完全没有任何可以让你抓扶的东西。

正当我像猫般弓着身子走到那里，抬起一只脚跨到那片磨得异常滑溜的石头上，并试着要在不放开蕾秋手的情况下安全通过时，突然一阵可怕、像噩梦般的瘫痪感袭上心头。我觉得自己既不能向前走,也不能——因为蕾秋的关系——退回到原来的步道上,身后的路其实也是半斤八两罢了。我发现这是有生以来头一遭完全失去感觉,这种情况真的是非常、非常之恐怖。我这辈子也算见过不少场面,不过这是最最吓人的一次,下一步(而我现在已经是箭在弦上了)非生即死。想不到,这个时候蕾秋却一如往常,在这生死一瞬的关头突然问我:"妈,鱼雷到底是怎么做的?"就是这个问题在这一刹把我的心思从印度河上拉走,并因此救了我们两人的性命。

我不敢把头转向蕾秋那边,免得她被我脸上的惊恐神色感染,我照旧给她一个这类技术性问题的标准答案:"宝贝,我不知道。"从口中吐出这几个熟悉的字眼随即让我冷静了下来。当阿卡巴从栈桥回望我们的时候,我不禁向他大喊:"拜托帮我扶蕾秋。"他也立刻冲到我们跟前,我让蕾秋凌空跨过这道可怕的试炼,去到阿卡巴那边,当她安全过去之后我的心神也恢复了,我大气也不敢多喘地走过去,心里还很开心地想象,如果我真的失足掉下去,说不定还能游上岸呢。不过我永远也不会忘记那几乎要瘫痪的一刻,我记得昨天还在日记里写着:我根本不希望阿卡巴陪我们去门迪。我愿意收回这句话,要是他今天真的未与我们同行,情况会是怎样呢?究竟我的母性本能是否能让我恢复知觉——抑或是恰恰相反呢?我认为应该是后者:我一定会神志不清的。

虽然此时峡谷里刮起一阵刺骨的狂风,使得木箱子比我们早上过河的时候摇晃得更加厉害,但是这回再坐"格拉里"已经没什么可怕的了。对岸有一名骨瘦如柴的年轻人想要过河到门迪去,他顶着狂风费力地拉我们过去,等我们下来换他上去,阿卡巴再从对岸拉他过河。我注意到钢索中约有一码长已经裂了三分之二,或许它仍旧安全无虞,不过我还是很庆幸在出发前并没有注意到这个小地方。

那名看管"格拉里"的人和阿卡巴一起坐回来,他在途中教导阿卡巴如何单人过河,搭乘者可以抓住附着在铁圈上的绳子,铁圈上缠绕着钢索,不过这样前进速度会比较慢,也比较颠簸。他们在前进到三分之二的地方时,好像有什么东西卡住了,那名管理人费了好大的劲儿想把它拉开来,这时木箱子猛烈地摇晃着,我为阿卡巴担心极了。不知为了什么原因,"格拉里"的设计无法同时容纳两个大人,所以阿卡巴是坐在"格拉里"的一边,我觉得他的情况非常危险,可是看他却一副毫不在意的样子。

偶尔人们也会把马绑在"格拉里"上,然后拉着它渡过印度河,不过这种情况并不多见,因为死亡率相当高。再者,当马坠河时往往会连木箱子一起拖下去,这么一来就会严重影响到当地的交通,因为在这座峡谷中完全无法行船或竹筏,而且不论什么季节都找不到可以涉水而过的地方,由此可见,这里的自然环境是多么不利于人类居住。

### 不速之客

我们先到"饭店"喝杯茶压压惊、歇歇腿,结果在那里遇见另外一名外地人。这人年约三十五岁,衣着整齐,他用马马虎虎的英语自我介绍道："隆达地区道路工程主管，阿曼先生。"我立刻发现一个尴尬的情况产生了，因为阿曼先生原本以为他一来就可以住进我们现在住的那间贵宾套房，再加上这里的人并不认为男女混居有什么不妥，所以他便顺理成章地搬进我们的房间，害得我今晚被迫打地铺；虽然阿曼并没有开口要求，可是他不停地抱怨隆达夜里的温度简直要冷死人，而他又可怜得无床可睡，最后我只好把自己的床让给他，免得他整晚啰嗦个不停。

我发现阿曼的入住对我造成了极大的不便。阿曼目前定居在斯卡杜，今天搭军用吉普车来到这里。他有着纳格尔人典型的外表，棕色的头发、淡蓝色的眼珠、白皙的肤色，以及非常发达的下巴——这是因为经常食用杏子干以及坚硬杏子果仁的结果。打从他进门两个多小时以来，便一直占据着我们的小炉子取暖，还不断打量我在写些什么，虽然他一句话也没说，可是这种默默审查的态度令我更加恼火。他的行为也显现了东方与西方文化的一项基本差异，虽然他好歹算得上是个受过教育的人，可是他居然可以什么事也不做地虚度光阴，我觉得从他这种不带一本书便到隆达的人身上，不可能找出任何与自己相似的地方。我发现以阅读为乐的习惯显然还未在这个次大陆上形成，即便是那些具备必要的教育程度和金钱的人，通常也只是看看杂志和报纸而已。

**索渥尔，一月三日**

我们刚来到此地时便放出风声说想要买一匹小马，可是现在已经是用吉普车代步的时代了,所以大多数只要一天脚程便可往返的村子,都已经不时兴以载货小马出入了。不过今天早上马札尔医生告诉我们,戈木村上方的一个村子有马要出售,所以下一步我们便要看看马儿和蕾秋合不合得来。

在东方,完成一桩买卖往往得费上许多工夫。像今天我就停下手边所有的工作,一心等待对方的到来,不过我也一再告诉自己(以及兴冲冲的蕾秋)别抱太大的希望。为了避开讨厌的阿曼,只得跑到旅馆下方的黑色石头那里看书以消磨时间,而且对方如果带着小马出现的话,我们也马上可以看见;不过一如所料,对方并没有出现。

从新年以后,这里的日常气温便骤降不少,我们用来取水煮茶的那个小瀑布也已经结冰四十八小时了,很难把冰块敲碎拿回来烧成水供食用或清洗;当然,我们花在后者的时间并不太多,因为污秽在巴尔蒂斯坦根本是司空见惯,我们何必刻意保持清洁,更何况一不小心冻着了,染上肺炎岂不倒霉。我们母女俩从离开伊斯兰堡之后,就再也没有光过身子,可是身体也不脏嘛,至少我们自己是这么认为的(如果有条魔毯立刻把我们送到诸位读者面前,我想你们一定不会苟同我的说法)。老实说,穿着脏衣服的头几天的确会有点不舒服,可是之后你就很乐意和大家打成一片了。

老天!讨厌的阿曼还在,而且在我写作的时候,就坐在我对面,手中随意翻弄着我那本宝贝书——伊安·史帝芬斯所著的《新月》(The Horned Moon)。我为了让他别来烦我,才百般不舍地把心爱的书借给他，谁知这家伙非常不上道，居然用他那湿答答的食指，飞快地翻着书页，我真是赔了夫人又折兵。虽然他免费使用我们的暖气、照明以及床铺，可是他似乎很讨厌我们出现在他眼前。

**索渥尔，一月四日**

今天的天气突然变得糟透了，不过喀喇昆仑山区的一月份本来就是这个样子，根本没什么好奇怪的。通常我们都是在六点钟左右醒来，可是却要继续在睡袋里面赖一会儿，看一小时的书，因为在这里绝对不会有人在太阳出来之前就起床的。可是今天早上根本没法读书，手一露出睡袋就非得戴上手套不可。昨晚狂风大作，我一个晚上被吵醒好几次，到了早上八点钟，风势变得更加猛烈，云雾和沙尘在空中翻飞——这景象看来有种诡谲的美感，可是要走出去可就令人却步了。不幸我们已经来到外面，因为我们想走到"饭店"去吃早餐，以躲开讨厌的阿曼。他这个人根本不用说半句话或是做什么事，就足以让你讨厌个半死，真怪！

在这片狂风之中，我们却为四下的冰世界所形成的宁静深深地感动。若非等到河水完全静止，你根本无法想象平常的溪流、灌溉渠道以及瀑布发出的声响有多嘈杂。连我们行走的步道都已经覆盖了一层厚厚的冰，瀑布则变成高耸的透明柱子，围绕在百里香树丛所形成的巨大冰块花束之中，真是美不胜收。路边的石头垂吊下无数的大冰块，形状各异，争奇斗妍，让蕾秋一下子便忘却了不适。由于空气冷冽异常，我们刚一走出旅馆时，蕾秋差点就没法呼吸，我带着她慢慢前行，而今天是我们抵达索渥尔之后，头一次在太阳出来之前就出门；不过稍后一整天我们也都没有见到太阳。

**不带镜子的女人**

九点三十分离开"饭店"时，天空是深银色的，四周的山峰全被刚落下的雪遮住了。我们心里一直期盼讨厌的阿曼已出去上工（他的工作是分发工资给那些修路的苦力），可是回去以后却发现，他才刚开始晨祷呢。之后他还得用早餐、整理仪容，理容这项仪式得花上好长一段时间，因为他会仔细地先抹上刮胡膏，然后再花上十五分钟对着一面小镜子，刮胡子、抹面油、梳理他的卷卷头。当他听到蕾秋问我："妈，我们为什么没带镜子来呢？"可把他给吓坏了，居然有女人连这么重要的必需品都没带，就闯入最黑暗的中亚地区。其实从某方面来说，阿曼长得还算好看，脸庞清秀，可惜嘴巴稍嫌单薄和无礼，而且眼睛总是不敢直视别人。

我们打算购买的那匹小马住在一万两千英尺高的地方，它的主人今天终于出现了，主人解释因为步道结冰太滑溜，所以不敢带它过来。由于天气不佳，阿曼的付款工作也没办法进行，那些要领工钱的工人大多数住在很高的山上，这种天气根本没法出门。这一整天所有的人全都挤在任何可以取暖的东西旁边，而外面的风则像一头发了狂的野兽般咆哮个不停，我们房间里的每样东西都布满了沙尘,峡谷里的天际愈垂愈低,天色愈来愈黑暗,附近的山也都消失得不见踪影。下午三点,我打算到"饭店"去买些厚煎饼充当今天的晚餐,没想到大门居然关着,还是头一遭碰到这种情形呢。昏暗的屋里差不多有三十个人,全蹲坐在火堆旁边,屋子里只有火苗发出的那一点微光(这房子根本没有窗户),里面的人看到我进来了,还挺热络地跟我打招呼。还记得我们刚到的那一晚,他们对我们爱理不理的,想起来仿佛已经在这里住了好久啰。跟往常一样,等伙计揉面、擀皮、煎饼,总得等上好一阵子。负责煎饼的伙计是一名个性开朗的小伙子,他的鼻子不好,一直流着鼻涕,而且全身脏兮兮的,我敢打赌从他出生之后就没洗过澡。他今年只有十四岁,是巴尔蒂斯坦人,跟着巴旦老板做学徒。夏天的话,我是绝对不敢带着蕾秋来到这么脏的地方,幸好现在是冬天,天气太冷了,细菌比较不容易滋生。

我在回去的路上超越了一名老先生,他留着一嘴刺扎扎的胡子,看到我还咧开嘴大笑。他身上穿着一件猩红色的女式长大衣,样式差不多是十五年前欧洲流行的款式。在这里真是可以见到各种奇奇怪怪的事情。在老先生的后面有三名非常年幼的小男孩,挤缩在一条破破烂烂的毯子下,希望这条毯子能为他们三个人挡住刺骨的寒风。这幅情景令人油然想起,某部赚人热泪的维多利亚时代悲情小说的场景,可是当我经过他们身旁的时候,却发现他们呵呵笑得好开心呢。

在这一片没有日光的浅灰色天空下,每块石头上的冰都闪着暗淡的光,风更是会突然间把沙卷成一团令人窒息的漩涡,峡谷光秃秃的山壁像一座高塔，笼罩住雪花纷飞的印度河。今天的隆达看起来很像惨遭遗弃和凌虐之境，一点希望都没有，可是只要再过三个月不到，这里的绿洲便会复苏；然后再过五个月，它又会变成一座人间天堂。

晚上马札尔带来吉普车司机集体罢工的消息。罢工这个名词，在这种地方听起来简直像另外一个星球的事，不过我想现代机器免不了会带来这种情况。司机罢工的原因是，巴基斯坦的筑路部队太过差劲，每次要关闭路段炸山都不事先通知，常常害得车子临时在路上被困好几个小时，导致司机摸黑赶路。这条路是出了名的危险，就连那些最无所谓的司机，也不愿意在晚上开这条路，他们要求在每次关闭路段时，必须在四十八小时前预先通知；不过这项要求显然太过分了，因为就连在巴基斯坦境内也不可能做到这样。

我很高兴告诉诸位，阿曼今晚因为嫌我们的房间太冷（我们只用自己带来的小煤油炉子取暖），所以跑到旅馆管理员房里的壁炉那儿取暖去了。我们的房间里当然也有一座壁炉，只不过木柴太贵了，一捆木柴（重约八十多磅）要四十卢比，而阿曼这个人非常小气，根本舍不得花这个钱。

**索渥尔，一月五日**

今天的天气只比昨天稍稍好转，高高的山上仍旧飘着雪，虽然太阳偶尔露了一下脸，不过并不能融化任何东西，所以那匹待价而沽的高山小马,仍旧与我们缘悭一面。中午,有人带来另外一只动物,问我们有没有兴趣,那是一匹退休的马球比赛马,马主说马儿只有十岁,可是我们的古兰"警长"却认为它已经有十四岁了,叫我们千万别受骗上当。马的毛色姜黄,不过我想马主一定另有一番说法。(记得曾经有人告诉我,白色的马其实应该说是灰色——嗯,或者是反过来说?)这匹马的性情相当温和,而我事先买好的马鞍也刚好合用,蕾秋毫不迟疑便坐上了马背。蕾秋骑着它在旅馆前的平地上上下下时还没有什么问题,可是当我牵着它爬上陡坡时,速度便大幅放慢了。马主索价一千卢比,这个价钱非常荒谬。一头状况优良的第一等马球小马,也只不过值四五千个卢比而已,这头小马顶多值几百块。如果我们真的把它买下来,就必须先把它养得壮壮的,它才够力气驮着蕾秋和家当,越过整个巴尔蒂斯坦到斯卡杜去,而在这个季节,光是这笔饲养费用就不得了。于是我向马主出价五百卢比,当然,这个时候马主绝不可能一下子就答应以这个数字成交。

以上就是我们买马的大略经过,其实整个过程几乎花掉我们一天的时间。我和马主两个人在"饭店"里坐了好几个钟头,天南地北地聊着,可是双方都很有默契地绝口不谈马儿的事。在这当中,"饭店"里的其他人,包括马札尔医生、古兰"警长"以及所有在一旁看热闹的隆达人,不知为了什么理由——或许和村子里的派系政治有关吧——全都一面倒地支持我。晚上古兰告诉我,只要我沉得住气,顶多花六七百卢比就可以买到那匹马。他建议我,如果天气允许的话,明天就去山上的那个小庄子看一看另外那匹马，顺便和对方谈个价钱，并不当真要买下它，因为那种马无法适应山下吉普车奔驰的交通状况。

阿曼仍旧和我们分住同一间房，而且还不断试图破坏我对马札尔医生的好印象，他常轻蔑地以"那个旁遮普人"来称呼马札尔医生。不过说老实话，我发现阿曼才真的是没人缘。按照这个职务需要，他应当长驻隆达才对，可是他却不愿屈就这个小地方，一年顶多花三个月上来这里，然而按理那些修路工人是有权每月领取工资的。

马札尔医生、阿曼以及旅馆的管理员萨吉尔三人之间，原本就有一股不满的情绪正逐渐酝酿，终于在今天爆发了。因为马札尔医生向阿曼表示，他应该开除萨吉尔（阿曼任职的那个部门正好主管这间旅馆的人事任免），萨吉尔则从我们的浴室偷听到他们的对话。事情闹开之后大家才晓得，原来萨吉尔早在一个月前便因为办事不力及玩忽职守而被开除了，可是他因为贪图这个职位附带配给一户两室的宿舍，所以拒不接受辞退，阿曼只得在前一阵子又将他复职。我想八成是因为阿曼实在想不出妥善解决问题的办法，要不就是他想不出另外的适当人选，可以和萨吉尔和平共事。阿曼很委屈地表示，他这么做也是不得已，此地向来没有旅馆的传统，所以要找个适任的管理员几乎不可能，说完话他便闪进萨吉尔的房间去取暖了。这时，萨吉尔转向马札尔医生诉苦，埋怨阿曼的小气，说阿曼吃饭不肯付钱，也不付暖气的费用。关于后面这一点，我可以作证萨吉尔所言不虚，因为阿曼全都是用我的煤油炉子烧水来做晨祷前的净身。

**索渥尔,一月六日**

今天早上的天气还不错,虽然山顶四周仍旧被厚厚的云层围绕,不过没有起风。吃完早餐后,我们便启程前往戈木村外那个有马出售的小村子。从我们这里要爬四千五百英尺才能到达,这恐怕超过蕾秋的体能负荷。如果沿路的地势不那么险峻的话,这段距离和高度对她倒还构不成问题,可是这其中至少有一千英尺的距离,要爬行几乎成九十度、由石块堆砌而成的阶梯,再加上刚刚下过雪,使得这段路变得异常险恶,有的时候甚至无法辨认路径,幸好沿途并没有悬崖,所以不至于翻下山去。(或至少在这里还称不上是悬崖,在隆达待了两个星期之后,五十英尺左右的高度落差,对我们来说根本不算什么。)就在这条石阶的下方,是一片遍布松软沙土的陡峭坡地,在一万英尺的高山行走于这种地质上真会把人累垮,我得一只手用手杖撑住,另一只手则帮忙蕾秋前进,我们几乎可以听见对方的心噗噗跳动的声音。

我觉得山顶像是荒无人烟的灰棕色悬崖,拿不定主意究竟要不要上去。勉强才六岁大的小娃儿爬到那么高的地方实在太残忍了,可是若要这么就轻言放弃,又似乎不像我们墨菲家族的行径。

**征服悬崖**

这时蕾秋问道:"到山顶不知能看到什么?"

老实说，听到她这么有好奇心，我真是打从心眼里欢喜，不过表面上还是装出若无其事的口吻回答她："在冬天里是没啥好看的。"雪花比往常提早一个半钟头落下，而我们则从这一片小东西里看透世界。

蕾秋又说话了："可是我真的很想爬到山顶上去看看，我真希望自己没这么累；其实也不是累，就是好喘。"

"这也难怪。"我说。然后竖起耳朵倾听那独特的静默之声，它仿佛是来自上天的恩赐。我们的下方是一大片壮丽的峡谷、悬崖、山谷、峭壁、石坡、断崖和一些小山，再加上纷飞的雪花，使得景象益发的令人畏惧。

可是蕾秋还是不死心："我想爬到山顶去看看，你可以帮我吗？"

我站起身来牵着她的小手，两人一起蹒跚着奋勇向前。由于雪不停地飘着，更加难以辨认脚下那条步道，一连迷了两次路。就当我们还剩下一百英尺得努力时，蕾秋忍不住抱怨："这比噩梦还要恐怖。"我亦深具同感。她是个非常坚毅的小家伙，可是实在是"累瘫了"，很难再撑下去，而且这么高的地方下的雪简直会把人冰封。

最后我们终于踏上平地，才发现我们刚刚征服的是巨大的悬崖，而不是山；在我们的右上方五十英尺处还有另一座石头堡垒——也就是真正的"山顶"，要爬上去是没问题，不过我并不打算那么做。

虽然因为四周全被一层厚厚的雪幕给遮住，看不到什么东西，不过蕾秋已经觉得兴奋极了，她左右看了看之后说："我连六岁零一个月都还不到，可是已经爬到这么高的地方了。""你说得一点也没错。"

正北方向的几座大山被雪花覆盖得不见身影,我们只能隐约看到半英里外有一丛果树,想必那里就是有马要出售的小村子了。村里约有十来户房舍,坐落在另外一座大悬崖的前方。我在上山的时候原本不太相信会有人住在这种地方,而现在虽然我们只差一点就到了,可是还是决定就此打住,因为我担心随时会下起大雪,到时候万一找不到下山的路就惨了;如果我们在山上的村子里过夜,又会害隆达的所有乡亲担心,所以便找了一间石壁后面的空石头兽棚,暂歇一会儿。我们一边喝着带来的腰子汤,一边好整以暇地观看雪花飘落,雪花已经堆积达十八英寸,而且全落在我们上山的小径上。虽然雪愈下愈大,可是气温却在刚刚那十五分钟里突然大幅升高,现在的温度居然不像先前那么冷了。在这间兽棚外面有一株被狂风摧残而长不好的小杨树,上面居然还栖息了一只唱着歌的小山雀呢,真是让我们惊奇不已;虽然隆达地区有好几种鸟雀,像是红嘴山鸦、乌鸦以及喜鹊等,不过那只小山雀的歌声,还是我们在这里听到的第一声鸟鸣呢。

我们在两点钟动身下山,山径溜滑,丝毫不敢大意。接下来又到了那一片软土坡,对蕾秋来说,这里是最好玩的一段路程,我好几次滑得屁股着地,或是刹不住脚滚了十几码远,逗得蕾秋乐不可支。待我们好不容易走到好走些的步道上,蕾秋便开始像只小羊般在我身边跳来跃去,口里还不停地跟我闲扯些八竿子打不到一块儿的话题。我看她根本不累嘛。她一会儿问我地形侵蚀,一会儿问我什么是血友病,这个时候谈这种话题非常不恰当,因

第三章　偏向险山行

为我找不到图书馆给她查资料。

**讨厌鬼阿曼**

我们才一回到旅馆的门口,便撞见神色慌张的阿曼,他迫不及待地说:"你们得马上收拾行李搬到厨房去住,因为九号我们的总工程师要来这里住四天。"

我惊讶地看着这人,然后便从他身旁走回房间,想不到整个房间居然整理得焕然一新,害我差点认不出来。自从我们在上个月二十六号住进来以后,这房间还是头一遭有人打扫呢,虽然按照规定,萨吉尔原本应该每天整理的。

阿曼一路跟在我们身后,一只手还不停地挥动着:"房间已经整理得干干净净了,所以今晚你们最好搬到别处去过夜。"

老实说我已经饿极了、累瘫了,还非常口渴,心里只想着赶快泡一杯茶来喝,根本没心情听他这些完全不合情理的鬼扯淡,所以这四天来积压在心底的不快,一股脑儿地全爆发了。我怒气冲冲地告诉阿曼,反正明天我们就要去斯卡杜了,今天我们绝不换房间。在我说话的时候,阿曼非常紧张地一直朝旅馆大门退去,我趁机砰的一声把门用力关上,然后点燃炉子烧开水。我非常清楚阿曼心里是怎么盘算的,因为他也打算在明天前往斯卡杜,但是他没法信赖萨吉尔在没人监督的情况下做好份内的工作,到时候如果萨吉尔没把贵宾套房整理干净的话,他们的大老板一定会处罚阿曼,因为他没有奉命找一名较勤快的管理员来取代萨吉尔。可是这关我们什么事呢,凭什么要我们成为这起乌龙事件的受害者。

过了一会儿,阿曼又进来了,萨吉尔拿着住宿登记簿跟在后头,我已经将十二个晚上的住宿费用一百二十卢比准备好并且放在桌上,可是在我打开登记簿的时候,坐在椅子上的阿曼却靠过来小声地对我说:"你不必付这么多钱,萨吉尔根本不识字,你只要填你是在一月一号住进来的,马上就省下六十卢比。"

他这份自以为是的举动令我更加的火冒三丈,我老实不客气地跟他说,我没这种骗人的习惯,如果他真想减轻我的财务负担,那么他可以付每晚五卢比的住宿费。阿曼听我大吼大叫的时候,脸上满是不可思议的表情,这家伙还辩称公务人员住这种招待所是不必付费的,可是我明明看到招待所的大门口有一份英文写的告示,上面清清楚楚地写着:一般旅客每晚住宿费用十卢比,公务人员五卢比。我很高兴上次搭乘"格拉里"的时候,事先并不知道那种交通工具居然是由像阿曼这种笨蛋负责管理的。

这时马札尔医生偕同古兰"警长"前来,提供我一些买马的建议。古兰已经对那名马主说,我不想花那么多钱买他那匹瘦巴巴的老马,所以那马主现在非常后悔自己狮子大开口,因此明天的价钱肯定会便宜很多。马札尔医生教我明天一大早就去"饭店",假装打听下一班往斯卡杜的吉普车什么时候会到;古兰则教我还要放风声说,我打算到克伯卢再买马,因为那里的马便宜多了。

我那老实的女儿蕾秋,听我们几个大人在那里合力编一桩骗局,觉得很难为情,可是我还是哄骗她说:"这不算谎话啦,只是一种讨价还价的招数而已。"

第三章　偏向险山行　　109

## 第四章

# 哈兰伴我行

我们在路上遇见的那些可怜的马儿全都脏兮兮的,一身凌乱的长毛,可是它们全都像主人一样勇敢卖力。我们座下的简陋马鞍实在太不舒服,常使我们宁愿下来走路……在马鞍与马背之间铺了一层厚厚的棉垫(这是在喀什制造的一种软垫,在喀喇昆仑山脉一带非常流行),可是这玩意儿很容易滑开,结果造成马鞍连人全都摔下马背。想要骑马横越巴尔蒂斯坦的人,最好替自己准备一副皮制马鞍。

——菲利波·迪·菲利皮(1909)

**百怡佳　一月七日**

我们的策略成功了,今天早上十点钟不到,蕾秋就拥有那匹高龄十四、价值七百卢比的老马,蕾秋立刻将它命名为"哈兰"(Hallam),这是蕾秋最喜欢的一位男性友人的名字。马儿身上该有的装备:马衔、辔头以及厚棉垫等,哈兰一应俱全,我们买的这种棉垫套有车花,所以里面的棉絮不会跑来跑去,而套在它头上的缰绳虽然旧了点,倒还管用,而且是用柔软的格子皮料做的,里面甚至衬了布。

完成交易之后,天上开始飘起了细细的雪花,我们不知究竟该不该启程。最后我们决定,不管天气状况如何,应该可以及时赶到百怡佳村(Byicha),因为那里离索渥尔只有八英里。马札尔医生也在今天早上出发前往斯卡杜了,不过他是搭一名商人的吉普车走的。

## 老马牛步

萨吉尔帮我们把哈兰的东西送到丹布达斯去,只要你肯打赏一点小费,他会立刻变成一名勤奋工作的模范生,而且处处为客人着想。我在市集里买了一只旧的布袋,只因为这么个烂东西是从山下来的,所以居然要我八卢比。我把哈兰要载运的东西分装在这个布袋,以及我们先前带来的帆布袋,由于帆布袋里装着煤油,所以我尽量把东西放进那个旧布袋。一位好心的当地人帮我调整好要载运的东西,并且教我如何在马鞍上捆绑,马鞍上有特制的铁扣,专门用来扣住捆东西的绳索。我要背的装备包括铺盖以及高山用紧急帐篷,至于蕾秋的小帆布背包,则放了医护包和她的宝贝玩偶。我身上穿的这件厚夹克里面还放了地图、指南针、计步器、日记、钢笔、手帕,一个装了茶的保温壶,以及救命的干粮——杏子干,这是此地外出必备的圣品。

蕾秋再度坐上马背的时候已经是中午了,丹布达斯村的居民几乎全数出动欢送我们。哈兰才一开步走，果真如我想象的，时速只有两英里！马背上根本没有拖任何行李，这个速度比我自己的步行速度还慢，照这情形估计，我们恐怕要到下午四点半才到得了百怡佳，结果一如所料。

出了丹布达斯约一英里远，我们遇见三名工人在"清理"车道，因为在这里山崩和落石是家常便饭，所以清理路面也成了他们的例行公事。他们经常出入"饭店"，跟我们很熟，他们热情地招呼，还特意放下铲子，陪我们走过前面一段结了冰的路。他们一人把蕾秋抱下来走，另外一个人牵着哈兰走，第三个人则紧紧地抓住我的手臂，其实我们自己走过这段路绝对没问题，可我还是非常感谢他们那份千里送行的心意。这些朋友们曾带给我们一段非常快乐的时光。

我们一连走了两个钟头都没有再遇到任何人，之后才看到一名身上裹着毯子的年轻人坐在路边，远远看去，我还以为他是一丛百里香，直到走近了才发现是个活生生的人。他看到我们也吓了一大跳，所以对我们的招呼他完全没反应。幸好天气并不像我们预期的那样变差，天空甚至还放晴了一阵子，可是下午照例又吹起刺骨的寒风，还可以感觉到空气中有股要飘雪的味道。

如果我让蕾秋来握缰绳，哈兰反而走得快些。不知道是出于训练或者是天性使然，哈兰老喜欢走在路面最外侧的边上，令我时时刻刻提心吊胆，因为万一不幸掉到印度河里，必定尸骨无存，所以我决定牵着它，并随时注意靠内侧道路的东西不要被突出的崖壁弄坏。

（写到这里，我得暂停一下，把双手放在煤油炉上烤暖，虽然写作的时候戴了滑雪用的手套，可是仍旧抵挡不住寒冷。天气实在是冷极了，而我们住的这间陋室，令我完全无法忘记它的存在。）

大多数的时候，我们可以看见我们休憩的这座山的山壁，这面山壁十分壮观，由多座超过两万英尺的尖形山峰组成，那些山峰恰好对称，而且异常陡直，因此山壁上只覆盖了薄薄的一层雪，为它们那严酷的风貌增添一份美感。峡谷那一边的棕色峭壁与这些尖形山峰成九十度角，那些峭壁从河里笔直升起，排列整齐，看起来很像是人工劈砍出来的。虽然这些峭壁非常陡峭，不过在距离河面上方数百英尺的地方，居然还长了两棵非常高大的松树，这是自从我们离开平原地区之后，第一次见到的绿色植物。它们的出现仿佛是个错误，好似糊涂的老天爷稍不留神而随意搁放的。

在我们头顶上方的那片山坡上，有不少只老鹰在巨大的石块和岩缝间，昂然阔步或相互争吵，它们的毛色巧妙地与周遭环境融和在一起，只要静止不动，行人根本不会注意到它们的存在。这几只老鹰之中有几只非常不怕人，就栖息在距离我们之上二十码的地方，目送我们经过。它们不时在峡谷里来回巡弋，想必是因为这里拥有各式各样的可口美食。当它们展开双翼，以一种雷霆万钧之势从我们头顶低飞掠过时，常把蕾秋吓得哇哇叫。

下午三点天气突然转凉，其实中午的太阳还非常暖和，因为气温陡降，所以三点十五分时，我建议蕾秋最好下马自己走一段路。可是蕾秋实在喜欢骑着自己的马儿漫游的那份乐趣，所以打死不肯承认自己冷，等到我坚持要她下马走点路的时候，她的双

第四章　哈兰伴我行　　113

腿已经冻得失去知觉，差一点就站不起来了。

**意外的晚餐**

我们可以见到远处的百怡佳，它看来很像是荒野中一块无树无叶的棕色土堆。

巴尔蒂斯坦丛树生长的地方意味着有人家聚居。印度河从百怡佳这里转向西方流去，在它转向的右边河岸，峡谷加宽了约一英里，提供一些可以垦殖的土地；而这片土地显然已经足够维持数户人家的生活所需。这几户人家住的石造房屋看起来像是从山壁中长出来似的，从路上根本看不见。我们走近后，赫然见到树丛中有小小的田地和结冰的灌溉渠道，以及蔓延缠绕的藤蔓和几只山羊、绵羊，还有种牦牛和普通牛交配的犏牛（dzo），与一头体型庞大的牦牛。这些牲畜忙碌地在寻找食物，通常隆达的牲畜在三点钟就会被关回兽棚，不过如果牧草地不够肥沃的话，那么牲畜就得自己觅食。

我们现在已经来到那片呈对称的山壁了，因此再也无法看到它的峰顶。我们行走的步道出现一道约四分之一英里的陡坡，之后它便与印度河稍稍分开，并穿越一条布满结冰石块以及翻腾河水的水道。当我们快走到一座新木桥时，忽然瞧见左手边比车道稍微高一点的地方，有两辆吉普车停在一栋简陋屋子的外面，房子的后面有好几棵高大的树木，要不是那两辆吉普车点明了这房子的"身份"，恐怕我们一不小心便错过了这家旅馆。旅馆附带有一间食堂,以及我们今晚住宿的储藏室兼客房。

我们先带哈兰去吃饱了牧草,再把它牵到马房,然后才坐下来用餐。真想不到,我们的晚餐出乎意料的丰盛,有薄煎饼、咖喱扁豆汤,以及一盘超大分量的煎蛋卷(omelette),这顿晚餐的水平要比隆达那儿高出甚多。从早上八点到现在,我除了几粒杏子干之外,还没有其他食物下肚,所以这顿饭真是吃得我心满意足、齿颊留香。不过,可怜的店老板到现在还没能从乍见我们母女的震撼中恢复过来。老板是个瘦巴巴的巴旦老人,头戴一顶紫色无檐便帽,看起来蛮像个邋遢的主教。我们用餐的时候天色已经暗了,可是这间小小的屋子却被火堆照得通明,可爱的橘红色火苗在那堆巨大的驴粪火堆上跳跃着。食堂里的另外一堆顾客是那两名吉普车司机,他们正要从斯卡杜回家。我原本以为他们会和我们合住在储藏间,不过他们决定在食堂打地铺,因为这里的火堆会一直烧到天亮,他们将和老板一起挤着睡在火堆前的那块泥地板上。这块泥地板是白天客人盘腿坐着用餐的地方,晚上只要再加些铺盖就可以睡觉。那两辆吉普车中有一辆出了故障,司机躺在车底下修理,旁边烧了一堆旺旺的篝火给他取暖。由于两部车是结伴同行,另外一辆会等这辆车修好之后才一起回吉尔吉特,有不少司机喜欢结伴通过峡谷。

**坚持"斯巴达"原则**

我们住的这个房间,是吉普车司机在前往斯卡杜时,因为天气变坏，必须折返吉尔吉特之前，将货卸下暂放的一间储藏室。它大约有十英尺宽、十五英尺长，里面的东西几乎快堆到房顶了，每个袋子都装满了各种软的、硬的以及大大小小的东西，还有一些重得不得了的茶柜，里面装的肯定不是茶叶，甚至还有从荷兰进口的大箱炼奶。房子的泥巴屋顶由一根屋中央的大树干支撑，四面的墙壁则用泥巴糊得密不透风，可惜一点也不管用。至于地板嘛，则付之阙如，因为这里所有的房子都是维持原本的沙土石子地。此刻的房子没有窗户，不过有一个用石头挡起来的缺口，显然在夏天的时候是拿来当做窗户使用的，像冰块般刺骨的冷风便不断从缝隙灌入。当老板领我们进房时，赫然见到三张吊床立在房间的尽头，前面则是一堆堆的货品，当我们把两张床放下来之后，屋里的空间已经所剩无几。老板拿了铺盖给我们，虽然不干净，却很暖和，而且我们自己其实也蛮脏的，所以我看就不必再费事打开我们的睡袋了。

今晚印度河的水流声很大，虽然我们从隆达出来后便一直向上走，可是现在似乎离印度河相当的近。在斯卡杜与隆达之间，印度河的落差是每英里二十英尺。

此刻我很犹豫，究竟要不要点煤油炉子。今晚的温度很低，所以点起炉子并不过分，可是我不清楚，在抵达斯卡杜之前我们还会遭遇到什么状况，而且我明知在斯卡杜买不到煤油，所以想还是坚持我的斯巴达原则好了。

蕾秋借着微弱的烛光上床，一不小心绊到角落的布袋，她只是温和地说："这房间好像不太方便喔。"而我担心的却是待会儿恐怕没有地方可以让我写日记。不过老实说，除了天气太冷让我有点分心之外，今晚实在没啥可抱怨的。蕾秋上床以后，我便将一张茶柜拖到房间的中央当桌子用，然后再拖过来一个布袋当椅子，顺便拿了个软垫放在上面，让我这身老骨头舒服些。最后我把煤油炉子放在两脚中间，再将一根蜡烛固定在妮维雅面霜的盒盖上，然后从口袋里拿出日记，开始写了起来。

**百怡佳，一月八日**

昨晚我们睡得很好，除了一只灰色的老鼠锲而不舍地试了好几次，却没能成功偷吃到蕾秋的奶酪。我们的房间那扇简陋的门中央下方有一道宽宽的裂缝，因此早上起床的时候，觉得今天的阳光特别亮，不过外面却下着大雪，大家都只得待在屋里。那两名吉普车司机看起来不太开心，昨天他们花了那么多工夫修车，结果还是走不成。我们却非常开心能够在这里多待一天，这对哈兰来说也是一桩好事，我们让它整天待在马厩里，那里比我们的房间还温暖，而且它还吃了许多干草，被喂得饱饱的。哈兰其实很需要吃些谷物，可惜这里买不到。

**印度河水天上来**

吃过早餐我和蕾秋便出门去探险，我们沿着非常陡峭的水道，去看那壮丽的山峰。我从地图上查出，现在的位置离朗玛冰河(Chogo Lungma)很近。中午时这条支流开始融化,我真想知道气温要降到几度,才能够超越河水的流速和力量而使其结冰。我们走的这条羊肠小道,最后深入一堆石块和柔软的沙质悬崖之中便不见了,我们只得回到客栈,并且愉快地享用两大盘超大分量的美味煎蛋卷。

午餐过后,我们向下行往印度河,途中经过了半英里长的浅灰色沙地,上面散落着一块块的冰雪,以及平滑的浅棕色石块,有些石块硕大无朋,我们站在旁边变得好像一只小甲虫。此地的景致很容易让人产生错觉,昨天我从路上看下去,以为印度河顶多只有五十码宽,还不到半英里。除非亲自站到河旁边,否则绝对无法想象印度河的宽广,若未亲眼见到它在房子般高的巨大石块间翻腾时所搅起的白色泡沫,亦无从感受河水的流速以及它蕴藏的力量。这些大石块上面全都盖上了一层冰,雪花则像糖霜般洒落冰上。蕾秋发现在冰层与石块之间居然还有空隙让水流动,可惜这项细心的科学观察,结果如同往常一样又因为我这个老妈无法适时满足她的好奇心,而扫了兴。当我们在结冰的河岸附近拣取那些明亮的小石粒时,居然看见两次小规模的落石,其中一次发生在对面的河岸,另外一次则是距离我们不远的下游处。其实,落石的声响因为夹杂了石头坠落的轰隆声、弹跳声,以及一路下滑的冲刷声,音效要比它的景象更吓人。再者,因为喜马拉雅山的庞然规模,就算是数吨重的落石或土崩,相形之下也立时变得微不足道。

看着河水在雄伟的峡谷间窜流奔腾,真是令人难忘。峡谷的

118　那里的印度河正年轻

黑色石壁上有着好看的白色纹路，像是闪电劈在上面，山顶则呈奇特的正方形，仿佛是巨人石匠斧凿出来的，恰巧与后方隐约得见的交叉耸立的山峰形成鲜明的对比。还有，四面八方都可见到各种奇形怪状的冰块，引得蕾秋惊喜不已。不过这所有的一切，都比不上我们住宿的那间客栈附近的一株法国梧桐老树，光是绕着树围走一圈，便要走上二十九大步，据说这树已经有六百岁了。客栈的老板把树的中央部分烧出一块大洞，地面上再铺上一层干落叶，就是一间现成的厕所。虽然老树惨遭如此毒手，却依旧生生不息。我觉得一大早上在这里蹲厕所蛮好的，特别是我现在因每天进食不多，居然出现了前所未有的便秘情况。

**印度河上方不知名的村落，一月九日**

我们在早上九点钟离开百怡佳村，到下午四点半居然已经走了十八英里路。由于前两天吃得不错，所以哈兰今天的精神好多了，而且我们还买了一份野餐给它当午饭。我把那份带着香气的干草绑在我的帆布背包上，压根没打算拿它当做吸引哈兰卖力前行的诱饵，可是它却发挥了相当的功效，每次只要我稍微走得慢点，或是暂停一下，老哈兰便立刻把握住机会咬一些草去当点心。我们还发现哈兰很爱吃野生的百里香，完全不计较那树丛有多干多硬，所以一有机会，我们就让它去嚼几口解解馋。走了两英里之后，峡谷终于豁然开朗，我们这一边的山退了开来，所以现在走的是谷底一条既长且宽的石板，大多数的时间，我们看不见印度河，只能听到它流动的声音，愈往上爬，脚下的雪和冰层也愈来愈厚，眼前的开阔景致也变得愈白。路上虽然见到几间小房子，可是一整个早上我们都没遇见任何人。

我们在一大丛百里香旁停下来吃午餐，蕾秋的午餐是奶酪，我则照旧吃杏子干，老哈兰则有干草和百里香两道菜。现在的天空是深蓝色，可以看到西北方有一座高峰耸立——真的非常高，可是我却无法从地图上找出它是哪座山，令蕾秋非常恼火。其实附近的山全都赫赫有名，根本无法一一分辨，一味听信当地人的说法也未必就是正确的，许多隆达的友人就告诉我们，从戈木村可以看见著名的 K2①。

我嘴里一边嚼着杏子干，一边欣赏着那座鹤立鸡群般的山峰，心里万分遗憾找不出适当的文字形容此地的风貌，这里的每样事物都是如此的"极致"，任何语言都不足以形容。今天我们所走的每一段路，都展现了喀喇昆仑山脉不同的样貌，我可以在这山里一直走下去，永远也不必担心会烦腻，这群山峰的大小、质地、颜色、形状、姿态各异，交错构成了它们独一无二的美妙和光彩，即便连天色的清明也是与众不同。然而当云层兜头笼罩峡谷，天地刹那无光，仿佛全世界的黑暗全都围拢过来。

三点钟的时候又起风了，我们四周刚下的雪已经积了一英尺深，此刻哈兰展现了非凡的平衡和敏感度，我由它来带领我们走一条比较不危险的路。我们脚下的石板路约有两英里宽，右边是

---

① 即奥斯腾山，世界第二高峰，位于克什米尔北部。

峡谷的边缘,左边则是悬崖陡坡。

**大自然的魔力**

这一段印度河很像是一位正闹情绪的青春期少女,在群山之间陡然转折,令人难以捉摸,当她再度出现在我们眼前时,我们见到河上有一座新搭的人行吊桥,通往一个相当大的村落。这时狂风猛烈地吹向我们,蕾秋的两只脚快被冻僵了,几乎无法在已经变成溜冰场的道路上行走。我的情况也好不到哪里去,这个风势完全没有人能够抵挡;可是耳朵听得脚下的印度河轰隆作响,说什么我也不敢让哈兰走那条长又摇晃的桥,只得改走架在水道上的那些短桥。哈兰虽然迫不得已接受这样的安排,可是似乎不太开心,不过我们还是撑着继续往前走。从我的美国陆军地图上显示,只要沿着河的右岸往上走三英里,就会见到一个小村子,但愿它的标示正确才好(可惜它常出错)。

自从我们在印度河峡谷最狭窄的地方待了十四天之后,这里的景致已经让我们觉得非常宽广明亮。太阳一直到四点钟才下山,两旁的山峰都有一万六千英尺高,与我们之间隔了一大片矗立在厚厚白雪上的黑色巨石中。脚下难行的路拖慢了我们行进的速度,所以体温迅速下降,幸好这时我们闻到有人在烧百里香树丛的味道,接着便看到有四个人升了火在取暖,这种方式取暖来得快去得也快,通常只有牧羊人和修路工人会靠这种方式取暖。这些工人正在铲沙铺路,他们全都住在这个村子,于是便陪着我们走完最后这最累人的几英里路。

天气愈来愈冷，但是这里的峡谷景致非常壮观，所以吃点苦也算不了什么。印度河在这里又急转了个弯，于是我们得先陡直地向上爬，然后再稍稍往下走一点，接着从一个很不好走的角度爬上一堆突出于印度河之上的高耸悬崖。我们从这步道上居然可以看见峡谷一路迤逦到斯卡杜谷地，那里离这儿大约八到十英里。接着黄昏的日光突然抹上了一层奇异的蓝彩，那光芒照遍所有的山、河、岩石和积雪，散发出不属于人间的光彩。我从未见过这种景象，或许那并不真是魔幻奇术，但给人的感觉却是如此。

这个小村子里只有几户人家，而且位于步道的上方，一不留心便错过了。村里的小梯田一路向下延伸，几乎要接近河面，围成一个圆形剧场的形状，在积雪的覆盖下显得特别美丽，因为它向上延伸数千英尺高，直达这座山顶成九十度垂直的黑色山崖为止。不，不只是一座山，应该说是群山才对，每座山都被从山脊上垂下来的大冰柱围绕着，在夕阳的余晖中闪闪发光。（今天稍早的时候，我们甚至看到像电线杆那么粗的大冰柱在悬崖间垂挂下来，颜色有金有绿，煞是好看。不过我现在好困，这些细节的正确顺序已经有点搞不清楚了。）

那些好心的修路工人被我们的出现吓坏了，我根本没办法和他们聊聊天，不过在我们走到那个圆形剧场的半途，他们突然指指前方的碎砂岩，示意蕾秋下马。一名年纪最轻的工人把蕾秋背在背上，我则牵着哈兰从一座梯田爬过另一座梯田，其间的路只有本地的马才有办法应付，每当我们经过树丛或是碎石块，哈兰身上背的东西就会险些被弄坏,最后我们好心的朋友把哈兰身上的东西卸下来,由他们分着拿。我们终于来到了山顶那座险崖的正下方,它在夕阳的余晖中呈现煤黑色,在浅绿色的天空下特别显眼。我看到前方穿着红色雪衣的蕾秋消失在一个小小的长方形石头里,原来她已经到工头的家了。

**工头的家**

屋子里有一条狭窄黝黑的走道贯穿其间,走道的一边是一间厨房,里面除了大灶之外别无他物,另外还有两间关山羊和牛群的兽栏。走道的另外一边是宽敞的起居室兼卧室,主人就在这里招待我们,另外还有三间储藏室,分别存放木柴、食物和饲料,以及一间关绵羊和母鸡的兽栏。屋里的内墙是柳条枝编筑成的,外墙则是大石头堆砌而成,而且还仔细地抹上了泥浆。

我刚走进屋里的时候,只觉伸手不见五指,因为天冷,屋里那两扇没装玻璃的窗户已经给封上了,幸好再过一会儿我就完全适应了黑暗,也适应了从木头炉子里排出的袅袅烟雾。我看到蕾秋坐在地板上,工头的家人则成半圆形围坐在她的对面,蕾秋正在用乌尔都语和大家聊天,可惜没人应她。我还注意到在距离火炉最远的那半边地板上,放了好几张柳条编成的小床,上面盖了几条毯子,里面躺着几个刚出生的孩子和几只小羊,小家伙们不时地发出呜呜的啜泣,两个大一点的孩子正拿着汤匙喂他们喝下稀淡的玉米粥。卧室的地板上铺着极脏的山羊毛地垫,看起来好像自房子盖好之后便从未清洗过似的,这里也是我们晚上睡觉的地方。我们的"室友"还包括一对显然非常老迈的夫妇(其实他们说不定还没我老呢)、他们的儿子和媳妇、两个还没出嫁的女儿,再加上一个肮脏、咳得很厉害的小婴儿。主人全家都咳个不停,男主人更是看起来好像随时可能死去。他靠在一个塞了干草的绵羊皮垫子上,神情十分憔悴,他那一双干枯的手热热的,两只大眼睛却依旧明亮。他以巴尔蒂斯坦语向我讨药,当我很难过地向他解释说我没有药物可以送他时,他谅解地点了点头,然后叫媳妇从小壁橱里拿出一粒白色的大药丸给我看,问我这药有没有效。我只能跟他说不知道,这让我觉得非常懊恼难过。再看看我们的女主人,她的情况比丈夫好不到哪里去,她坐在我旁边的地板上,在刚才一阵剧烈猛咳之后,现在则不停地呻吟喘气,看来很像是得了支气管性气喘。

虽然这一家人全都为病痛所苦,却还是尽心尽力地招待我们。主人把食物拿出来了,不过当他们看到我们自己已经准备了吃食,显然松了一口气,因为他们每个人的晚餐都只有一片薄煎饼配一碗稀粥而已。当我开了一个鲔鱼罐头给蕾秋,再为自己泡了一杯加糖的速溶饮品时,他们全都看呆了眼,由于我实在饿极了,所以觉得这一餐真是美味无比。

这里的厕所和藏族人的习惯一样,他们在大门外盖了一个茅房,里面有四个茅坑,解下来的排泄物会掉到一个小房子里,等到春天的时候再拿出来,先把它们和木灰混合之后,再洒到田里当肥料。

哈兰一到此地，马鞍立刻被卸下，只留下那个软垫，然后这家的主人便想把它牵往阴凉的马房，虽然里面已经传出晚餐的香甜味道，可是这家伙突然拗起性子，说什么也不肯跟主人爬上那三块大圆石头阶梯到马房去。我猜它一定不知道我就在后面，反正不管那牵它的人不断好说歹说，它就是不睬。这时候我不插手不行了，我发现别人在拉它的时候，它的耳朵是朝后的，而且眼珠子滴溜溜地转，可是一听到我的声音，耳朵便立刻朝前竖。我抓起缰绳，嘴里嘟嘟嚷嚷地咒骂着，我请那人让开，哈兰便像头小绵羊似的乖乖跟我上去，想不到这家伙才跟了我们三天，就已经认定我们是主人了。

**卡秋拉，一月十日**

昨晚睡得不太好，因为一整晚都有人在咳嗽呻吟，那个小婴儿一连哭了几个钟头，到最后只剩低低的啜泣。幸好蕾秋睡得很沉，一点都不受影响，倒是我从早上四点钟被吵醒之后，便一直拿手电筒读书，直到主人全家在早上六点半起床以后才打住。接着我们便吃起早餐，和昨天一样，我又开了一份腌牛肉罐头给蕾秋，也照旧泡了一杯即食饮品给自己。老实说，我们母女俩都为了自己吃得那么丰盛而觉得很不安心呢。

我们在九点钟出发，想不到外面的世界好像被一整夜的酷寒给扼住了生机似的，花了三十分钟连滚带爬，才从这条结冰的小径来到吉普车道上。最前头的是带路的小男孩，后面依序是哈兰、我、两名提行李的男子,蕾秋殿后,主人家的儿子则在一旁帮她。我将永远不会忘记这个小村子,这是一份掺杂了感谢和感伤的心情——感谢他们的温情招待,感伤他们的生活条件如此贫困。

**险径上扮家家酒**

今儿个真是个令人心醉神迷的早晨,阳光照耀在刚落下的雪地上,反射出炫目的亮光,天空罩上一层纯白细致的半透明云彩,印度河宛如一道碧绿色的瀑布闪闪发亮。路面非常滑溜,我们花了三小时却只走了六英里路,蕾秋已经觉得非常不耐烦了。我很明了她的心情:坐在时速只有两英里的马背上还不无聊吗?但这有什么办法呢,因为这一路我们都是走在印度河正上方的一道险峻的石壁上。当我看着哈兰小心翼翼地载着蕾秋向前行时,我不禁想起人类往往是很任性的。记得我六岁大的时候,成天就是躺在床上偷偷梦想着我要骑着一匹烈马,驰骋在某个不知名的大草原上,要不就是去那些猛兽出没、没人敢去的荒山野郊。这时再回头看看蕾秋,一样也只有六岁,却随我骑着马儿走在一条高高的险径上,脚下数百英尺便是一条奔腾怒吼的激流,穿越世界上最壮观的峡谷,她却毫不在乎地说着:"我们来玩扮家家酒的游戏好不好?假装我是大人,嫁给了里斯摩的一个医生,生了两个小孩,现在我们正要搬到新家去,所以我要去买一些壁纸和地毯……"

这个村子离峡谷的开口很近,我们要走一座三百英尺长的吊桥越过印度河,这座桥是在二十年前,由巴基斯坦陆军花了三个月的时间搭好的。我们刚踏上吊桥时觉得很怪,印度河居然在我们的左手边而不在右手边,再一看前面就更觉得奇怪,前方居然有一片平坦的平原,约有五英里宽,远处有一座山突兀地耸立着。这里是斯卡杜谷地的西端,我们一路缓慢地穿峡越谷行来,此情此景立刻叫人豁然开朗。

步道从桥这里开始向上陡升,与河道分开来,由于此时已是中午,路面的积雪融化了一半,红黄色的泥土路面变得黏答答的,这情形,再加上那可怕的地形,顿时让我有如身处热带地区般,紧张得汗如雨下。我和哈兰都不知道这条路会通到哪儿去——它究竟是会连接到下一座山呢,还是就在我们刚刚走的那座山里打转,或者是往谷地里去?最后终于看到它通往我们刚爬过的那座山的顶峰,那里阳光普照,地面积了两英尺高的雪,正发出耀眼的光芒。从这里,我们既可以看到刚刚走过的峡谷有多长,还可以看见位于低处的斯卡杜平原,蜿蜒其中的印度河,看来一副慵懒温驯的样子,缓缓地朝着峡谷窄窄的谷口流去。由于峡谷就在我们的正下方,所以从这里看不见,也听不见印度河奔流的怒吼,这份静默让我们觉得好孤单。

卡秋拉(Katchura)的位置横跨过一座低矮的山顶,中间被好几座纵谷隔开,旁边则被积雪的高山围绕。两家客栈、两间小店以及一间派出所,沿着吉普车道一字排开,既然这里都有派出所,那么应当算是个小镇啰。我向一家看起来比较像在营业中的客栈打听"招待所"该往哪里走,不过客栈的人告诉我招待所没开,因为管理员去斯卡杜过穆哈兰姆①了。派出所的警察哈马德过来招呼我们,他说我们何必要到巴旦人开的客栈投宿,于是把我们安置在派出所附属的一间空房里,哈兰则被牵进马房。哈马德这人有一种虚张声势的态度,不过我可不怕他。我们住的这个没有窗户的房间长宽各有八英尺,屋子的中央照例摆了一口锡制的炉子,另外还有两张缺了腿的吊床。

吃过薄煎饼配茶的午餐之后,我们便朝村子上方一个似乎很好玩的小山谷走去。地上的雪有如魔法似的闪闪发亮,它柔软地四处铺陈,我必须把蕾秋背在背上,否则她可能一下子四处乱走而不见人影。在峡谷的群峰脚下走着,周遭的山峰高耸入云,令我们不时发出赞叹声,而云朵的表现也不甘示弱——这一道细柔缥缈的水汽,居然从峡谷的开口处一直绵延不断地盘绕到隆达那里,由于它的高度恰好及我们视线,所以看起来仿佛那一群又蓝又棕又黑的山峰在腰间系了一条银色的彩带。

## 牛屎棋子

回到屋里时,主人早已为我们准备好了薄煎饼和一碗硬豆咖喱。其实我早已发现,在冬季造访巴尔蒂斯坦是不可能保有隐私的,因为巴尔蒂斯坦人会一窝蜂全都围拢到火炉旁边,现在我们

---

① 穆哈兰姆(Muharram),伊斯兰教历元月,也是一种庆典之名。

的房间里有七个人,身上裹着毯子,坐在我们的吊床上,双手全都围着火炉取暖,他们不时一阵猛咳,然后便朝着地上吐痰或擤鼻涕(蕾秋照例轻描淡写地评论"这里的人习惯和我们不一样")。他们的两眼直瞪着我的钢笔,仿佛被催了眠似的,老实说,我心里有点不高兴,可是外面天寒地冻的,要把他们赶出去我又于心不忍。

他们当中有一位斯卡杜的年轻人,自称是"政府官员",讲一口口音很特别的英文。他的五官非常端正,几乎称得上英俊,身上穿着廉价但样式好看的皮夹克,他还很得意地让我看商标——是英国货哟,他告诉我:"我的好朋友是搞走私的,很熟悉欧洲。他有不少欧洲的朋友,经常往返于伦敦和卡拉奇之间。他运毒品到伦敦,再把威士忌弄回卡拉奇,那小子非常有钱,我们两人可是死党,你想买点什么吗?"

我坚定地说:"我想不用,谢谢你的好意。"这个时候又有个人走进来,他是哈马德的长官。这人身材高瘦,面无表情,脸上留着长而油亮的黑色胡子,他左边的太阳穴上有一道微红色的疤,那股神气很像喜剧里长得还不赖的流氓地痞,他也不和人打招呼,只是自顾自地挤进一张吊床。那个斯卡杜青年又问我:"你喜欢下棋吗?"

没想到我们的对话居然会一下子转换到这么有格调的地方去,害我一时不知道要怎么接口,我有点不好意思地回答说:"我不会下棋,那玩意儿对我来说太难了。"

那家伙还不死心:"你认为下棋不好?"

我说:"当然不是!我听人家说下棋可以训练脑力,不过我就是学不会。"

他马上接腔:"你现在就可以试试呀。"他把身子向前倾,用巴尔蒂斯坦语和那名警长咕囔几句,那名警长马上掏出一粒像牛屎一样的颗粒状物品,夹在拇指和食指之间,然后对我说:"我卖给你,你给我五十卢比。"

我把那粒牛屎接过来看一看,蕾秋也凑过来看热闹,我们摸摸它、闻闻它,不臭。"这是什么啊?"

那年轻人回答说:"这就是棋子啊。如果我朋友把它运到伦敦去的话,一副要卖到五百卢比喔,不过在这里就便宜多了。"

我把那宝贝还给警长,然后正色地对他们说,在爱尔兰贩卖棋子可是会被抓去关监牢的,惹得那群人哄堂大笑。那警长眼看做不成生意,只好闷闷不乐地卷了一支大麻烟,不过他倒是一视同仁地传给每个人都吸一口。

**斯卡杜机场附近,一月十一日**

想不到昨晚我们住的那个小房间,哈马德居然开口跟我们要二十五卢比,由于对方人多势众,我知道多说也是无益,只好认了。

**久违了,救命恩人**

我们离开卡秋拉的时候正好下起小雪,四野一片白雪茫茫,连个小鸟的足印都看不到,我们三"人"是天地间唯一的生物。经过一夜的变化,周遭再也见不到锐利、突出之物,一切全都变得浑圆、包容,连大自然的一切声音也全都被冰雪盖住了。还未落下的雪堆积而成的厚云将高耸的山峰遮住,轻轻落下的雪花仿如一层薄纱,减去了阳光的刺目,只留下一道奇妙的微光,柔柔地洒在低低的印度河上。

我们走的这条小径一路朝着山脚往下行,几乎要通到谷底。当我们坐到一堆百里香树丛上歇歇脚喘口气的时候,突然见到远处有两个小点缓慢地朝我们这里移动,原来是两辆要去斯卡杜的吉普车。第一辆车开过来后停了下来,司机扯下覆脸的头巾,原来是送我们进巴尔蒂斯坦的穆罕默德,他正打算回吉尔吉特。不久,第二辆车也停在我们跟前,蕾秋高兴地叫着马札尔医生的名字,他是要回索渥尔;另外还有一位医官跟他同行,那人也从吉普车上下来,朝我们走过来。当我们握手致意的时候,那人开心地问我:"你还记得我是谁吗?"

我仔细地打量着他那张愉快、微胖的脸庞,可是仍旧没有一点印象:"抱歉,我不记得了。"

他笑得更开心,一边大声说:"还记得奇拉斯吗?"老天!这位居然是一九六三年六月救过我的医生。那时他刚取得医师资格,我因为在火炉般燠热的印度河峡谷旅行的途中中暑而受他照顾,当马札尔告诉他,有个爱尔兰婆娘带着一个孩子以及一匹马在此地游览时,他立刻猜出那必定是我——除非爱尔兰的女人全都疯了,否则不可能是别人。

不久，我们行走的这条道路便离开山脉的底部，转向一些小村落与果园间行进。那些杏子树和苹果树都修剪得极为整齐，可见一定有政府的农业顾问驻扎在此地。走着走着终于遇见两个人，前面那人身披一件破旧的浅棕色长披巾，他的长相在这里相当常见——五官钝钝的，看起来就不是很聪明的样子。他牵着一头活泼的混种小牛，那小牛显然很讨厌绑在它那长而尖的牛角上的绳子，农夫的小儿子跟在后面，脚上套着破旧的蓝色塑料凉鞋，在冰冷的雪地上辛苦地前进。走在最后面的是一条狗，这还是我们进入巴尔蒂斯坦以来第一次看见狗儿，这小家伙长得挺壮，毛色乌黑，身子肮脏，生着一张方形脸。有一辆吉普车朝我们驶近，那头受惊的小牛立刻把主人撞倒在地上，然后飞快地跑开去，黑狗也忙不迭地撒开腿追了过去，它们的主人也马上跟上去。才一眨眼的工夫，这一群人、牛、狗就全不见了踪影。

这时候，我们看见一个风向袋，垂头丧气地吊在一根杆子上，而且似乎与谷地东边那群云雾缭绕的山脉成相反方向。接着又看到名不副实的斯卡杜"机场"，那里距离镇上约九英里，旁边横七竖八地放着筑路的机器、生锈报废的吉普车、一堆由铁丝网圈起的石油桶、一座军营及物资供应站，还有其他零零星星让人回想起七十年代的老东西。（有件事很奇怪，在吉尔吉特与此地之间大家都能接受吉普车，不会将它视为破坏自然景观的邪恶机器，我想可能是因为吉普车司机在峡谷间穿山越岭的英勇行为，才赢得众人的尊敬。）

**到口的羊肉飞了**

从卡秋拉到此地不过十一英里,却足足花了我们六个钟头才到,我和哈兰两个都因为吃不饱而筋疲力尽,至于蕾秋,则因为地面的路况太糟、整天坐在马背上而冻得受不了。

好不容易到了机场附近的小旅馆,它跟周遭的大多数建筑物一样都是新盖好的,不过因为使用的是本地建材,外形又是本地的式样,因此倒不会显得突兀。旅馆对面是面积广大的巴尔蒂斯坦军用物资供应站,因此我们一到,便立刻引起几名年轻士兵的注意。虽然上级严禁驻扎北部地区的士兵与外国人接触,但是他们却非常热心地提供我们许多协助;一名巴旦族的中尉拿了一盆豆子给哈兰吃,另外一名军官则告诉我们待会儿不必买晚餐,因为六点的时候他会从食堂里拿一碗炖羊肉请我们吃。一听到"炖羊肉"这三个字,我们的口水几乎要流下来了。六点刚过五分,那名好心的军官果真来了,他身后跟着的传令兵手中拿的不正是炖羊肉吗?我们甚至已经闻到炖羊肉的香味了。谁知道,这时候居然半路杀出个程咬金!旅馆的老板气呼呼地跳出来挡在门口,他叽里咕噜地用乌尔都语大声骂阵,还一边跟他那坐在火炉边的好友用巴尔蒂斯坦语商量着,我可以大约猜出他在骂些什么:我店里的"卡那"(用奶油煮的食物)的味道,绝对不输给你们军方烂食堂做的伙食,我现在好不容易有个机会可以赚赚外国人的钱,你跑来搅和什么,如果你们再不滚开,我和我的朋友一定把你们揍

第四章 哈兰伴我行

个半死。(老实说,这老板长得瘦巴巴的,要想把人打倒可得找上一群帮手。他脸上的纹路很多,我猜八成是因为脾气不好,倒不见得是年纪大了。)没想到居然会出现这样难堪的场面,令我对那名好心的巴旦军官深深觉得抱歉。为了不让他更尴尬,我刻意盯着笔记本看,假装什么都不知道,偏偏蕾秋被那炖羊肉引得馋极了,不过当我狠狠地低声斥责她:"别多话!"她就听话地没再说什么了。这是我们两个人之间的暗语,通常表示现在先别多说,待会儿妈妈会跟你解释原因,这项暗语十分重要,因为这可以及时阻止她脱口而出说错话。其实我必须承认,我非常钦佩蕾秋今晚的自制力,因为她已经有好几个星期没有好好吃一顿,非常期待那一碗喷香的炖羊肉。虽然事与愿违,已经快到嘴边的羊肉居然还是没了,她却仍旧能够认命地接受我的解释,默默地吃完几粒杏子干当做晚餐,便乖乖上床睡觉,连一句怨言都没有。

我也很高兴那位年轻的军官能够忍住气,没有和店老板杠上。这起事件也显示出,平地来的驻军与在地人之间的关系非常糟糕,毕竟双方的差距就像当初的东巴基斯坦人与西巴基斯坦人那么大。

这家小旅店除了厨房以外只有一间客房,所以我们今晚得和店老板凑合着睡一间房。差不多半小时以前,另外四名客人已经把原本靠在墙上的吊床放了下来,他们两个人挤一张床睡,只不过各自盖自己的毯子。这四个人全都咳得很厉害,其中一个人的吊床就在我上方六英寸,那人打鼾的声音大得不得了,简直像是个坏掉的热水管。我本来并不情愿和别人同睡一个房间,可是在这种地方我想就不必那么计较了。因为每个人其实全都紧紧地裹在自己的毯子里,一觉到天亮,没有谁会瞧任何人一眼。

至于我个人的上床仪式可就要繁复得多了。首先呢,我会先把太空被摊开在吊床上,接着再把丝边的日本制高地用睡袋塞进另外一个比较厚的拼布缝的睡袋里,然后才把它们铺在太空被上;再下来呢,我把身上这件穿了一整天、非常重的连身夹克脱下来,铺在那两个睡袋上,然后把最下面那件太空被反卷上来。最后,我脱掉靴子,但是不脱毛袜,然后穿上雪靴,这靴子正好与我身上的雪衣雪裤配成一整套(现在我已经记不得在雪衣和雪裤里面我穿的是哪件毛衣和毛裤),这时我才好整以暇地钻进被窝。当然,手里还拿着一本书和一支小手电筒,记得动作一定要轻巧,才不会把刚刚辛苦铺好的被子给搅乱了。我把那件日本睡袋的拉链完全拉上,外面的那一个睡袋则留一个小小的通风口,一举一动不得不小心翼翼,因为夜里的气温可是会降到零下四十度以下。

## 第五章
# 巴尔蒂斯坦的都市生活

不少书经常提到巴尔蒂斯坦人的生活艰苦,若你亲眼见到他们在冬季里的情况,心灵将会更为之震撼。他们恍若对酷寒感觉麻木,往往只在身上披着一件自制的长披巾,而且每个人都营养不良。一年当中,他们只有三个月可以靠吃新鲜的水果过活,至于其他的九个月,就只能靠干果糊口——那就是巴尔蒂斯坦著名的杏子干。

——菲利波·迪·菲利普(1913)

听那急切而绝望的呼喊:"我的孩子在哪里?"得到的却只是一句回音:"哪里?"

——拜伦,《阿比多斯的新娘》

**斯卡杜,一月十二日**

如果世上的每个首府都和斯卡杜一样,那么我绝对不会对都市生活产生反感,不过我们现在看到的斯卡杜比起几年以前,还是"发展"了许多。

斯卡杜谷地约位于海平面以上七千五百英尺处,由西北到东南约二十英里长,宽约二至五英里,印度河在此冲刷出一道五十至七十英尺深的河床,至于河面则宽约五百英尺。印度河与希加河汇流后分成许多条支流,并冲积出数座小岛。谷地的四周有多座高山耸立,高约一万八千英尺。今天早上云雾渐散,原本被遮住的峰顶全都露了出来,在阳光下闪着亮光。

**偶遇乡音**

我们穿越一片种着果树的平原向斯卡杜前进,这片平原恰与灌溉渠道成交叉状。从远处我们便可看见一长排低矮的木制建筑物,它们就位于著名的"斯卡杜之石"所矗立的那个大石板上,蕾秋形容那个大石头"好像一艘倒栽葱浮出水面的船",不过这块石头长度超过两英里、高超过一千三百英尺,气势十分磅礴。希加河与印度河在大石头的另一边汇流,因此从斯卡杜很难看到印度河,而在这酷寒的季节里,也听不见河水奔流的声音。

我们舍吉普车道改抄另外一条捷径,这是一条陡坡,可以通往旧市场。市场里的人看见我们都瞪大了眼睛,好像我们是来自外层空间的怪物。这里是斯卡杜的市集中心,不过时值隆冬,大部分的摊贩都休息了,一半以上的摊子都没开业,至于开业的那几个摊子,东西也少得可怜。不过这里每个人都听过卡兹米的大名,所以虽然我早已知道这里肯定找不出半个会说英语的人,隐约还觉得有一种不友善的气氛——可能是因为穆哈兰姆的关系吧,但我们还是很快就打听到卡兹米的住处。不过因为这里的路结了厚厚的冰,哈兰可费了好一番劲才走到卡兹米家。

卡兹米的家是他父亲在一九四九年建造的,那年他们全家从斯利那加(Srinagar)搬到这儿。这房子位于险峻的悬崖边上,往下看可以见到新的军营、一座新的清真寺,以及恰斯马市集,再过去则是被"斯卡杜之石"遮掉一半的希加河谷地的开口。房子的后面有一座隐蔽的花园,卡兹米将哈兰安置在这里,再带领我们到起居室(兼卧室)休息。这个房间里面只放了一张吊床、一张小桌子,火炉旁的地板上则放了一张羊毛毯。

我们到的时候,卡兹米刚好有朋友来访,他叫卡尔贝,我们今晚住宿的房子就是卡尔贝的。其实这间屋子并不真的属于卡尔贝,而是他向一位名叫沙迪克的农夫租来的,因为房子的设备太过简陋,冬天实在无法居住,所以卡尔贝便在几星期前搬到招待所,但他还是继续保留租约,等到夏季再搬回来。卡尔贝是一位高大、英俊、充满自信、反应敏捷的年轻人,而且非常幽默。他的老家本来在希加,但是现在都搬到拉瓦尔品第去了,卡尔贝跟着爸爸从事土木包工的工作,大部分时间都待在巴尔蒂斯坦。卡尔贝以前曾经在穆里跟一位爱尔兰籍的修女读书,所以他的英语既流利又地道,自从我们离开伊斯兰堡之后所遇到的人当中,就属他英语最棒。能以正常的速度用家乡话和别人交谈,那种感觉真是愉快极了。

我们的午餐是未发酵的全麦面包配咖喱菠菜,这是几个星期以来，我们头一次尝到绿色蔬菜（事实上，之前我们根本没吃过任何一样蔬菜），夏季时此地菠菜很多，人们会把部分菠菜晒干储存起来供冬季食用。饭后还有一杯加了盐的奶油茶，那茶装在一把雕刻精美的古董银壶里，壶身足有十八英寸高，在端上桌之前，主人先夹了两块烧得红彤彤的柴火放进壶里。蕾秋的脸上显露的表情背叛了她对这壶茶所做的"没什么"的评价，所以主人便先端了一杯茶给我们这个可爱的小姑娘尝尝。

用过午餐后，我们便要搬到位于斯卡杜南方边上的新家去，卡兹米带着蕾秋走捷径，不过那条路不适合马儿行走，所以由卡尔贝带领我和哈兰走另外一条路。这条路非常难走，害得我根本没法看看周遭的样貌，只依稀看出它们全都被冰雪封盖了。在我看来，斯卡杜比较像是个农舍林立的小镇，根本不像是一座"首都"。

好不容易走到吉普车道上时，我们的左边出现一座堆满石块的山丘，在它的山脚下积了一大片平坦的冰雪，右边则有十几间房舍。然后我们来到一个尚未启用的新摊位，之后车道外出现一堵八英尺高的墙，长约五十码，往上走两阶有一扇摇晃的木门，卡尔贝摆出一个请进的姿势对我们说："到家啰。"接着又说："如果不合意的话也没关系。"

我们在路上将哈兰的行李卸下来，这家伙照例又磨磨蹭蹭地不肯爬上阶梯，可是后来还是乖乖地进了门。一进门左手边就是厕所，或者该说是茅坑吧——它是一个三面有边的立方形石屋，屋上没顶盖，地上有个坑。走过黑暗的走廊是一间空空的厨房，以及一间起居室兼卧室，房间里有两张吊床和两座大木头柜子，这些家具全是卡尔贝的。我把它们当成桌子使用，不过因为它们的边缘凸起，且高度不够，并不太好用。这个房间的长宽各约十二英尺和十英尺，地面完全没有经过加工，不管我们多么轻手轻脚地走动，还是免不了会扬起一阵沙尘。房间的天花板很低，泥土屋顶上还加铺了一层树枝，以承受积雪的重量，其下则有粗大的桑树干作为横梁和支柱。天花板的中央留了一个大洞接烟囱管，墙上的玻璃窗少了两块玻璃，土墙的墙面曾经用石灰水刷白过，不过现在已经变得肮脏、斑痕累累了。墙上还有一个蛮大的壁橱，里面没有放置任何东西。我们刚进屋的时候，窗户旁边的那座壁龛里原本只放了一本夏洛特·荣格（Charlotte Yonge）的《鹰巢中的鸽子》（*The Dove in the Eagle's Nest*）。哇，想不到这里居然会有英文书，这个壁龛非常适合当书橱，我摆了几本书给荣格小姐做伴（不知道她是否受得了西蒙娜·波伏娃）。如此一来，令我觉得像是在斯卡杜宣示了我自己的一小块领土似的。

正当我们讨论哈兰应该安置在哪里比较妥当的时候，屋主沙迪克刚好来了，他建议我们让哈兰待在厨房里，于是我便对哈兰说尽好话哄它进屋，并且把它拴在一根木橡上。好了，这下大伙儿全都搞定了，煤油炉子上正烧着水准备泡茶，窗户上的破洞用蕾秋的旧练习簿遮住，烟囱口也用纸糊上。窗外是一片被冰雪覆盖的果园，里面种着杏子树苗，再过去是一大群雄壮的山脉，距离我们还不到两英里远。我从邻近的一条小河取来水，其实河水已经结冰，只不过附近的主妇总是在这儿凿洞取水。虽然理论上斯卡杜已经全城架设了电线，但是这些电线只是像藤蔓似的随意搭在树干间,骑马的人一不留神还会被电线绊倒,传输的电流断断续续而且很微弱,我们还是继续点蜡烛照明。尽管如此,斯卡杜还是一个很可爱的城市。

其实我最怀念的现代化产品是报纸——不过它的功能是拿来辅助居家生活,倒不是用来增广见闻。在这里完全没有报纸供应,这里的人也都不看报,苦求而不得之下令我深深体会到,报纸在家庭里的各种不同的用途。令人高兴的是,这里见不到那些恼人的小虫子,夏天时这个房间里的跳蚤和臭虫一定多得吓死人,但幸好现在晚间的温度极低,一直要到三月底它们才会出来肆虐。

**历史的印记**

一旦你来到斯卡杜,便会想起巴尔蒂斯坦其实有着一段源远流长的历史。但在与世隔绝的印度河峡谷中行进,却很容易忘却此事,因为身处峡谷,你很难想象巴尔蒂斯坦与这世界有何关连,但是朝斯卡杜前进,如果你留心注意的话——由于它已经与周遭环境融为一体——便会发现一座历史久远的堡垒,生动地述说着很久很久以前的战乱。这座堡垒位于斯卡杜之石的东缘,高三百多英尺,由天然的屏障所支撑,迪·菲利普形容这座堡垒"是如此的壮观,令得它脚下受其捍卫的小城相形见绌"。这座堡垒是阿里什汗(Ali Sher Khan)所设计,他是斯卡杜的名君,曾在一五九〇年至一六一〇年间征服拉达克(Ladak),以及位于夏克谷地

(Shyok Valley)的克伯卢，并逼迫拉达克国王娶他的女儿为妻，此后一直到一九四七年为止，巴尔蒂斯坦与拉达克的历史便产生了密不可分的关系。在印巴分离之后的动乱期间，以及一九六六年的冲突期间，斯卡杜的人民都躲在堡垒里，以为它能逃过印度空军的轰炸，幸好印度空军把全部心力放在瘫痪的机场上，居然使他们幸运地逃过劫难。

巴尔蒂斯坦语是一种没有文字记载的语言，而它的子民也未曾留下可信的口传历史。记得在索渥尔的时候，那位警长朋友曾告诉我："巴尔蒂斯坦人在改信伊斯兰教以前（这差不多是一千两百年前的事），若不是印度教徒便是锡克教徒。"（以上系完全引述当事人的言论，并不保证其说法符合史实。）据说巴尔蒂斯坦曾经有过一卷文稿，至于其时间约可回溯到佛教盛行时期，之后可能使用藏语文字，至少喇嘛以及一些受过教育的老百姓是如此。

巴尔蒂斯坦的存在首见于中国历史的记载，那是记载公元七四七年，中国派兵援助拉达克对抗西藏统治者的一份军事文献。根据资料，巴尔蒂斯坦应属西藏统治者管辖，同时亦受到其文化的影响。目前我们仅知，在巴尔蒂斯坦于公元十五世纪初期改信伊斯兰教之前，一直都附属于西藏之下，弗斯科·马莱尼（Fosco Maraini）对两者之间的语言关连颇有研究："今天所讲的巴尔蒂斯坦语其实是一种西藏古语，这些词的拼法，目前在西藏亦仅见于文字记载。比方说，"米"这个字的巴尔蒂斯坦语拼作 bras，而它在西藏的文稿中也是拼作 bras；但是……现在拉萨的人却把米叫做 dren……我可以随口举出几百个类似的例子，从巴尔蒂斯坦语的文法和语法也可以找出这种古语的特征。"

第二份提到巴尔蒂斯坦的历史书籍,是记录苏丹王(Sultan Said)伟大行迹的书。他是卡什加的一位蒙古可汗,曾在一五三一年春天率领五千名兵士,越过一万九千英尺高的喀喇昆仑山隘口。其后两年间,苏丹王和部下转战拉达克与巴尔蒂斯坦,靠着抢夺来的物质维生。后来苏丹王死了,他的儿子企图攻占拉萨,可是高地势、酷寒及饥饿等因素夺去了无数士兵的生命,最后只剩下二十七名勇士幸存。

由于那些极少数记录巴尔蒂斯坦历史的文献在近代几乎被毁殆尽,因此无从挖掘过去的状况。锡克族在一八四〇年攻占斯卡杜的时候,他们烧掉了一份古老的编年史,那大约是马克彭佛王(Makhpons)时代的历史。此外,英国人范恩(G. T. Vigne)亦曾提及,他听说在扎法尔·汗(Zufar Khan)统治时期,除了烧毁斯卡杜城堡之外,还毁掉了另外一份极有名的手稿。

范恩曾于十九世纪三十年代在斯卡杜待了颇长一段时间,并撰写了第一份描述这个谷地的文稿,招待他的正是阿里什汗的嫡系子孙阿美王(Ahmet Shah),他也是斯卡杜最后一位享有实权的领主。有段时期,巴尔蒂斯坦的每一块绿洲地都有一位世袭的领主,他们互与斯卡杜王室通婚,并与斯卡杜王结盟打击共同的敌人,不过在内政问题上并不一定与王室站在同一阵线上。这些领主大多不是巴尔蒂斯坦人,且多数是替领主立下汗马功劳的重臣之后,其中有不少是罕萨或纳格尔人,多半比巴尔蒂斯坦人富裕,也比较不易驾驭,因此从未产生出一位领袖人物。

迪·菲利普曾经简明扼要地描述了巴尔蒂斯坦失去独立自主地位的最后一段过程："一八三四年至一八四〇年期间，索罗瓦辛(Zorowar Singh)带领着他的锡克族军队，经过数次攻打之后，终于为君王古拉布辛(Gulab Singh)占领了拉达克，而古拉布辛正是克什米尔的第一位执政王储。至于他们要用什么理由攻打巴尔蒂斯坦，这个借口一点也不难找，由于阿美王剥夺了嫡长子穆罕默德的王位继承权，索罗瓦辛便以这个理由，在一八四〇年年底，率领一万五千名大军进攻巴尔蒂斯坦。

除了部分拉达克人民支持索罗瓦辛的行动，其他人则仍旧效忠于阿美王，就连天气也成为斯卡杜王的最佳盟友。奔腾的印度河成功地阻挡了大军的前进，渡河的桥也断了，眼见这次的军事行动似乎就要功败垂成。提早降临的冬季将锡克军羁留在河的右岸，粮缺与寒酷使他们的情况非常危急，许多士兵因为严寒而失去了双手或双腿，从克伯卢派往希加的那五千名士兵遇上了埋伏，只剩下四百人残存。但是最后的残余部众终于靠着河面结冰成功渡过印度河，他们将巴尔蒂斯坦的守军杀个措手不及，阿美王退守斯卡杜堡垒，但旋即被迫向敌军投诚，由长子穆罕默德继承王位；但想当然，这个小王国永远失去了它的独立地位。阿美王和他最钟爱的次子，被迫带领一群巴尔蒂斯坦军跟随索罗瓦辛攻打西藏地区。这次的行动最后是以将领被杀、军队溃败收场，阿美王与次子皆被藏族人俘虏，阿美王死于拉萨，不过藏族人始终待之以礼。古拉布辛就任加木及克什米尔的国王，斯卡杜成为巴尔蒂斯坦的首都，斯卡杜和拉达克都成为新王国的附庸，时为一八四六年。

　　这些来自多格拉斯(Dogras)的外来者,他们统治者的身份,对于巴尔蒂斯坦的老百姓或许无关痛痒,可是其凶狠贪婪却令他们闻之色变。再者,这些人毕竟是印度教徒,所以对这些被他们统治的穆斯林没什么同情心,而且他们种种倒行逆施的恶行还代代相传下去。在异族统治的这段时期,巴尔蒂斯坦人严禁宰牛只,虽然大多数的巴尔蒂斯坦人根本就穷得养不起牛,但是他们还是非常痛恨这项印度教的禁忌。在英国殖民期间,多格拉斯的高压统治情形也只不过稍好一点。巴尔蒂斯坦与拉达克皆由克什米尔高级长官管辖,其下另设两名税务官,一人派驻卡吉尔,另一人派在斯卡杜。至于这两个地区则由一位派驻在列城(Leh)的英国官员代表英国政府行事,其职权则隶属英国驻克什米尔代表处之下。可是在这种地区里,光是一个英国人是没法子捍卫那些可怜的巴尔蒂斯坦百姓的。那些大大小小的多格拉斯人都知道,他们的主子根本不在乎巴尔蒂斯坦人的死活,也就肆无忌惮地对这些朴拙的农民予取予求。这也难怪克什米尔藩王在一九四七年加入印度联盟时,北部地区所有的穆斯林会全体起义,并且一致要求划归巴基斯坦。最后在国际会商之下,终于同意了他们的要求,所以现在巴尔蒂斯坦被视为巴基斯坦的领土。

**斯卡杜,一月十三日**

　　今天我带着蕾秋到邮局去,打算将连日来写好的日记寄给出版社,可是才一踏进邮局的大门,我便马上打起退堂鼓,只好又把它们带回家来。我曾经遇见过不少奇怪的邮局,可是斯卡杜的邮局里有一种连自己也信不过的气氛;上一趟的邮件是在十天前送到的,至于下一趟邮件可能要再等上两星期,不,三星期,不,还不止,说不定要五星期才会寄出去,所以邮局自然而然会充满那种不实在的气息。邮局里只有一个看来傻不愣登的家伙(说不定他是因为无所事事才显露出那副呆样),一个人坐在角落里,身上披着一条红棕色的长巾,百般无聊地剥着核桃吃,看起来就像只松鼠。邮局里连邮票都不卖,也不知道下班飞机什么时候才会来,害得我连明信片也没法寄。这间邮局是在一百多年前由英国人设立的,可是从各方面看起来似乎一切都没改变。原本由信差负责的送信工作,现在已大多被飞机取代,反倒变得更没效率。

**大而无当的市集**

从邮局出来之后我们继续往西边的新市集走去,市集长约半英里,位于巴尔蒂斯坦唯一一条柏油路的两侧,等我们来到它跟前,马上对眼前的景象震惊不已。蕾秋十分夸张地说:"这里好像伦敦。"这些簇新的摊位大都没开张,有的甚至还没人承租呢,其中有几个摊子已经被重重的积雪给压垮了,往上走到半途,有一座石柱直挺挺地竖立着,柱顶上有一只铜制的老鹰俯视着它的猎物,这座石柱是为了纪念那些争取加入巴基斯坦而英勇牺牲的人士。

对于那些刚从索渥尔来到此地的人，斯卡杜无疑是个大都会，可是这里贩卖的商品种类还是颇有限，有些根本派不上用场——像是帝王牌香皂、帕克钢笔、罗斯曼香烟等等，可这些玩意儿还都是取之不易的舶来品呢。至于交易热络的旧市集里，那些小贩卖的多半是相同的东西——几堆廉价的棉花、一袋米、几袋豆子、一袋糖、从不同国家进口的炼奶、丹麦来的罐装纯奶油、茶叶、几粒洋葱、香烟、火柴、廉价首饰、几块香皂、锡制的厨房用品、西藏冷霜、六盎司才卖五卢比的发霉饼干、岩盐、塑料鞋、练习本，以及根本不能用的墨水（这是我上过当的经验之谈），几乎每样东西的质量都烂透了，可是价钱还不便宜呢。我费了好一番工夫仍旧没买到肉或蛋，市场里连最寻常的茶屋都很少见，因为这里的人还不习惯现金交易。再者，仅有的那几家茶屋都没开，因为现在是穆哈兰姆，照规矩不得进行轻松喧闹的活动，而在公共场合喝茶也被视为不合体统之举。这样逛一趟收获最丰的竟是哈兰，我给它买了四磅的豆子，这是它最喜爱的食物之一，另外还有一束香甜的干草，喂马儿吃那么高级的豆子似乎有点奇怪，可是我实在找不到别的东西可以给它吃；除了这两样之外，我还买了一块美得发亮的粉红色岩盐给它当点心，可把它乐歪了。

我们其实很难公平地论断，斯卡杜的百姓在穆哈兰姆期间所表现出来的种种性格。这一年一度的静肃期与中古世纪的大斋节（Lent）颇为类似，大部分的巴尔蒂斯坦人属于什叶派穆斯林，他们敬拜穆罕默德及他的女儿法蒂玛（Fatima）。所有的什叶派穆斯林都会过穆哈兰姆，这是为了纪念他们极为敬重的烈士侯赛因（Hussain）及他的亲戚哈桑（Hassan）；侯赛因是穆罕默德的女婿阿里（Ali）的次子，他在公元六八〇年的十月十日与逊尼派的哈里发（Caliph Iasid）作战时死于喀伯拉（Kerbela）。

在穆哈兰姆开始的前十天，所有的人都不得表现出快乐（或甚至只是轻松）的神态，而且不准抽烟、不准赌博、不得有性行为、不能听收音机、不得大吃大喝、不得在茶室高声谈笑、孩童不得玩足球、不能嬉笑。因为这些禁令使得静悄悄的斯卡杜城里弥漫着一股低迷、紧张，而且极为沉闷的气氛。所以那些偶尔出现在市集里的人，看来都有着一副愁苦不友善的态度。那些行人全都是男人，斯卡杜的妇女难得走出家门。难怪每回我被当地人认出是女性身份时，都会遭到白眼，因为在这种日子里，一个女人家在大街上抛头露面，肯定是魔鬼派来的恶女。

巴尔蒂斯坦的人口（约二十万人）组合相当复杂，这里自古以来便是重要的交通枢纽，曾受到许多个不同的帝国与文化的冲击。由于现代政治情势以及空中交通的发展，导致斯卡杜变得无足轻重的状态，对当地人来说是一种全新的经验。不过我们今天到市集里逛了一下，居然就看到一些带有异国风味的脸孔，像是爱尔兰人、中国人、阿拉伯人、俄罗斯人、阿富汗人、德国人、克什米尔人、印度人、意大利人等等，反倒是没见到那种一眼便可以认定是巴尔蒂斯坦人的脸孔。罗埃洛・迪・柯坦兹（Roero di Cortanze）曾于一八八〇年率先指出："巴尔蒂斯坦人属于高加索系，亦即白种人，他们与拉达克人不同，后者是黄皮肤的蒙古人种。"不过他们之中当然也带有蒙古人的血统，而且根据我们今天的观察显示，具有藏人血统的巴尔蒂斯坦人是最穷的。在斯卡杜以及隆达地区有一个流传已久的说法，指称最早的巴尔蒂斯坦人是亚利安达尔德族（Aryan Dards），之后逐渐与不同的蒙古入侵者融合。不过我很惊讶，今天居然会看到许多显然没有与蒙古族混血的不同面容。事实上，最近一段时期并没有外来人士移民到这里。

今天又有人告诉我（这已经是第六次了），巴尔蒂斯坦人可不像他们的外表那样苦哈哈的，虽然他们住在简陋的小屋子，身上穿得破破烂烂，可是有些人在地底下埋了不少钱财，像以前英国人发行的面额四百卢比的旧大钞，就还常常出现在市面上，只不过现在已经不再流通了。尽管如此，我还是不太相信巴尔蒂斯坦有很多有钱人。

**斯卡杜，一月十四日**

今天早上我们带着哈兰到"斯卡杜之石"的另外一边去探险，我们首先经过卡斯马和新市集，然后沿着往吉尔吉特的步道走了半英里路。我们沿着这座巨大山脉的西面边缘前进，顺着一条宽广的沙质路，越过一片积雪之地，那道像是船头的灰色山坡就耸立在我们上面。我们数度遇见三三两两结伴而行的人，他们身上穿着自家缝制的破烂衣服，肩上扛了一大捆重达八十磅的木柴（大多数是桑树），这些人大多有甲状腺肿的毛病，有几名甚至是侏儒（几乎跟他们身上背着的柴火一般高），其中有几人且是呆小症患者。前方是一片高低不平的低矮山峰（约一万两千至一万三千英尺高），当我们爬到一处稍高的地方时，便可见到宽广的印度河，在我们与那群峰之间缓慢地流着。在那些山峰较低矮之处坐落着数个小村子，刚才我们在路上遇见的那些背着柴火的人，就在这里搭乘平底船回家。这种船是将木板绑在充气的山羊皮或牦牛皮上制作而成的。

我们的步道在"斯卡杜之石"那里转了个弯，蕾秋下马自己走，我则牵着哈兰边往前走，一边看这条路究竟能不能让马通过。接着我们越过了一座山肩，眼前出现了希加河与印度河汇流的河道，河面宽约一英里，看起来很像是碧绿的湖，"斯卡杜之石"那积雪的北面就从这儿往上蹿起。在河岸的北面和东面各耸立着一座巨大的山峰，看来就像是湛蓝天空的两道巨大的白色疤痕。我们一直往前走，直到那步道窄到实在无法让哈兰通过才回头。这周遭的寂静、美景与祥和，居然使得一向聒噪不堪的蕾秋也破例安静了三分钟。

**蕾秋骑士**

回家之前，我们先在大石头上休息了片刻。从这儿望下去，可以见到一道闪亮的白色斜坡直直伸进印度河，由于山脚的雪已经开始融化，使得河面益形扩大。我还记得那一刻十分"特殊"，令我心底涌现一种万物皆有灵的感动。坐在这壮丽的大河之旁，置身于那雄伟的高山之下，会让人自然而然地对山水的力量和气势产生一股崇敬之情。

待我们回到先前那条沙土路时,我让蕾秋坐到哈兰背上,但万万想不到,此后一个半钟头我居然失去了他们的踪影。当时哈兰迈着稳健的步伐,载着蕾秋越过一个小山坡,我丝毫不以为意,心想他们应该会在山后头等我一下,可是等我爬上来之后,才发现他们早已经不知去向。我心里惊慌,猜想哈兰一定挣脱缰绳跑了,可是待我睁大眼仔细瞧瞧,哈兰根本没跑掉,而是蕾秋学着人家马术高手在快抵达终点线前,猛抽马屁股冲刺的行径,因此哈兰驮着蕾秋一溜烟似的疾越过另一座小丘,只留下我像疯子般尖叫着:"蕾秋!停下来,蕾秋!"可惜徒劳无功,只有山壁回响着:"——秋!"

我尽量压下满腔的怒火和焦虑,如常地往回走。刚才在沙土路上开开这种玩笑我是不会介意的,因为那儿不可能有吉普车出现,可是万一蕾秋遇上个疯狂的小兵,以时速六十英里的速度驾驶吉普车乱闯的话,她有办法控制住哈兰吗?虽说哈兰的确既聪明又有责任感,但它毕竟是一头遇事会紧张的马——其实巴尔蒂斯坦所有的动物一看到机动车都会失去方寸。我边走边紧张地四处张望,有没有一顶黑色的马帽或是红色的雪衣掉在路上,结果我看到的却是令我最担心的景象——见到哈兰了,可是蕾秋却不在马背上。幸好我定神一看,才发现那不过是一头和哈兰同样毛色的母牛,但它已经让我差点吓破胆了。在我撑着走过新市集的这段路上,连半个人都没见到,这让我放心不少,因为如果蕾秋有什么闪失的话,路上一定会遇见路人急急忙忙在找我。最后,我终于看到那两个家伙在远处等着,就在旧市集的附近,而且身边围了一群莫名其妙的群众。虽然我离蕾秋还有一大段距离,不过我可以猜到她脸上一定带着得意的神气,她大声地嚷着:"嗨,老妈!你怎么走这么慢?我们等了好久好久,你没担心吧?"我没好气地回答她:"怎么可能不担心?"不过我终究还是把其他到了嘴边的话忍住没发作。"我就是怕你会担心,不过我发现其实快跑比小跑步还要简单嘛。我们遇到两部吉普车,可是哈兰的表现还是很棒,你就是太会操心了嘛,对吧。"

"一点也不,哈兰也有可能会表现不好,要不就是开车的人出了差错,可笑的人是你,不是我!"虽然我对她的表现极度冷淡,可是在我们回家的这一路上,这小妮子还是滔滔不绝地把刚才好玩的情况一五一十地说给我听。

### 斯卡杜,一月十五日

昨晚我打开最后一罐从拉瓦尔品第带来的罐头,结果发现里面的东西好像发霉了。可是我这个人一向惜物,肚子又饿得慌,虽然蕾秋劝我别吃,还是忍不住泡了一杯,才喝一口就吐了出来,因为喝得不多,所以倒也没闹肚子痛。可是今天早上我为蕾秋弄好早餐,顺便喝了一杯茶,却只觉得想缩回被窝里躺下,我觉得有点吃坏肚子,不过情况应该不太严重。

幸好十一点钟的时候我就觉得舒服多了,于是便带着蕾秋和哈兰往克伯卢那个方向爬了六英里路。这里的景致更加的荒凉、残破,山脉的底部,无数灰色及黑色的石块竖立在厚厚的积雪中,令人望而生畏,当中还点缀着一丛丛的百里香或杜松。然后我们又见到一块块的白色平地,我想可能是田地吧,附近还有一些果园,想不到在那松软的地面上居然有好几个两百英尺深的大洞,令我们必须多绕一大圈才能走过去。我猜这些裂缝应该是最近才出现的,因为旧的那条步道的两边都伸展到了边缘。途中我们常常能见到印度河的倩影,不过是在我们下方很遥远的地方,看着它从那既宽且深的砂质河床上缓缓向前流动,实在很难将之与在峡谷中翻腾奔流的模样联想在一起。河旁成排的杨木和柳树,从这里望下去好像玩具似的,让人不禁重新思考这座山脉的大小。印度河外有一片广达数英里的浅棕色沙丘地,在风姐儿的巧手下展现美丽的风华,其间还出现了两座长椭圆形的石头山,它们的高度虽然比不上"斯卡杜之石",不过气势却一点也不逊色。

途中经过两个小村落,里面的人几乎全都罹患了甲状腺肿,这时候村民大多坐在屋顶上享受温暖的阳光,手中还一边在剥杏子的果仁,要不就是在纺羊毛,还有的人在织着长披巾。不论男女,见到我们都愉快地打着招呼,一点也不像我们在斯卡杜遇见的那些人,一副凶巴巴的模样,而且他们似乎也不怎么在意穆哈兰姆的种种规矩。

小镇的外围有一间小屋子孤零零地站在雪地上,门上写着"甲状腺肿诊疗所"几个大字。这房子是在几年前盖好的,可是一直到现在都还未启用。这种事在斯卡杜乃是司空见惯,有心想改善当地生活的热心人士,在忙了一阵之后,到头来却发现人力、倡导及交通种种问题根本无法克服,一番美意最后也就无疾而终了。

今天我和蕾秋约好,她可以骑着哈兰走在我前头半英里,超过之后必须和哈兰停在路边等我赶上来。这个规定对她和哈兰来说确实很讨厌,可是我们做妈的人就是不放心看不到孩子的踪影。

在回家途中我突然觉得疲惫不堪,又渴又饿,可是路经的两间茶室都没有东西可吃。好不容易等我终于把茶壶放到炉子上时,偏偏炉子却作起怪来,我只得把它拆开来看是怎么回事。弄断了两片指甲,我终于把炉子的吸油绳搞定,这时蕾秋却不怀好意地说:"妈,你今天好像讲了一些我从没听过的话喔。"结果那炉子居然花了四十分钟才把水烧开,看来明天得去买根新的吸油绳了。

**斯卡杜,一月十六日**

今天诸事不顺。这里的人根本不在乎时间,难怪一切都轻轻松松的。

有人告诉我们,十一点钟的时候,位于新市集的政府物资供应站会开门,我们可以到那儿去买煤油。于是我们便在十点半出发,到那儿买油的人已经排成了一条长龙,每个人都带着各式各样的盛油器具,想不到有个人居然拿了个有点损坏的搪瓷便盆,我非常好奇地推敲他是从哪里弄来这玩意儿的,我想这东西八成是某个英国军官出门旅行时随身携带的物品吧。

我们把哈兰拴好后便在它旁边坐下,这时候又有一名看起来很烦恼的年轻警员朝我们走过来,他已经找我们好几天了。虽然卡兹米一再向他保证,我们母女俩都有护照,绝对不是坏人,只是来这里观光的。可是任凭卡兹米说破了嘴,那名警员依旧觉得他不能确定,我们是否能够合法地进入巴尔蒂斯坦。为了让他安心,我告诉他我愿意带着护照给巴尔蒂斯坦的督察总长检查,他终于放下心来,并且约好下午三点在警察局外碰面。

物资供应站一直拖到十二点四十分才开门,结果里面的人却告诉我,明天得先到政府供应处填妥一式三份的申购表,才能购买这些政府补贴价格的煤油。这么一来,我们只好先向卡兹米借一加仑的煤油,他真是我们的救星,任何问题都可以帮我们解决掉。市场里也没法买到没有价格补贴的煤油,而我们是绝对少不了煤油炉子的,因为目前这几个星期正好是全年最冷的一段时间。

下午两点五十五分,我把哈兰拴在警察局外面的柱子上,等到三点四十五分,那名年轻的警员出面向我解释说,督察总长去吃午餐还没回来,我们可不可以明天上午十一点再来一趟?

之后我们便花了一个钟头闲逛遛马,及时赶在夜晚的冷锋降临之前回到家里。途中我曾费了一番工夫想要买点面包,可是没有买到,索渥尔的物资供应反倒比这里充裕些。近来此地的人口数目,由于大批巴基斯坦政府官员及员工的涌入而大增,有的人甚至携家带眷一起搬过来;还有就是驻守的部队,虽然他们原本

第五章 巴尔蒂斯坦的都市生活 155

希望能够自给自足,可是毕竟无法将所有的食物用飞机空运进来。倒是哈兰的粮草从来不缺,由于吃得饱,也就长得好,虽然外表看来没有变胖,可是和当初从索渥尔出发时的衰弱模样,已经不可同日而语。现在的哈兰可说是意气风发,只要蕾秋拉拉马勒,它就要载着她去到天涯海角。

### 斯卡杜,一月十七日

沙迪克每天早上都会来找我们,有的时候还带着朋友、亲戚或是邻居什么的。村子里的人说,我们是四十多年来头一批在冬季来访的外国人。我并不清楚此话的真假,不过在这儿,我们的确称得上是新奇之物,尤其是因为我们居然没有住进招待所,或者自己搭帐篷住,而是跟他们混居在一起,让他们随时都可以来参观我们在做什么,这种感觉对他们来说就更新鲜了。

### 入境随俗

我们的房间其实可以从里面反锁,当然也可以从外面锁上,可是我从来就不上锁,即使是晚上入睡后也是一样(还有什么比这更能够表示我对他们的善意和友谊的谢意呢?在不上锁的屋子里睡觉反倒会使人完全放心)。外国人置身于这种地方,必须在两种极端情况间做一选择:你可以和传统的西方旅客一样,离群索居;若你打算与当地人打成一片,那就得完全放弃隐私。其实在印度的社会，由于种姓制度的严格禁忌，要与当地居民打成一片是很不容易做到的，像尼泊尔和印度南部皆是如此，可是伊斯兰教社会就完全没有这些限制。虽然说，经常被素昧平生的不速之客从头打量到脚的滋味很不好受，可是这些好奇的访客光是看我洗脸、刷牙、念书给蕾秋听、剥洋葱，都一副津津有味的样子，我若剥夺了他们的乐趣似乎有点小家子气。

迪·菲利普曾写道："巴尔蒂斯坦人天性害羞，他们对欧洲人多半怀抱着一种混杂着敬意和畏惧的感觉，但绝非奴性。"这话说得一点没错，每天的早餐时间总有一大群访客，他们全围坐在煤油炉子旁取暖，可是看到我必须辛苦地到外面取水时，居然没半个人为我代劳。其实说这句话完全没有恶意，我这个人一向凡事不假他人之手，也很喜欢他们对待我的态度，我就是要以这种方式住在这里。

沙迪克这人有许多好点子，有时他怕事情太复杂说不清楚，还特意找来了侄子阿利来帮忙翻译。其实阿利的英文很有限，每次我看他那么费力都觉得很难过。阿利已经十九岁了，他有着淡棕色的头发、淡褐色的眼珠，可惜肤色稍嫌苍白，一口牙也长得不好看。由于他曾经接触过一些登山队员，所以这小子一直雄心勃勃想到山下去闯一闯，他相信他在那里一定可以找到一份"优渥的差事"。我试着劝他别轻易辞掉这里的工作——他在新近设立的某个公家单位上班，因为凭他在斯卡杜受的这点教育，绝对不可能在平地找到工作的。像阿利这样满怀幻想的年轻人不在少数，许多巴基斯坦人就非常渴望能到英国或美国，而想到巴基斯坦去的本地青年也愈来愈多了。

沙迪克有着一张刻满皱纹、饱经风霜的脸，还有一双蓝色的眼睛，他非常担心哈兰在夜间受冻，常让我联想起那些爱马的爱尔兰老乡，只不过沙迪克的身材比较矮小些。沙迪克执意要把一件破旧但还可以用的马毯借给我们，还经常送我们杏子干和桑葚干，有的时候，这些干果里面还掺了一些葡萄干及核桃。他还常常替哈兰买来粮草，甚至还不知怎么弄到了一些大麦呢。他每天早上通常会在我们这里待上一个钟头，然后再优哉游哉地走去他在冬季期间兼差的工作地点，他现在在警察局附近的政府物资供应处上班，刚好今天我们也要去那里填写煤油的申购单。

这个办公室也是当年英国人所设立的行政中心的一部分，因此这里面的每样设备都已经破旧不堪——走道、窗户、地板，无一不是如此。整间办公室里一片朦胧、拥挤和混乱，不论是办公室的职员还是来办事的人，每个人身上都披着长巾，而且全围在炉子旁，档案散放在破破烂烂的橱柜里。不过，沙迪克很快便帮我们找到负责的人，他是一位可爱的吉尔吉特人，而且办事极有效率，不到五分钟便把我们要的表格交给我们，然后端给我们一杯茶，几片坏掉的饼干，和我们聊了起来。

### 一波三折

到目前为止一切顺利，但明天煤油供应站会开门吗？几个小弟跑到其他办公室询问，还是一无所获，最后还是那个吉尔吉特办事员说,他认为明天应该不会开,因为明天是星期五。接下来我们只好到警察局去,这栋建筑一样也是又旧又破,我们被请进督察总长的办公室,由一位举止十分高雅的老先生出面接待,原来他正是被罢黜的纳格尔领主的弟弟。他给了我一杯茶,蕾秋在一旁和操练场的那群新兵挤眉弄眼。这位老先生用一口极标准的剑桥腔英语,向我解释为什么那名小警察会对我们的行踪大惊小怪,因为我们既没有签证,又异于常情地在大雪天到这种地方来徒步旅行。其实最主要的因素还是在于,中央政府的部分部会各持立场、各行其是之故,他们一方面下令北部地区的警察人员,必须严加盘查外国人的护照和入境许可;可是另一方面,观光部却认为,千万别因为必须申请许可而使外国人不到这里来旅行。此外,也没有人告诉这些不识字的年轻警员,哪些国家的国民不须签证便可以进入巴基斯坦。可怜这些大孩子甚至连吉尔吉特都没去过,无怪乎我们在冬季期间跑到这敏感的边境地方来,会令他们觉得紧张。尤其值得一提的是,虽然以他们的标准,实在应该将我铐上手铐带走,可是他们始终对我们以礼相待,而且十分合作。他们实在是受到无妄之灾,理应尽快让他们获得解脱。其实只要要求观光客必须取得入境许可,不就万事顺利了吗,这是现代的标准程序,旅行者通常不会有异议,除非审核时间拖得过长。

从警察局出来之后,我们接着到两英里外的"公共工程部"的总部去,向总工程师拿一份许可表格,才能到塞帕拉(Satpara)的招待所住三个晚上。由于总工程师回吉尔吉特的老家了,我们只得再走一小段找助理工程师开许可单，没想到他刚好出去朝拜了。幸好斯卡杜还没有周休二日制，我们明天早上十点半还得再来一趟，不过这意味着我们去塞帕拉的时间又要被耽搁了。

之后我们花了一小时在市集里买新的吸油绳，可是回去之后我根本没法把它塞进煤油炉子里，于是便去找我们的万能博士卡兹米来帮忙。结果卡兹米不在家，不过他的邻居萨迪科邀请我们去他家坐坐。他们一家人非常的热情，我们已经去过他们家好几次，简直像是老朋友了。萨迪科先生是个个性开朗的人，身材略胖，他是巴基斯坦人民党（即执政党）在本地的负责人，所以非常忙碌。他有九个孩子，都对蕾秋非常友好，年龄最长的是女孩，已经成年，最小的是男孩，才四岁，长得活泼可爱，外号阿波罗。萨迪科太太则是巴基斯坦人民党妇女支部的负责人，积极致力于提升妇女对地方发展及改革等事务的兴趣，不过我实在很难相信她的努力会有多少成效，也不认为巴尔蒂斯坦的男性会支持她的做法。萨迪科太太的外貌很像西班牙佳丽，为人既热心又干练，虽然不会说英语，不过我看得出她不太善于说笑。

今天萨迪科家里有一名亲戚来访，这位女士长得十分美丽大方，看起来只有二十岁，不过已经是五个孩子的妈了，长子已经和她一般高，她自告奋勇帮我把吸油绳装好。卡兹米回来后，才向我们介绍她是萨迪科先生的侄女，她的先生是新上任的巴尔蒂斯坦助理行政官。

我们一大群人团团围坐在这温暖的屋子里，所有人的目光都聚集在活泼的阿波罗身上。主人以茶和自家烘焙的蛋糕招待我们,那蛋糕闻起来香极了,可是不知怎么的,大家都没有动手。不一会儿,助理行政官也来了,他看来年纪很轻,老家在卡曼谷地(Kharmang Valley),他和妻子真是一对璧人。我们一直坐到下午三点才离开,要是换在别的地方,主人想必会留我们一起用午餐,可是在巴尔蒂斯坦,即使是家境最富裕的人家也没法招待不速之客。

我最近已经养成在黄昏取水的习惯,今天出门的时候天色已经快要暗下来了,河旁边的那几株杨木和柳树望去已成黑色,天空还带着一抹冷绿色,不远处的"斯卡杜之石"在夜色中昂然耸立。突然之间,北方和东方的高山峰顶闪现一道粉红、橘黄及金铜的光芒,过了好一会儿,这些山峰悄悄地隐去,天地间只留下最后一点光亮在天边闪烁着。

# 第六章

# 穆哈兰姆纪实

> 巴尔蒂斯坦人的个性非常温和,从不与人争执……即便如此,我却曾亲眼目睹他们因为宗教的狂热而完全变了个人似的,他们展现出极端的激情,与平日的行径简直不可同日而语。
>
> ——菲利波·迪·菲利普(1913)

## 斯卡杜,一月十八日

我最不愿意发生的事情终于还是来了,牙齿突然间痛得要命,偏偏这里根本找不到牙医。其实,五天前我的牙齿就开始作怪了,只是我故意不去理会它,假装根本没这回事,这乃是我用来应付一些忍忍就过去的疼痛时惯常使用的伎俩。我所持的理论是,小病小痛如果不去理它,反而很快就没事了。不过这回我似乎失算了,昨晚牙痛得不得了,再拿那一套忍功应付似乎非明智之举。这还是我头一回遇上这么厉害的牙痛,和以往那种隐隐刺痛的情况不一样,可是偏不巧今天是周六,我必须忍耐到下周一早上才能看医生。这里的医院从周五中午便开始休息,要到下周一早上九点才开门,这种情况对医院来说蛮奇怪的,不过别忘了这儿是在斯卡杜。不管怎样,我告诉自己,我的运气已经不错了,只不过是牙疼而已,幸好不是摔断骨头什么的。

**牙疼不是病?**

吃过早餐后,我们再度出发去拿塞帕拉的住宿许可,没想到,居然在助理工程师的办公室里枯等了两个小时。这房间很小,不过里面却有一群"公工部"的工作人员围在炉边取暖。他们都是白沙瓦大学工程系毕业的,都会说点英语,其中有一名留着及肩的长发、穿着浅绿色皮夹克、浅蓝色笔挺长裤的年轻男子,自称是"电力暨电信工程师",他说了许多有关斯卡杜电信系统的奇闻轶事给我们听。据他说,这套电信系统是在一八六四年由英国人架设的,到现在偶尔还能发挥功能。我们都很好奇,任何一套在一九六四年架设的设备,到二〇七五年的时候还能用吗?他还指出,一套发电机值三百万美元,但将它运进巴尔蒂斯坦却得花费四百万美元,即使时至今日,这些雄奇的大山依旧是威力无穷。想当然,我们今天又白跑了一趟,因为那位助理工程师出去了——天晓得他是上哪儿去了!

在这里办一些日常琐事,经常会耗掉大半天的工夫,就拿岩盐来说吧,这玩意儿的名字还取得真贴切呢,今儿个下午,我就花了整整三十分钟把它敲碎成小块。之后呢,我又用掉一小时的光阴,小心翼翼地把杏子的硬壳弄破,取出杏子果仁,那么辛苦所得的不过才半磅,全给蕾秋当做晚餐吃光了。原本我让蕾秋在杏子果仁和粥两样食物间择一做晚餐,因为她今天早餐和午餐都是喝粥,最后她选择了前者当晚餐。我们所有的罐头到昨天晚上全吃光了,因为地震的缘故,我想纳馨帮我们托吉普车运来的补给品短期之内恐怕是收不到了。

今天早上我们去旧市集逛的时候,原本以为见到了梦寐以求的美食——摊子上有四个小圆面包,每个只卖二十五派沙(约二点五便士),可惜它们实在太硬了,蕾秋根本咬不动,而我现在正闹牙疼,也是心有余而力不足。反正它们已经在这里摆那么多个月了,再摆上几个星期也不要紧吧?到了下一个小摊子,我发现一种奇怪的黄灰色、油油的东西,虽然它表面沾满了毛和砂,不过看起来应该是可以吃的东西。我小心地吃了一点,觉得味道很像是羊奶酪,要不就是羊奶油,对蕾秋来说也是稍嫌硬了些,不过我很喜欢这玩意儿,于是花三卢比买了半磅,现在我只要找一些东西可以把它抹在上面一起吃就行了。

**斯卡杜,一月十九日**

蕾秋今天到萨迪科家和他们家的孩子玩,卡兹米则带我去拜访一位夏明先生,这位夏明先生曾经出版了一本以乌尔都语写的诗集。卡兹米介绍他是"全巴尔蒂斯坦唯一的作家"。夏明已经和萨迪科的长女订了婚,依照当地的习俗,除非双方解除婚约,否则现在他是不能到未来的丈人家走动的。夏明住在镇外半英里处一间尚未完工的房子里,这里的地势朝塞帕拉谷地的方向高起,在这片坡地上有好几间新房子,不过看起来并不刺眼,它们大多是公家的办公室或是高级军官和高级公务员的住宅。

夏明的职衔是"巴尔蒂斯坦发展计划主任",照理待遇相当优渥,可是在这隆冬,任凭你有再多的钱或是担任再高的职务,也只能买到满足你最低需求的食品,所以他今天招待我们的午餐是每人一个煎蛋,一碟咖喱菠菜以及六块面包。夏明一再为午餐的内容表示歉意,可是我非常诚挚地对他说,以我个人目前的标准来说,这一餐绝对称得上是一席盛宴。

今天觉得自己真是丢脸,有好几次牙实在疼得让我受不了,忍不住告诉卡兹米我在闹牙疼,不过我看他显然觉得我很没用,为了这么一点小事就哀声连连。这让我想起一本最喜欢的游记的最后几段话,当作者艾瑞克·纽比(Eric Newby)和同伴刚从兴都库什山走了一小段路下来时,碰巧遇到塞西格(Thesiger),他便嘲笑他们两人简直和女人家一样不中用。而我呢,原本以为自己是个无畏的旅行家,征服偏远的巴尔蒂斯坦,谁知道这一点小小的牙痛却立刻令我现出原形,原来我根本是一个二十世纪过度文明的堕落产物,只要一点小病痛便急着求助于最好的医疗。老天!我的牙实在疼死了,不写了!

**斯卡杜,一月二十日**

昨晚沙迪克告诉我,这儿本来有一名旁遮普来的牙医,不过他受不了这里的酷寒,早已回拉合尔的老家去了,目前这位替工是一名年轻的巴尔蒂斯坦人;后面这句话对我来说,并不算是个好消息。今天早上我的牙痛稍微减轻了一些,所以又打算不去理会它,可是我们很快就要往更荒僻的地方去了,放着牙痛不去医治恐怕不是良策。

**笨蛋医生**

这间新盖好的政府医院已经有点肮脏破旧,它是一座平房式的建筑,由于找不到合格的医护人员愿意上山服务,所以现在由部队的士兵充当工作人员。我们一踏进医院那宽大、昏暗、空无一人的走道,就有一名英俊的旁遮普裔士兵向我们迎来,他是工程队的人,负责监督电力的供应情形。他告诉我牙医一会儿就会过来,然后用手指向一条阴暗、寂静的长廊,那儿有一块牌子写着"牙科"。接着我便很不识相地请教他,这位大夫是否就是去年从拉合尔大学毕业的那位牙医师呢?他有没有医师执照可以证明他的身份呢?然后我又问他,医院里还有没有别的病人呢?因为这医院异常安静,实在非常古怪。结果这位帅哥拈拈他的胡子,然后告诉我,因为大多数的病人都回去参加穆哈兰姆了,不过祭典结束后他们可能就会回来。

二十分钟后,一名好几天没刮胡子的男人把我们从候诊室叫过去,我心想他大概是医生的助手吧,没想到他一把就让我坐进一张流线型、布满灰尘的医疗躺椅上,接着用他那不太干净的手拿起褪去光泽的仪器，开始在我的嘴里慢慢游移。当我告诉他病灶在哪儿时，我才发现这人的英语比小学生好不了多少，可是照理巴基斯坦的牙科学校应该是用英语教学的才对呀。我用力做出"把它拔起来！"的手势，可是这位"牙医师"（他的确得用引号）却对我摇摇头，我瞧见他的脸上闪过一丝事态不妙的神色。就在这个时候，有五名聊得非常愉快的年轻人进入诊疗室，他们一伙人高兴地大声交谈、握手致意、亲热地互相拥抱，接着便热络地聊了开来，完全无视于诊疗椅上的我。此时我只得趁着这个空当，仔细地看着这间诊疗室，心里再度浮现一种在斯卡杜才会油然而生的不真实感。诊疗室里配备了先进的德国制仪器，可是却未接上足够的水源，我甚至怀疑是否有足够的电力让这台仪器运转。过了好一阵子，都没有半个人进来看看我，那名牙医不知道和他的朋友溜到哪儿去了，整整四十五分钟不见人影。蕾秋建议我何不趁这个空当开溜算了，眼下我们这么做并不算是宣告他诊疗失败，可是事情到了这个地步，却让我不由得想看看它的后续将会如何发展。

当那位所谓大夫终于回来时，却不理会我的牙齿，而径自在小橱子里东翻西找，最后终于弄清楚原来他是在混合牙缝的填料。虽然我这个人一向不怎么在乎，是否要先打麻醉针再钻洞，可是现在却觉得不先打针的话可能会很不舒服。不过我根本不必担心，那"笨蛋"医生只是对我说了声："张大嘴巴！"接着便笨手笨脚地，把一堆东西填在蛀牙和隔壁的好牙当中一个毫不相干的地方，而且那填料很快地在我的舌头上碎掉，引起一阵新的疼痛，害得我丢脸地鬼吼鬼叫。那"笨蛋"赶紧又在一个抽屉里埋头找东西，找了一阵子，拿出一瓶油质的液体，他手忙脚乱地想把上头的金属沉淀物弄掉，却一不小心倒了一大堆在我嘴里，那味道恶心死了。今晚我除了牙痛之外，连舌头也痛起来。那"笨蛋"医生放在我嘴里的填料早在下午的时候便脱落了，这也难怪，因为它根本不是填在牙缝里的。

在我们离开之前，那好心的"笨蛋"医生不知从哪里找出了六粒镇痛药片，十二粒椭圆形的棕色药丸以及六粒胶囊。从那些药的外观颜色判断，这些胶囊已经因为放置在潮湿或高热的地方而变质，"笨蛋"医生找了一名年轻人来告诉我服药的指示，显然他不想暴露出他英文很破的事实。"笨蛋"医生用一张从小学生的练习本上撕下来的纸将这些药丸包起来，有两粒药丸掉到地上去，可是我们两个人都没有伸手去捡，显然双方都默认这项损失根本无关紧要。等回家以后，我取出药丸仔细地检查一番，最后还是决定，把它们当成古董保存起来比较妥当。幸好牙疼的情况如同早上一样没有再恶化，我想可能是因为部分牙神经已经死掉的结果吧。

中午的时候，我们终于在"林业部"找到助理工程师，并如愿拿到了等候多日的住宿许可证，不过他好心地提醒我们，一定要带两加仑以上的煤油到塞帕拉去，因为那里极度缺乏燃料，而且目前油源不足的情况相当严重。昨天我们在夏明家聊天的时候，每个人都是全副武装——长大衣、耳罩一应俱全，因为现在柴火实在太珍贵了，必须等到日落之后才能使用。光是一个以木头为燃料的小火炉，一星期的柴火费用便要十四英镑，这里的人怎么可能负担得起这么高的费用。至于我们母女俩采用的是最省钱且最有效的取暖方式,从早上九点到下午四点这段时间,我们都四处闲逛,根本不觉得冷。

昨晚下了入冬以来最大的一场雪,因此今天整座谷地一片白茫茫的。昨天我才知道,在斯卡杜大雪下了八天之后仍旧晶莹剔透,只有在吉普车道例外。老天!这个世界上还能找出比这里更不受污染的净土吗?

**斯卡杜,一月二十一日**

目前斯卡杜的日常生活已经陷入暂时中止的状态,因为现在已经进入穆哈兰姆的最后几天。

今天早上我们向一名囤积居奇的克什米尔人,以三十四卢比的天价买到两加仑的煤油。那家伙振振有词地辩称,现在一担柴的价钱已经飙涨到五十卢比了,他卖我们这个价钱并不过分。由于我们想留下来看穆哈兰姆的游行,所以要延后到二十四号才出发去塞帕拉。

今天一整天都飘着雪花,不过我们依旧骑着马朝南部的山脉走去,四下一片寂静,只有我们三"人"的步声嗒嗒作响。我们从镇上的高处下望,可以见到斯卡杜的完整轮廓,雪花像旋转木马般缓缓落下。突然间,从远方的清真寺传来一阵凄切且近乎歇斯底里的哀号,号声划破了旷野的沉寂。那恐怖的号哭声似乎要将这山谷的安详撕裂,一阵接着一阵穿透这冰封世界,然后再从我们身后的昏暗山壁弹射回来。这乃是本地的什叶派教徒正在进行所谓的"悲剧表演",由"毛拉"叙述当年在卡巴拉发生的惨剧,先烈侯赛因惨遭马蹄践踏而死,他的小儿子中箭身亡,侄子则被乱剑砍死。对什叶派教徒而言,侯赛因是像耶稣基督般的人物,牺牲自己的生命为人类赎罪,什叶派亦强调穆罕默德的先觉(pre-existence),他们认为穆罕默德在升天之前,已经指派阿里(穆罕默德的女婿、侯赛因的父亲)做他的继任者。

几乎所有的巴尔蒂斯坦人都属于什叶派穆斯林(但不包括住在夏克谷地的人),而奇怪的是,他们四周的克什米尔人、巴基斯坦人、吉尔吉特人以及维吾尔族人却全属逊尼派。据一项古老的传说指出,巴尔蒂斯坦人是受到四名从克拉山(Khorassan)来的传教士感召,而转变为穆斯林的。据信,他们四人应该是什叶派;但也有迹象显示,这四个人其实是让巴尔蒂斯坦人改信目前仍旧盛行于克伯卢以及整个夏克谷地的诺巴希(Nurbashi)教派;还有人指出,克什米尔最古老的贵族世家,是什叶派穆斯林(他们是波斯人的后裔),所以当地领主为了凸显自己身份的高贵而信奉什叶派,导致其领地的人群起仿效。

今天去看牙的结果,只不过是从原先的神经痛变成极度的酸痛,不过这种转变却让我觉得有点开心。

**斯卡杜,一月二十二日**

昨天我们在市集闲逛的时候,遇见一位克什米尔籍的年轻军官,他自称哈伦上尉医官,目前暂时调派在政府医院里服务。我们简短地谈了一些巴尔蒂斯坦的医疗问题,他邀请我们今天到他的宿舍和他共进早餐,并聊聊一项新的偏远地区卫生计划,我很担心这又是一项极富人道精神却注定要不了了之的计划。

**惨遭狼吻**

我们在九点三十分找到那间破旧不堪的医院,上面有一张以多种文字撰写的通告(一般的巴尔蒂斯坦人连一种文字都看不懂),写着该院在周末例假日及宗教节庆一律休诊,因此目前它是不营业的。不过哈伦上尉正在等候我们,我便坐定准备从他那儿多了解一下本地的医疗状况,可是不到一会儿,我就觉得有股说不出的奇怪气氛。哈伦上尉似乎过分亲昵地抚弄着蕾秋,蕾秋这孩子一向很习惯别人对她的宠爱动作,不论是男性女性都一样,可是哈伦上尉的行为却不同,很快地,蕾秋便从哈伦的身边逃开,跑到房子的另一边去了,通常她很喜欢坐在男士的腿上。接下来,哈伦上尉又表示他想看看我身上这件厚大衣,要我把衣服脱下来给他看,我当然执意不从。于是他便从手提箱里拿出相簿给我看,里面是他从小到大各阶段的照片。他和我一起坐在吊床上看这本相簿,一只手还环绕在我的肩上,脸几乎要贴到我的脸来了。从这些举动看来,他似乎处于高度的"性饥渴"状态,由于蕾秋就在旁边,我很担心这家伙做出不成体统的事来。哈伦猛亲我的时候蕾秋正好望向窗外,可是很不幸地,当我挣扎着要站起来时,她正好转头过来看到哈伦把我推倒在床上,更猛烈地亲我,气得我用手杖往他的头上敲下去,这家伙才识时务地住手。蕾秋在日记上只把这件事轻描淡写地交代了一下:"有个男人亲吻我妈,我妈非常生气,而我觉得很难为情。"

如果当时只有我一人在场的话,我是根本不会提这件事情的,可是那家伙竟在孩子面前做出这种有失体面的事情,实在不可原谅,而且这实在不像是个穆斯林应有的行为。回到家以后,我不禁气得大骂:"可恶的王八蛋!"可是蕾秋已经忘掉刚才的尴尬,而觉得这是一件很好笑的事,"他为什么会亲你啊?他很爱你吗?他没有太太吗?为什么奥兰柴布叔叔或是贾克叔叔亲你的时候,你都不会生气?是不是因为他们不会亲那么久?如果他们亲很久的话,你会不会也敲他们的头?我也不喜欢他——你想他为什么那么喜欢我们呢?"

事后我也觉得这件事很可笑,天底下恐怕再也找不出比现在的我更没有女人味的女人了!我已经五个星期没洗澡了,身上穿着毫无腰身的厚衣服,头发里的尘土、汗水和油垢黏成一团,指甲乌黑断裂,手掌粗得像磨砂纸,脸皮受风吹日晒的摧残已不复光滑细嫩,看起来不像四十三岁,倒比较像七十三岁。够了!光是这些就足够让男人倒足胃口、性欲尽失。

**斯卡杜,一月二十三日**

昨晚我起床用"便盆"(就是我在白天拿来装水的那个盆子。

千万别大惊小怪,诸如此类的事情在巴尔蒂斯坦的日常生活中根本是司空见惯的)尿尿时,正是半夜,却听到远处传来一阵令我毛骨悚然的怪声。之后我才想起,这只不过是斯卡杜百姓的号哭声而已,因为昨晚正是穆哈兰姆祭典的前夕,他们彻夜不眠为这项活动的高潮做准备。在别的什叶派伊斯兰教世界里,穆哈兰姆的游行通常是一件大事,包括规模盛大的游行队伍以及各种纪念仪式。可是巴尔蒂斯坦这里实在太穷了,他们不会那样大肆铺张,而集中全力在"哀悼"这件事上,结果呢,往往便使参与者的情绪高涨到不可收拾的地步。在这里的穆哈兰姆祭典活动中,唯一可以称得上"有看头"的东西,是一堆五颜六色的旧丝旗,这些旗子都被绑在柱子上,放在游行队伍的中心,然后有一匹裹着白布的马,马鞍上驮了两条布巾,象征侯赛因和哈桑。这两条布巾必须是白布做的,上面还织进红色代表血迹,两旁哀号的民众还需不时抚摸这两条布巾,并且虔敬地将布巾从脸上、头上抚过,然后再传给下一个人。

## 穆哈兰姆

斯卡杜主要的游行队伍,从太阳自人口颇众的侯赛因阿巴德村(Hussainabad)升起以后便开始出发。那里距斯卡杜四英里,我们曾经逛过那个村子两次。早上八点半我们便出门去看游行,印度河水经过阳光的照射形成一层冷凉的薄雾,从这儿恰巧可以看见位于极下方的印度河河道,河面上笼罩着一层珍珠般的水汽。(稍后的天气愈来愈完美:温暖的冬阳接连数小时不歇,顶上一片深蓝色的天空,山顶有白色的云雾缭绕,四处望去皆是晶莹剔透的白雪。)

我们经过一片平坦的雪原朝侯赛因阿巴德村前进,这片雪原上间或出现一些巨大的黑色石块,远远地传来一阵阵极富节奏的喊叫声:"喔!哈桑!喔!侯赛因!"喊叫声之外还有一阵阵的声音,很像是低沉的鼓声,他们的声音在四周的山壁间形成巨大的回响。游行队伍终于走过来了,这一小片黑压压的人群在整片积雪中显得无比动人,和巨大静肃的山脉以及源远流长的印度河相比,游行的人群和他们发出的哀号声便显得如此渺小和短暂;可是也只有人类能够将死于一千三百年前的同胞的回忆长留世间。今天这一群朴实无华的乡野之民,缓缓地在这巨大的山谷间迈进,正像是一条宣示精神力量胜利的长龙。

蕾秋比我先弄明白,原来刚才那阵鼓声似的声音,其实是由位于游行队伍中央那五十多个人,用力捶打胸膛所发出的声音。他们用尽全身的力气猛捶胸口,就像是被惹恼的大猩猩,而他们的目光全都直直地瞪视着那些破碎的旗子,哀悼为他们牺牲生命的英雄。虽然今天的温度仍旧在零度以下,可是这些人的上身大都打着赤膊,胸部已经打成一片通红,甚至都淤血了。(大多数巴尔蒂斯坦人的肤色和北欧人一样白皙,和拉丁人的肤色完全不同。)走在游行队伍最前面的"毛拉"经常会停下来,悲愤地说些话,然后整个游行队伍——约有两百人,其中大多数人的年纪都很轻——便跟着激动地捶打胸部,每个人都像是要证明自己比旁人更用力似的。我们母女俩站在车道边缘十多码的一块大石板上,每个看到我们的巴尔蒂斯坦人都会直瞪着我们,可是当游行队伍经过一处丧葬场时,可就没有一个人朝我们这个方向看了。

我们尽量与游行队伍保持相当的距离跟在后面,他们很快便聚集了一堆人,当游行队伍离开步道走入一片积雪深达三英尺的田地时,我估计至少已经有五百人了。有两支来自别处、人数较多的游行队伍和他们并拢在一起,所有的人一致朝着一间叫做"哀恸之家"的小清真寺前进。游行队伍每停下来一次,群众的情绪便高涨一些,现在整支队伍已经有数千人了,他们仍旧猛力地捶着胸,口中并继续呼喊着:"喔!哈桑!喔!侯赛因!"他们的声音已经嘶哑,并且带着一种令人感到窒息的悲痛。四周的高山虚弱地响应着他们的呼喊声,整座谷地仿佛都要被这种静默、令人毛骨悚然的回音所充塞。

当我们正打算跟着人群往"哀恸之家"前进时,突然有一名满面怒容的警察出现在我们眼前,他急促地命令我们回家。先前督察总长已经向我们保证过,所有的外国人都可以跟随游行队伍前进,也可以拍照,所以我不打算接受他的威吓。可是因为今天是穆哈兰姆的最后一天,周遭的气氛相当紧绷,所以我们最好识相点,而且那名警察还一直用警棍指着我们,好像他随时都会动用这项武器来对付亵渎神明的外国女人。于是我们母女两个只好绕了好大一圈,避开那名发怒的警察,但是仍旧可以看到"哀恸之家"里的一举一动。今天一整天部署在路上的警察,一再要我们离开那些适宜观看游行活动的好位置,也许他们其实是为了保护我们的安全,因为过去穆哈兰姆的游行队伍常会在一触即发的状况下闹事。不过我相信,大多数的警察都很讨厌看到我们出现在这种场合,他们才不在乎他们的督察总长是怎么想的。

我们在距离"哀恸之家"约一百码的地方停了下来,每支游行队伍迅速地持着各自的旗帜、牵着各自的马匹进入寺中,其他大多数的追随者则无法挤进小小的清真寺里,他们站在外面,有不少人精疲力竭地倚靠着墙壁,其余则一副精力充沛的模样,继续大声呼喊、用力捶胸。当我们在外面守候时,我打算为蕾秋拍一张坐在哈兰背上的照片,可是旁边有人误会了我的意思,有六个小男孩,脸上随即涌现成人般那种愤怒的神情,并用小石子丢掷我们,还拿雪球砸我的相机,我只得马上把它收起来。

接着我们便走到警察市集,去观看聚合起来的游行队伍向终点行进——那是新市集附近的一座清真寺。由于某些原因,这里经常是骚动爆发的地点,有的时候是不同派别的游行队伍发生斗殴,有的时候则是游行者与来自山下维持秩序的警方人员发生冲突。结果我们被一群资深军官、武装部队以及手持警棍的警官和警察包围在中间,督察总长坐在一张随身携带的折叠椅上,以免露出慌乱的神情;他是一位非常感性、亲切、喜爱阅读的谦谦君子,实在不适合掌控暴动的场面。他建议我们最好走在游行队伍前方一英里左右,到卡斯马市集后再爬到一座低丘上,便可以安心观看游行活动了。

把哈兰拴在一棵晒得到阳光的树干上,我们便坐在这个远离是非的山丘顶上观看后续的活动。约一个钟头后游行队伍再度出现了,他们一共有三千人左右,分成四组。这次活动幸好未如预期那般发生暴乱,不过就算他们闹得再凶,从我们这个山丘顶上也是察觉不到的。我们决定往下走到车道,结果看见许多男子已经脱去了上衣,他们的胸膛已经红得像被压碎的红莓果,可是他们仍旧用力地上下舞动着拳头捶胸,发出那令人无法忘怀、似擂鼓般的低沉声响。还有一些游行群众用力撕扯他们的背部,更有些人用小刀或刀片割自己的头皮、脖子和胸膛,让血溅在胸膛上。由于游行队伍前进的速度非常缓慢,还不时停停走走,因此整座山谷间充满了这群几近疯狂的游行群众所发出的呼喊、哀号、嘶吼、尖叫和呻吟声的回音。虽然在很多方面我相当敬重伊斯兰教,不过今天这种场面颇令我觉得不敢接受。

**进入歇斯底里的疯狂**

就在距离车道数码远的山脚下站着一群蒙着面纱的妇女,另外又有部分妇女匆忙加入她们,三五成群地一起观看整个活动的进行,这是她们在一年中屈指可数的几次抛头露面的机会。她们一手抓着棕色的长巾遮住脸颊,另外一只手则把陷在雪中的宽松裤脚拉出来(巴尔蒂斯坦的妇女并不穿那种罩住全身只露出眼睛的长袍)。我们挤进一群妇女当中,观看今天活动的最后阶段,在这种极少见到女性的地方,置身于一群妇女当中的感觉颇为奇异。随即这些妇女陷入极度的悲伤,她们的面纱掉了下来,露出一张张充满悲情、泪水奔流的脸庞。当她们看着那些几近歇斯底里的男性同胞,自己竟也跟着用拳头敲打太阳穴,并且不能自已地啜泣起来。我想就算是她们痛失亲子,所表现出来的伤痛和愤怒也不可能超过此刻。

有一名今天早上九点钟才初次见到的侯赛因阿巴德村的年轻人,他所属的那支游行队伍刚好从我们下方经过,我看到人群中的他已经是濒临崩溃的模样。现在是下午两点十五分,他的头皮几乎快要被削光,一条条地从头上垂下来,背部布满红色的鞭痕,还不停流着血,胸前的血则早已凝干。他的两眼呆滞无神,双手却像机器人般不停地捶着胸,口中依旧嘶哑地叫喊着。不少人的情况比他更糟糕,有两个昏迷的人被丢在路边,这些"极端人士"无一不是蒙古血统的,我觉得这应该不是巧合。

到了这个时候,四周的气氛异常紧绷,当我为一匹游行中的马儿拍照时,我身边的一名妇女出手想要夺下相机,她重重地打了我几巴掌,嘴里还恶狠狠地骂着。幸好蕾秋并没有看到这个场面,当时她正好与三名来自拉合尔的年轻公务员聊天,他们三位全是逊尼派穆斯林,因此正以一种混杂着鄙夷和惊骇的神情观看游行的场面。

我决定今天就到此为止啦。最后这一段路上许多人用力鞭打着自己,几乎已到达忍受的极限,甚至时有过之。这种愈演愈烈的发展实在令人不忍卒睹,万一这些疯狂的群众突然看不顺眼我这个不蒙面的异教徒女子,冲上来揍我,我很担心会吓到蕾秋。

迪·菲利普曾在一九一三年十一月十一日于斯卡杜,见识到当年的穆哈兰姆游行队伍,当时穆哈兰姆仍属不定期举行的活动，现在的情况与当时相较有三点不同。他提到，当时是由女性走在游行队伍的前方，或者是领头而行也不一定，不过今日妇女却只能旁观游行的进行；他还提到，以前游行者会抬着两具覆盖着红巾的木头棺材，象征侯赛因和哈桑，穿着一身纯白羊毛衣衫的斯卡杜领主也是抬棺者之一，不过今日已经不见那种棺木。但是有人告诉我，游行中出现的各色丝旗，不只是用来引导各村的游行队伍，同时亦象征着棺木。第三点，迪·菲利普所见到的游行并未出现血淋淋的鞭笞行为，如果当时这种行为在巴尔蒂斯坦地区很常见的话，他绝对不会遗漏不提的。不过他的确曾经提及："所有的人都显现出非常激烈以及放纵的悲痛情绪，这种情形相当不寻常，他们表现出来的哀伤和悲情实在太真实动人了，反倒令人忘了这其实不过是一场戏而已。"

老实说，我并不像迪·菲利普那样深受感动，也许在一个世纪以前他们的情况确是如此，不过在我自己的老家爱尔兰，过去几年来同样也陷于一种失衡的宗教狂热当中，我们已经见识过太多执意沉溺过去的悲情所造成的惨痛结果。当然我并不是拿这些纯真的巴尔蒂斯坦人与我自己国家的天主教极端分子和新教暴徒相提并论，可是我实在忍不住担心，一旦有政治恶棍混入这些单纯的老百姓当中，趁机操纵这股力量强大的宗教情绪，不知会发生怎样可怕的后果。

回家的途中，我试着要了解今天所见到的这个被迪·菲利普前辈称为"难得一见"的场面。有些评论家指出（其中包括许多逊尼派的穆斯林），穆哈兰姆的游行其实是一种性错置的公开呈现，

第六章　穆哈兰姆纪实　　179

他们还指出，当情绪激动的暴民解散时，连妇女都不宜单独外出。不过自从我今天在近处观看游行的整个过程，我根本不会相信这个说法。当然在今天的游行过程中，某些人士的确曾出现不良的情绪反应，某些场面也令人不敢接受，让人觉得相当困惑。不过我还是不得不承认，今天游行群众所展现出来的哀悼情绪，的确是出于一片真诚。说不定以往欧洲的基督徒也曾为基督的蒙受苦难和牺牲有着相同的感受呢。

**斯卡杜，一月二十四日**

今天早上，在我们要往塞帕拉出发之前，突然出现了不祥的预兆。首先是全部理好行装正打算启程之际，哈兰的前腿突然有些跛了起来，沙迪克猜想它可能是在进出马房的时候撞到屋角，如果是这种情形，那么到明天它的脚伤就会复原了。而经过昨天盛大游行的人马杂沓，镇上的道路路面全变得有如溜冰场般七零八落。由于哈兰在休养，所以一整天蕾秋都待在家里没出去，结果使得我打算保留到塞帕拉才使用的煤油，用量提前告急。同时蕾秋早已经把我们带来的四本书背得滚瓜烂熟了，我真不知道要跟她说些什么故事来打发时间。我外出采买用品时，不少人好心地问起蕾秋和哈兰的情况，有些人以为哈兰跟旧主人跑了，等我回到家里时，发现蕾秋因为百无聊赖，居然拿着《战争与和平》这本巨著读了起来。她已经辛苦地读到第六页的开头，不过我想在先前的内容当中，她顶多认得一半的字而已。

虽然煤油已经完全用光了,不过我还是决定如果明天哈兰的脚伤痊愈,我们仍旧照预定计划朝塞帕拉出发,运气不好的话,就此冻死在湖边也不一定。我买了两磅的米来改变我们目前的膳食情况,目前我们一天三餐都是吃豆子配洋葱,饭后来一杯茶和几粒杏子干,这实在是一种很"膨风"的饮食。虽然豆子远比米有营养,不过我认为最好在沙迪克的房子被我们的胀气给吹跑之前,赶紧把饮食习惯调过来比较好。

## 第七章

## 哈兰有疾

那迷幻之泉其实就存在于我们自己身上：它们会在我们对万事万物赞叹之际涌现，这是上天赐给我们的最佳礼物，也是每个孩子与生俱来的权利。

——艾瑞克·希普顿

动物真是最可爱的友伴——它们不发问也不批评。

——乔治·艾略特

**塞帕拉，一月二十五日**

日出之际牵着哈兰到溪边喝水时，它的身体状况似乎不错，于是我们便在九点三十分启程。步道的积雪深达两英尺，踩在上头嘎吱作响，外头的空气相当稀薄，又干又冷，但在这样的气氛下，你会觉得人活着又能自由自在地行动，真是再美妙不过了。由于阳光非常刺目，我们不得不一路戴着有色的护目镜，直到进入狭窄的塞帕拉谷地情况才好转。步道从斯卡杜山谷的边缘突然急转直下，两旁是险峻、破碎的山脉，步道下延至河面高时，却又再度朝着堵住塞帕拉谷地那座高高的冰碛向上爬升。在阳光下走的时候觉得很温暖，可是只要一走到没有日头的地方，冷冽的空气似乎就要将我们的肺给冻结了。在短短的六英里之间，塞帕拉河骤降了一千三百英尺，即使在隆冬之际，河水依旧喧闹不休，我们唯一听到的声音便是它的怒吼声——有时则是怒吼声回荡于凸出在步道上方的悬崖间的奇怪回音。河床上的石块包覆在美丽闪亮的冰雪之下，上面还铺着一层洁白无瑕的雪花，当我们仰目四望，巨大的山峰看起来像是一把把白色利剑，有的则像是巨大的城垛，从四面八方涌向天空。四下里渺无人踪或兽迹，当你置身于这座隐蔽的峡谷，会觉得自己仿佛与世隔绝，虽然斯卡杜就近在咫尺。

**百年一瞬**

峡谷里的地形异常险峻，步道滑溜似冰，山壁上的梯田景色令人迷醉，我们花了两个小时才走完这短短的四英里路。突然想起我昨晚刚读完的迪·菲利普所写的《喀喇昆仑山与喜马拉雅西岭》（*Karakoram and Western Himalaya*），书中曾经提到："徒步旅行是唯一能让我们与世界同速前进的交通工具，现代化的机械式运输方法会让我们忽略了自己的相对重要性。"所以我这趟一九七五年的徒步之旅，绝非旁人以为的是一种漫无目的的怪异举动，一旦忽略了"相对重要性"，生命中的其他事物也将遭到扭曲；

而"机械化的运输方式"会让我们无法与大自然形成一种关系,开车的人的确会对险峻的山岭感到折服,却是在一种受限及疏离的情况下产生的,因此崇山峻岭对他们来说只不过意味着换挡行驶,暴风雨则只要关上车窗,行经村落时减速就好了。如果巴尔蒂斯坦人也有汽车得以运输,所有的人都将跑得无影无踪,只有那些未曾忽略其"相对重要性"的人才会留下来。

徒步游览巴尔蒂斯坦,会让人益发觉得所有的景致不过是一种"暂时的安排"而已。就拿今天早上来说吧,当我们顺着这道短而陡的狭窄山谷往上爬行时,周遭便处处显露出新近才发生地质变动的现象,每样事物都像是刚历劫归来,四目望去,尽是裂缝、悬崖、石块、石砾、石头、碎石和砂土,河床上铺满被雪崩推下来的大大小小、形状各异的岩屑堆,混杂在原本的冲积岩层上,河岸旁高耸的陡坡上,触目所及皆是雪崩留下的痕迹,虽然今天的雾气很厚,但陡坡上不时有松动的石块掉落下来,坠入数千英尺下的谷底。步道的正上方则是崩裂的悬崖,从它的断裂面看来,不久之后随时可能会出现进一步的崩塌。至于步道的下方,则有一些光滑闪亮的大石块,宛似大自然遗留下来的古老艺术品,然而就在它们的旁边,却矗立着一些边缘锐利、刚从山壁上崩落下来的巨大石块。我们今天所见到的景致,想必与迪·菲利普在一九〇九年所见到的情景大不相同,然而六十五年的岁月,在地理上其实不过是一瞬间而已。他在书中曾提及:"(喀喇昆仑山)的地理变化一直在持续进行……然则其活动和规模举世无一物可与之相提并论。"

塞帕拉湖跃入眼帘时,一直往上行的陡坡终于到了尽头。在河的另一边有几株弱不禁风的柳树和果树,以及一间小小的石头房屋。我们可以看出这座湖的几个形成阶段:首先在一座积雪的山坡底下有一潭深黝的水,之后变成一条比较宽的绿色小河,在它的东岸附近有一个低矮的小岛,最后一片半英里宽、一英里长的大湖出现了,在它那碧绿色的湖面上不见一丝涟漪,只有围绕在它身旁的积雪山影映照在湖水之中。时至正午,金黄色的阳光从深蓝色的山巅探出头来,平静无波的湖面满是亮闪闪的山峰倒影,天色如此明亮,四野如此雅静,这里的景致真叫人心醉神迷。蕾秋站在马蹬上,脸上荡漾出欣喜的神色,她的喜悦之情总算让我觉得这趟路值回票价了。天晓得,一路上跟个孩子有一搭没一搭地聊着有多烦人。

从地形推断,塞帕拉湖显然是由那座挡住塞帕拉谷地的高耸的冰碛岩所形成,那座山岩的形状颇不寻常,几乎呈长方形,只有东边有两个小小的缺口,其中一个缺口正是我们今天要投宿的招待所。在我们继续前进之前,我们先看了看位于湖北边的古老的土堤,它距离步道约三十多码,堤防的扶垛高约十六英尺,上面还留有一些痕迹,看得出是闸门及防洪口。当地人传说,这座堤防是由斯卡杜最后一位信奉佛教的统治者所建造,后来他被蒙古的入侵者杀死。如果传闻属实,那么这个遗迹至少有六百年的历史了;另外还有一个传说,这座堤防是斯卡杜沦为附庸前的最后一任领主所建。无论如何,我们知道,一直到一八八五年,堤防上的闸门都还有着佛教的装饰雕刻,那是由在斯卡杜服役的佛教徒部

第七章 哈兰有疾  185

队运送到尼泊尔去施工的。目前这些遗迹看起来绝不止一百三十多年,令我油然生起一股敬畏之情,在这一片大自然的力量凌驾一切的土地上,人类似乎不值一哂,而且吃足了苦头,旅行者在这里很难见到像刚才的堤防那样足以表彰人定胜天的纪念碑。

**恶人多作怪**

我们继续沿着湖岸前进,在爬到距离湖面约一百英尺高的地方时,哈兰的脚又跛了。我知道招待所就在不远处,所以继续向前走,不久后便看到步道下方有一个大石块突出于小岛之上,那小岛方圆仅一百码宽,岛面尽是石砾,岸边长满了低矮的灌木丛。我把哈兰身上背的东西全卸下来,连马鞍也脱掉,放它一身轻松。通常一到这种时刻,它会立刻冲进百里香树丛吃个过瘾,可是今天它却开始绕起圈子,还边跑边摇头,好像前腿的肌肉已经失去了控制。蕾秋的眼中涌现泪水,她随即跑到山坡上为哈兰找些可以吃的东西,虽然我看到哈兰把蕾秋辛辛苦苦从雪堆里挖出来的一点百里香给吃掉了,可是我的心情还是很沉重。我把哈兰拴在一个桑树干上,这时有两个年轻人从招待所附近的一间破烂小屋中走了过来,放眼望去,那是这附近除了招待所之外唯一的房屋了。我本以为其中一人是招待所的管理员,可是当他们跌跌撞撞地爬到陡直的小坡上时,我才看到他们两个人都打着赤脚,身上仅穿了一件破烂的及膝袍子,其中一个人是重度智障,另外一人则是瞎子,就算在巴尔蒂斯坦这种鸟不生蛋的地方,这两个人也绝不可能是招待所的管理员。等他们弄清楚我们的来意之后,那名盲眼人士决定帮我们去把管理员找来,他在那个智障者的带领之下,往早先我们经过的那栋位于谷口的房子走去。

半小时过后,招待所的管理员终于来了,他一口断定哈兰活不过明天。因为我对马实在所知有限,根本无从与他辩驳,就算他说得没错,可是他脸上那副得意之色却惹恼了我。这家伙还真的非常讨人厌,他一再想要说服我们折回斯卡杜,理由是,哈兰就快死了(就因为这个原因,要一匹马再苦撑六英里路,未免太奇怪了吧)。此外他还坚持说附近没有马房可以安置哈兰,可是我分明看见那间破烂房子的旁边就有个遮顶的兽棚。这家伙还说招待所里没有柴火,没有水,我不客气地顶撞他说,我们自己带了煤油,而且屋前不是有一大池的湖水可以取用吗?这家伙似乎被我惹恼了,他一再阻挠我们住进招待所,不禁让我起了疑心:情况昭然若揭,招待所里面根本连一张吊床都没有,显然是这家伙私自拿去用了,因为冬季里绝对不可能有游客跑到塞帕拉来。其实我并不会为这件事怪他,可是他拒不认错的态度让我十分恼火,幸好我们还带了件温暖的太空被来,否则岂不活活冻死在这里?

我正想跟管理员争辩,旁边那座马房安置哈兰绝对不成问题的时候,管理员的哥哥来了,他虽然跟管理员长得很像,可是看起来足足比管理员大了二十多岁。他对我说,往下再走一点有个马房可以安置哈兰,于是我们便随着他走去,留下那个管理员气冲冲地到湖边去取水。这个年轻人很容易发怒,而且显然很不高兴他哥哥擅自插手,说不定他是打算向我们多敲诈一些干草钱。

第七章　哈兰有疾　　187

哈兰必须涉水渡过一条不及十码宽但水流很急的小溪才能到那间马房，我则从一座用两根细长且积雪的树干做成的"便桥"上过河，蕾秋不想走这座桥，于是我便让她待在河边和巨大的冰柱玩。

　　这个好心人的房子位于一万八千英尺高的雄伟大山的山脚下，从步道看下去显得相当渺小，可是走近一看其实房间相当大。我想夏季里一定会有些游客来到塞帕拉，可是这家的妇女和小孩却还是一看到我就立刻躲进屋子里去。一只红棕色的大獒犬正对准我的颈动脉就要咬下去，幸好主人及时喝止，也还好因为冬天全身裹进层层的厚衣，所以就算大獒犬真的咬下去，应该也不会有什么大碍。可是要把哈兰哄进不熟悉的马房，可要费上好一番工夫，不过一等它进了这间低矮狭窄的马房之后，便立刻迫不及待地吃起午餐来了。我看到它的前侧腹果然肿了一块，不过只要它继续进食，我想应该不至于会像招待所管理员的乌鸦嘴所说的那样，活不过明天。

　　等我回去和蕾秋碰面时，不料她竟然掉进冰河里。河水已经淹到她的腰际了，我的老天啊！我们根本没有别的衣服可以替换，除了用带来的煤油炉，别无办法可以把她身上的湿衣服弄干。蕾秋的脸上尽是懊悔的表情，因为事前我已经郑重警告过她要小心，幸好回程中她并没有觉得不舒服或受寒，小孩子的耐力真令人难以置信。到家时才下午三点，阳光还在，可是我们却得浪费煤油和这大好时光，将她身上的铺棉雪裤、法兰绒便裤、毛质紧身裤、毛袜以及滚毛边的靴子给烘干。招待所的管理员以及那对智障者和盲者搭档，看到我点了煤油炉子都非常高兴，他们全靠着墙成一列蹲坐着,蕾秋则裹着我们的铺盖坐着涂鸦,她画的是一辆吉普车从悬崖上掉下去的场景。

**塞帕拉,一月二十六日**

昨晚我被冻醒了,这还是这趟旅行中头一次发生呢。也难怪,我们现在的高度是九千英尺,时序隆冬,外头的温度只有零下三十五度,而我们却睡在冰凉的水泥地板上,而且这个房间的门窗都有很大的缝隙。虽然太空被很暖和,但毕竟还是有限,不过它总算还是发挥了一点功能,至少没让我整夜都冷得无法入睡,只是偶尔感觉有点不够暖和。虽然我们的煤油炉子整夜都点着,可是昨天下午四点左右,地板上留下的一小洼积雪,到今天早上七点还没融化呢;不过蕾秋倒是睡得又沉又香。

早上八点我便去马房探视哈兰的状况,蕾秋则继续窝在睡袋里玩算术游戏。昨晚下了一场大雪,今早已经结成了冰。一大早的刺骨寒风刮得我的脸好疼。天际布满厚厚的云层,像是为山谷盖上了一层白蜡似的盖子。

我发现哈兰的早餐相当丰盛,不过它身上的肿块又变大了些。反正招待所旁边的步道今天也不适合马儿行走,所以今天不会骑它。回到招待所时管理员告诉我,今天的天气状况恐怕不适合带孩子出去,所以我便一个人到塞帕拉的村子里去,想看看能不能买到煤油。根本没料到会需要用煤油来替蕾秋烘干衣服,也没想到这里居然冷到需要整夜都点着煤油炉子。

十点钟时，整座山谷都笼罩在一片银白色的云雾之中，雪花像干而小的水晶般细细地飘着，天气愈来愈暖和了。今天的湖水呈墨绿色，倒映在湖面上的山影并不像昨天那样"图画般"的明晰，而像融化的冰激凌，表面糊着一层白茫茫的薄雾，颇有群峰魅影的感觉。

接下来的两英里路，这条滑溜的步道沿着陡峭的山坡呈之字形前进，然后往下来到一片宽广的积雪地，范围从湖岸一直延伸到山谷的顶部。一向用来标明步道路面的石头，以目前积雪的程度来看已经不够高了，不一会儿，我的双脚就陷在深达三英尺、细如糖霜的雪堆中，寸步难行。在雪堆的下方其实有好几条河流，包括塞帕拉河在内（此河最后流进塞帕拉湖），可是它们全都结了冰，走上去之前我曾先用手杖探一探冰层够不够坚实。当我踏上结冰的塞帕拉河时（它的河面还不到五码宽），首先越过了一道非常美丽但是看起来并不很牢靠的冰桥，接着便看到远方有两个小黑点朝我们走过来，从他们半弯的身躯判断，想必是背着极重的柴火，这玩意儿可是塞帕拉村最主要的物产。我赶紧改变路线，想循着他们刚刚走过的路径前进，当我和他们打了个照面时，他们脸上显现出惊怖的表情，差点叫我误以为他们会丢下柴火逃命去。

**与天争地**

塞帕拉村同样也是位于一大丛浅棕色的果树之间，这里的人家在陡峻的山脚下盖起几间石头屋子。当我蹒跚地走在一条覆盖着冰雪的小径上时,我完全看不到任何生物出没的迹象,还以为这个地方已经很久没有人住了。之后,我看到角落里三个怯生生的小男孩,他们身上穿着破烂的棕色长衫,外面罩着一条长披巾,脸蛋上有着因过分瘦削而塌陷下去的凹痕,以及害怕的神情,好似只要我一露凶光,他们便要立刻飞散开来。当我主动向他们求援时,他们才不再害怕,然后带领我在迷宫般的房舍间绕来绕去。此刻我才发现,塞帕拉村和其他的巴尔蒂斯坦村落一样,从远处看的时候根本看不出它有这么大。数世纪以来,巴尔蒂斯坦人学会了与天争地的好功夫,不论是多小的一块可耕地,他们都会在上面搞出一大堆人家来,他们甚至还可以违抗地心引力的原理,在那种几乎成垂直的山坡上盖起屋子呢。

我们在一条狭长、制作粗陋的活梯底部暂停休息,一名小男孩带着我爬上一座五英尺高的大门,我弯下身子走进里面,立刻被凸起的门槛绊倒,撞在一头静静坐着的犏牛的角上,它气呼呼地抗议我的粗鲁行为,然后站起身来。我的"向导"吓得尖叫起来,不过那头母牛并没有真的想对我怎么样,因为它被绑在柱子上了。这房子里一半的空间整齐地堆放着柴火和干草。向导继续带我穿过一道更矮的门,进入一间非常昏暗、烟雾缭绕的起居室,这里面非常热而且拥挤,如果我站直了身子,头便刚好顶在天花板的横梁上。房间的正中央有一座烧柴火的炉子,炉火旁边有一位老爷爷坐在地板上用缝衣机车着衣服。我好奇地四下张望,这户人家的女眷全躲在墙后,还用面纱半遮着脸,手中更紧握住孩子的小手,那孩子正抽抽搭搭地哭着呢。那老爷爷抬起眼看着我,脸上面无表情,手里的活儿却没停。我拿出煤油罐,问他在哪儿可以买到煤油?他站起身来,依旧面无表情地带着我穿过那道最矮的门来到隔壁一间小铺子,原来这就是他的小店,里面有两罐煤油、半袋麦粉、四块香皂、一罐碎茶叶、一包岩盐,以及一小串挂在钉子上的尼龙袜子(当时我居然没有意会出,尼龙袜子在喀喇昆仑山区可是了不起的地位象征),不过在这种偏远的地区,这间小铺子直比得上伦敦最高级的哈洛德百货公司。

此刻,我的出现已经传遍了整个村子,当我拿着煤油罐子走出来时,屋外早已人声鼎沸,村民们为了争睹我的"丰采"而打架。他们叽里咕噜快速地以希纳语交谈,这是吉尔吉特地区使用的语言。我猜想在很久以前,这个地方可能被吉尔吉特人发现或征服,而他们的后代仍旧讲希纳语,可能就是因为语言的障碍,使得这个小村子过着相当与世隔绝的生活,而他们这种近亲通婚的状况,也产生出一种令"真正"的巴尔蒂斯坦人不喜欢的人种。

离开那家杂货铺时,我的身后跟着一群看来不像善类的年轻人,显然是想作弄我这个外国人。他们故意带我走到一个前无去路的悬崖边上,害我得花上一段时间找到出路,这样一来不仅造成不必要的耽搁,也非常危险,因为雪又下得更大,再加上蕾秋也等得不耐烦了。回到谷底后,我想找出原先的足印,不过它们已经被雪掩盖了,幸好我多少还记得来时的路线,因此回程非常愉快。我最喜欢走在这种一片洁白纯净的景致,因为此时四野寂静无声,只有雪花飞旋飘落的美丽身影。

快到招待所附近时,我终于赶上走在我前面的那两名担着柴火的人,他们坐在一块大石头上休息,并以友善的笑容褒扬我的速度。这根本没什么了不起的,一来我比他们壮多了(不像他们经常吃不饱),二来我身上又不像他们扛着重达六十磅的柴火。经过他们身旁时,不禁心头一阵紧张,因为现在路上走着的三个人全都是为了取暖而冒着大风雪外出。

回到招待所已是下午两点半,结果发现蕾秋因为要削彩色铅笔,把左手的大拇指和食指给割伤了,我们的房间看起来像一间屠宰场,而我照例又把医护箱留在了斯卡杜(因为自从我们离开伦敦之后就没有使用过)。幸好这个时候管理员及时赶到,他从衬衫的下缘撕了一块布下来,先把它放在炉子上烤一下,然后再把那块烧焦的布头敷在伤口上,最后再用从香烟盒里拿出来的锡箔纸包住,我想正规的医护队肯定不接受这种土方法,不过我们的小病人却觉得舒服多了。

我回来后赶忙吃一顿误时很久的午餐,由于洋葱吃光了,午餐只吃豆子配盐。饭后我去探视哈兰,发现它的状况也好多了。

## 斯卡杜,一月二十七日

昨天一整个下午都在下雪,而且一直持续到晚间;今天早上去探视哈兰的时候,外面也还下着雪。塞帕拉湖的西半边已经结了冰,当我发现哈兰已经可以正常走路时,我决定立刻启程返回斯卡杜,否则我们很可能会因为大雪而无法弄到食物和燃料。由于雪深及膝，手指头也被冻得失去知觉，因此将行李妥善绑在哈兰背上的工作变得十分困难。旁边的人不知道是因为不懂还是不想帮忙，居然就站在那儿袖手旁观，不过最后我终于还是将一切安排妥当，蕾秋也坐到哈兰背上，我们随即启程上路。

当我们沿着已经变成银白世界的湖岸缓慢前进时，我的心中不觉兴起一股莫名的兴奋，先前见到的棱角锐利的黑色大石头，现在全都变成了一个个洁白的雪堆，再配上几株稀稀落落的枯树，构成了一幅童话意境般的绝美插图。四周的灰色页岩山坡这会儿也全都闪现出纯白无瑕的光亮，雪花依旧不停地飘落，虽然它们是那么的轻柔、细致和不经意，可是不一会儿便把我们留下的足迹盖住了。

出了湖边，步道已经变得寸步难行，我和哈兰要费好大的力气才能踏出一步。可是我们并不赶时间，自己也觉得一点也不想离开这个仙境般的谷地，因为在这里所有不美好的事物全都被雪花掩盖了，就连湍急的河水也被奇异的雪幕遮蔽，而冰雪所散发出的炫目光彩，让人误以为阳光是从地底下照射出来的。

我们在下午两点三十分安然抵达斯卡杜的家，当我为哈兰卸下全身的束缚时，蕾秋突然发出一声惊叫，并用手指着哈兰的前腿部位，那儿有一个像茶碟子般大小的肿块，脓汁正汩汩地从它厚厚的毛皮中渗流下来。我安慰愁眉苦脸的蕾秋说，其实对哈兰而言最坏的情况已经过去了，蕾秋充满爱心地喂哈兰吃杏子干，我则用炉子为哈兰煮些麦糊。之后沙迪克来了，他要我放心，说这儿有一位医术精良的兽医,可是我想起上一回去拔牙的惨况,不禁对他的说法感到怀疑。老实说,我不知道那个所谓的兽医能不能医好哈兰,反正至少我们可以等伤口自己好起来。不过我还是挺想听听专家的意见,看究竟病因是什么。

**斯卡杜,一月二十八日**

感谢老天,兽医纳吉尔果然比那个牙医高明多了。他判断哈兰是被一只带菌的猫鼬①给咬伤的,他说哈兰必须注射七份针剂才会好,还叫我把一种滋养的补药添加在麦糊里给哈兰吃,等到打完七份注射剂之后,哈兰便可恢复正常的工作了。我注意到,注射液的盒子上标示的有效日期是到一九七三年十一月,不过因为一剂注射剂才五卢比,所以也就没什么好大惊小怪的了。

显然这里的猫鼬很多,冬天的时候它们会住在屋顶上,一旦饿极了,便会攻击其他动物,有时甚至连熟睡的人也会遭殃。它们很像是吸血鬼,会吸食马和牛的血,动物被咬的部位会立刻化脓,尤其在它们身体状况不佳的情况下更会如此。我想起来大约在一个星期以前,有个晚上,哈兰突然显得有些慌乱,我曾经去马房查看,可是并没有发现任何异状,我希望那只猫鼬只是临时出现的访客,而不是住在马房顶上。

---

① 猫鼬(mongoose),一种日夜活动的肉食性动物,以小动物、小鸟、昆虫、爬虫类等为食,擅于捕蛇、鼠。

第七章 哈兰有疾

纳吉尔是土生土长的斯卡杜人,曾经在拉合尔受训半年。他自十五岁便辍学,生平也没参加过任何考试,可是他的英语已经达到可以清楚表达的程度,只不过说的时候有点结巴。他对马可谓了如指掌,而且他相当的聪明。纳吉尔年约三十五岁,身材壮硕,有着一张坚毅且诚实的方形脸,一点也不虚伪。他和大多数的巴尔蒂斯坦人一样,对于世界的其他地方所知不多,还对世人并非都是穆斯林这一点觉得很不可思议。当我告诉他爱尔兰人不是穆斯林,爱尔兰的妇女出入公共场合不必戴面纱时,简直把他吓呆了。

纳吉尔和卡兹米两人今天的心情都不好,因为吉尔吉特发生了一些暴动,该镇目前正处于紧急状态,镇上所有的电话线全被切断,警方现正在实施宵禁。原因是在穆哈兰姆的游行结束之后,有一群逊尼派教徒出手攻击什叶派教徒,这两个教派在吉尔吉特都拥有相当多的信众,警方和军方动用了一切手段,才使两派人马分开。卡兹米说,这次的暴动主要是一些别具政治意图的有心人士故意挑起的。喔!我老家的事情居然在此地重演了。

我发现自己现在有万分担忧没东西可吃的恐慌心理,在市集买不到豆子对我来说是最重要的头条新闻。我们现在一天三餐都吃米布丁,我用水煮米,然后在里面加入糖和炼奶,炼奶是少数几样在斯卡杜还容易买到的食品,不过一小罐十四盎司的炼奶就要四点五卢比,至于糖嘛,它和炼奶一样贵,而且更不容易买到。上个星期糖的价钱已经涨到两磅七卢比,今天我花了一整天才买到一磅的糖。

**斯卡杜，一月二十九日**

今天早上，沙迪克告诉我，"市立物资供应处"的人很同情我们的状况，因此决定配给政府补贴的糖、煤油和麦粉给我们。事实上，在两个星期前他们已经叫我去申请了，当时就觉得和那些穷人抢东西实在令自己良心不安，没想到我没去申请，他们还是决定配给给我们。

沙迪克和他的侄子阿利陪着我们一起上"物资供应处"去，天空的云层很低，几乎看不见"斯卡杜之石"了，每棵树上都覆盖着厚厚的雪，居然都没有滑落下来，实在很奇怪。有件事非常好玩，我发现雪会对巴尔蒂斯坦人造成一种很有趣的心理作用：今天早上八点半我出门时，觉得天气真暖和，连手套都不必戴了，即使是晴天也不一定这么暖和，可是当地人却都认为今天的天空灰蒙蒙的，好像要下雪的样子，一定比昨天冷。等我们到了"物资供应处"，我发现三五成群的男士全都围在暖炉旁边，脸上全都露出一副可怜巴巴的神情。所有的人都蜷缩在长披巾里，要不就是躲在长及脚踝的吉尔吉特斗篷，或是旧的军用厚大衣里，每个人都表示，今天是入冬以来最冷的一天。这根本就是胡扯！我想唯一的合理解释是，随着城里的食物愈来愈少，连带使得人们御寒的能力也变差了。

**狗饼干**

幸好官僚文化还未在此地生根,所以我们只花二十分钟便拿到了配给的许可,若是在平地的话,至少要一个月才有结果。像阿利这种年轻人,常以为申请表格得多填一些才办得成事,因此今天早上当我拒绝为糖、面粉和煤油各填三份申请书时,阿利气个半死,这显然是因为我拒绝做这项他称为"适当程序"的工作,让他误以为我很傲慢。阿利是那种知识浅陋又不太聪明的典型年轻人,被毫无意义的官僚仪式给洗脑了。不过我还是挺同情他的,因为上两个星期以来,他的甲状腺肿愈来愈大,已经影响到声音了(不少巴尔蒂斯坦男性的声音听起来很像阉人)。他曾经在当地和拉瓦尔品第接受治疗,可是拿回来的药吃了都没效果。哎!我们西方人实在太好命了,一直将专业的医护照顾视为理所当然,甚至认为是与生俱来的权利!

食物容器在这里也很缺乏,去年冬天,我们在库尔格(Coorg)也遇到相同的情况,只不过没这么严重。在那儿,光是那些占总人口百分之五的有钱人,就会源源不断地丢出空的铁罐、玻璃罐、玻璃瓶或是纸箱子。可是巴尔蒂斯坦并没有那种富人阶级,这里的人总是把东西包在身上的长披巾里,若只是一磅茶叶或盐巴的话,他们就用一块脏兮兮的布包裹起来,或甚至就用衬衫的下缘兜起来带回家。幸好当初我买那件太空被以及蕾秋的雪衣时,它们都是用强韧耐用的塑料袋包着,现在我就用这两个袋子来装面粉和糖。

当我们带着这些战利品兴冲冲地回到家,兴奋之情马上烟消云散,因为这袋面粉虽然很便宜(二十二磅才十五卢比而已),可是要用我那个小煤油炉子把它变成可以下肚的食物,可就没那么简单了。蕾秋出去找她在巴尔蒂斯坦最要好的朋友法莉达玩(她是巴尔蒂斯坦总工程师的女儿),我则趁机再回到市集里买了五磅的比利时制奶油(只花了我三十二卢比,巴基斯坦制的反倒要六十五卢比),以及一支无柄的平底锅回来(这玩意儿居然只卖四点七五卢比)。沙迪克看我好像在扮家家酒,连忙告诉我"这不行啦",然后从哈兰的马房里拿了一只厚重的铁制平底锅,上面沾满了马粪。我把锅子刷洗一番后便放到炉子上,可是锅子里还有一些马粪没刮干净,发出一阵辛辣的臭味。蕾秋说这味道闻起来很像是焚香,我觉得把这两种味道混为一谈实在太离谱了,不过我并不打算和她争辩。

这时候,又有一群人被吸引到我们的房间里来,除了沙迪克和他的儿子及女儿(分别是四岁和两岁),阿利、纳吉尔,以及一位年纪较大、名叫沙纳拉的英文老师,夏明的仆人,还有一名附近的邻居米尔沙。米尔沙是个白痴,他很脏,但挺可爱的,很喜欢上我们这儿来,因为我对他很好,现在正害羞地蹲在门边,好像一条随时要被人踢开的流浪狗。

这是我第一次做面食,每个人都用一种评判的眼光看着我,沙迪克后来又去马房里取来一个旧筛子,它同样被哈兰踩躏得很惨,勉强还能用。当我用它来筛面粉时,大家开始吵了起来,因为那些巴尔蒂斯坦人坚持我应该只用筛子筛下来的白面粉,留在筛子里的东西就不要了,可是我却拒绝把最精华的这部分丢掉。他们每个人都很担心我们,吃全麦面包不知会不会有什么问题,最后我只好竖白旗投降,不过还是很小心地把留在筛子上的东西收好,等以后再拿出来用。他们对我把奶油和糖加进面粉里用两手揉面也有意见,最后当我把面团分成一个个小圆球时,所有的人全都笑成一团,因为他们本来以为我要把它们做成薄煎饼呢。外面的天快全黑了,而且还下着雪,大伙儿一哄而散,我很高兴他们在成果揭晓之前便离开,让我松了一大口气。蕾秋说,我做的小圆饼吃起来很像狗饼干,可是我很高兴我们不必再吃豆子和米布丁了,不管什么东西都比那两样强。只不过当我吃到第六块的时候,才发现它里面还挺湿润的,下次多放些奶油可能会更好吃。

## 斯卡杜,一月三十日

今天一整天雪都下个不停,虽然中午我们去逛市集的时候太阳也出来了,可惜阳光相当微弱。我们想到市场去搜刮一些食物回来,结果买到四枚小小的鸡蛋(才三卢比)以及一磅洋葱,我做了份洋葱煎蛋卷给蕾秋吃,自己则啃昨天剩下的狗饼干。

后来我们家突然来了一位身份不明的访客,他是一名个子高大的大男孩,年约十四岁,手里小心翼翼地拿着一枚小鸡蛋。他的英语说得非常好,他告诉我,他看到我们在市场里找鸡蛋,所以带了一枚蛋给我们,可是当我去拿钱包打算给他钱的时候,他却坚持不肯收我的钱。这孩子长得相当英俊，他说他的父亲是旁遮普人，已经在这里住了六年，并娶了一名吉尔吉特女子为妻。他的父亲在部队里帮人洗衣服维生（老天呀！冬天在巴尔蒂斯坦洗衣服是个什么滋味，我连想都不敢想）。他的名字叫约克伯，会说五种语言——旁遮普语、乌尔都语、希纳语（Shina，吉尔吉特地区的达尔德语）、巴尔蒂斯坦语和英语，真令我佩服。显然这孩子的资质凌驾于普通人之上，而且具有一种特别的气质，使得他与众不同。我并不是说斯卡杜这儿的人不友善，只是发现这个社会各个阶层（其实这里并没有分很多阶级）的人都对外来者感到不习惯，而且习惯于对不知道的事物保持距离，即使双方已经建立起某种程度的友好关系。就像沙迪克和其他一些经常来造访我的朋友，他们身上就是缺少一种特质，而那种特质即使在最贫困的藏族人，或是最与世隔绝的埃塞俄比亚高地居民中都不难发现，我姑且称它为"天生的善性"吧。不过我觉得这个名词也不太妥当，会让人误会巴尔蒂斯坦人都无善性，我想要说的是一种比较负面且非常难以适切表达的状况，我想就简单地说，是对旁人非常的不敏感，而这种习性是巴尔蒂斯坦人为了生存而必须辛苦挣扎的结果，因此若无生理上或是经济上的必要，他们没什么兴趣和别人建立社交关系。

**斯卡杜，一月三十一日**

今天的天气变化相当惊人，我觉得空气中有一种春天快来的气息。今天的气温相当暖和，阳光和煦地照着，光芒耀眼的山顶上，只有一些柔白的小云朵轻轻地飘动。从现在开始，阳光会愈来愈强，不过无法避免地还是会下点雪。

今早的树看起来真是美极了，我从来没见过这么美丽动人的树，尤其颀长的杨树更是艳冠群芳，它的每根树枝和嫩条上都包着冰霜，看上去闪闪发光，在背后银色天空的衬托之下，简直像是天堂般的美景——因为每个细节都是如此的细致、剔透和完美，绝非人工所能雕琢。

家家户户都趁着好天气铲除屋顶上的积雪，我们冒着生命危险到市场去，因为路上说不定会遇到小型的雪崩，我们已经看到许多小径上都堆着八至十英尺高的落雪。我们今天只买到一磅羊奶油，不过已经大大增进了狗饼干的味道。我们每天跑市场多少还是有些收获，因为每天都会有少量的食物出现在市场。由于天气使得许多通往斯卡杜的道路都无法通行，所以现在柴火已经飞涨到八十磅六十卢比了，煤油的价格也跟着水涨船高；茶店卖的茶也涨价了，因为茶店里所有的东西都是用烧柴火的炉子来调理的。我们从旧市场抄小路到新市场的途中，赫然发现一具冻死的尸体倒卧在一间废弃的小屋里，每年冬季斯卡杜都有不少人冻死。

我听说吉尔吉特的动乱到今天还没结束，部队被迫使用武力对付参与暴动的百姓，巴基斯坦军方在往罕萨的路上，拦下了五千名纳格尔的什叶派穆斯林，他们正打算赶往吉尔吉特支持什叶派的教友；军方也在往加格洛的路上，挡下三千名从奇拉斯赶往吉尔吉特支援教友的逊尼派穆斯林。纳吉尔和卡兹米都觉得很丢脸,并谴责那些涉案者的行为令他们的信仰和国家蒙羞。

卡兹米还告诉我另一个悲剧,昨天有一辆载运石油的吉普车,在索渥尔以东十二英里的地方坠落印度河,司机和车上的四名乘客生还的机会非常渺茫。据说失事的原因是,这四名乘客坐在载运的货物上面,导致车子失衡而出事。

**斯卡杜,二月一日**

昨晚我发现我的睡袋上湿了一大块,起先弄不懂是怎么回事,于是我先仔细察看天花板有没有漏洞,后来才想起来,昨天沙迪克的孩子带了一个出生才一星期的小婴儿来我们这里玩,想必这就是那小家伙的杰作。虽然我们都很喜欢那小家伙,不过他可得好好训练一下才行。

老实说,我从未住过这么脏的地方,一般保养良好的泥巴地应该可以用扫帚扫一扫,可是我们的地板却像外头的车道在夏季时的状况,积了约半英寸厚的灰尘,所以来访的客人也就毫不客气地把香烟头随意丢在地上(大部分的巴尔蒂斯坦男人都是老烟枪),此外还有火柴啦、杏子果仁的壳啦、稻草秆啦、马粪等等,只要一走动便会扬起一阵飞沙。我们的行李也都蒙上一层薄薄的灰,要是在这种地方长久住下来,对肺一定有不好的影响。

今天的阳光从早上十点半一直到下午三点半都非常炽热,简直就和爱尔兰五月份的天气一样,不过下午五点半以后,气温又变得冷极了。今天我们和法莉达以及她的弟弟一起走了好长的一段路,法莉达的妈妈从来都没开口说要和我们见见面,不知道她是不是不喜欢我这种到处乱闯的女人家,不过法莉达的爸爸倒是一位有趣又博学的人。法莉达经常邀我们去她家喝杯茶,她还很喜欢骑哈兰,是个举止从容有度的小姑娘。而且她对西方世界的事物很感兴趣,我猜想她长大以后应该会打破不少禁忌。

回家的途中,我们见到一名青年人弯着身子坐在大石头上,身旁有个朋友陪伴着,那人有着姜黄色的头发和明亮的蓝眼珠,他一看到我们便一跃而起,向我讨药。那名身体不适的青年虚弱地流着汗,他的朋友叫他把衣服拉起来给我看,在他的腹部上方果然有一个很吓人的隆起。我建议他最好上医院治疗,可是他的朋友却对这个提议嗤之以鼻,只是继续向我讨些药丸。我答应给他几粒止痛药,但也一再强调,这些药并不能治好他的病,那名生病的青年一听我这么说,立刻站起身子,扶着朋友的臂膀要随我回家拿药。我告诉他不必这么费事,可是他坚持要跟我回去,不一会儿,他便吐了一摊血在亮晃晃的雪地上,跟着他便倒在地上,眼睛也闭了起来。他的朋友挥挥手叫我别管他们了(之前我已经叫孩子们先回去),看来我帮不上任何忙,可是不知怎么的,这一生中从未像此刻这样觉得自己好无情。我回望那俯卧在雪地上的幽暗身影,看到他的朋友朝着相反的方向走去,我猜他是想去寻找别的救兵吧。快到家的时候,我遇见几名旁遮普籍的公务员,问他们有没有吉普车可以临时借来紧急运送一名患者就医。一开口便知道自己的要求很蠢。那些年轻人只是耸耸肩对我说,今天是星期六,医院根本没开,而且公家的车子无论如何都不能给老百姓使用。

有一个医疗调查小组指出,至少有百分之三十的巴尔蒂斯坦人需要长期住院治疗,可是由于人员、医药和设备都不足,他们根本无法受到医疗照顾。哈兰反倒幸运多了,他在注射之后(或者是因为经过一段时间休养)情况非常好,所以我们计划在五号出发到克伯卢去,希望能以轻轻松松的方式走完那六十五英里路。

## 斯卡杜,二月二日

今天每一条路都像溜冰场般滑溜,因为昨天太阳下山以后,路面就结了冰。今天路上的雪也不会融化,中午天空就布满了云层,并且刮起一阵冷风。

今早我到沙迪克家拜访,想为他的孩子照几张相,结果却意外地见到他那位年纪很轻的太太,坐在院子里晒太阳、织袜子。她坐在一张巴尔蒂斯坦式的凳子上——这种椅子只有两只脚,高约六英寸,椅面则是长方形,长宽分别是十八英寸和十二英寸,她那可怜的小女儿则坐在她的膝上。那孩子整个人污秽不堪,细柔的头发全纠结在一起,脸颊上还长着红色的小脓包。我知道你们会说,有钱人哪知民间疾苦之类的话,可是我总觉得不管怎样,孩子的脸和手至少一天可以清洁一次吧,头发也应该梳理一次。其实那孩子的妈自己也是一身脏兮兮的,她已经怀孕好几个月了,脸色很不好,两眼充满血丝。她才不过二十一岁,可是看起来却像四十多岁,老天!干吗还要再生一个孩子呢?如果她撑得下去的话,这一生说不定会有十或十二个孩子,虽然她已经摆明了根本不想要第三个孩子。

蕾秋正和牲畜们玩得不亦乐乎,山羊其实是很好的伴儿,它们比绵羊聪明且更有个性。一般而言,巴尔蒂斯坦人对家里的动物还算不错。比方说吧,每回一有杏子掉到地上弄脏了,沙迪克家的小山羊以及它的妈妈,另两只山羊(一只体型和爱尔兰绵羊一般大的小牛,一只母牛),四只咯咯乱叫的母鸡以及公鸡,全都会立刻跑过来抢食那粒杏子,最后主人会给每只动物一粒杏子,仅此而已,绝不多发,不过主人乃是出于一片好意,并不是虐待动物。

当我替沙迪克的三个孩子照相时,沙迪克太太故意把身子转过去背对着我,虽然沙迪克一直劝她一起照张相,可是她说什么也不肯,毕竟她还是有些自尊的,不愿意做这么丢脸的事情。

**斯卡杜,二月三日**

我还以为春天要来了呢,结果今天是我们到巴尔蒂斯坦以来天气最糟糕的一天:天色阴沉,气温酷寒,呈现一股肃杀之气。我们带着哈兰到外面走了四英里路便打道回府,我在傍晚去取水的时候,发现一整天冰雪都没有丝毫融化。

今天下午蕾秋不自觉地扮演了文学批评家的角色,她从法莉达那儿借来一本老古董的《读者文摘》,里面有一篇写得很差劲的真实故事,描述两兄弟在加拿大溺水的惨剧。蕾秋看完以后,满脸疑惑地问我说:"为什么我一点也不觉得难过?我知道他们是真人真事,可就是不为他们感到难过。"真有趣,连小孩子都可以分辨出作品的高下优劣。

## 斯卡杜,二月四日

今天又是阴沉沉的,不过气温不像昨天那么低,因此路上便有些泥泞。哈兰现在的状况相当好,所以我们明天出发。早上我烤了二十个面包打算带在路上吃,去市场也有不错的收获,居然买到一小盒苹果;这一盒里面有十五个小苹果,只卖五卢比,蕾秋尝过之后直称她从未吃过这么好吃的苹果,其实这里的苹果是出了名的美味。今天的采购活动花掉我们大半天的时间,因为那些摊子都非常小又暗,而且一片凌乱,有的小摊子只有一个鸡笼那么大——在小桌子上摆几个小木盒子,而我们就是在那种地方挖到宝的。

今天早上我有些不舒服,胃感觉闷闷的,显然是因为我三餐都以"狗饼干"果腹,而里面又加了不少羊奶油。不过我喝了为哈兰买的补药之后,居然就好了。这种神奇的滋养液里有洋茴香、黑胡椒粉、小苏打、荳蔻、碎姜以及一些杂七杂八的不知名种子、粉和香料等等,一小瓶约一磅重,就要七十卢比。可是哈兰却说什么也不肯吃,由于本人生性节俭,既然发现这玩意儿可以替人治病,就觉得总算钱没白花。

第七章 哈兰有疾

## 第八章

# 前进克伯卢

> 我们在寒冬往印度河的上游前进……第一阶段非常漫长,斯卡杜到戈尔(Gol)间的距离很远……扛行李的脚夫已经先我们而行,使得这趟旅行分成两个阶段……由于道路从险峻的山坡中穿过去,所以我们必须小心别被从上方坠落的石头砸到,后面路段的落石情况更加危险,在这个路段里的落石大多很快便冻结在石壁上,但是跟在我们后面的旅队中,的确有一匹马被落石砸死,还有一名脚夫手臂受伤。
>
> ——菲利波·迪·菲利普(1914)

**戈尔,二月五日**

离开斯卡杜的时候,路上遇见的几个人全都停下脚,好奇地注视着我们这两个弱不禁风的外国人,其中一名会说点英语的警员告诉我们,由于路面滑溜难行,再加上可能不时会遇到落石、暴风雪、雪崩及山崩等状况,我们可能无法活着抵达克伯卢。其实我知道这段路并不像他所说的那么危险,否则一定会被他那一番话吓得打退堂鼓。巴尔蒂斯坦人就和一般人一样,很喜欢夸大当地的危险;他们对于经常发生的惨剧总是抱司空见惯的态度,可是对潜在的危险却又有着莫名的恐惧,实在很奇怪。

今早的天气还不错,我连手套都没戴,厚夹克的拉链也没拉上,先前的那七英里路因为结了冰可真难走。之后,地势向上攀高,地上变成沙质路面,一直绵延到我们走出斯卡杜谷地为止。我们才刚过通往希加的转弯处,蕾秋就吵着要吃午餐,我拿大麦给哈兰吃,然后母女俩便坐在雪地中的大石块上,一阵野生百里香的香味扑鼻而来,我们两人各吃了一块"狗饼干"。其实我一口气可以吃下半打,可是人到了巴尔蒂斯坦,便会养成吃东西只为了维持生命的好习惯,而不会再像从前那样吃到撑肚子。

**东方步调**

从这里往下看不到印度河,但是当我们朝着更狭窄的谷地东缘前进时,印度河却在我们正下方显现,在正午炽热日光的映照下,像一条光彩夺目的祖母绿项链,在两岸晶莹的冰雪间熠熠生辉。我们在这儿向斯卡杜谷地道声再见!之后便沿着步道从一座巨大的灰色山脉底部进入另一番天地。

接下来的十英里路是一片被冰雪覆盖的灌木丛林地,将我们与印度河分隔开来,在我们行走的这一边不见任何人影,但在河右岸深幽高山的裂缝间却有两个小村庄。我们四周的山势非常陡直,连冰雪也无法覆盖在它们灰棕色的山脊上,才下午一点左右,天色突然暗了下来,山间立即显现一种可怕的荒芜。这时山里刮起了刺骨的冷风,直接吹向我们,我赶紧将围巾围拢,厚夹克的拉链拉上,手套戴牢。这条步道上只有我们三"人",因为路面湿滑,正是吉普车司机最痛恨的路况。哈兰也不好过,它很快便投降了,一动也不肯动,先前的十二英里路只花了三个半小时,可是后面这九英里路却花了五个小时。途中蕾秋曾经自己下来走了六英里路,好让屁股休息一下,同时让血流恢复正常。除了随身行李,哈兰还多背了四十磅重的食物,包括面粉、糖、牛奶、米和豆子。不过我们会在这里待上两天,所以它明天可以好好休息一下,尽情地享受我用十卢比为它买的干草。

戈尔这地方几乎与河水同一高度,但我们先在高坡上看到它,之后步道突然往下陡降,群山从印度河的左岸向后退去,留下了一块有点坡度但可以耕作的土地,这块地约三英里长、两英里宽,上面散住着好几户人家,辟出不小的一片果园。现在是下午五点半,不过气温还不是很冷,太阳下山后风也停了,真幸运,我们在招待所外等了四十五分钟,才把管理员找来。蕾秋很委屈地说:"我猜他正在冬眠。"外面的天色已经一片漆黑,蕾秋非常习惯东方的生活步调,并不会期待事情很快就发生。我们身边已经聚集了一群人,他们看来相当友善,不过显然很不习惯看到外国人,我们的一举一动都会引起一阵兴奋的耳语和笑声。就在我开始怀疑这招待所究竟有没有管理员时,一名身材很高、肩膀厚实的长者,提着一盏灯笼从黑暗中走来,要我出示住宿许可单,有个年轻男子吃力地把许可单的内容念给他听完以后,那名管理员又不见了,原来是去找钥匙,这一去又是二十分钟。这时天气变得异常的冷,我们母女俩可怜兮兮地在冷风中颤抖,可是身旁围观的群众却丝毫不觉得冷。除了找钥匙花了不少时间以外,这位开朗的管理员工作效率还蛮高的,事实上也是我们没什么需要劳烦他的地方,食物、燃料、铺盖,甚至连照明工具等东西我们都一应俱全,我们所需要的不过是一间有屋顶可以挡风遮雨的房间,以及一盆水而已。

  这间招待所大约是在一世纪以前由英国人所盖的,他们在列城到斯卡杜之间的马行步道上,盖了一连串这种房舍。招待所的后面附设有数间马房,围成一个小院子,可惜现在这些马房已经没有屋顶了,所以哈兰又只好待在厨房里,从前这里是下人们生火为主人准备洗澡水和晚餐的地方,那时的晚餐还挺丰盛的,一共有四道菜。先前我们从步道上看下来,觉得这间招待所简直像座废墟似的,差点就不想住进来,不过这房间其实非常舒服,房间很小而且没有窗户(这在冬季来说真是一大优点),里面有一座真正的壁炉,但我想至少有三十年没人用过了,浴室里面有一个简易便桶,这其实比绍渥尔和塞帕拉那些没水的抽水马桶好用多了。

  当我们终于进到房间里时,有七个人不请自来地跟着我们进了屋。我知道他们只是满怀好奇,可是却占据了屋子的有限空间,我们根本没地方打开行李,而蕾秋已经困得几乎要站着睡着了,只好让他们待了十分钟后请他们出去。看得出来他们好想看看我们带了些什么东西?晚餐吃些什么?关于最后一项他们倒是没有遗漏,刚刚在外面等待时蕾秋就已经吃掉她的晚餐——杏子干了,而我的晚餐则是两片"狗饼干"和一壶茶。

现在是晚上十点钟,这儿比起斯卡杜要冷多了,因为我们一整天都在慢慢往上爬。由于房间里只有一张床,我本来打算铺睡袋睡在地板上,可是又不能整晚都点着煤油炉子,所以最后还是决定和蕾秋挤一张床比较保险。

### 戈尔,二月六日

今天虽然有太阳,但是温度依旧很低,所以我们八点半才从招待所出去。不一会儿,身后便跟了一大群衣衫褴褛的孩子,我们每说一句话或是做个动作,都会惹得他们兴奋尖叫。只要我一回头看看他们,他们就很紧张地望着彼此,几个胆子比较小的甚至会跑开,可是只要我不理会他们,那几个孩子便又跑回来。

### 森林小学

今天的目的地是戈尔上方的水道。我们首先从一条狭窄、积雪、排列整齐的"阶梯"往上爬,来到一处有数户人家聚居的地方,这里照例又种了许多果树,这些果树看来已经种了很多很多年,树身长满了节瘤,间或有些小树,柔细的枝干上还包着破布。这里有一座新盖不久的清真寺,依照巴尔蒂斯坦的传统线条建筑而成,这是到目前为止我们见过的最大的建筑物。我们遇到两名很友善的青少年，他们打开清真寺的大门，让我们看一下内部，这座清真寺的里面有非常美丽的木雕。（这两名好心人先小心地察看四周，确定没见到半个"毛拉"或长老，才偷偷打开门给我们看）。部分巴基斯坦的开发人员总是抱怨，他们没法将现代化的建筑材料运进巴尔蒂斯坦，殊不知这正是巴尔蒂斯坦最大的一项优点。以一九七五年目前的情形而言，我敢说，全世界只有极少数国家的新建筑能与旧的建筑媲美。

这两名少年其实正要去上学，较年长且会说点英语的那一位邀我们去参观他们的学校。我们随着他们来到一栋两层楼的老房子，楼下是马房，地板上堆了高及脚踝的干马粪，我们从一个摇摇晃晃、几乎成垂直的梯子爬到二楼，才一上去，立刻有三名妇女惊慌失措地把面纱遮住脸庞逃了开去，这一层楼的地板上满是禽类刚刚排泄的粪便，臭死了，我们急忙从一道厚石墙上的低矮大门走出去，却发现来到了户外。石地上铺着破旧不堪的羊毛毯子，戈尔的孩子们就坐在这上面学习，他们每个人都携带自己的木制写字板，此外别无其他文具，算盘、书本都付之阙如，就连一面自制的大黑板都没有。有一名身材短小精干、脸容瘦削苍白、一双眼睛滴溜转的二十多岁男子，朝我们走过来，他自我介绍说："我从斯卡杜学院数学系毕业，能不能请你用你的相机帮我照张相？你是从美国的哪里来的？你可以坐在这块大石头上。你们来这里做什么？我是这个学校的校长，我教他们数学、乌尔都语、英语、物理，以及巴基斯坦的历史。"

我特意放慢说话的速度，而且每个问题都要重复三次以上，才终于向这位"英文老师"问出了不少有关这间学校的情况。据他说,该校成立于一九四七年,目前全校有一百四十名学生和两位老师;依我看本校学生的乌尔都语顶多只达到初步能够听写的程度,甚至还不一定够这个水平呢。

我看到有好几名小女孩聚集在低矮的石墙外边,害羞地看着我们。她们的破旧面纱只遮住了下半部的脸庞,当我询问那位校长:"贵校没有女学生吗?"他惊讶地瞪视着我,然后再用鄙夷的眼光看向矮墙那里说:"女孩家怎能读书!我们学校可不准她们上这儿来!"看到校长在看她们,那群小女孩咯咯地笑了,然后用面纱把整个脸遮住后便跑开了。那校长又说:"我有一个老婆,两个儿子,如果我老婆念书的话我可不会要她。"

**冰雪春绿**

在冰雪的阻挠下,我们已经尽可能地爬到这个水道上了。我们从另外一条路走回来时的步道,蕾秋提议说,我们何不找找有没有路可以走到河边。这真是说的比做的容易,虽然从远处看过来,戈尔好像离印度河很近,其实我们费了好一番工夫才来到河边。

这里的印度河宽约八十码,在河的对岸有一座灰色与浅棕色交杂的山墙,直挺挺地从河床向上蹿起。在河水的上游,有好一堆大石头矗立在水中,奔流的河水撞击在石头上,冲起阵阵白色泡沫,再往下游一些,河水变得比较宽,但较浅,水流声很吵。而在我们站立的这个地方,河水很深,水势虽强却很安静。蕾秋用雪堆了一只狗和一只猫,我则坐在花色斑驳的花岗岩石块上,晒着温暖的阳光,心中却想着,要是二十世纪的政治活动不那么频繁该有多好,真希望那些搞政治的人,能够亲身来探寻源自西藏地区的印度河,体验一下这美妙无比的风光。这时有两只野雁从我们头顶上飞过,它们的翅膀上有着黑白的条纹,我们还见到一只红蓝黑三色交杂的大翠鸟,从河面上飞过,飞进我们对面悬崖上的洞里。我们在巴尔蒂斯坦没看到几种鸟,只有一些红嘴山鸦、喜鹊什么的。

回程都是上坡路,走在最前面的蕾秋突然大叫:"妈,快来看!"我看到她在一个梯田挡土墙的底部前弯下身子,不知在看什么东西,等我跟上来以后,也弯下身子蹲在她旁边,敬佩万分地看着一小丛只有一英寸高、刚冒出头来的翠绿小草,蕾秋兴奋地说:"这些绿色的小草正在往上长呢。"

我很难说明这个景象对我们的意义有多重大,我起身望着四周荒芜的景象——触目所及皆是黑暗无生命迹象的石头,绵延数英里的冰雪,以及光秃秃的果园。我很好奇周遭到底还有多少这般微小、不为人知的盎然春意呢?在我们爱尔兰老家,春天是一个非常浪漫又愉快的季节,可是这里的春天却充满神圣和庄严之气。我看着蕾秋非常温柔地抚摸这一小丛大地复苏的先锋,好像她也对这一丝奇妙的新绿感到无言的敬畏之情呢。

我在戈尔的市场里买到六枚鸡蛋,它的体积是斯卡杜卖的鸡蛋的两倍大,价钱却只有一半,所以我们母女俩今天都享用了一顿丰盛的煎蛋卷大餐。吃过午餐之后，我们打算从一条造型优美的悬吊式桥梁渡过印度河到对岸。目前这条桥还不准吉普车通行，桥身是用本地所产的花岗岩建造而成，招待所的管理员告诉我，它是由一名年轻的军官设计的。

我们沿着一座低矮的红棕色小山向上游走了四英里路，朝吉里斯（Kiris）前进，那座小山上到处是拳头大小的尖利石子，在河岸之外的这条克伯卢步道，很像是位于黑灰山脉底部的一条线，这些山脉的山坡被坠落的石块和泥土刻出一道道深深的刻痕。在我们步道下方的印度河旁边，有许多银灰色的沙丘，被风吹得凹陷下去。蕾秋一直吵着要去堆一座沙堡，可惜今天下午的天气状况和昨天一样，有云、有风，而且气温比早上低了许多。

## 古瓦里，二月七日

今天是很愉快的一天，只不过发生了两个"小意外"。由于哈兰今天的状况很不错，而且路面既没结冰也没积雪（只不过偶尔泥泞），再加上天气很适宜步行，所以我们便带着它上路了。我们一共走了十八英里路，途中遇到两辆军用吉普车以及一名背着一袋谷子的农民，在这条位于谷地南部的步道上，我们曾走了十五英里路而没遇见半个人，不过我们看到夏克谷地之外有几个人群聚居之地。

我们从戈尔出发走了五英里路左右，也就是夏克谷地与卡曼谷地交接的地方，便与印度河分道扬镳。在印巴分离之前，此地的主要贸易路线乃是沿着德塞平原（Deosai Plains）和拉达克岭之间的印度河，不过这个区域目前因为军事因素，禁止外国人出入。我们沿着印度河往卡曼谷地爬了一英里左右，便遇见军方架设的路障，我们只得改走那条哈马扬桥（Hamayune，这条桥在二十四年前由巴基斯坦军方花了两个月的时间建造完成），然后再循原路折回河水奔腾的夏克河（此河也是发源于藏区）和印度河交汇的地方。

当我们从悬崖边的一条狭窄步道向哈马扬桥前进时，突然有一堆足球那么大的石头重重地掉落在我们前方，其中最大的石头差一点就打中哈兰的鼻头，它赶紧闪到路的边上，这儿恰好在印度河的正上方。才一会儿，又有一块石头差点打中我的脑袋，同时也差点伤及蕾秋，我根本无暇顾及自己的安危，幸好蕾秋丝毫没察觉她的小命差点没了，所以我也赶紧收起慌张，假装毫不害怕的样子。没想到，还有一个更可怕的意外在后头等着我们呢。

**吉普车惊魂**

当你从桥上仰望陡直的卡曼山谷时，会看到印度河从狭窄的峡谷急速流过，阳光及时在一个大弯道上抓住印度河，使得河水像是熔化中的金属般闪着耀眼的光芒。但之后印度河的河面突然变宽，水流速度也趋于平缓，仿佛是要让自己平静地迎接它与夏克河的结合，而汇流进来的夏克河却反客为主，因此没有携带地图或者不清楚本地讯息的游客，很可能会将夏克河误以为是印

第八章　前进克伯卢　　217

度河的本尊,而将真正的印度河错当成一条主要的支流。

随着我们继续东行,拉达克岭来到了我们的右边,左边则是宽广、深邃的夏克河。几英里之后,由于步道向上攀升以避开夏季时沉在水面下的陆地,所以我们便见不到夏克河的踪影,等它再度出现的时候,河水变得浅而急,在一片晶莹白雪间的小石头上活蹦乱跳、熠熠生辉。

中午时分我们来到了非常可怕的地带,这一段步道向着从夏克河底升起的一座石壁上开过去,而步道的下方数百英尺处便是河水奔腾的夏克河。这时候突然有一辆吉普车毫无预警地(因为河水流动的声音太大了,我们完全听不见车子开过来的声音)行驶到步道的最高点,也就是我们上方二十码左右的地方。受到惊吓的哈兰鼻子呼呼地喷着气,后腿竖了起来,我看见它和背上的蕾秋企图保持平衡,以免摔落到下方的河里去。现在光是回想起当时的惊险画面,都会令我惊恐万分,这辈子活到现在四十三个年头,还是头一回碰上这种生死交关的情况。幸好吉普车司机及时踩住煞车,哈兰的前腿着地,蕾秋从哈兰背上下来;由于车道太窄,我请吉普车司机下来帮我把哈兰背上的货物全给卸下来,否则车和马僵持在路中谁也过不去。然后我牵着惊魂未定的哈兰慢慢地从悬崖边走到最高点,幸好这里的路面终于宽了些,让我们可以安全地把货放回到哈兰背上,这时蕾秋因惊吓过度而哭了起来,结果我竟然没心没肺地叫她别再孩子气了。哎!有些人的本性实在很不可爱。

终于走到平坦的地方时,我们决定休息一下吃午餐,没想到戈尔招待所的那位管理员,误将我们的野餐盒放进了哈兰要背的大行李包里,这下好了,正当哈兰津津有味地嚼着大麦——就放在我的尼龙防水厚夹克中,我和蕾秋却只得勒紧腰带,因为实在找不出什么我们可以吃的东西。

继续往前走了四英里路,步道开始往下,一路来到宽广的谷底,并且经过好几亩古老的果园,自从我们离开家以来还没见过这么多的果树呢。我们正上方的山上有一个小村子,在果园的那一边,也就是夏克河再度出现之处,有许多杨木和柳树长在雪覆盖的大石块之间,我们在这里见到一只口衔牛毛的喜鹊,这又是一项春天快来了的讯息。

**"希尔顿饭店"**

接下来的这一段路,我们爬上了一座巨大的石块,它从位于南面的高耸山脉向夏克伸展过去,形成了一个 U 字形弯道。我们在这座"高岗"上休息了一下,再回头看看刚才走过的两河汇流处,距离此地已经有十英里远,从这里望去,我们的步道像是一条沿着积雪的山脉底部前进的细线。

即使以本地的标准,这段到古瓦里(Gwali)的路途也算得上是落差很大,而且路面泥泞难行。在这一片巨大的山脉、峡谷和悬崖间走着走着,我不禁又油然升起一种天大地大、万物渺小的感觉。当我跟在老牛拖车似的哈兰身旁颤巍巍地前进时,真觉得自己像只小蚂蚁。哈兰重重地吐着气,显然很不满意这危险的地形,途中我们还看到好几处几乎不可能住人的地方居然有几间房屋,还有两个人在乍见我们时,像是见了鬼似的目瞪口呆。

我曾听人说,古瓦里这里有一间"小饭店",本以为是像索渥尔那家"饭店",结果却发现在山脚下有一栋新的建筑物,乃古瓦里绵长的绿洲带的起点。这间"希尔顿饭店"上个月才刚开张,里面有两个房间,一间是小厨房,另外一间大一点的是餐厅兼客房兼酒廊,这个房间有四张吊床,而且床铺还算整洁,另外还有两张木头长椅,一张不太稳的小桌子,以及一个火炉。房间的墙壁是厚重的石头,地面则是未经处理的泥土地,屋顶是平的泥土屋顶。这家饭店的老板叫萨法德,是个挺讨喜的中年人,他曾经在吉尔吉特住过一段时间,算得上是跑过许多地方。萨法德的身材瘦瘦的,但精力充沛,两眼炯炯有神,举止温文有礼,而且笑脸迎人。他的烹饪技术似乎相当不错,不过我必须承认,我们今天并不挑嘴。哈兰身上的行李全部卸了下来,又带它去喝了水之后,我和蕾秋舒舒服服地享用我们的晚餐:我吞了三张厚厚的油煎饼,蕾秋吃了六枚蛋做成的煎蛋卷,又各自喝了三大杯的茶,真可谓"酒"足饭饱。

然后,萨法德又替哈兰找了一位"饲主"来,也是个很讨人喜欢的年轻人,名叫何山,外表看来像是蒙古族的后裔。他带着我们越过两座雪原到他家去,他家的一楼包括一间没有窗户的起居室,以及三间马房,屋外有一座梯子可以爬到上面的凉廊,这个凉廊的三面墙由柳条编织而成,然后再用泥巴糊起来,可惜效果不彰。许多巴尔蒂斯坦人家里都有这种顶楼加盖,它们开口的那一面通常是向南,如此可以将冬季的日光和暖气作用发挥得淋漓尽致。

在这个凉廊的一角,何山的小姨子正在小树枝和杏子果仁外壳燃起的小小火苗上烤面包呢,这里的人真是善于物尽其用。何山的妻子则坐在另一边来回地摇着怀中的孩子,她满脸悲凄,双眼因为长时间的哭泣而红肿,何山向我解释说,她怀中抱的那个小婴儿昨晚死了,才三个月大。我看何山似乎不怎么哀痛,他倒是喜爱其他三个比较大的孩子,他们分别是二、四、六岁,这会儿全蹲在他们的阿姨旁边,满脸迷惑且害怕地看着他们哀痛欲绝的母亲。这三个孩子全都只穿着破烂的上衣,光着屁股,这时正因为冷和害怕而打着哆嗦。他们那张小小的蒙古裔圆脸蛋上,因为营养不良而生着疮,双眼也有感染的现象。屋子里的这两名女性都有着玫瑰色的脸颊,梳着藏式的细发辫,如果她们梳洗干净,而且心情愉悦,肯定是两个美女。这屋子里没有人会说乌尔都语,只会说古瓦里的土话,听起来跟现代的藏语很像,反倒与隆达或斯卡杜那里的方言不大一样。何山领着我们在小火堆旁边那两条脏兮兮的狐狸皮上坐下来,这可是屋里的贵宾座。这时我们的女主人突然打起精神,虽然她还是有一搭没一搭地啜泣着,可是却拿了一大捆羊毛灵巧地纺起布来;而那个两岁的孩子一看见妈妈不哭了,立刻飞奔到妈妈的跟前,还把脸埋进她身上那件脏袍子里。等那孩子站起身来,我发现他的小肚子鼓鼓的,显然里面住着不少寄生虫。这一家子那样的穷困,可是主人何山却还是送了我们两枚蛋,还在蕾秋的口袋里塞满了杏子果仁。

等我们回到"饭店",发现我们的室友已经在其中两张吊床上睡下了,把另外两张床留给我们,他们每个人身上都带着一把步枪,很可能是便衣警察或军人。他们看到我这么晚了不赶快睡觉,居然还在写什么劳什子日记,都觉得很奇怪,我差点忘了这是一个文盲社会。此刻我听到天花板上传来老鼠乱窜的声音,不过也可能是一只猫鼬,说不定它很想尝一尝我这个爱尔兰女人的血呢。

**古瓦里,二月八日**

一大早,六点十五分,我就被萨法德生火的声音给吵醒了,接着我们的室友也起床了,我听着他们大声地喝着茶,把枪背到肩上,在七点钟上了路。这里的鸡蛋很充裕,所以我和蕾秋各吃了一份量多的煎蛋卷料理以及两张厚煎饼,然后才展开我们的古瓦里探险之旅。

户外下着小雪,薄薄的云低垂在山际,可是我真爱这个透过飘然而落的雪花所看到的喜马拉雅世界。这些雄伟而荒凉的大山,在流动的云海里忽隐忽现、缥缈不定,而距离我们比较近的这些断崖、峭壁、隘口和深谷,也全都蒙上了一种崭新的神秘和柔细之美。我们一直往高处爬去,可是不论爬到多高,总还是会见到几户小小的人家,而且除非走得很近,否则根本无法从这群石头山之间辨认出这些房舍。在我们最后爬到的那个地方,我想高度绝对不低于一万英尺,这里的景致之美完全无法用语言描述。我们顺着一条结冰的灌溉渠道,在连串的山峰外缘走着,途中突然遇见六名男士,他们的年纪长幼不一,正站在及膝的冰河水里用脚踩踏洗衣呢。这个水池是用人工围起来的,周围有一座三英尺高的石墙,他们正倚着石墙,低头大力踩洗衣服。我们观看了好一阵子,他们才发现我们在看他们,我对他们比了一个手势,说我光看他们站在水里就已经脚底凉了半截,他们看了之后哄堂大笑。雪花打着转儿落在我们身边,水池旁耸立着好多高达六英尺、如橡树般粗的大冰柱,我真搞不懂这些很不爱干净的巴尔蒂斯坦人,为什么会突然变得那么勤快,在这么一个天寒地冻的池子里清洗他们的羊毛衫?像这种时候,因为语言的隔阂而无法了解别人的意图,真让人觉得非常遗憾。

古瓦里这个地方长约五英里、宽仅两英里,大约有十几处人家聚居,不过各自散居,而且位置高低不同。有几户房子有着雕刻精美的窗户和门道,但大多数的房舍都相当简朴,我们经过的时候,房子里的人才刚好要展开一天的活动。我们看到许多大人或者是大一点的孩子,背上背着小婴儿或幼儿,走过地上的积雪去"执行"他们的"晨间勤务"。不料看到我们走过来,他们全都惊吓不已,纷纷惊慌乱叫,或不自在地扭动身体,以至于他们的例行排泄活动受到严重干扰,我们的出现实在很不是时候。他们被吓得只能呆若木鸡地瞪着我们,连打招呼也没人理会。我发现除了几个小孩子身上套着旧的军用毛衣之外,这里所有的人全都穿着自制的粗布衣裳,我还看到好几个人穿着藏式的毛毡靴子。

到了中午雪终于停了,但是下午却非常寒冷,空气中有一股刺骨的湿气。我们去夏克河的上游探险，不时地在石块与石块之间跳来跳去，以避开积得厚厚的雪，在河的对岸，我们见到最近发生的山崩，落石将以前的贸易道路阻断了约四分之一英里长。我们原本打算从克伯卢回去时要走那条路，不过我相信一定还有别条路可以走，或者附近有比较容易涉水过河的地点，再不然，说不定这条路到我们要回去的时候就已经修好了。巴尔蒂斯坦人在西喜马拉雅这一带是首屈一指的修路工人，速度快又不怕危险，我想这很可能是因为他们三不五时老是碰上道路坍方，有很多的机会练习。

**磨坊与"萨图"**

在我们投宿的"饭店"不远处，我们看到七座小型的水力磨坊，它们从十二月初便一直结冰，现在正要开始运转。每座磨坊的磨子上都有一个低而圆的石遮盖，一个由中空树干做成的水道，磨子便是靠着水道里的水来运转，那树干与水车成一个斜角，以增加其运转的力量。他们在水车的上方挂着圆锥形的柳条篮子，篮底有一个适当的洞，篮子里放着一种特殊品种的大麦，这种大麦没有糠，生长在海拔八千英尺以上的地方，如果种在低于八千英尺的地方，其特性就会变得与一般大麦无异。马可·波罗曾经提到这种大麦是在阿富汗发现的，这种大麦完全不需要清洗，巴尔蒂斯坦人与藏族人一样，在这种大麦的谷粒从麦秆上打下来之后，便随即用一种特殊的火炉来烘烤，所以这种大麦磨成的面粉是已经预先煮熟了的，它对未携带燃料的长途旅行者来说，是一种非常理想的营养食品。藏族人和拉达克人将它与酥油茶混在一起，做成一种既好吃又耐放的面团称作糌粑（tsampa），这也是他们的主食。不过糌粑在这里变成一种叫做萨图（satu）的美食，味道闻起来很像吐司面包，所以当我们弯下身子从那四英尺高的入口望进去时，差点连口水都忍不住要流出来了。我们发现这七座磨坊碰巧都是由一位留着胡子的老先生和一位年轻的小姑娘来照管，那名男士负责注意流进树干的水流量，以及清除被挡在木头护栅前的杂质，至于那小姑娘呢，她则待在遮阳篷里，很有节奏地把那珍贵的"萨图"放进一方肮脏的布里。那姑娘因为全身蒙上一层飞散的麦粉，看起来像个鬼似的。这几座磨坊今天磨粉的速度很慢，因为水才刚刚解冻，而且每个看管磨坊的人都是一副愁眉苦脸的样子，这对一向习惯于寒冷的他们来说实在很奇怪。

在磨坊附近一处积雪已经铲除完毕的沙质平地上，一个年轻妇女蹲在一块像是地毯的羊毛皮旁边，正手持两根三英尺多长的柳树枝用力地拍打那块毯子，她还不时抓一把细沙洒在上面，我猜想她这么做是为了不让羊毛毯子上的天然油质被破坏。一个小时后我们要回家了，却看到她还在那里干她的活，巴尔蒂斯坦人什么都缺，就是时间最多，而且羊毛毯子至少可以为人保暖，我觉得这里的妇女比男人怕冷，想是因为饮食不足又还要生很多小孩的缘故。

第八章　前进克伯卢　　225

**巴拉，二月九日**

我真期盼今天的旅途能够平安顺利。在别处从来不像在这里感觉的这么快活，我就很不解，为什么那些前辈旅行家总是抱怨巴尔蒂斯坦的景观一成不变、单调乏味。

昨晚的暴风雪真大，我们一直到八点十五分才走进这一片覆盖着新雪的寂静的纯白世界，鸽灰色的天空在东南角夹杂着一抹蓝，当我们朝着卡东拉（Khardung La）隘口上行时，天色快速地亮了起来。今天早上萨法德和何山好心地坚持要帮我绑哈兰的行李，结果才走到半路行李就掉下来了，其实早上看他们捆行李的方式，就料到会有这种下场，不过真的发生了，我还是很生气。这一大摞行李需要两个人合力才能抬上哈兰的背，蕾秋还小，力气不够（至少我是这么以为的），可是打从我们出发到现在，一路上连个鬼影子都没见着，路上又积着雪，肯定不会有吉普车经过，我气得直骂自己干吗要对萨法德和何山那么客气？我只得把那两个笨蛋绑的绳结给解开，再依照在索渥尔学来的捆扎方式，重新把行李绑到哈兰的背上。我费了好一番工夫将笨重的行李拖到一个平底的石块上，它的高度恰好位于地面和马背之间，接着再把哈兰牵到石块旁边，并且叫蕾秋一起来帮忙抬行李。没想到要不是蕾秋的帮忙，我根本无法完成这项壮举，她总是在最紧要的时刻助我一臂之力，充分发挥临门一脚的功效，最后终于把行李放到哈兰背上。而哈兰的合作也是功不可没，要是它在错误的时机乱动一下,那我们肯定要前功尽弃,哈兰真是一匹贴心的好马。以它的立场来说,让行李丢在路边是最好不过,可是哈兰却像路旁的大石头一样,文风不动地站定让我死缠烂打地把行李拖到它背上。虽然老哈兰的体力状况未能尽如人意,可是它的性格真是没得挑剔,当我精疲力竭地完成工作时,它居然回头望望我,好像在递给我一个"恭喜你"的眼神。

**暖阳融雪**

我们接着继续上路,这一段上坡路非常陡,好一阵子不见的夏克河又再度现身,就在我们下方很远处的古瓦里谷地上与我们渐行渐远。走到步道的最高点时,我们可以见到随后的这两英里路是沿着一群山脉平直而行,再爬上一道陡直的短坡,最后才抵达隘口。现在天空中只剩数朵云在卡东拉隘口附近飘移,阳光几乎让人觉得暖了起来。位于下方数千英尺远的夏克河像一条绿色丝带似的,在一座孤立的石头山脉底部蜿蜒盘绕,那座山的顶峰比我们的步道还低,而在我们的正上方有一座黄褐色的险岩,在深蓝的天色衬托下熠熠生辉。哈兰在这深及膝头的厚雪中小心翼翼地前进,露出了白雪下面的黑色冰层。我决定在隘口那儿野餐,之后的下坡路段会比前面这一段上坡路更难走,我最好先喂它吃些大麦补充体力。

我和蕾秋的午餐是水煮蛋和薄煎饼,三两下就全都吞进肚里了,所以在哈兰慢条斯理地嚼着麦子的这半个小时里,我和蕾秋就在隘口这儿不停地来回走着,因为这里的高度很高,气温很低,不动的话,一下子便会被冻僵。我们四周全是白雪覆盖的高峰,许多山峰被快速飘移的白云遮住,连太阳也遮住了。除了这些高峰之外,我们什么也见不着,笼罩在这一片宁静之中,那股无法言喻、独一无二的静谧,让我们全身都舒展开来。

接下来的半个小时,虽然路面上完全没有雪或冰,可是我们却像老牛拖车似的慢慢走着,在我们眼前又七零八落地立着一堆石头,以及奔流的河水和亮闪闪的白雪。夏克河在这儿转弯,河水急速狂奔,像是要从这幽暗的群山之中杀出一条路来,而我们却找不到出路,"接下来该走哪一条路?"的问题变成好玩的猜谜游戏,如果不去理会预先设定的目的地,随时随地改走任何一条路都没问题。

隘口下面又有一片人口聚居的绿洲地带,可是我们却只看到两个人;其中一个是开朗的年轻妇女,背上背着个小婴孩,手中还牵着头跛脚的山羊;另外一个是留着髯髯长须的老先生,他正在山脚下专注地把土铲到步道上,我们看看他,再回望刚刚越过的那个障碍,让人觉得他很像在进行某项神秘的任务,而不只是做着单纯的铺路工作。路上有好多牦牛和犏牛正在享受它们今天的户外活动,没想到外面积了厚厚的雪,我看到那些牛群很不高兴地甩着它们的尾巴。

接下来我们的步道又爬上一个悬崖面,然后从河旁边蜿蜒了数英里。正午的阳光让路面变得寸步难行,连哈兰都摔了两次,我自己则不知道摔了多少次,连膝盖都扭伤了,幸好没什么大碍。

终于来到宽广的谷地,这一下去好几英里路都平坦得好走,途中还经过了好几个行列整齐的果园。从夏克河的那一头至东北边的小山谷,有两座形状完全对称的孪生山脉,它们的三角形顶峰有如鹤立鸡群般,突出于一堆较低矮的山脉之间,发散出耀眼的光芒。河旁边的山脊照例相当低矮,而且非常陡直,令雪花无法堆积,它们那红灰棕三色交杂的山色在金黄色日光的映照下,别有一股迷人的美感;我也不时回头凝望刚才经过的群山,它们那桀骜不驯的气势依旧在西边天际回荡不已。

约两点半,大地突然吹起一阵刺骨的强风,幸好风向与我们背道而驰。它猛力地卷起干干的雪花,像个永不疲倦的隐形雕塑家似的,将雪花堆积出各式各样的美丽造型。

在夏克河向南流之处,步道转而向上爬行到一个离河床很高的地方,这里的路面又变得艰险难行,没想到蕾秋却高兴地说:"如果哈兰从崖边摔下去,那我们两个都会掉进河里,你会不会救我呢?还是就这样算了?"我真庆幸前天那个差点丢掉小命的可怕经验居然没吓倒这孩子,也许我那天的没心没肺,竟然歪打正着地产生了理想的效果。

我们在山肩找到一处既可避开强风,又可看到克伯卢谷地的地方,克伯卢谷地长约十英里、宽仅一英里,高度在海拔八千五百英尺。在谷地的后方耸立着一群气势雄伟、如剑般锋利的山峰,此刻谷地的地面上积了一层纯白的雪,只有夏克河在冬季分散出来的几条支流没被雪覆盖。时近傍晚,位于谷地那一边的高耸悬崖,影子倒映在夏克河面,使得夏克河变成一条闪闪发光的丝绸,

第八章 前进克伯卢

从雪地上流过,在它那微微生波的河面上闪现着暗金色与胭脂红的光彩。

**热烈的骚动**

当我们一直往下来到河面的高度时,见到路旁种了不少杨木、柳树以及果树,这里的房舍大多建在步道上方很高的地方,不过步道旁倒也有一处规模挺大的聚落;其实我觉得,将巴尔蒂斯坦人聚居的村镇称作小庄子还比较恰当。在这里我们只遇见一个人,他正赶着两头黑色的犏牛过河,听到我大声地问他附近有没有"小饭店",他赶忙朝我们走来。这是一位打着赤脚的老先生,身上穿着已经过时的红色女用大衣,他对着我们咧嘴而笑,露出一口歪七扭八的烂牙。他手指着苹果树丛里的一间小房子给我看,我还以为是招待所。"红衣爷爷"开心地领着我们和哈兰走进那片果园里,他先将哈兰拴在树上,接着帮我把哈兰背上的行李卸下来。他指着一扇半开的门,走进去以后才认出这是一间被废弃的学校。当时刚成立不久的巴基斯坦政府并不了解,光是盖好校舍并不能解决教育问题,所以盖了这间学校。我不知道教室的门窗是否曾经安装过,反正现在都不见了,教室屋顶的漏水情形也非常严重,三分之一的地面都积了水,墙上的黑板依稀还可见到乌尔都语的字母残留在上面,而那黑板正是教室里唯一的教具。

连一向对住宿问题极不挑剔的蕾秋都忍不住说:"我觉得这

个地板不太适合睡觉。"我非常同意她的看法,所以我向"红衣爷爷"暗示,是否能借一张床给我们。他用力地点点头,然后就走了出去,并顺手将哈兰牵去马房。

我们的突然出现,立时引来一大群闹哄哄的男人和男孩,村子里只有几户人家,真不知道从哪里冒出这一大群人。他们在这间小小的学校里争先恐后、你推我挤,全都想要找一个最有利的位置来看我们,他们制造出极嘈杂的声响,害得我和蕾秋只得吼着说话。今天隘口那儿的积雪很深,雪水跑进了我的靴子,所以我赶紧把煤油炉子拿出来,脱掉靴子,让两只被冻得冷冰冰的脚透透气,然后坐在我们的食物袋上烘脚和湿透的袜子。这时蕾秋正蹲在教室的一角,借着一支蜡烛聚精会神地读着《威廉四世传》,就像以前她坐在我们家的火炉边读书一样。我实在对这个小人的无比毅力感到佩服不已,最近这几天,我就很诧异她的食量居然这么小。今天一整天,她骑着哈兰在冰冷的山上走了十八英里路,换作是别的孩子一定早就喊饿了,可是这会儿,她却沉醉于精神食粮之中。

外面那群人突然安静下来,我的脚也刚好烘干,这时见到一位身材高瘦的老人,提着一盏灯笼出现在教室门口,火光照在他脸上,才发现他满嘴的牙全掉光了。这位老人家有一双深邃但晶亮的眼睛,眼神十分慈祥,但又带着一股气势,他说这间没有窗户又漏水的教室,实在不适宜招待我们这远道而来的贵客,于是邀请我们到他家里住,随即吩咐一大群男孩子,把我们打开了一半的行李扛到他家去。当我们跟在老人的身后穿过果园,所有的男孩子爆发出一阵欢呼,争相发出震耳欲聋的狼嚎,我还是头一回在陌生的地方引起如此激烈的骚动呢。

四周一片漆黑,我们只得战战兢兢地在房子与房子之间,有如迷宫般的狭窄通道摸索着前进。我们走过一条架在水道上的摇晃的树干桥,又穿过好几条更狭窄的通道,地面上有不少积雪造成的凸起,空气中还不时传来牲畜的温暖气息和声响。然后我低下头走过一道低矮的门,这里是拴牲畜的兽栏,我们身上发出的陌生气味,吓得里面的犏牛不停地用鼻子呼呼喷气。接下来,再从摇摇晃晃的梯子爬到兽栏的屋顶,这里有两扇门分别通往厨房和起居室,主人把我们带到后面的卧房安顿好。这个房间约有十英尺长、十二英尺宽,里面只有一个高高的木头柜子靠墙而立,除此之外别无其他家具。这整个晚上我都觉得屋子里太热了,因为屋里头有数十名男女老幼好奇地看着我们,把屋子弄得暖烘烘的。房间里有一扇小窗子,不过没有装上玻璃,主人用几张日文报纸把洞补起来,而一面墙上则贴着《泰晤士报》和《观察家报》的彩色广告夹页,这种装潢方式令人觉得很有国际情调……泥土地上铺了好几张脏兮兮的垫子,增加了屋内的温暖,房间的四壁是三英尺多厚的石墙,即便此刻已经是十一点四十五分,炉子的火也早在好几个小时前便熄灭了,可是屋里的空气还是非常暖和。

我们的晚餐是两枚水煮蛋,饭后不一会儿蕾秋便睡倒在地板上,过了一个小时之后,主人又弄了四张薄煎饼和一大碗香辣的咖喱给我。我们的主人乃是巴拉的村长,他是一位魅力十足的长者,极富睿智又很亲切,足以作为许多富人的表率。村长家其实很穷,他那九岁的孙子一直咳个不停,身上却只有一件破旧的蓝色棉布衣,不过这衣服倒是欧洲货,那袍子几乎长到他的脚踝,而家里的其他人看来也都生着病。

八点半刚过,村长便和我道晚安,其他的家属也鱼贯离开,村长从那座大木柜里拿出几条破旧的拼布被,以及几块羊毛皮缝在一起的毯子。显然主人家把这个房间让给我们两个旅人住,我衷心期盼他们今晚在厨房里能睡得舒服,别被冻着。

我在写这篇日记的当儿,觉得手怪怪的,不,其实应该是膀胱才对,那是因为我今晚喝了好几大杯茶(这茶是中国来的)的必然结果……可是问题在于,刚刚村长离开的时候,还特意把房门锁上,好让我们睡得安心一点(那房门无法从里面锁上)。没办法可想了,我只好拿出我们的平底锅暂时应急一下,心里暗自叮咛,下回煮东西前可千万记得要先消毒。不过老实说,我曾经在斯卡杜不小心误喝了一点尿,可是并没有闹肚子(那天早上天色很暗,我误把尿当做水加进茶里面)。

## 克伯卢,二月十日

早上我们的主人进到房间,把贴在窗户上的《东京时报》撕了一张下来,让一丝晨曦和冰凉的空气透进来,结果把我们给哄下了床。村长的媳妇背上背着四个月大的女孩,从厨房里取来一个烧着火的炉子,她用力地扇着风,让我们的炉子也生起火来,结果扬起一阵辛辣的烟,熏得母女俩一头一脸。太阳升起后,阳光映照在屋后那片积雪的山坡，反射出耀眼的强光，从《东京时报》的小小缝隙间钻了进来。主人先为我们奉上了加糖的红茶——家里的其他人全都无福享用，隔了好长一段时间早餐才准备好，早餐包括茶、两张薄煎饼以及一份小蛋包料理，主人还为了这件事向我们道歉，因为家里只剩下这枚鸡蛋了。

**东西魔法师**

在我们用餐的当儿，来了一大群村民在旁围观，其中包括偕伴而来的二十四名年轻妇女，她们非常开心地一起坐在地板上，眼中满是期待地看着我们，好像下一刻我们就会变些戏法似的。在这当中，有一名命运悲惨的女孩，她的甲状腺肿很严重，而且有满脸的麻子，更可怕的是一只眼睛还失明了——虽然我们在巴尔蒂斯坦曾经见过不少一只眼睛残障或是双眼皆盲的人，可是她的样貌看起来还是很可怕。不过大多数的"参观者"看起来都挺健康的，而且神情愉快，她们大都有着玫瑰色的双颊以及美丽的五官。她们头上所戴的头饰，是由银、绿松石以及珊瑚做成，从这些宝石的质料判断，这些必定是巴拉村的千金小姐，而且她们的脸蛋也比一般的巴尔蒂斯坦人要干净。这里有好多小婴儿在吸奶而发出喷喷的声音，让我不由得联想到一群在吃奶的小猪仔。蕾秋非常钦佩那些母亲的耐力，有好几个孩子已经会走路了，满嘴的牙齿也都长齐了，居然还在吃母奶。待这一大群访客离开了之后，地上出现好几摊水，村长的媳妇赶忙拿了一些木灰洒在上面吸去水渍。

之后"红衣爷爷"来了,他坐在火炉前和村长聊天,当村长敬他一根香烟时,"红衣爷爷"若无其事地打开炉子,顺手抓起一块烧得通红的炭火,轻轻松松地把烟点着,然后再把它丢回炉子里去。蕾秋惊奇地问:"红衣爷爷是个魔法师吗?"

当我们吃早餐的时候,村长把他的太太叫了过来,要她找出某样东西。村长夫人从口袋里掏出一大串钥匙,然后打开那个大木柜上的某个小挂锁,在里头翻找一阵之后,拿出一只手表交给村长。村长小心地把表递给我,希望我能施展西洋魔法让表走动。全家人都屏气凝神地看我仔细检查那只表,由于弹簧已经掉了,所以我也帮不上什么忙。村长当然很失望,他实在搞不懂,指针还可以转动啊,为什么表就是不能计时呢?

十点十五分,我们终于上路了,后面还跟着一大群欣喜若狂的年轻孩子为我们送行。由于昨晚降雪颇多,所以行进的速度极慢,我们爬上滑溜的山后再下来,克伯卢的浅棕色果园和白色梯田逐渐从我们的右方映入眼帘。

这座绿洲略成扇形,距离河面一千英尺,位于积雪山脉呈半圆形的山壁底部。夏克河从绿洲的另一边再度回转,因为谷地上方两千英尺一块露出地表的巨大的棕色石块而偏斜,在这块大石头的东北方数英里处,便可见到贺希谷地(Hushe Valley)的开口,谷地的周围则是一丛丛纤长、凸起的灰白色山峰,玛夏布洛姆山(Masherbrum)便耸立在贺希谷地的顶部。如果步道的坍方在月底前能修复的话,我们说不定可以走到贺希谷地。

第八章　前进克伯卢

克伯卢的招待所是由英国人建造的，由于保养得宜，所以目前还很坚固，它就位于那块棕色大石的右边角上，相隔约四分之一英里路。我们从窗户往前望去，目光越过园中那棵高大的法国梧桐，再越过夏克河（离我们约五十码不到），可以直落到谷地后方的那群山峰之上。招待所后面则是安静的马房，再过去是果园梯田，从梯田间的走道往上爬可以一路走到市场，这是捷径，另外还有一条地势比较平缓的吉普车道。

虽然这儿的物价理应再加上运输成本，可是这儿市场的价格比斯卡杜公道多了，而且克伯卢的商人在遇见外国买主时，也不会乱敲竹杠。今儿个下午我们买到十枚新鲜的鸡蛋，只花了五卢比，还买了两磅洋葱，只花了一卢比；还有，一捆干草只要两卢比。招待所的老管理员跟我说，他明天可以替我拿些燕麦来，两磅只要一点五卢比。这位管理员是个个性很好的人，又很聪明、恭谨、有礼貌，他还是我在巴尔蒂斯坦遇见的头一个具有管理员风范的好人。他的身材不高但结实，有着一张栗色的脸，他和蕾秋两个人更是一见如故，非常投缘。

克伯卢比斯卡杜冷多了，而这个房间的天花板又很高，所以光靠我们那个小煤油炉子根本不够暖，我已经把带来的衣服全部穿在身上，连左手也戴着手套，放在我两只脚中间的煤油炉子已经开到最大，可我还是冷得直打哆嗦。

# 第九章
# 诺巴希派的伊斯兰教世界

  卡帕鲁从达荷(Daho)再向下延伸二十五英里……卡帕鲁领主的整个管辖范围约有六十七英里长,其平均的宽度约三十英里,总面积为两千零一十平方英里,平均高度约九千英尺。历代的卡帕鲁领主都承认,巴尔蒂斯坦的统治者拥有至高无上的权力,但其实在巴尔蒂斯坦王朝兴起之前,卡帕鲁的领主已经拥有这个国家好几世代了……

  ——亚历山大·康宁汉,(Alexander Cunningham, 1852)

  卡帕鲁的领主就像所有的巴尔蒂斯坦人,个性温和又顺从,完全遵从他人的吩咐行事,配备包括一把伞和一支剑;那把剑只是用来表彰阶级,而我非常肯定,在任何情况下,他都不会使用那把剑,就连自卫时亦是如此。

  ——C. G. 布鲁斯,(C. G. Bruce, 1910)

**卡帕鲁,二月十一日**

  今天我试着用我那支平底锅来做面包,可惜它比沙迪克的铁锅子要多花很多时间，这一早上我不停地忙了两个小时才搞定。不过我现在已经抓到秘诀了，我会加进很多奶油及些许糖，这两样东西可供给我们活力，这样便可以做出巴尔蒂斯坦式的奶油酥饼。

今天我们沿着吉普车道，走到一万零五百尺高的地方，出发的时候阳光非常温暖，阳光中有一种不寻常的纯净感。我们沿路经过好几座小村庄、数不清的杨树叶、结实累累的果园，以及数百座小小的梯田，似乎所有的颜色都变得鲜活起来，每一口吸进肺里的空气都像汽泡酒般香醇。卡帕鲁的人口约有九千，因为非常分散，所以过路人往往行经一个小镇而不自觉，这里带着十足的"小镇"气息，居民比起斯卡杜人可爱多了。

我们大老远便望见，卡帕鲁南边的半圆形山脉的山脚下，有一栋好大的建筑物，它是卡帕鲁最大，甚至可以称得上是全巴尔蒂斯坦最大的一幢房舍，只比斯卡杜那座堡垒小，蕾秋说："这一定是领主的宫殿。"看来这孩子对于喀喇昆仑山脉一带的风土民情，已经颇有概念了。这栋建筑是以石灰刷白的木头和石头盖成的，有着雕饰的阳台，整栋建筑带着一丝藏式的风味，不过墙壁并不像藏式的房子有向内坡。这栋"宫殿"现在已经东倒西歪，不过仍旧可以看出它那股简约之美以及不凡的气势；在它那广阔的平台屋顶上有两座小的圆形凉亭，亭边上有几个小小的人儿用望远镜看着我们。一向温顺乖巧的哈兰，这会儿却说什么也不肯继续走这条吉普车道，我猜它以前一定是领主马球队的一员。最后蕾秋好不容易让它离开那条岔路，我们现在走的这条路恰好与马球场平行，那肯定是一座马球场，因为面积足足有一般田地的十倍大。

一个小时以后，我们来到一处椭圆形高原的边缘，这座高原有三英里多宽、六英里长。这里的山景非常完美，覆盖着冰雪的平地闪闪发光，阳光有如水晶般透明，蓝色的天空上点缀着朵朵白云，四野静极了。可是在接下来的路途中，蕾秋不停地问我铀是什么、宝石是如何挖掘出来的，为什么不同种族的人要说不同的语言，数字是从哪里发明的，以及喜马拉雅山是何时形成的等种种千奇百怪的问题，气得我真想把她从悬崖上推下去。

在回家的途中，我们看到下方有一个小村子，村里的所有生物全都住在屋顶上的空间：包括男人、女人、小孩、犛牛、犏羊、绵羊、山羊和家禽，许多巴尔蒂斯坦人喜欢把家盖在老杏树、桑树或是法国梧桐树的旁边或附近。我们看到林子里晾着许多衣服，全是由一群笑眯眯的妇女在冰河水里清洗干净的，而那河的边上早已结了厚达一英尺的冰，这里的妇女大多数都不罩面纱，因为她们是诺巴希派而非什叶派的穆斯林，而且本地的妇女特别美。出乎意料的是，本地大多数孩子的外型与蕾秋一模一样，圆脸、红颊——不过是被强风吹红的深棕色的眼珠，以及浅棕色的直发。有好几个年纪比较大的男孩子故意去惹哈兰，显然是要让蕾秋摔下马来，虽然他们的家长试着要阻止他们，可惜没什么效果，没想到居然会在这里遇见这种流氓似的行为。

**卡帕鲁，二月十二日**

今天早上天阴阴的，空气中的雪气很重，连整晚放在我们屋里的一盆水都结成冰了。吃过早餐后我们徒步出发,沿着一条环绕着附近那座突出山脉的小径走一走。这条小径只有十八英寸宽,上面覆盖着结冻的冰,而且恰好突出于夏克河的上方。当我们游毕正打算往回走的时候,却发现路上突然涌来了十二只山羊,它们把小径挤得水泄不通,一点儿也没有要靠到边上礼让我们通过的意思。这条小径的上方和下边都是危险的悬崖面,不过它离夏克河不到三十英尺,所以就算掉下去应该还有活命的机会。之后那年轻的牧羊人也来了,他的外表看起来很像是得了呆小症,脚上套着皮凉鞋。他大声地喝斥着,我搞不清楚他究竟是在骂羊还是骂我们,可是羊儿听了他的叫骂之后,便直直地朝着我们走来。幸好我瞧见石壁上碰巧有一道缝,我赶紧把蕾秋抓过来要她躲进去,至于我自己则紧贴着崖壁站好,希望万事顺利。当羊群通过时,突然有只小公羊不知是不是因为闻到我们的气味而受到惊吓,竟然真的掉进河里去,把牧羊人给气死了。不过那小家伙只随着河水漂了二十码远,便挣扎着爬上岸来,它的能耐可比我们人类强多了。

**冬日将尽**

我们继续沿着山脉的底部往前走,来到一处叶片落尽的灌木丛,看不出来这些是什么树,不过倒是看到一群美丽的鸟儿,在树间吃着不知名的东西。我们很高兴地停下来,听它们唱着冬日将尽的曲儿,这鸟叫声真是婉转动听,而且在这一大片冰封的寂静山谷中分外显得勇敢。这些鸟的头部有白色的羽毛,颈部是黑色,胸部是红色,翅膀张开来的时候可以见到黑白交错的条纹,大小有如雀鸟,但是啼声则像画眉,另外我们还看到一只黑白相间的大野鸭在夏克河中觅食。

在中午时分,我们见到离河面很高的地方有一个小村子,村里的人全都挤在屋顶的边缘看着我们前进,还热情地和我们挥手、微笑和打招呼。然后有一名男子用英语问我们:"你们是从哪个城市来的?你们几岁啦?你的马是多少钱买的?"我们接受他的邀请到他家去喝杯茶,这时路旁边一座高高的石墙上有一扇门打开了,我们跟着一名害羞的女孩,走过一条黑暗但还算宽的走道,这儿显然是一间马房,然后再爬上用石块垫起的阶梯,阶梯的间距很小,是特别为牛设计的。屋台上分为两个部分,女孩请我们坐在一棵法国梧桐树下露天"客厅"的木椅上,旁边有两头犁牛和三头犏牛,从一面柳条编的破墙缝中,以不敢置信的眼神盯着我们。在另一个较高些的屋顶上,是主人家的厨房和卧房,上面有一群白色和棕色的绵羊以及灰色的长毛山羊,正用一种漫画般的惊讶表情看着我们。还有一只公鸡和他的老婆飞来飞去,巴尔蒂斯坦的家禽都很会飞,这家人的女眷则排排坐在连接两层屋顶的一条树干"桥"上,看起来跟母鸡差不多,如果它们不小心往后倒的话,可是会摔到二十英尺下的地面上的。

年轻的主人自称是卡帕鲁的"动物买卖商",他用有限的英语告诉我们一则悲惨的故事:五年前他陆续从新西兰进口了三头公羊,可是不知什么原因,它们始终不跟本地的母羊交配。上个星

第九章 诺巴希派的伊斯兰教世界

期，三只羊因为得了某种神秘的热病全死了。据我所知，牦牛和犏牛似乎都对肺结核免疫，可是很容易感染布鲁氏病菌（brucellosis），而且本地的动物身上几乎都有好几种寄生虫。等了好一阵子我们的茶终于来了。哇，这真是一席出人意料的华丽午茶，茶本身是从中国来的香片，这种茶在吉尔吉特一磅要卖到二十四卢比呢，而盛茶的杯子则是法国制的百丽牌（Pyrex）玻璃杯。

### 领主大人

吃过午餐后我们前往领主家拜访，途中便下起雪来，而且一直都没停。我们让哈兰留在外面，然后在他人的指引之下，从两扇雕刻非常美丽的木头大门进入屋内；这两扇门足足有十五英尺高，而外围的石墙更是高达二十五英尺。在两层楼高的马房和谷仓之间有一条宽广的走道，走到尽头经过一道拱门之后，便来到四方院，而好几层楼的宫殿便耸立在院子的那一头，这座宫殿是在一百四十年前由现任领主的曾祖父所建造的。宫殿那堡垒般的米白色正面开了大小不一、间隔不等的十扇窗户。宫殿的中央有四座木头阳台，依附着建筑主体盖出去，看来很像是巨大的眺景窗，可惜现在已经呈现年久失修的状态。由于现在正门已经不用了，所以我们爬了一段破旧又积雪的阶梯来到一扇边门，这里已经有两位美丽但很害羞的小姐等着我们，虽然她们两位不会说英语，不过我猜她们应该是领主的女儿。她们沉默但面带微笑地带领我们走过又一条幽暗冗长的走廊，走廊的地面和墙壁都是泥土糊的,和卡帕鲁一般人家的情形没两样。之后我们来到低矮的走道,这里面几乎伸手不见五指,我和蕾秋两个一路跌跌撞撞地摸索着,走过一道接着一道的走廊,途中还被凸起的门槛绊倒好几次。一只母鸡不知何时窜到我们身后一阵狂飞乱叫,吓得蕾秋也是惨叫连连,紧紧地抓住我的手。

最终看到前方透出一丝微光,接着我们爬了几阶楼梯,来到一间天花板很低的小房间。房间在靠近地板处开了一扇小窗子,室内的气温接近零度,房内唯一的家具是一张便床,地板上铺了一张布哈拉地毯,另外还有一个非常深的暖炉,角落里有两支步枪靠墙放着,窗台边放着刮胡刀和理容刷。那两位小姐示意我和蕾秋坐在床上,她们则席地坐在地毯上,依旧不发一语,这时有个看来很兴奋的女佣进来把暖炉给点上火。虽然那两位小姐不说一句话,可是我总觉得应该和她们聊些民生百态什么的,我绞尽脑汁用英语、乌尔都语和巴尔蒂斯坦语和她们闲扯,幸好不多久领主就进来了。

法德阿里汗是一位年约六十多岁,个儿很高、身材很棒的长者,他脸上戴了一副深色的眼镜,身上穿着一件手制袍子。虽然他的母系血统是来自拉达克皇室,但他本人却是一派欧洲风味,当我们向他自我介绍过之后,他便在暖炉边的地板上坐下,背靠着身后的泥土墙,接着便开始讲述一段引人入胜的家族历史。其实我早已经知道,他的家族历代以来一直是巴尔蒂斯坦少数的书香世家,而他本人自然也延续了这项优良的家风,在斯里纳加的一所学校接受教育。那所学校的校长正好是我们爱尔兰老乡,一位姓麦德莫的先生,在印巴分离之前,他曾经是印度国会的一员,代表克什米尔。法德阿里汗的先祖是塞尔柱土耳其人(Seljuk Turks)的一支,他们来到巴尔蒂斯坦之后便在此落户定居,其他的族人却继续往波斯和土耳其等地前进。但是他特别强调,世世代代以来,他们这个家族从未与巴尔蒂斯坦人通婚,家族的男性会迎娶信奉佛教的拉达克皇族女性为妻,可是他们家的女性并不会与对方的男性结婚(这完全是因为阶级的关系,倒不是出于某些宗教的戒令)。那些嫁过来的妇女婚后继续维持其佛教信仰,不过生下来的孩子则全都信奉伊斯兰教,领主一家和大部分的卡帕鲁居民一样,都属于诺巴希派穆斯林,这是作风最自由的一个伊斯兰教支派,所以他们并不理会伊斯兰教禁止与异族通婚的规定;再者,由于诺巴希派的宽容,所以我们在卡帕鲁,常会见到没戴面纱的妇女和男人一样在街上自由走动,这要是在只有男人才能上街的吉尔吉特和斯卡杜,肯定会引起大骚动。

领主被罢黜的事情才刚发生不久,所以他的子民还未受影响。对卡帕鲁的人民而言,他仍旧是他们爱戴的"领主大人",他的特质享受与一般百姓无异,有智慧又非常关心臣民的生活福祉,而且仍旧拥有一股历经七百多年的传承而无法取代的威严。他本人对巴基斯坦政府也不具敌意,因为他是一位极有自尊和自信的长者,不屑于这些小鼻子小眼睛的动作,而且他的智慧很高,所以不认为到了二十世纪七十年代,这个世界上任何一个有人的角落,可以逃得掉"进步"这件事。不过他也毫不隐瞒,对于所谓的"进步"带来的诸多限制有所不满。当我听到他把吉普车和飞机比拟成传染病菌的害虫时，真是觉得高兴极了，我大笑着指出这一点，结果他随即指称，吉普车和飞机这类机器根本就是带菌者。三十年以前，人们要花三个星期才能从平地区来到巴尔蒂斯坦，天花、伤寒、肺结核、麻疹这一类的恶疾，在此地根本闻所未闻，可是现在这些疾病却寻常可见。

当领主和我在聊天的时候，他那两名美丽的女儿以及一群随从及仆人，全都盘腿围着暖炉坐下来，领主还不时停下来把我们谈话的内容翻译给大家听。由于这栋"宫殿"的内部陈设实在太简朴了，还有领主这批大材小用但颇受主人珍视的随扈，以及他们之间那种尊卑有别的主从关系，使这里弥漫着一股中世纪的风情，我觉得这个场景令人觉得非常愉快。

四点钟左右，仆人将下午茶送了上来。茶水装在一个很高的银壶里面，领主还未出嫁的长女也来了，原来刚才她一直在忙着做点心，累得两颊红通通的，反而更增添了她的美丽。她做的各式小点心更是美味极了，自从我们离开伊斯兰马巴德之后，还是第一次尝到这么精致的珍馐呢。

**卡帕鲁，二月十三日**

昨晚整夜下着雪，今早醒来的时候雪还没停。吃过早餐后蕾秋上管理员那儿玩，我则忙着烤面包、给靴子上油、取杏子果仁、把岩盐给敲碎，以及其他一些很花时间的琐事。

中午的时候我们外出买鸡蛋,这时整座谷地都被白雪覆盖,看来好似仙境一般。当我们逛完市场的第一排摊子时,发现所有的摊子全都没开,也没见到半个人影,显然在这种天寒地冻的日子里,卡帕鲁所有的居民都窝在床上睡觉。不过在沙达尔市集另一边的"喀喇昆仑百货店"倒是在营业。这家店的老板叫雷曼,他和儿子顾伦一起经营,顾伦是一位体格壮硕的年轻人,很有语言天赋,光是靠着在本地的学校习得的英语,就可以清楚地和我们沟通,我们才刚到卡帕鲁便和他交上了朋友。今天就是应他之邀过来的,他请我们在店门前的阳台上坐着,我们在一只老旧的煤油炉子里添上了一半的小木片。有五名从店门口经过的路人瞧见这儿烧着炉子,便全都靠过来蹲在炉子旁,他们身上的长披巾包住全身,只露出一双漆黑的眼睛,非常好奇地看着我们。顾伦拿了两张不怎么稳的凳子给我们坐,虽然雪一直不停地下着,可是顾伦还是好奇地问我爱尔兰、欧洲和巴基斯坦的事,对他来说,巴基斯坦就和爱尔兰一样遥远,事实上从斯卡杜搭飞机的话只要一小时便可以到了。

在回家途中经过邮局,局长又邀我们进去喝杯茶。这间邮局长八英尺、宽六英尺,局长名叫艾克巴,是旁遮普来的中年人,想不到他居然很喜欢巴尔蒂斯坦这个地方。这间邮局是在两年前设立的,可是因为这里的人不习惯写信,所以邮局的生意非常清淡,艾克巴拜托我惠顾一下,所以我便跟他买了三张航空邮简,并且花了一整个下午来写信。

**卡帕鲁，二月十四日**

今早是个晴天，不过附近的山区还是有厚厚的雪层。我们一早出发去拜访巴拉的村长，因为上次答应要再去他家坐坐，可是我们才走到那片宽广的屯垦地边缘，就改道而行了，因为有一名患了严重结膜炎、满面愁容的年轻男子，可怜巴巴地恳求我们给他一些药。虽然自知我这种非专业的医护人员根本帮不上忙，可是看他那个样子，说什么也不忍心当场拒绝他的要求。所以我暂且把哈兰拴住，便跟着这位心急如焚的年轻父亲到他家去。我们在一道险坡上走了好长一段路，就在一座旧清真寺的前面有好几间破旧的房子，然后在寒冷而昏暗的院子里，有一名少妇正在照顾一个瘦弱的两岁男孩。那孩子身上只穿着一件短而单薄的罩衫，脸上长了好多的烂疮，不过我看了看，除了屁股和脸上一个比较大的疮之外，身体的其他部位倒算是干净，而且牙齿也长得很好，所以我就叫他父亲到招待所去，请管理员拿一管盘尼西林软膏来擦擦，应该没什么大碍（除非这孩子不幸刚好和我一样，对盘尼西林过敏），说不定还能医好呢。

当我们正在观赏这间清真寺的时候，有一名身材高挑的年轻人跑了过来，他说他叫戈兰，是卡帕鲁高中的老师，要邀请我们上他家去喝杯茶。我们便来到他刚盖好的新家外面，先从陡直摇晃的梯子爬上兽栏那一层屋顶，这里有三个房间，在最小的那间房的角落里，有个十八岁的女孩坐在拼布缝被上，照料一个七周大的婴儿，那孩子的身材只有早熟儿一般大小，那个小母亲自己也是一副病恹恹的样子，很没精神，不过见到我们来，她还是奋力挤出一丝欢迎的笑容。这时我们的男主人不知上哪儿去了，却来了另一位年轻的姑娘，她双颊微红且笑容满面，背上背了个一岁多的孩子，手里还拿了个纺锤，身后跟着闪进四名年轻男子和三名男孩，他们连忙锁上门，把一大群嬉闹、叫嚣的好奇村民关在门外。

我们坐在房里唯一的家具吊床上，封面的墙上挂着布托总理的巨幅相片，那也是房里唯一的装饰。过了二十分钟后，我们的主人戈兰终于出现了，带来了一个亮晶晶的新茶盘，上面摆了两杯姜茶（这是最棒的暖身饮料）以及两枚水煮蛋。蕾秋嫌姜茶的味道太辣，所以把两枚蛋都给吃了，我只好把两杯姜茶都喝掉。这时戈兰家外面涌来好大一群人，全都是来向我讨药的，我真不知道要怎么向他们解释才好，我是碰巧有药可以给那孩子用，可是别的毛病我就没法子了。

### 卡帕鲁，二月十五日

今天天气相当冷，我们几乎一整天都待在领主的宫殿里，我和领主聊天时，他那三名美丽的女儿便陪蕾秋玩，而领主的弟弟及好几名访客就在我们谈话时不时地进出。当我们起身告辞时，领主打开客房的大门让我们进去瞧瞧，上回我们来拜访时，他曾再三致歉没能留我们住下来，现在我总算明白他的苦衷了，因为这些客房巨大无比,差不多有半英里长、四分之一英里高,房里也没什么家具,在冬天根本没法住人。

先前的猜想果然没错,哈兰以前真的是卡帕鲁的马,它原本属于领主的弟弟,三年前才被卖给那名索渥尔的马商。哈兰并不是一匹适宜马球赛的马,因为它的个子太高,前肢很容易交叉,四只脚中又只有两只是白色的,这在当地人看来是很不吉利的,最好是四只脚都是白色的,要不就都不是比较好。领主还告诉我,英文的"polo"正好是巴尔蒂斯坦语的"球",他还告诉我,以前英国和瑞士的长老教会曾经在卡帕鲁传教多年,可是村民没有半个人改信基督教。

**卡帕鲁,二月十六日**

对我来说年岁渐增有一项优点,那就是我比十年前更懂得珍惜光阴。年轻时总觉得来日方长,现在的我则常觉光阴有限,所以会备加珍惜那些无暇的经验。

今天再度造访五天前经过的那座高原,上回停留的时间太短,不过瘾。空气中已经透露出春天的气息,叶儿已然开始抽芽,好几块覆盖着枯死小草的小土地上,积雪也融化了。在我们往上爬出谷地的那一段步道上,夹杂着结冰的雪以及流水和烂泥巴,可是当我们走到高地时,积雪就变得相当深。

附近的群峰在雪刚刚下过后散发出闪亮的光芒,我们继续往东走,突然有一长列高耸、闪亮的锯齿状石塔出现在前方,距离我们只有几英里远,恰与正前方那些凹下去的山峰形成强烈的对比。站在高原的边缘,我们可以见到下方很远处是不太熟悉的塞莫河(Surmo),这条河与贺希河在夏克谷地交汇。虽然路面积雪深达两英尺,可是到塞莫河的下坡路蛮好走的,那一列壮观的石塔就是从对面的山谷竖立起来的,景象十分具有震撼力。步道就在前面几英里处,一路往下延伸几乎到达河面,随即盘旋直上,消失于棕色的大山中。往下走了四分之三的路程时,我们决定停下来吃午餐,身后是一座陡直的红棕色山壁,上头有一对老鹰在山谷中盘旋,远处的夏克河闪着绿光,它在这里分成好几条迂回曲折的水道,但不久就会汇流成一条波涛汹涌的急流。我们的右手边是一座圆形的剧场式山坡,坡上覆盖着平滑的积雪,看起来很像个破掉的大碗,碗的边缘约有两英里长,背后的深蓝色天空中飘着朵朵银白色的云,那正是我最喜欢的颜色(不知怎么搞的,我只要朝这天空仰望,便立刻觉得欣喜若狂)。在碗缘的那一边耸立着好几座凹下去的山脉,后面则是形状各异、高度更高的山峰;而我们的左手边呢,在那列石塔的后方,是一片绵延不尽、山顶终年积雪的高峰,亦即喀喇昆仑山的中心,越过山去便是中国。

在我们往上爬回家的途中,也就是在刚刚的那个"破碗",我们看见一朵奇妙的"彩虹云"。等我们回到高原,下午的阳光正耀眼,我忍不住徘徊再三,一点也不想离开这片美丽的高地。可是哈兰和蕾秋已经走在前面老远了,他们俩是这附近一大片白雪世界中唯一在动的东西;这片白雪世界一直向南延伸,最后与数座深灰色山峰下积雪的石头山交会在一起。我们的北边是一道棕色的长石墙,形状非常整齐,看起来简直像人工切割出来的,后面便是那一列石塔,至于前头呢,则是突出于卡帕鲁西边的闪亮山峰和幽暗的悬崖。

经过数小时的日照,这段下坡路变得非常危险,可是到了市场,我们发现晚上刚下的雪又已经结成冰了。

**卡帕鲁,二月十七日**

今早的第一桩任务是把坏掉的马肚带给修好。我们找到一位老铁匠,他在短短的五分钟之内便修好了,还不肯收钱。这位老伯和本地大多数的工匠一样,都是露天干活,做工要用的几样简单工具就摆在摊子旁的地上。首饰工、铁匠、焊工和制革工都是如此,他们的工作摊就摆在卖那样东西的摊贩旁边,生意清淡的时候,就躲进隔壁摊贩的篷子里。另外两名理发师和几名裁缝也是如此,其中一名裁缝是身材干枯的老先生,他的长披巾里只穿着单薄的棉布衣,就坐在一块非常突出的石头地上,把一小块地的积雪给铲掉,然后就用他的机器快乐地干起活来了,好似此刻就在地中海的海边。

我实在无法理解,为什么巴尔蒂斯坦人那么不讲究衣着,就算是能够运用的资源有限,他们至少也应该如同最穷困的藏族人,穿着足以御寒的衣物才对呀。不过领主告诉我,巴尔蒂斯坦自古以来便没有自己的传统服饰。

**路不拾遗**

中午我们在领主的宫殿内用餐,他们还找了一名很可爱的四岁男孩来与蕾秋作伴。午餐包括煎蛋卷,几块肉质蛮硬的咖喱羊肉,爽口的泡菜和薄煎饼。我请教领主为何在卡帕鲁看不到狗,他向我解释在好多年以前,这里突然流行起一种恶疾(狂犬病?),所有的狗全都死光了,之后就再也没有人养狗。不过这里的确不需要狗来看门,因为这里的人非常诚实。可是现在情势很可能要改观了,因为自从巴基斯坦的政府官员入驻以后,他们便把平原地区比较低的道德标准带了上来。以前我和藏族人共事的时候,就曾亲眼目睹那些单纯的人真的很容易变坏,就像他们的身体对于外来的病菌毫无抵抗力一样。

回家途中,我们停下来打算买一副鞋带,我看到步道旁边有一家小店挂着几副鞋带,可是却不见店老板的踪影。我想他待会儿一定会出现,因为我们已经引来一大群围观的群众。可是他一直没出现,我就问围观的人群这一副鞋带要多少钱,有人告诉我只要五十派西。可是我身上没带零钱,有个衣着破烂的年轻男子指着放在摊子后方的铁罐子,告诉我可以自己找钱,我一看里面至少有五百卢比。我们离开之后,所有的人也一哄而散,只留下那个装了不少钱的罐子和摊子在那儿没人理会。来到这样一个诚实的地方真的很令人感到振奋。

**卡帕鲁，二月十八日**

我今天只带着蕾秋出去，留哈兰在家休息，因为我们想找出一条捷径，到我最喜欢的那座高原去；让蕾秋自己走路而不骑马有个好处，她比较没力气喋喋不休。今天我们爬的高度达一万一千五百英尺，虽然上山的坡度相当平缓，不过大多数时间我的耳根子都享受到难得的安静。

我们在滑溜的小径上走了大约一个小时，来到一大片寸草不生、满布石砾的不毛之地，地面上一路坑坑凹凹。

一路上我们经常停顿，除了让蕾秋休息，也让我有机会好好享受此地的美景。当我们被炽热的阳光晒得汗流浃背地坐在大石头上时，突然听到一阵轻脆悦耳的歌声，划破四野的寂静。这歌声随即将我的思绪带回仿如故乡的西藏，可是我们找了好一会儿，都找不到唱歌的人在哪儿，最后我的目光落在远处的一群山羊上，那牧羊人就坐在石头上，他披着一件与石头同色的长披巾，口中怡然自得地唱着歌儿，那歌声听起来一会儿喜一会儿悲，每个音符都清清楚楚地透过纯净稀薄的空气，传到我们的耳朵。

**坚毅的男孩**

今天早上我们遇到不少人，因为卡帕鲁的牧草地就在这座高原上，村民们把饲料贮存在这里，他们盖了不少半地下式的圆形

第九章 诺巴希派的伊斯兰教世界　253

石头贮藏所。饲料有两种，一种是装在柳条篮子里的麦秆（巴尔蒂斯坦人称之为干草），另一种是用绳子捆成一束束的干草（巴尔蒂斯坦人称之为青草）。需要饲料的时候，村民便上来把饲料扛下山去，偶尔他们会把犁牛或犏牛牵上山来，不过他们发现为了把牛牵上来还得先把它喂饱，实在不划算。我们上山途中遇到好几群男女从山上下来，想必他们是在天亮以前便出发了，而且行动快速。这些妇女的体格健美、面容姣好而且心情开朗，她们的皮肤晶莹剔透，牙齿洁白整齐有如编贝，光亮柔顺的头发扎成好几条小辫子。他们全都曾驻足和我们打招呼，蕾秋还收到不少礼物，包括甜美多汁的梨子，以及自制的巴尔蒂斯坦小饼干。虽然那些饼干是从脏兮兮的衣服里掏出来的，可是满心欢喜的蕾秋毫无芥蒂，两三口就吞下肚去。这些开心的妇女和女孩全都背着极重的东西，绝对令二十世纪的欧洲男士甘拜下风，我还是忍不住拿她们和外表瘦弱的吉尔吉特和斯卡杜妇女做一番比较。

走到吉普车道时已经觉得饥肠辘辘，我们先前走的那条步道则继续往南方的山脉前进。我们打算先吃午餐再继续走，于是在方便的"夏屋"附近吃野餐。这种只有一个房间的小屋子，多半盖在一大撮饲料贮藏所之间，可是在冬季，这些房子看起来很像是粗制滥造的雪屋，散布在这片高原上。我们循着前人刚刚在雪地里留下的足迹往前走，结果意外地在"夏屋"的后面发现一个很讨人喜欢的十岁男孩，他正勤快地喂着八头小绵羊吃草呢。在后面有一只毛长而浓密的母山羊，不知为了什么原因，一直用它的犄角顶着石墙，我想它可能是不满午餐的内容过于简陋，而撞头抗议吧,因为它的午餐只有干的树叶而已。在巴尔蒂斯坦秋天是见不到篝火的,所有的树叶全被贮藏起来当做动物的饲料。我们在一个没有积雪的屋顶边缘坐了下来,一边吃着水煮蛋午餐,一边看阿山干活,我们还把剥下来的蛋壳丢给那头母山羊吃。阿山首先捧来一堆干树叶喂小羊,然后又拿来一束有香味的草,看起来很像但并不真的是鼠尾草,之后又是一篮子大麦秆子,最后则是香味扑鼻的百里香,这也难怪母山羊看了会嫉妒得发狂。稍后我们发现阿山家的大人都生病了,而阿山的年纪又太小,无法把足够的饲料背下山去,才由阿山把羊群赶到山上来吃草。勤快的阿山还趁着羊儿吃草的时候,把贮藏所屋顶上的积雪给铲掉,否则到时候雪融成水,不但会把房子给压垮,还会把饲料给毁了。这件工作对只有十岁的孩子来说并不简单,可是结实的阿山还是甘之如饴地干着活。

**一种旅程,两种况味**

和阿山道别的时候,阳光变得非常炽热,我们再度回到早上走的那条小径,朝着那一片险峻的灰色山脉往上爬,这些山脉的山腰恰好与这座高原交接。当我们向数座险崖的底部前进时,午后的云层开始聚积,不过阳光的威力并未减弱,那云层由银色的水气聚积成对称的巨大扇形,扇柄指向东方。蕾秋凝望着那柄大扇子好一会儿,然后说:"我觉得它就是我们早上看到的那一团从夏克河上升起来的雾嘛。"瞧我们母女俩的个性差异真大,我只会一味沉醉于早上的那团雾以及下午的这片云,绝对不会联想起两者有什么关连。

当我们坐在大石头上,享受着四野一片明亮、寂静,但又一成不变的景致时,心中突然升起一股难以言喻的"置身境外"的感觉——突然不敢相信,已经完全切断联系达两个月的那个忙碌、喧闹且诡谲多变的世界曾经存在过。自己从未有这种与世界的其他部分,以及自己的过去和未来完全抽离的感觉,此时此地是如此的单纯、满足、一无所求,又充满了平静和美景,令人不禁想佯装世上已别无他物,未来也不能存在。每一天,我都觉得心灵更加的满足,内在更加的坚强,就好像在这群山脉之间遨游为我增添了养分。其实如果我真的在这里长住下来,说不定到后来我还是会很想要与组成我正常生活的那一帮人、地、事重新搅和在一起,不过此刻我只觉得心灵好充实。

我们往回走到与吉普车道交接之处时,恰好遇到五位背着饲料下山的年轻男子结伴而行。不久阿山也跟上来了,他背着一大捆跟自己一般大的"青草",以及一把大铲子吃力地走着,一边还得把羊儿赶回家。我发现他那把厚重的大铲子溜来滑去的,让他很不容易跟上羊群的脚步。我帮他把铲子扛起来,蕾秋则跑到羊群的最前面,如果有哪只小羊不好好往前走,她便用仅知的那几句巴尔蒂斯坦脏话大骂一顿。太阳仍旧照在我们这边的山谷里,使得步道上有些地方积了水,害得我摔了两跤,屁股重重地跌坐在地上,引得所有的同伴哈哈大笑,而我讲的一口英式巴尔蒂斯坦语也惹来更多的笑声。最后那名唱歌的牧羊人也赶着牲口加入我们的阵容,他的牲口非常调皮,一直想偷吃阿山背上的饲料,让我们看得乐不可支,我觉得天底下再也找不到这么可爱的一群同伴了。当我们跟着阿山回到他家,我把铲子在他家门口放好,阿山那半瞎的爷爷为了感谢我们的帮忙,送了三个非常珍贵的小梨子给蕾秋。

**卡帕鲁,二月十九日**

今天我们回去巴拉村拜访村长,一到那儿便看到他们正坐在屋台上,趁着日出在晒黄棕色的大麦。村长的媳妇则坐在附近给杏子果仁去壳,村长的孙女——她今年九岁,但身材比蕾秋矮——正在替她襁褓中的小弟织罩袍呢,她用的是自制的棒针,所以编织的速度很慢。巴尔蒂斯坦的妇女不论年纪大小,个个都十分勤快,小小的女孩儿便在冰冷的溪里洗衣服,天气暖时便围坐在屋台上编织,一边聊天谈笑。在村长家对面的屋台上,有六名年轻的妇女手忙脚乱地想要接好一条从隔壁屋顶上掉下来的电线,另外还有好几名男子坐着用柳条编背篓。而这些人家养的牲畜和家禽照例在屋台上鸡飞狗跳,全都是给主人惯坏的;在这一群大羊、刚出生的小羊,以及互相追逐调情的公鸡与母鸡之间,还有一大群光着屁股、流着鼻涕的孩子。我本来是可以在这里坐上几个钟头的,可是我们今天特地走过来的目的,是想回报一下村长家的热情招待,所以我们把带来的小礼物——墨水原子笔交给主人之后,便不敢多叨扰了,免得他们又要再张罗一顿饭招待我们。

走出巴拉村不久,我们看到一只很漂亮的啄木鸟,橄榄绿色的身体,头是红色,胸前还有斑点,就在我们前方的林子里穿来穿去,从这棵树飞到那棵树,试探性地啄着树干,结果它的同伴在步道另一边的树上,因为等得不厌烦而叫骂了起来。

这期间卡帕鲁的流水声一天大过一天,因为无数的小溪及大河上的冰都逐渐融化。今天下午我们沿着数条嘈杂的灌溉渠道去探险,踩着水里的大石块前进,结果发现好几间老旧的房舍、兽栏、谷仓和磨坊,像迷宫似的散居一处,它们那种浑然天成的模样,看起来仿佛与周遭的山脉连成一体。我们又遇到昨天在高原步道上碰见的三名年轻妇女,她们邀请我们到磨坊去,到了那儿迎面飘来烤大麦的扑鼻香气,她们抓给我们一撮"萨图",这是可以就这么干干地吃,不过得一小口一小口地吃。然后有个小女孩从暗暗的走道向我们跑来,她拔下手上的三个手环送给蕾秋,蕾秋非常的意外,那害羞的小女孩微笑着一溜烟跑走了,这里居民的慷慨真令我们感动。另外一个角落有一位满嘴无牙的老太太,打手势叫我们等一下,一会儿她出来了,手里拿着两枚刚下的鸡蛋,之后卖煤油的商人又送给蕾秋一大把核桃。

在回家的途中竟然巧遇领主,他正和长子经过市场,身后还跟着几名年纪满大的亲信,跟他们保持一段相当的距离。我告诉领主,打算明天带蕾秋去探访他先祖建造的古堡,但他告诉我那条路很不适合小孩子走,所以他邀请蕾秋明天到他的宫殿去玩。

**卡帕鲁,二月二十日**

今天的天色很阴暗,看来似乎会下一场大雪,我只好改天再去探访那座古堡。今天改去夏克谷地北边的萨林村走走就好了。

冬季里,牲畜都是从招待所往下游走一英里路的地方涉水渡河,人则是从两座低矮的人行桥过河,这两座桥是在九月搭起来的,到明年的五月拆掉。负责这项工程的家族不知多早以前便接下了。比较大的那座桥就在招待所的附近,它是用两根粗圆的大树干并在一起,以"土制"桥梁而言,这座桥的长度颇长,约有四十多码,不过去程中,蕾秋是坐在一位特地跑过河来帮我们的好心年轻人的背上,让我松了一口气,因为我发现自己看到脚下奔腾的河水时,实在很难保持平衡(那两根树干中有宽达六英寸的间隙)。

萨林村位于谷地的向阳面,因此来到这里,是我们六个星期以来,首次见到一大片毫无冰雪覆盖的棕色土地。在我们的头顶上方,有一大群乌鸦和红嘴山鸦在空中盘旋聒噪,还不时从上快速俯冲而下捕食虫子,为整幅景致增添了奇妙的活泼生气。

萨林村的过往曾有过风光,但现在该村的重要性和繁荣已经大不如前,村子里可以见到几处相当精巧的防卫工事,不过现在已经毁坏得差不多了。此外还有不少美丽但已年久失修的清真寺、无数漂亮的宅邸,以及领主的避寒别墅。这栋别墅是村子里最大的建筑,可惜已经多年未使用,我觉得它一定比领主的宫殿温暖许多。

回程过桥的时候,蕾秋一马当先走在前头,我则紧紧握住她的左手。最不好走的地方,就在两根树干交接之处,我必须尽量保持平衡,因为那树干像吊床般摇晃得厉害。可是蕾秋却快乐地叫道:"哇,好好玩喔。"我的牙齿吓得咯咯打颤,可是嘴里却硬是挤出"对呀,好好玩喔"的违心之论。当我们像蜗牛般走完全程时,岸上那一群等着要过河的村民,很讽刺地为我们欢呼叫好,然后便轻快地上桥去了。他们的背上背了一大袋沉重的东西,两手还各提了一大包物品,雷秋佩服地说:"他们好厉害啊。"

**卡帕鲁,二月二十一日**

今天我独自上古堡凭吊,其实路途并不像他们说的那么难走,唯独其中有一段路程,曾经发生覆冰的石头坠落到一百英尺下的可怕情形,幸好我没带着蕾秋同行。可惜我并没有找到那座古堡,我猜它现在一定是被埋在雪堆里,不过这倒是让我乐得自在,不必去爬那座山。那座山从河面看上去,与四周的丛山峻岭一比不过是座小丘嘛,可是等到真的站到山顶上,才发现它一点儿也不矮,大约和白朗峰(Mont Blanc)一般高,而且非常的陡。

这条步道的路线并不明确,不过在出发前领主的小儿子已经先为我指点一番。途中我只走错一小段,结果白白浪费体力在深达腰部的积雪中胡乱闯了一阵,这堆雪好似绵密的细白砂糖,踩在脚下真是寸步难行。刚开始我还可见到山脚下的领主宫殿,不过它已经缩成娃娃屋般大小,上面有几个小小的人关心地看着我的进展,其中个儿最小的那个小人就是蕾秋。之后,我越过一座圆圆的山头,就再也看不见这群观众了,顿时让我松了口气。

**灵山福地**

越过那山头之后路就变得好走多了,在我眼前出现了一长列如阶梯般的迷你田地。绝没有人可以责怪巴尔蒂斯坦人浪费土地,他们居然连这种尼泊尔人都要为之兴叹的地方也不放过。这条步道从一座破碎、无积雪的棕色山峰下方两百英尺处的鞍形山,离开了这座山,从这座鞍形山往下望,可以见到一个高而浅平的小山谷,就位于好几座大山环抱的山腰之中。从一条覆盖着厚厚冰雪、杂石乱布的陡峭阶梯,可以走到那座小山谷,在那儿我见到两个小村落,一个位于步道的山脚,另外一个村子则高耸在对面的山上。

我肯定这座山谷里住的是什叶派的穆斯林,因为我在抵达第一座村子的时候,误将我当成男人的村妇全都吓得惊慌四窜,当她们认出我就是领主的新朋友时,又全都殷殷垂询蕾秋和哈兰怎么没来。我只得答应她们,改天一定带蕾秋从另外一条比较好走的路上来拜访。

从不远处看过去,那个地势较高的村落好像只是一堆和着泥土的石头,拥挤地塞在一些比较大的裂缝中。而那些位于房舍之间永远不见天日的通道,全都包覆着被铲子敲打成整齐形状的冰雪,由于好多树的顶端从墙间钻了出来,我必须弯身前进,头几乎都要着地了,还得在其间穿梭时,很难分辨哪一条路是属于"公用道路",而哪些又是人家的走廊。有好一段时间我都没见着半个村人出现,可是老觉得旁边有人在注视,最后终于来到村外的积雪山坡。可是到了这里之后,我实在无法再往前行,因为步道很快就不见了,消失于一堆奇形怪状的雪堆以及教堂般高的冰柱之中。我身上并没有穿着登山装备,若执意冒然前进,实非明智之举。

在我掉头往回走的途中,遇见三名面带忧容的长者,他们正准备赶过来警告我别再往山里乱闯。当他们发现我是个女人家之后,便邀请我到屋台上和他们一同享受午后的温暖阳光,并且很客气地让我坐在山羊皮毯上。有一名牙齿乌黑、视力不太好的老妇人,还特地放下手边正在做的活儿,好把我瞧个仔细。突然之间,一群兴奋莫名的妇女和小孩从四面八方蜂拥到屋台上,有好几名小男孩从树枝上荡下来,就跟猴儿没两样。不一会儿,那些妇女便如老友般和我聊着、笑闹着,对这些个性开朗外向的巴尔蒂斯坦人来说,语言障碍绝不成问题,虽然他们每个人看起来都脏兮兮的,不过都还挺健康,没有人感染眼疾(我曾在卡帕鲁见过部分村民有甲状腺肿的毛病)。有人端来了一盘去壳的核桃和杏子果仁,大家一边吃吃喝喝,一边谈谈笑笑。一个钟头很快便过去了,男人家在屋台上做着冬天的活儿,像是编篮子啦、纺织啦、敲果仁(榨油)啦、做靴子等等。

往回走到那座鞍形山时,我决定跟着猎人留下的足印,改走另外一条路回家。我从这条路走到一座积雪的圆顶山,要不是地上留有这些足印,我可不敢走到这里来。我在山顶上找了块平坦的石头坐了下来,石块上留有一些杏子果仁的壳(瞧,这里就只有这种有机垃圾,真是个有福之地)。正当我忘神地享受这旷野的宁静时,倒发现了不和谐的现象。因为刚才我费了好一番工夫才爬到这儿来,早已是汗流浃背,再加上置身于一片冷空气,温暖的阳光竟从我身上蒸出一团水汽,让我看起来就像是烧开了水的茶壶呢。

下山之路比上山花了更长的时间,由于积雪正快速地消融,我必须看仔细了才敢踏出下一步。当我终于出现在领主的宫殿前方时,马上便听到一声微弱但非常清楚的呼喊声划破寂静传来,正是我的小蕾秋,兴高采烈地叫着:"妈妈!"

我一进到屋里,就有一杯热腾腾的茶和香脆的薄煎饼正等着我。领主告诉我从地势较高的贺希村传来的最新消息,那正是我们下一个预定拜访的目标,据说往贺希村的大部分道路目前仍旧积雪深达四英尺,不过现在已经开始解冻,因此几天之内应该就可以骑马上路了。这么一来,我决定二十六号启程上路。安拉保佑!

**卡帕鲁,二月二十二日**

今天又是个炎热的春天,不过在比较阴暗的地方,刚融化的雪到下午三点又会再度结成冰。所以我认为,本地人所说卡帕鲁夏天的平均温度约在华氏八十度到九十度之间的说法,是可信的。

今天我们又再度造访巴拉村，碰巧看到冰雪一融化，巴尔蒂斯坦的农事活动便一刻也不稍待地立即展开了。几天以前，我们只看到村民在中午的时候，带着牲畜出来喝水呼吸新鲜空气，但现在农民已经开始忙碌起来了，他们全都忙着替农地施肥。步道的边上便堆着好几堆高达七八英寸高的粪肥，这些肥料早已用木灰仔细地搅拌过。我们看到数百头小驴子，用柳条篮子把拌好的肥料从夏克谷地驮到平地来，驮来的肥料堆成小山，只待冰雪融解，马上便把它们铺洒在田地里。时间一刻也不能耽误，否则作物便来不及在夏天洪水泛滥之前收成。我很意外这里的驴子数目居然有这么多，之前我从未见过它们和其他牲畜一起出来。这些驴子的毛色大多都是黑得发亮，有的则是非常漂亮的烟蓝色，而且每头都和布娃娃一样毛茸茸的。

这些驴子都由小孩子驱赶，大人们则忙着吃力地整地工作，不论男人还是女人都要下田。从大家的表情看来，似乎都很高兴在被迫赋闲数月之后，终于有机会出来活动筋骨。那一堆堆的肥料并不臭，闻起来就像春天的味道，不过倒也没什么香气，它的主要成份就只是人类的排泄物而已。很奇怪冬天在巴尔蒂斯坦闻不到什么臭味，有些地方还会传来一阵阵千百里香的气味。

**卡帕鲁，二月二十三日**

今天的天气非常糟糕，完全不同于平常的状况，但又不知怎么形容比较贴切。它既不是真的在下雪,也不是下冰雹或是冻雨,我想这么说吧,它是那种很细很细的雪花,好像一触地就融光了。我们在中午趁着一丝微亮的天色到市场去逛逛,然后我到邮局去打算把前些天买的航空邮简给寄掉,没想到很不巧今天居然是星期天。不过有个笑眯眯的小男孩很快便帮我把局长给找了来,他告诉我下个星期或许就可以把信寄出去,因为会有一名邮务士把信送到斯卡杜,然后再等飞机送到拉瓦尔品第去。

在回家的途中我们巧遇一位从萨林村来的老师,前几天我们去萨林村的时候,他曾招待过我们,我们便聊起了本地的政治概况。这位老师对布托总理赞不绝口,认为他以务实的方式帮助了北部地区,那位老师还说,布托领导的政府是巴基斯坦头一个真正关心巴尔蒂斯坦的政权。老实说,我不知道他说的这些情况是否属实,不过我倒是发现,大部分巴尔蒂斯坦的老百姓都支持布托,只有极少数受过教育的知识分子比较不为所动。也许有些人会说,这是因为布托的改革措施影响到那些既得利益者,所以他们不喜欢他。可是我老实告诉你,这里根本没有什么利益可言。有些人士则批评,布托政府施行的食物补贴政策会腐蚀本地百姓的志气;而且他对难民所提供的帮助,会令难民把低价取得食物视为其应有的权利。可是一旦亲自来看看大多数巴尔蒂斯坦村庄的贫困状况,你将会改变态度,转而稍许那些能够解救他们的措施。

幸好现在卡帕鲁终于脱离最穷困的阶段,这里的人显然比别处的人吃得饱些,身体健康些,也比较干净。可是印巴分离的政情发展，却使他们丧失了原有的贸易生活，过去他们可经由列城和斯利那加的古道到"外地"去。传统上巴尔蒂斯坦与吉尔吉特、罕萨或奇察尔之间的关联小而微弱，因为彼此之间的交通太过困难，而且巴尔蒂斯坦人一向只注重东边的拉达克和克什米尔，所以过去许多巴尔蒂斯坦人的生活要比现在富裕多了。

**卡帕鲁，二月二十四日**

今天哈兰又获得一天休假，我带着蕾秋徒步到宫殿后面的那座山上，到前几天我独自探访的那座小山谷去。这段山路一共花了四个小时才走到，途中我们曾经过三个村子，最大的那个村子里有一座很壮观的正方形木造清真寺，上面有个很像宝塔形状的屋顶。才十点三十分我们两个就已经满身大汗，于是把夹克给脱了，两个钟头后，我们来到标高一万零五百英尺的地方野餐，才又把夹克穿上。我们下方的谷地在艳阳下闪闪发光，昨天还未散尽的云朵正围绕在高高的山顶上。标高一万七千英尺的玛夏克玛山（Marshakma）雄伟地矗立在我们正对面，在银白色的天空下散发出纯白的光芒，它是那么的孤独安详，腰际还笼罩着一道厚厚的云带，将它上下一分为二。蕾秋手中握着一枚水煮蛋，一边凝望着对面说："这山让我有一种怪怪的感觉。"我问她："是怎样怪怪的感觉呢？"她回答说："是好的那种怪怪的感觉，可是我不知道要怎么说。哎，我也不知道。"

**雪崩季节**

正在享用着午餐的时候，突然传来一阵"砰"的巨响，听起来好像有人在我们耳边开火一样，几秒之后雪崩接踵而至，而且崩塌地点显然离我们相当近。这一阵低沉的轰然巨响粉碎了山间的寂静，那轰隆声还在重重的山谷和峭壁间一再回荡，好像可以见到那雪块在一面面的巨大石墙间撞来撞去。之前已经有人警告过我们，上午十一点至下午三点间，在贺希山谷的步道上行走要非常的小心，因为现在正是山崩频发的季节。在快到巴拉村时，我们看到一大摞石头像瀑布般从陡直的山坡上奔腾而下，而且就落在最近的聚落区不远的地方，真是可怕极了。

从河面看过去，我们的目的地既不远又不很高，而且横跨在我们之间的那座山坡看起来挺好走的，可是等我们爬上去之后才发现，这座山坡可一点也不省工夫，因为这条路径一下子绕到深谷里，要不就得在几座山丘里蜿蜒回绕，再不就是要翻山越岭，因为这座小山谷被许多险峻巨大的棕色石墙给包围起来，而在其顶部还有更多覆盖着皑皑白雪的大山耸立着呢。

我们穿过市场走回家，再度遇上邮局局长，他也再度开口邀请我们去邮局里喝杯茶。正当我们坐在火炉子边啜着热茶，门"唰"的一声开了，一名高大的年轻男子走了进来，肩上扛了一个邮袋，全身汗如雨下，他的腰间系了一皮带，大大的铜制腰带头上面镌刻着"邮件递送员"的字样。他从昨天早上七点离开斯卡杜，今天下午就到了卡帕鲁，这两地间隔六十二英里远，而他居然只花了三十三个钟头，这速度真是惊人的快。局长告诉我，有的时候路上好心的吉普车司机会示意愿给他搭便车，可是这位仁兄却基于职业的尊严，而执意靠自己的两条腿来完成工作，这种敬业的态度在现今来说真是特别难得。这是从一月四日以来，首批自拉瓦尔品第转送过来的邮件。我们看到他郑重其事地把邮包打开，然后找出寄到卡帕鲁的信件，那个邮袋的份量并不很重，即使隔了这么长一段时间，却总共只有一个包裹（里面是一本寄给卡帕鲁高中的《可兰经》）、一本杂志（领主订的），以及大约四十封左右的信。

**卡帕鲁，二月二十五日**

今天是我们和卡帕鲁的朋友辞行的日子，这里是我们最喜爱的地方，有着我们最要好的朋友，虽然贺希山谷是那么的吸引人，可是我和蕾秋都极不愿意离开这儿。在我们向列位友人一一辞行的时候，却听到了好几种不同的意见，有的朋友说哈兰恐怕没法活着走到贺希，有的朋友则确信往贺希的道路明天一定会很好走，还有的朋友担心我们会冻死在贺希（这似乎不太可能），而且现在路上一定有好几处都被雪崩给挡住了。不管怎样，我们明天就会见分晓了，而且哈兰要驮的行李也轻多了，因为今天早上我把最后一点麦粉给用掉，我们的食物盒里已经没剩多少东西了。

和领主道别的场面是最最难过的，他是我这几年来跑遍不少国家所结交的朋友当中，最投缘的一位。

# 第十章

# 消失的步道

比较宽的山路位于那最可怕、最高的山脉上,就算你极度小心而且单列行走,也无法安全通过。在某些地方,山路有时会因为雪的重量,或者是水的冲蚀而毁坏,总之就是根本无路可走。

——德西德里(1720)

在夏克山谷这种地方……道路根本只能看,无法走。

——吉欧托·达奈利(1914)

## 玛济戈恩,二月二十六日

今天晚上我必须坦承,贺希谷地目前仍旧处于无法进入的状态,我们在下午四点钟掉转回头。不过这仍然算得上是光荣的撤退,因为我们成功地越过了两处横阻在路面上的雪崩,可惜到了第三个就实在无能为力了。

我们的好朋友,也就是招待所的管理员艾黎,自告奋勇要带领我们渡过夏克河。我们在一座人行桥前,把哈兰身上的货全卸了下来,连马鞍也脱掉。艾黎分两次把这些东西运到河对岸去,第三次则把蕾秋扛在肩上带过河(他本来还好心说要背我过河,可是我自觉还没那么老迈,所以便自己过河)。过了河,我们母女俩惬意地坐在一排大石头上,享受温暖的阳光,艾黎则牵着哈兰往下游,找有没有水流较浅可以涉水过河的地方。由于发源于喜马拉雅山的河流,河床年年改变,所以这条河并没有固定的渡河点。四十五分钟之后我们开始有点紧张了,蕾秋建议最好跟下去看看是不是出了什么差错。我们在这绵延数英里的雪地上找了好一会儿,最后终于看到可怜的老哈兰,朝着我们飞奔而来,而膝盖以下全浸在河水里的艾黎,则很是得意地笑咧了嘴。不一会儿,哈兰腹部的长毛上便垂下来好几条冰柱,不过我们的老马就和所有的巴尔蒂斯坦人一样,可一点儿也不在意。艾黎说哈兰并没有出什么状况,只不过实在找不到适宜渡河的地方,老哈兰只得从中央水道游过河。再走回到人行桥上时,才发现刚才我压根儿没想到,我们居然随便就把行李丢在河边不管了,这都是因为这里的人实在非常诚实,以至于我们的心情也格外的放松和单纯了。

**仰之弥坚,望之弥高**

今早萨林村变成了一片泥沼地,步道和周遭的田地、小径及溪流交错在一起,根本看不出路在哪里。冰雪融解到目前这个阶段，陆地及河水简直混成一团，不过我们走丢的时候，总是能找到人指路，然后回到正确的路径上。我们逐渐地朝着夏克谷地与贺希谷地交会的地方往上爬行，由于夏克谷地在这里转了个大弯，所以看起来好像有三座山谷在这里交会似的，而就在转向北方朝贺希谷地前进之前一英里左右，突然出现了在巴尔蒂斯坦难得一见的宽广景致。

当我们离开夏克山谷的时候，位于左手边的山坡上，居然出现五花八门的山色：绿、粉红、黄、铁红、酒红和白色，我从未在一座山上看到这么多种颜色的石头。我们早已经知道这一段路途艰险，现在果然看到，步道上横躺着好一堆才落下不久的石块，有些落石的体积甚至占住整个路面。而在我们右手边的下方，贺希河时隐时现，因为河面上的冰"盖"也开始陆陆续续地融化。走了几英里路以后，我们突然陡降至谷地底部，并且意外地在步道旁边发现一条水流湍急的小溪，我们开心地掬水来喝，因为阳光晒得人好热。紧接着又是陡直的上坡路段，然后我们看到在高高的尖形山脉上有个村落，村里的房子一户挨着一户，排列在狭小的梯田以及一片高高的树林子上方。当我们越过那座尖形山脉时，身后几十名村人目瞪口呆地看着我们渐行渐远。这时候玛夏布洛姆山赫然耸立在眼前，我们可以看到这座标高两万五千六百英尺的巨山，从头到脚的每一英寸风光。有幸能够瞻仰这等气势庄严雄伟的高山，刚才在路上遭遇的那一点点苦头，也就算不了什么了。这座巨大的三角形山脉雄踞在这片山谷之中，衬得这一片景致全像是经过精心安排的。当我们缓步前进时，突然有一位高

第十章　消失的步道　　271

个子的老先生气喘吁吁地从我们身后追赶上来，要求我为他拍张照片。可是当他发现我无法当场把照片交给他的时候，简直是泫然欲泣，显然他早已习惯了那些登山家的拍立得相机。

我们现在正位于一座可耕山脉上的一块大空地，从这里看不见谷地的底部，步道先是平坦地向前延伸了数英里长，然后再往下行来到另外一座村子。有好一阵子，我们被困在烂泥巴中找不到步道的去向，而为我们指引去路的那名年轻人，又向我们索取药品和香烟；最不可思议的是，村子里冒出一大群小男孩伸手跟我要钱，有时候还缠得人烦极了。我们在巴尔蒂斯坦的其他地方，从未遇见过乞讨的人，这肯定是登山探险队造成的歪风。

谷地到这里之后变窄了，而且崎岖难行，山壁由原本如尖矛般的灰色石头变成堡垒般的棕色山脊；还有好几座积雪的圆顶山峰耸立在陡峭的白色山坡上，看起来好像随时会发生雪崩似的，不过那时我们并非位于危险地带。这里的高度很高，完全没有融雪迹象，步道的两旁还积着厚厚的白雪。我们见到许多树幽暗地站立在积雪中，所以知道很快就会见到另外一个村子了。果然是这样，我们的出现随即引发一阵骚动，几名穿着邋遢登山装的男子警告我们，别再向前走了。我向他们保证，绝对不会随意冒险，如果路真的很难走，那我们晚上一定会折回村子过夜。

由于村子外的另一条路太滑了，不适宜马儿行走，所以我们改从村舍间的通道前进，可是这些通道非常窄小，我必须先把哈兰的行李卸下来。有两名年轻男子才帮我们把哈兰的行李扛了两百码，居然就开口跟我要钱。几名妇女跟着走了一小段路，我知道她们是好心劝我们别再往前走,可是她们随即便了解,这个疯狂的外国人已经铁了心,一定要接着走。我们小心翼翼地走在覆了冰雪的泥土路上,上方是一块锯齿状的巨大石壁,底下则是奔腾急流的河水,在石头堆里拍打出喧闹的声音。现在我们将谷地中心的村落远远地抛在身后,待会儿如果再迷路,可没有人会来帮我们了,而且我们走了老半天才发现,这根本只是一条没有出路的死胡同。当我们再退回到河面的高度时,我努力地在石头堆里寻找,终于给我找出一堆足印来。哈兰轻轻地跟在我身后,穿过一堆大小不等的石头,然后我们遇到一个又深又窄的沟壑地形,蕾秋从哈兰的背上下来,我则牵着哈兰在这寸步难行的地形上上下下,结果哈兰背上的行李向前滑到颈子,我只得先把行李解开,再好好把它绑回去。之后我们又遇到另一个沟壑,这两个沟壑都有着湍急的溪流,河床都是松软的石头,人走起来很简单,只要踏在石头上前进就好了,可是这对马来说可真是举步维艰。从第二个沟壑那里,我们可以看到贺希就在右手边不远处,奔流的河水在巨大闪亮的石头间,拍打出白白的水花,绿色的河水在单调的白雪和棕色的悬崖的衬托下,显得格外生动活泼。

**年度最佳勇气奖**

此刻我们来到一大片未曾预料到的积雪之地,绵延达半英里长,直达谷地西边的山壁。这里倒是可以看到一条路径明显的步道,先是一段陡直的上坡路,然后便平直地朝北方前进,走了约五六英里远,山谷变成一个小裂缝,里面有一片模糊的树林,那儿便是甘德村(Gande)。雄伟的玛夏布洛姆山看来似乎就在不远处,那一大摞雄伟壮丽的险崖和高峰,永远笼罩在冰雪之中。越过那片雪原以后,我们又再循着那位不知名的前导所留下的足迹前进,我从地上遗留下来的一些东西判断,他当时身上背着一大捆干草。当我们到达步道时,发现路面上留有好几处落石的遗迹,其中有一块石头甚至大如一张沙发椅呢。我趁机告诉蕾秋,待会儿可得安静点,否则我们说话声的振幅,可能会给自己惹来灾祸。好不容易走到那片平坦的路面时,却发现它不但窄小且积了不少雪,不过小心走倒是不会很危险。我们正上方那道陡直的覆雪山坡,如果早一点来走可能不安全,不过此刻这片阴暗的山坡已经再度结了冰。之后我们又绕过一个小弯道,蕾秋大叫:"看!那是雪崩吗?"没错,雪不偏不倚地横躺在路面上,不过这只是一个小型的雪崩而已,大约只有十五码宽,显然落下来有一段时间了。因为从那位先导留下来的足印看起来,绝对可以安全通过,至少行人可以放心地行走。不过我并不太满意它的角度——或者应该说是落点吧,因为如果我们待会儿一不小心脚底打滑,可是会一路毫无阻碍地直落一百五十英尺下的谷地底部。再说哈兰吧,我真不知道,它踩在崩塌的雪上面会出现什么样的反应,反过来说,那堆崩雪又会对哈兰的重量产生什么样的反应呢?当我正在犹疑不决的时候,小蕾秋突然坚定地发号施令:"我要下来自己走,而且要走在最前面,然后你再牵着哈兰过来。"这下我又很不放心蕾秋了,在这么窄的路面上,要从马背上下来就已经非常危险了。可是转眼之间蕾秋已经下马,把缰绳交到我手中,此时我的理智已经彻底支持蕾秋的态度。我不敢出声,静静地看着她走过那堆雪,她非常冷静且小心地踩在那位前导的足印上往前走,手中还拿着我的手杖以保持平衡。在这种情况下,除了继续向前之外别无他法,这里根本没有余裕可以让马匹回转,当我认识到这个事实之后也就定下心来。可是哈兰却有点不想往前走,它突然停了下来,两耳向后竖起。我一看苗头不对,便把缰绳松了松,免得它就在这里发起狂来,正好应验了那些克伯卢友人的悲观预言。幸好当我好言好语地哄着它时,它总算慢慢定下神来。

过了那堆阻碍之后,路面仍旧没有地方可以让蕾秋回到哈兰背上,所以蕾秋继续徒步向前。就在我们继续走了差不多两百码的时候,又遇上了另一堆小型的崩雪,我们的先锋蕾秋非常兴奋地叫道:"哇,又有一堆雪呢。"她又如常轻松地走过阻碍,可是哈兰这回比上次更不高兴了,它投给我责备的眼神,不过它虽然跟我拗了很久,最后还是在我的连哄带骗下,勉为其难地越过了这个障碍。接下来的路面变宽了许多,可是蕾秋决定继续自己走,她很快地打着头阵,走在我们前面好一段距离之外,结果当我们在另外一个弯道遇到第三个大障碍时,可真是让我吓了一大跳。这一堆崩雪和前两个的情况完全不同,它占地较宽、坡度更陡,一看就知道,不论人马都绝对过不去。不过这一堆崩雪在路面上留下约十五英寸的空间(我真的丈量了一下),而蕾秋早在刚刚我还没跟上来的时候,就已经自个儿走过去了,眼看着下面就是一堆乱石,我赶紧收拾起害怕的心情,飞快地衡量整个情势。眼下之计只有叫蕾秋自己再走回来,或者我走过去牵她过来。此刻上回在索渥尔发生的惨痛经验又浮上心头,我想让她自己过来应该是比较可行的选择。接着,我再向前望过去,发现离这堆崩雪再往前三十多码的路段,已经因为坍方而完全被阻绝了。这条步道已因几百吨山石的封闭而不复存在了,而这个坍方显然刚发生不久,因为我并没有见到前导折回头的足印。

在蕾秋独自折回头的这一小段路途,我的心里简直有如刀割般难受,她一边走一边往下望着那堆可怕的乱石堆,却还初生之犊不畏虎,高兴地说:"要是掉下去的话一定活不成了。"现在只不过是二月,可是我相信她刚刚说的这一句话,绝对够获得本年度最佳勇气奖。

幸好,这儿的路面就比较容易让哈兰掉过头来,它还毫无异议地再度从那两堆崩雪上走回来。对于没能到贺希一游,我和蕾秋都觉得好失望,不过我们真的已经尽力了。

**恶质"文明"**

到玛济戈恩(Marzi Gone)的回程路段充满了严峻之美。此刻冷冷的夜色已经笼罩这座山谷,在夜光中的玛夏布洛姆峰尤显得壮丽威严,峰顶的积雪反射出落日的余晖,映照在早已失去光辉的天空。我在心里暗自发誓,有一天定要在更能够亲近这些巨峰的季节,重游巴尔蒂斯坦。

我们在六点返抵玛济戈恩村,发现全村的人都在等着我们,而先前抢着帮我们提行李赚钱的那两名年轻人,更是一马当先地站在最前面,显然他们已经打定主意,非要做我们这笔生意不可。他们把哈兰牵到兽栏和一只脾气坏透了的牦牛关在一起,然后带领我们从梯子爬到一个小房间。他们两人与另外两位朋友合住在这里,里面却只有三张床,我花了五卢比向他们租了一个床位给蕾秋睡,自己则打地铺。

　　打从我们进了房间以后,这一个钟头内所发生的事情真是一言难尽。外面一群老老少少、男男女女,为了争睹我们的"风采"而争吵不休、打闹不止,看来以往那些登山探险队一直没能满足他们窥探外国人的好奇心。我想这很可能是因为,大多数的探险队都会刻意选在与聚落有段距离的地方扎营,而我也对那些登山家沿途在朴实的山地居民心中播下贪婪的恶种而感到难过。我们才一坐定,便有五个男人进到房间里来,想要推销所谓的巴尔蒂斯坦首饰,而且还狮子大开口,当我不客气地指出这些根本是当地人所做的粗劣仿冒品时,他们马上变得恶形恶状起来。更讨厌的是,我们的房东扭开今年夏天别人送给他们的三台日本制晶体管收音机,大声地播放音乐,这时我真的是怒从中来,费了好一番工夫才压下心头的怒火,没去叫他们关掉。我的确是有点反应过度,可是几个星期以来我们已经习惯了喜马拉雅山区的静寂之美,这种噪音真是令人非常痛苦。除了偶尔出现的吉普车之外,在巴尔蒂斯坦绝对听不到其他扰人的人声或机器声,这边的人讲话的语调低沉而柔软,巴尔蒂斯坦语和藏语一样,都是一种语调温和、很像催眠曲的语言(只有在少数几种过度激动的场合下才有例外,例如斯卡杜的穆哈兰姆游行,或者是我们突然出现在一些小村落时所引起的骚动)。说起来真是讽刺,在这个最偏远的村落居然受到外来的污染最多。不过有一点值得庆幸,巴尔蒂斯坦人一向很早上床睡觉,差不多八点钟的时候,我们的房东终于关掉了那吵死人的收音机,睡觉了。

**蒙迪克,二月二十七日**

我们在七点四十五分离开玛济戈恩村,天气还挺暖的,可以不必戴手套。我们的房东在临行前,又以哈兰的饲料向我们狠敲了一笔。近日来气温逐渐回升,我们在户外的时间也拉长了,如果必要的话,现在可以从早上七点,一直走到下午六点。不过冰雪解冻也会造成小小的不便,就是当我们停下来野餐的时候,再也没有办法用刚落下来的雪,将蕾秋的热茶快速降温。然而我的不适应更是深刻,我真怀念那些用雪球做成的卫生纸,石头的触感差多了。

今天早上当我们从玛夏布洛姆山下到谷地来的时候,内心真是惆怅不已,不过想到身处这样的美景,呼吸着醉人的清新空气,而且前面还有好长的一段路要走,心情也就好起来了。

**翻土施肥农事忙**

才八点钟,村民就已经开始忙着将粪肥运到田里去。我在此地并未见到驴子,因此这项例行性工作便由男人负责,他们将粪堆挑进挂在扁担上的篮子里,妇女则坐在地上,等篮子装满之后一鼓作气地站起身,把肥料挑到自家的田地里,到了田里,再快速把身子向前一弯,篮子里的堆肥便一干二净地全倒进田里,接着她们随即再回去装载粪肥过来。我还看到不少的小孩子也拿着小篮子帮忙施肥,可见童工在此地具有相当的重要性。难怪在这里设立学校不太实际,因为孩子们只有在别无其他事情可做的余暇,才会来上学。

这里的年轻妇女都长得很漂亮,可惜脸蛋被头上的银饰和面纱遮住了。虽然目前地面上还结着厚厚的霜,可是大多数的人都是赤脚走路,而且身上穿着由小块棉布、披巾和山羊皮随便缝缀而成的衣服。不少人向我讨药服用或给孩子服用,当我表示无能为力时,常惹得他们很不高兴;这又是登山探险队遗留下来的歪风。不过有件事情很奇怪,这里的人不论年轻或年长,甚至一脸病容,却都能毫不费力地扛着重担,轻松地在危险的山路上走半英里路也不成问题。

我们趁路面还未变得潮湿难行,在十点三十分赶回夏克河谷地。在前往萨林村的半途中,由于蕾秋的疏忽,使得哈兰背上的行李被一株小杨木勾住后拖到地上。不过说实在的,骑着一匹驮了行李的马,走在这种狭窄而又多树的步道上也真不容易。

中午时分,我们在离克伯卢招待所不远的地方折向西,从夏克河的右岸前进。这是一条年代久远的古马道,由此地一直通往戈尔,左岸的马路于二十世纪二十年代初期建造完成(现已改为

第十章 消失的步道 279

吉普车道），在此之前它一直是此地主要的贸易路线。没走多远，我们来到一座人行桥，它就架设在离夏克河河面约两英尺高的地方。我在岸边先把哈兰背上的行李调整好，再让蕾秋骑着它涉水渡河。过河之后是一条非常难走的干软的沙子路，长约一英里，我们身后还跟着一大片如乌云般讨厌的白蛉（sandfly），这还是我们在巴尔蒂斯坦见到的第一种昆虫呢。我们在尤斯基村（Youski）附近，一条闪闪发光的溪流旁的胡桃树荫下野餐，不一会儿，就被一大群兴奋、微笑着的妇女给包围了，她们身上扛着挑粪肥的扁担，有的还背着小婴孩。我们吃东西的时候，她们就在阳光下排排坐，那些正在哺育婴儿的妇女，赶紧趁着挑粪肥的空当给孩子吃奶，我注意到那些小婴孩大多有眼疾。

这条古马道从尤斯基村开始往上爬升，接下来的两英里路是从山壁劈砍出来的，宽广碧绿的夏克河就在悬崖的底部。我们的上方是光秃秃的高耸山壁，夏季寸草不生，到了冬季也不会附着冰雪。这条路实在很不好走，可是我们怎么也没想到，走到后来这条路居然不见了。由此开始，哈兰必须从一道突出于夏克河上方一百英尺的狭窄路面，踩着陡峻的石堆往上爬，要不是我们刚刚在尤斯基附近遇见两匹驮着重物从达戈尼（Dhagoni）来的小马，我可能打算折回头了。我相信它们一定是走这条路过来的，而这种路对巴尔蒂斯坦的马儿来说，应属稀松平常。唯一不同的是，那两匹马身上驮的是堆得高高的羊皮，两边都没有突出来，因此走在这种山路上当然不成问题。可是哈兰驮的行李就不一样了，所以我只好叫蕾秋先下马来，暂时栖身在崖壁裂缝里，我则小心地把哈兰背上的行李卸下来,接着再小心翼翼地牵着哈兰先走过这一段路,每走一步我都很担心它会不会跌断腿。我把哈兰拴在大石块上,再分两趟把行李搬过来,最后才去把蕾秋接来。依我看,这还算不上是最难走的路面,因为它的宽度供人类通行还颇有余裕,可它毕竟是个上坡路段,所以我觉得最好还是把蕾秋抓紧,免得她不小心踩了空。接着我把行李再放回哈兰的背上,此刻才开始有点岁月不饶人的感觉。

**爱尔兰来的女士**

接下来是往河面前进的下坡路段,这一段路的路面变宽了,可是我和哈兰每走一步,都深深地陷入土里。有时我们走在硬度勉强可以支撑体重的积雪上,可是大多数路面的地表下方已经开始解冻了。然后又是一段非常难走的上坡路,接着便来到一个比较大的村落。这时突然听到有人用英语和我们打招呼,吓得我差点想找个地方躲起来,结果看到一名瘦瘦的男子站在不远处的屋台上,身上穿着褐紫红色与白色条纹相间的睡衣,正在刷着牙呢。他用力挥舞着手中的牙刷,并且朝着我们大喊:"欢迎你们,爱尔兰来的女士。"

蕾秋惊讶地问:"他怎么知道我们是从爱尔兰来的?而且你看起来根本不像个女的嘛。"

那名男子叫里亚克,他和同事艾利胡山(穿着蓝白条纹的睡衣),都是从吉尔吉特卫生所来的卫生检查员,他们从我们的好友马札尔医生那儿听说过我们。他们已经在村庄里待了好几个星期,想要指导当地村民了解基本的卫生知识,可惜因为他们不会说巴尔蒂斯坦语,而当地的老百姓又不会说乌尔都语,所以语言障碍是个挺严重的问题。这两位都是非常可爱的年轻人,既有爱心又很聪明,而且对工作非常认真,可是他们的英语毕竟不是那么流利,所以我们之间的沟通也相当吃力。有意思的是,这两位仁兄显然身体力行他们所受的教导,我们已经好久没见到像他们这么整洁的人了,胡子刮得干干净净,头发梳得整整齐齐,指甲修得平平整整,衣服更是洁白如新。看到他们,我只得尽力不去猜测,他们对我们这两位"爱尔兰来的女士"的邋遢相,不知会作何感想。可是说老实话,我觉得不洗澡才真是明智之举。这两位瘦巴巴的绅士表示,他们经常感冒、咳嗽,反观我们,自从离开平地地区以后就再也没生过病,真是感谢安拉保佑!毫无疑问,我们的皮肤表层自然形成的油脂,乃是抵御喜马拉雅山区酷寒的最佳利器,像藏族人就从来不肯把身上的宝贵体油给洗掉。

那两位朋友执意要把一张床让给我们母女俩,不论我们怎么推辞,他们都不接受,所以我们母女俩将睡在他们卧室隔壁的厨房里。他们有一名佣人,帮他们打理生活起居和准备三餐,不过他们的工作并不是很繁重。他们的餐饮内容包括,著名的巴尔蒂斯坦式面包、洋葱、豆子和鸡蛋,如遇特殊情况则会吃点米食。今晚我们的晚餐便是米和豆子,其中四分之一的豆子都是我一个人吃掉的,因为从昨天早上到现在,我一共走了五十四英里路,但只吃了三片巴尔蒂斯坦奶油酥饼,两枚水煮蛋以及一堆干果而已。

晚餐之后那名帮佣先将厨房打扫干净,然后把那张绳子已经不太牢靠的吊床拿进厨房。由于地板才刚清洗过,很湿,所以虽然吊床很窄,我还是得和蕾秋挤一挤。我坐在火炉旁边的地板上,利用一根插在装着煤油的墨水瓶里的烛芯所发出的一丝微光,写今天的日记。这是在巴尔蒂斯坦最受欢迎的照明设备,虽然很不方便,但也只好将就着用了。

此地某些村落的居民,常让我联想起埃塞俄比亚的高地居民。这两个地方的村民乍见外国人时都非常害怕,但是等他们的防卫心逐渐消除之后,其实非常的友善。像今天下午的那一群人,原本都带着阴郁的眼神瞪着我们,可是才过半个钟头,他们就教我怎么抓头虱(可惜当时并没有模特儿可供现场示范),蕾秋则跟着部分人去兽栏看两头刚出生的双胞胎牦牛,他们甚至还让她把小牦牛抱去给牛妈妈喂奶呢。所有的巴尔蒂斯坦妇女,对于我们坚持不肯把脑袋罩起来都感到很担心,我不知道这种风俗是出于道德的原因,还是健康上的理由,我反倒觉得,如果她们不那么拘泥于一定要把头包得密不通风的形式,根本就不需要浪费宝贵的时间和煤油来抓头虱了。

**库鲁,二月二十八日**

哇!今天真是开心极了。这儿的景致真是举世无双!我们今天一共只走了十五英里路,可是路上所遇真是一言难尽,就请诸位看官听我慢慢道来吧。

**爱与鞭子**

昨晚我睡得很不好,蕾秋这家伙睡觉的时候也跟醒着一样,老是动来动去。而且我们必须赶在六点佣人进厨房干活以前,就把床搬出去。虽然根据地图上分析,今天到库鲁(Kuru)的一段石头路可能很不好走,可是一起床连早餐也不吃就马上离开,似乎很不礼貌,所以我们又等了两个钟头,等那厨子先生起火,做好四张厚煎饼,四枚水煮蛋,以及一大壶茶。

当那两位友人看到我们居然就在屋后那条冷冰冰的溪水里洗脸时,真是吓坏了,他们一向都是等厨子把水烧开之后,才来整理仪容的。其实我们俩看到他们一大早七点钟只穿着单薄的棉质睡衣,就去好远的地方上厕所(很奇怪他们一直都穿着睡衣,即使到九点半他们送我们离开的时候,也还是如此),也是觉得很不可思议。由于他们这儿没有谷子,所以我得先买些干草给哈兰当午餐,这堆干草很不方便携带,不过蕾秋现在反而多了一个舒适的靠背。

刚开始步道非常湿滑泥泞,而且是在许多小村子的平坦耕地间蜿蜒前进,然后突然来了个大转弯,眼前便出现一大片烂泥滩。我们被迫在这儿停下来,不知道该往哪里走比较好。我知道必须在这附近渡过塞尔河(Thalle,这是夏克河的一条支流,在冬季期间其水流量并不大),可是融解的雪水把河面变成数英里宽,我们的步道也失去了踪迹,根本看不出该从哪里渡河(我所使用的这份是美国空军的地图,上面并没有记载这么详细的地面细节)。

幸好这时有一位老先生放下他的工作,带领我们越过这一大片泥土与冰雪混杂的泥滩。接下来塞尔河就在眼前,它宽仅二十码,河水不深,但流速相当快,河底堆满了小石子,让哈兰很难通过。蕾秋首先从两条细而摇晃的树干桥过河,那位老先生比手势叫我跟着蕾秋过河,由他牵哈兰涉水。这时他跟我借用我的手杖,告诉我如果哈兰拒不从命的话,他可要打它的屁股。我一看这怎么行,立刻便把缰绳从他手中抢了过来。我踏上那座树干桥时,他急忙在附近找有没有别的"武器",结果他从水里捞出一根树枝,我气急败坏地叫他走开,让我们自己想办法过河就好了。老先生对我的态度感到十分不解。一开始哈兰果真死也不肯往前走,它故意把两只前蹄交叉,两眼滴溜溜地转,看我打算怎么办,不过经过我一再对它好言好语(当然事成之后还要大大地赞扬它一番),老哈兰终于回心转意,在五分钟之内迅速过河啦。我既没骂它,也没打它,令刚才那位老先生诧异极了。说真的,我也弄不懂,为什么脾气那么温顺、与牲畜关系如此密切的巴尔蒂斯坦人,却始终无法了解,其实爱心比鞭子更容易控制动物。

过了河之后,我们又折回原来的步道,不过路面非常滑溜,两旁则是坑坑洼洼的田地。我刚越过一个满是泥泞的小沟,突然听到哈兰怪异的哼哼声,以及蕾秋的尖叫声,我转头一看,哈兰正挣扎着要站起来,它背上的行李掉到一边,另一边则是脸朝下、一动也不动的蕾秋。由于我看到她的帽子还牢牢地戴在头上,再加上这片泥地很深,所以并没有惊慌失措。当我弯下身来探视蕾秋时,老哈兰居然也像人一样转过头去看着蕾秋,投给她一个关心

第十章 消失的步道 285

的眼神。蕾秋抬起头笑眯眯地说:"这是我第一次摔跤,琼恩说,一个人得先摔上七次才能成为一名真正的骑士,妈,哈兰没事吧?"哈兰很好,我们的行李也没问题,只不过装煤油的小罐子掉进书袋里,铺盖则和煮菜用具搅和成一堆,另外还有一堆东西和哈兰的粮草跌得混在一起。

**舍不得说再见**

当步道转向卡东拉山前进时,我们停下来依依不舍地和克伯卢道再会。(可是我心里总有一个念头,觉得自己还会再来。像我这么热爱巴尔蒂斯坦的人,怎么可能不再度造访呢?蕾秋也和我一样非常舍不得说再见,前几天她还曾提到克伯卢是她最喜欢的地方,她以后要来这里度蜜月。)

此刻我们仍旧未见到夏克河,却来到一大片平坦的果园,这里的苹果树和杏子树站在积雪达一英尺的雪地里。现在步道已经清晰可辨,可还是很不好走,一直到走出谷地,情况才好转。虽然现在已是中午时分,太阳却依旧尚未出现,我甚至还看到卡东拉山上飘着雪呢。此时一道刺骨的强风迎面吹来。这道风势强劲有力,卷起阵阵风沙扑打在脸上。我们先是沿着一条险峻的小径往上行,不久后这条小径穿过一片乱石堆,有些石块甚至比一座谷仓还大。此时的天色恰巧是灰蒙蒙的一片,整个景致呈现出喜马拉雅山脉最阴沉的一面。之后我们遇见两名青年,赶着一小群山羊以及三匹驮着重物的小马,那两名青年看到我们,竟吓得差点坠入碧绿色的夏克河。拐进山的另一边,终于躲开了强风的肆虐,但接下来却是一段沙子路,这是好几个星期以来最好走的一段路。我们在这里遇见了一匹毛色乌黑的小马,它的体型比雪特兰牧羊大不了多少,在它的背上坐了一位腿很长的"毛拉",那名毛拉大声地警告我们前方有落石,不过他却继续往前行,而我们的步道正向着一座突出于夏克河的陡直页岩山脉上行。我发现路面满布细碎的石子,那些比较大的石头都在河水里,不过经验老到的哈兰现在已经懂得走在这两种石头之间,而蕾秋也还是一如往常,毫无畏惧地从马背上望着三百英尺之下,水势翻搅奔腾的夏克河。此时天空很快地晴朗起来,当我们再度走到河面处时,已是艳阳高照。接下来的这一英里路,沿途全是荒漠似的灰沙、灰色的百里香,以及灰色的石块,然后我们便来到一座巨大的棕色山脉的山脚下。有个小村子依山而建,当我向村民请教往库鲁的路该怎么走时,那些受到惊吓的村民,只是呆呆地指着一座一万两千英尺高的山。我原本以为他们是在和我开玩笑,但是聪明的蕾秋却看懂了他们的意思:"从这里再往前去一路都是高山,而那座山还是里面最低的一座。"

　　我们的步道一路盘旋而上至少三千英尺,仿佛要爬上天去。此时脚下的路面已经结了冰,每当走到 U 字形的弯道时,我便要他们停下来,欣赏这一片言语无法形容的自然之美。转过头来,则见到我们脚下这条以石头补强过路面的步道,一路向上蜿蜒不止,望去简直像一条灰色的长龙。我们心里真好奇,这条路到底会带我们到哪里去呢?可惜实在猜不出来,因为在我们的上方,有数不尽的高峰、大山和雪岭,简直要塞满整个天空。过了一会儿,我们可以看到,越过卡东拉隘口的那条吉普车道就在我们下方的左边,先前站在卡东拉隘口时,就已经觉得我们站在很高的地方了。

愈往上行,脚下的路面状况就愈糟糕,而且地上只有一组足印可以让哈兰跟着走,步道的两边积雪皆达两英尺深,根本分不清哪里才是步道真正的边缘,一不留神,很可能会误踩美丽的雪檐(译注:冻结在悬崖边缘的冰雪块)而坠崖。接下来是一段十分陡直的上坡路,显然会带我们通往山顶。由于老哈兰已经气喘吁吁,所以蕾秋便从哈兰背上下来,由我牵着哈兰慢慢往上爬,好不容易终于走到一片平坦的路段时,我们三个"人"全都快"瘫"了。可是我们根本不是爬到"山顶",我们只是来到一个边缘不一样高的浅盆地形,它的直径约有一英里宽,地上盖满了冰雪,上面还耸立着不少经过时间洗礼的巨大石块,看起来好像一群史前怪兽,而我们的步道则位于较高的那一边,继续在往上爬行。

后来我们又来到一个"假山顶",站在那"山顶"上俯视另一个类似的浅盆地形,并眺望耸立于夏克河南方的拉达克山脊,上次我们便是从它的山脚下路过到克伯卢去,所以并未见识到它雄伟的身影。此刻阳光正照耀在最高的山坡上,那些灰白色的三角形峰顶下方正不停地飘着雪,至于我们这一边的山谷,上方巨大的悬崖在蓝天中闪耀着金棕色的光芒。

当我们吃力地爬过第二座浅盆地形时,不得不先在它的边缘暂时歇歇腿。在前方三十码处出现了另外一条步道,沿着我们右手边那座山脉的陡坡一路延伸下来。这时我看到远处有一头载着东西的牦牛,越过完全被雪覆盖的山脉,往我们这条步道走来,此刻我真感谢安拉今早没让阳光露脸,也很感谢那头牦牛的主人,他显然相当熟悉本地的天气状况,所以我们可以安心地跟在他们后面。

**喜马拉雅式的精髓**

接下来是一段坡度较缓的下坡路段,所以蕾秋再度上马骑着哈兰前进。我们的步道朝着一座极其陡直的山脉之侧前进,来到山侧时,我发现我们正朝着一座深不可测的纵谷走去,那座背光的纵谷非常狭窄,可能仅有半英里宽,就位于我们这座棕色山脉与前方那座积雪的山脉之间,估计纵谷至少有一千五百英尺深,而且两边的山壁都非常的陡直,这正是喜马拉雅式景致的精髓——巨大、美丽、冷酷。那些不愿意花费精力的人,休想一亲芳泽。

这条狭窄的步道越过纵谷的这一段路面极差,我叫蕾秋下马来自己走,心想这孩子一向喜欢向不可能挑战,所以便对她说:"我们两个先走。"我把行李绑在高处,希望一切平安顺利。当我们走到那座积雪山脉的背光处时,这座峡谷突然变得很可怕,由于担心蕾秋的安危,根本无心欣赏它的不凡气势。我发现高度对心理所产生的影响非常巨大,其实蕾秋从一百五十英尺的地方摔下去,和从这里摔下去一样都是必死无疑,可是这深不可测的高度,再加上路面年久失修(我们每走几码,都会造成一些小石子掉下深谷),令我格外担心。

第十章 消失的步道

我顺着哈兰的速度牵它前进（通常它比较喜欢快速通过），有时候我们头顶上伸出来的石块非常低，还得弯下身走。我曾经告诫过蕾秋，走路的时候应该靠着山壁的这一边（她老是喜欢走在悬空的那一边，因为那样比较能够看到下方的风景），所以我从不回头看。我们的步道在纵谷的头部拐了一个Ｖ字形的弯，转向那座积雪的山脉，却在此处被几个小规模的坍方给堵住。位于Ｖ字形弯道下方的那片山坡当然不陡，只要再小心地走十二步，路面就不会那么糟糕，却因为结冰而让人觉得恐怖万状。此刻我的胃开始产生一种很不好的感觉，当我们转过弯来，赫然发现一堆长达四十码的崩雪横躺在路面上，我的胃更加的难受。虽然又遇到坡度很陡的下坡路段，但幸好有哪只牦牛留下深而明确的蹄印，救了我们一命。这一片积雪的山坡看起来好像随时会崩塌到谷底去，但实际上它还相当坚实。不一会儿，我们又再爬上一段陡坡，走了约一百码后，终于离开那座断崖，来到一片很高的高原，它看起来几乎与拉达克岭等高。

我和哈兰在这里等蕾秋跟上来，她非常卖力地爬着这座陡峻的雪坡，不过常常停下来倚着我的拐杖休息喘口气，因为此地的空气非常稀薄。此刻我真以女儿为荣，虽然有的时候嫌她话太多，不过她也真的很不简单。

我们继续往前走，越过一片鼓起的雪原，斜斜的淡金色阳光照在上面发散出一股奇妙的光辉，从这儿我看不到它的尽头，不过最多应该不超过半英里宽。我们的右手边矗立着一座雪峰较矮的山坡，左手边则是一道长而积雪的圆顶山岭，阻挡在谷地前面,不过却遮不住拉达克岭高耸的身影。拉达克岭的山峰在背后淡蓝色夜空的衬托下显得如此美丽,令我不敢逼视。这片由高耸的棕色峭壁和积雪山岭所组成的景致,愈加显露出其独一无二的孤绝与宁静之感。

**意志力的考验**

蕾秋再度上马,她得意地说:"哈兰真是一匹好马!"这时金黄色的阳光恰好照在它那浅栗色的毛皮上,看来还真颇有几分骏马的架势。然后我们看到前方有个黑色的小点,不一会儿我们便赶上这头牦牛。哇,它可真是一头品种特别优良的牦牛,有着一对巨大的角。赶着这头牦牛的是一位瘦巴巴的老先生,他乍见我们还以为是遇到鬼了,愣了好一会儿,连我们跟他打招呼也没反应。

由于天已经黑了,我本来有点担心会被困在山里,不过这段下坡路蛮短的,库鲁就在不远处。我一路小心翼翼地往下走,根本没注意到周遭的环境,全副心神都放在这条狭窄的步道上,既得防着突出的石头撞掉哈兰背上的行李,又不时得提防脚下踩空而一命呜呼。最后这一小段路最陡,害得我们的行李又滑到哈兰的颈部,这情形一再发生,实在太危险了。当我站在一座村子外替哈兰把行李放妥时,恰好有一位老先生出现在他家的屋台上,不一会儿他便已走到我身边,好心地要招待我们。

当这位老先生的家人为了我们这两名不速之客而议论纷纷时,我和蕾秋就坐在小院子里那个通往厕所的楼梯上,看着哈兰大啖饲料。我发现我们正好位于古瓦里招待所正对面的上方,不过因为中间还挡着一座小山,所以看不见招待所。太阳刚刚下山,整个西南方的天空呈现一种奇怪的灰粉红色,只有金星透着金黄色的光芒。当猎户星座升到我们头顶上的时候,主人从墙上一道低矮的木门走了出来,他招呼我们走过一间漆黑的马房,再从一道更矮些的门,来到我们住的这个没有窗户的房间。这房间约有十英尺长、八英尺宽,房间一半的地板上铺着由山羊毛编成的布块,另外半边则是泥土地。屋顶上那个洞的下方是个"壁炉",由三面墙围成,上面可以放平底锅煮菜。房里有一面墙排放着雕刻精美的壁橱,除了一堆肮脏的铺盖以外,这些壁橱是房里唯一的家具,这房间正是那位年长但行动依旧生机勃勃的主人和他可爱的老伴儿的卧房,他们的子孙则住在楼上的房间。我们来的时候,曾看到黑暗中有另外一位老先生,坐在由小树枝烧起的小火堆旁边抽着水烟筒。来到这里真好,完全没有往常那些好奇围观的人打扰,我还有适当的空间可以煮些东西。我用我的小煤油炉子在烛光的照亮之下,煮了一锅米,再添加一点糖以及最后一点剩余的荷兰制炼奶,把它做成米食布丁,尝起来真是无比美味。

带着像蕾秋食量这么小的孩子同行真是方便不少,不过今晚还是我头一遭听她喊饿。虽然她的身材很高,每天又消耗那么多的热量,而且每隔两天才能吃到两枚水煮蛋,可是这居然就已经够令她长高长大了。吃饭的时候她已经裹在睡袋里,等她一放下空饭碗便立刻翻身睡着了。这时候我真羡慕她,我每次在累了一天之后，还得强打起精神写日记，那真是对我的意志力的一大考验。曾在一百二十五年以前探访巴尔蒂斯坦的前辈旅行家亚历山大·卡宁厄姆，便曾经提到："大多数的旅行者总是在白天把自己搞得太累，以至于无法在夜间做任何的观察。"不过我刚刚给自己泡了一大壶浓茶，现在觉得精神很不错。

这家人看起来很像藏族人，引我们进屋的那位老先生有着非常慈祥的面容，脸上刻画着岁月及气候造成的痕迹。他留着灰白的胡子，有一对明亮又慧黠的眼睛，每当笑起来的时候，便会露出一口整齐健康的牙齿。他的老伴儿一共生过二十二个孩子，不过只有十六个存活了下来，她现在颇为风湿痛所苦，可是仍旧非常开朗，也很关心我们。主人把铺了地毯的那半边地方让给我和蕾秋睡，两个钟头以前，老夫妻俩拿了两张破旧的山羊皮铺在另外那半边地上，然后再铺上铺盖躺下来睡了，另外一对老夫妻和三名少女现在才进屋里来睡觉，由于屋子里躺了那么多人一起睡觉，所以今晚一定会觉得很温暖。以往我们在这样大的房间里，通常都只有四个人（也许是三个人，或者就我们母女俩）一起睡，夜里常会觉得很冷。

### 吉里斯，三月一日

昨晚睡觉时曾稍稍受到干扰，白蛉并不是巴尔蒂斯坦唯一一种从冬眠中苏醒的昆虫，所以我和蕾秋都被叮了满身的包。

我在早上六点不到便起床了，听到一阵熟悉的声音，可是一下子又想不出是什么东西。我从睡袋里探出头来一看,原来是主人正利用一段中空的树干,在搅制藏式奶茶呢。巴尔蒂斯坦人喜欢在茶里加点牛奶和变质奶油,一点点盐和小苏打,不过喝起来味道就和藏式奶茶一样。虽然昨晚我还剩下足够的米布丁可以当早餐,可是主人还是坚持要我吃他们的奶茶和糌粑,而他们两位则各喝一杯奶茶,另外一杯奶茶里面则加了萨图。若以快餐食物来说,糌粑要比米食更胜一筹,因为它除了便于携带之外,直接吃进嘴里的味道,以及饱胀感都比米食持久。至于很多人不敢接受(大多是保守的外国人)的藏式奶茶,它也很能让人觉得饱,而且让人觉得非常暖和,喝下肚的感觉就和威士忌差不多。可惜蕾秋的高适应力一遇到食物就兵败如山倒,她就是那种饮食习惯非常保守的外国人,虽然已经对我们每天重复吃的那几样东西感到厌烦了,可还是打死也不肯尝一下藏式奶茶或糌粑。

我知道无法以金钱向主人表达谢意,所以想找有什么适当的东西可以送给他们做纪念。后来我灵光一闪,决定把我的手套送给男主人,反正我现在可能也不太用得着了,再把我们那两个丑陋的橘色塑料杯的其中一个送给女主人,因为昨晚她似乎挺喜欢那只杯子的。然后我们便在七点三十分启程,这时阳光已经相当温暖,天空万里无云。

**生死由命**

上路的第一个钟头非常难走,因为这条陡直狭窄的步道尽在房子或五英尺高的石墙间穿梭,害得哈兰勉强挤在那狭窄的空间内前进。主人家位于屯垦地的边上,所以我从那里没法估算出库鲁的大小。主人告诉我,在以前英国人殖民期间,库鲁拥有一个只有一间客房的招待所(可惜现在已经毁坏了),令我低估了库鲁的大小。今早我看了一下,这片散布在许多座高岩上的屯垦地,可能有五六千人。这个地方充满了原始之美,到处是令人流连忘返的峡谷,黝黑的突出悬崖,以及水流湍急的小河。它和萨林村给我的感觉相同,它们一定都曾有过一段相当繁荣的时光,像右岸这些位于旧时主要贸易路线上的村落,现在根本很少见到外地人的踪影。

村子里的男男女女、老老少少现在正忙着把堆肥挑到田里。我发现随着日光愈来愈炙热,粪肥便逐渐散发出难闻的臭气。我们的步道朝着下一座山壁前进,路面终于变得平坦,我很高兴地发现,哈兰背上的蕾秋以及行李都还在原位没有移动(虽然刚才的地形很不好走,可是我并没有叫蕾秋下马,因为我担心哈兰背上的行李又会滑到它的颈子上。如果蕾秋坐在绑马鞍的绳索上,将有助于行李的稳固)。可是我似乎高兴得太早了,就在我们离开库鲁之后,步道便引出标高两万英尺高的山底部的一块隆起地形,它突出于夏克河上方七百英尺处,绵延约四分之一英里长,这是我们在巴尔蒂斯坦遇到的最可怕的地形了。我还记得我从左岸看了一下,推测这种路应该只有山羊才有办法通行,天气好的时候它或许还不那么可怕,可是今天的天气并不好,路面上躺着两处相隔约五十码的坍方。幸好附近正好有不少村民及时警告我们别再往前走，然后有一位好心的毛拉碰巧也是要到吉里斯去，刚好他也会说一点英语，所以我们便与他结伴同行。他向跟在我们身后的两名年轻人打着手势，要他们把哈兰背上的行李卸下来，然后帮我们把行李扛过这一段长约半英里的滑坡。我跟在哈兰后面走着，蕾秋则交给那好心的毛拉以及他的同伴们照顾；这些同行者包括一位暗哑的毛拉，他十六岁的女儿，一名身材短小精悍的邮件递送员，以及两名非常没胆的老农民。那两个农民认为，我们大家可能在半路上就被落石砸死了，根本没法活着到吉里斯。其实我倒是一点也不担心，因为一旦来到巴尔蒂斯坦，如果不能放开胸怀听凭命运的安排，那一路上肯定时时提心吊胆。我牵着忠心的老哈兰，小心地越过那两堆刚塌落不久的落石，再回头看蕾秋的情况如何，她正站在其中一堆落土的中央，很认真地看着那位毛拉说："不，不是荷兰，是爱尔兰，一个叫做爱尔兰的小岛。"如果哪天她从一个失火的房子里获救，我相信她也一定会跟前来搭救的消防员聊一聊。

越过那两堆落土之后，我们全又都继续朝着那可怕的隆起地形走去，蕾秋依旧和那位毛拉边走边聊，那名邮件传送员走在最前面，充当我们的探路先锋，前方一度出现小规模的落石，他赶紧叫我们停下来，等那一堆石头飞快地掉进下方的河里（虽说这是小规模的落石，可要是我们刚好走到它正下方的话，后果仍是不堪设想）。当我们一越过那片隆起的地形，山壁正好向后移，所以步道的路面随即变宽，足够供吉普车通行。此刻我们来到一片位于河面上方不是很高的沙质地，由于我们要先停下来让哈兰吃早餐,所以不得不与那群好心的同行者分手。

### 露天"解放"

吉里斯离库鲁不过十英里远,除了其中有几小段是松软的沙地或滑溜的烂泥地,以及离吉里斯三英里处,那一段爬上戈恩村的上坡路段比较不好走以外,剩下来的路段应该都算好走的。

这一片土质肥沃的绿洲地,位于夏克河与印度河汇流口上游一英里的地方。三名刚从田里回来、身上散发着粪肥臭味的年轻人,带领我们越过一片棕色的泥泞田地,到达我们的目的地。显然这间招待所自从印巴分离之后,便很少有人光顾(可能根本没有人上门),我们四处都找不到管理员,似乎也没有人知道他是谁。不过最后终于有一位老先生,拿着一把大钥匙蹒跚地走了过来,带领我们到一间房子,要不是里面有着英式的壁炉以及装上玻璃的窗户,它看起来和一般的民房没啥两样。我们的房间必须从室外的石梯爬上来,正巧就在哈兰的马房上方,房里有一张没有垫铺的床板,一张小桌子、一把椅子,还有一张不太稳固的吊床。房间外有一间没有任何器具的盥洗室,它有一扇门可以通往另外一座屋台,上面有四个圆形的洞。这四个茅坑完全是露天的,没有任何遮蔽物,当你蹲下来"解放"的时候,可以将整座村子的风光一览无遗。当然,你根本不必担心光着屁股上厕所会引来任何非议,因为这种行为在这里是很正常的,绝对不会有人大惊小怪。我们房间的一扇窗子正好对着一个小庭院,院子的四周有六棵比屋子还高的大杨木;从另外一扇窗子可以看到村民的生活百态,像今天下午我们就看到好几头犁牛,其中有一大群正在发情的混种公犁牛,它们那股蠢蠢欲动的模样非常滑稽。它们的头放得低低的,毛茸茸的尾巴卷在背上,它们像绵羊般跳来奔去,直到遇上与它们一拍即合的异性为止。虽然牲畜对巴尔蒂斯坦人来说非常重要,可是我发现这里的村民并未对牲畜的交配行为善加计划。

我们刚刚听说,此地与戈尔村之间步道的路面昨晚发生严重坍方,已经无法通行,而且吉里斯的修路工人不可能在三天内就把落土清除完毕。不过我一点也不烦恼,非常乐意在这儿多耽搁几天,因为这个村子里的人相当友善,景致更是美丽。

# 第十一章

# 吉里斯到斯卡杜

整个喜马拉雅山地区的气候十分干燥,全年降雨量仅有六英寸,如果它是个平原的话,势必会成为另一座撒哈拉沙漠。幸好此一地区的巨山高峰总是能将雪压缩成水分,因此,一旦水分与坡度两项条件都配合,山上就会形成冰原及冰河,供附近山区的少数人口在如此恶劣的生存条件之下维生。

——菲利波·迪·菲利普(1909)

**吉里斯,三月二日**

真痛恨现在时序已到三月,这意味着我们能在巴尔蒂斯坦停留的日子不多了。过去这些年来,我和许多地方、许多人有所牵扯,但是到今天早上我爬到吉里斯的高山上时,才发觉我对巴尔蒂斯坦的感觉更像是一种炽热的爱情,而非牵扯,而且这种感觉的建立,主要是来自地方而不是人。巴尔蒂斯坦人可爱、可靠、开朗,而且非常大方,不会吝惜将自己仅有的东西和别人分享,可是他们缺少一种比较复杂的特质，我姑且说是"没个性"；这或许是因为，巴尔蒂斯坦这个地方的人既使用不同的语言又属于不同的种族。巴尔蒂斯坦并非单一的种族，而是由好几个不同族裔的人聚集而成，就拿他们和附近地区的一般人来评比：他们缺乏巴旦人的活力，不如波斯人儒雅，不像藏族人祥和，他们缺少安姆哈拉人（Amharas）的庄重，也没有印度人的细致，更学不来尼泊尔人的善于经营。如何在这片不仁之地求得生存，已经耗尽了他们所有的心神，再无余力发展艺术和工艺，他们唯一擅长的是与生活息息相关的基础技能，例如修筑梯田。再加上他们地处偏远之境，整个地区完全没有生活比较富庶的富人阶级，因此连最基本的文教生活亦无从发展。巴尔蒂斯坦在改信伊斯兰教之前的生活情况，的确比较不同。探险前辈卡宁厄姆曾经在书中提到，巴尔蒂斯坦自十七世纪起，便持续摧毁寺庙，并将他们的藏书全丢进印度河里。就像我先前所说的，我是和这个"地方"形成了一种关系。杨赫斯本爵士道出了大多数到此旅行的人的心声："对喜马拉雅山了解愈多，你想看的就更多。"

### 隔岸牧羊

我们在吉里斯的后方，沿着一条狭窄的水道往上爬，经过了数座忙碌的磨坊，磨坊由一群和善的妇女负责看管，她们送了一点萨图给我们。水道里的水在石块间奔流，发出极嘈杂的声音，刚融化的雪水也源源不绝地流了进来。不过我们正对面的悬崖壁上仍旧挂着一片片像平板玻璃似的冰片,还有许多像电线杆一般粗大的冰柱,听说昨天还有一名牧羊人被一根大冰柱给砸死了呢,因为那冰柱下方的地块承受不住它的力量,而整个崩垮。巴尔蒂斯坦可说是充满了各式各样的天然灾害。

中午,我们赶上了走在前面的一群羊,这十七只山羊和绵羊由三名小男孩负责看管。此刻我们来到一座椭圆形的山谷,里面零星散布着干草贮藏所、大石块以及几间"夏屋"。我们在河边坐了下来,看到那三个小牧羊人赶着羊群,从一条细窄的树干桥走到对岸,那里刚冒出一些短短的黄棕色草,然后他们三个人一脸疑惑地看了我们十分钟。这十分钟他们可是未因此疏忽了工作,每隔一阵子就有某个人会发出警告声,要不就是呵斥羊儿一下,而那些羊儿也都很听话,让我非常讶异。他们这种隔岸牧羊的功夫,说明了在这农忙之季,为什么这三个孩子却只负责看那么少的羊:事实很明显,只有那群牲畜当中的成员,才能运用这种遥控的牧羊方式,牧羊的工作其实并不光是眼到就可以。

要离开这片美景、这份宁静,以及这一大片各式各样的山脉,真是令我心如刀割。不过我相信,我一定能将喜马拉雅山这份孤绝的宁静带着,它将永存我心中。我将永志不忘这趟旅程所得的点滴感受。

**吉里斯,三月三日**

今天真是很有意思的一天,可惜天公不作美,天色阴沉且刮着强风,和老家爱尔兰的三月天还真像。

先前我们从库鲁来的途中,曾经见到一个满布奇怪的浅棕色石灰岩峭壁的地区,因此今天便从一条沿着山脉底部修筑的灌溉渠道旁的小径去探险。此刻我们见到一个令人困惑的景象:有三个男人用铁锹、木槌和全身的力气,要从峭壁的壁面上挖下长而平的石板块来。令我搞不懂的是,这里遍地是取之不竭用之不尽的石头,他们干吗要这么费事呢?不过要是你走近点仔细瞧,便会发现那些围筑出梯田的挡土石块,可不是随随便便从地上捡来的,而是形状整齐划一的三角形石块。其实要修筑维护一块耕地所花费的工夫是相当惊人的,尤其是目前这个季节,所有的人全都忙于田地施肥的工作,可是雪水融化却常常冲毁梯田的挡土墙,这时候倒霉的农夫可得赶紧把它补好,否则宝贵的耕地可是会被冲刷殆尽的。我认为那些老爱批评巴尔蒂斯坦人懒惰的家伙,应该亲自上山来试耕几季。

石灰岩峭壁附近有一座村子,村里的房舍用土砖盖成,而不是巴尔蒂斯坦人常用的石头,看起来带有一种中东地区的风味。峭壁上也有一些住屋,显然是在峭壁上挖出来的,可是它们大多都毁坏了,部分地基已经遭到侵蚀,这正是这些奇特的峭壁很快便消失不见的原因。这些房舍呈蜂巢形,有着很可爱的洞穴,看起来很像是古代隐士的居所,蕾秋非常想进去一探究竟,可是这里的地质太松动,我并不想冒险。这村子里还有一种极为粗大的藤蔓植物,它们长得真好,有些看起来简直像是一条纠结的大蛇,有些藤蔓则直直穿过屋台或房子的墙壁,还有些则在灌溉渠道的上方形成了一条便桥,更有些藤蔓垂挂在一棵棵的杏子树与桑葚树之间,绵延五六十码长。

## 大清真寺

离开峭壁区之后,我们来到不知名的小平原,它的地上还局部覆盖着冰雪,这里的地质相当湿软,不适宜耕作,可是却很有弹性,地面上裂了许多极深的沟壑,其深度无法以两眼目测;有些则是圆形的坑,直径至少有一百英尺;另外还有一些狭长的裂缝,边缘全都是破碎的。在这一大堆如致命陷阱的坑坑洼洼之间,土质非常的松软,简直像一座沼泽。我突然发现这上面根本没有半条路,所以"赶紧"小心地离开这里,然后滑下一座五百英尺的峭壁,来到位于河面上方的一个果园与田地区。

整个吉里斯地区长十六英里、宽十英里,它和巴尔蒂斯坦所有的绿洲地带一样,也拥有一名领主。据我所知,这位领主好像会说一点英语,只可惜现在他人在斯卡杜,所以我们仅只缘悭一面。在返回招待所的途中曾经过他的官邸,那是一座三层楼高的正方形房舍,就矗立在一座俯瞰夏克河的峭壁边上。这间房子除了是截至目前为止,我们在吉里斯见到最大的一栋建筑之外,别无其他特色。这时恰好有一位来自希加的年轻警员,看到我们在官邸四周参观,便上前来搭讪,他告诉我们:"全吉里斯最棒的建筑是大清真寺,你们跟我来,我带你们去参观。"我们便跟着他走,果真看到了那栋建筑。

这座清真寺在吉里斯市集（我不知道，四分之三的货架都是空空如也的六个小摊子，能不能称得上是市集）附近，以巴尔蒂斯坦的标准来说，它的确称得上是气势宏伟。这座清真寺的外观设计与一般石造清真寺一样，正方形、平式屋台，以及一座木造门廊，外观看起来相当破旧，可是它的大小比例却使它本身呈现出一股简约的宏伟气派。木造门廊由一列排列紧密的高大木柱所支撑，我们从走廊可以看到宽广的内部，以对称形的柱子分隔成好几个中殿，泥土地板上铺着好多块草垫，高高的天花板上有四盏灯垂吊下来，不论是什叶派教徒或者是诺巴希教徒全都可以在这里面膜拜，我真希望北爱尔兰的基督徒们好好跟人家学学。

在这座清真寺附近一个圈围起来的角落里有两座破败的坟墓，我猜以前它们一定非常华美，从雕刻遗迹看来，技巧显然比现代巴尔蒂斯坦人的高出许多。那名警员告诉我们，这两座坟墓里埋的，正是让巴尔蒂斯坦从佛教改信伊斯兰教的勇敢传教士，他说得或许没错吧，可是我是有点怀疑，那段历史数据居然真的可以提出物证。

今天我们一共遇到五次规模不小的落石，而光是听到声音的次数还不止于此。我们从这里可以看到河对岸的吉普车道，幸好目前往来的车辆并不多，否则意外必定层出不穷，因为吉普车司机无法和乘客或行人一样，可以听到石头咻咻坠落的预警声。我们步道上方那片陡直、平滑的山坡，正是容易发生落石的典型，巨大的石块以流星般的速度坠落。

吉里斯的老鼠很多，晚上我是在木头地板上打地铺的。昨晚当我点蜡烛躺着看书的时候,这些鼠辈居然胆大包天地从我的睡袋上急急跑过,当我吹熄蜡烛上床睡觉时,它们竟然还跑过来嚼蜡,我甚至可以听到它们在我耳边大嚓的声音。

**吉里斯,三月四日**

黎明时起床发现,外面刚刚下了三英寸的雪,到了八点钟,居然下起雨来,这可是我们三个月以来头一次看到雨呢。雨下了一整天,偶尔还变成冻雨,外面既冷又湿,所有的人全都躲在屋子里,到下午五点天空才终于放晴,我看喜马拉雅山的雨大部分都落在吉里斯吧。一整天蕾秋都在画图和做算术以打发时间,我则一如往例,趁天气不好的时候把一些该做的琐事给做好。

**斯卡杜,三月五日**

今天是最辛苦的一天,天气非常恶劣,我们花了将近八个钟头才赶了二十六英里路,而且当中只休息了五分钟。所以现在你可以正确推断出,我和哈兰两个"人"的身材都非常结实。

黎明时我还看不出今天的天气状况如何,七点半时天空开始放晴,于是我们在九点十五分启程。但是当我们快到戈尔时,便看到云层开始在前方的高峰聚集,接下来的六七英里路倒还可以忍受,脚下的地是干的,也不会太冷。接着步道来了个大转弯,我们的左手边是一大落黝暗的山脉,右手边则是印度河峡谷,一个月前经过这里时它还是一片冰封,现在雪已经全部融化了。在印度河的那一边矗立着好几座光秃秃的峭壁,从远处看竟然呈现出棕色丝绸般的质地,我们看到那儿一共发生三次规模不小的落石,幸好行走的步道非常安全。在戈尔到戈莫塞冈(Gomo Thurgon)之间十二英里长的不毛之地,途中我们只遇到另外一名行人,他是邮件传送员,身上背着一个封口的小邮包,十万火急地赶着路。他看到我们之后,脸上出现一种奇怪的表情,好像无法相信他刚刚看到的景象是真的,可是他的行走速度却丝毫没有被打乱。

云层愈积愈厚而且愈来愈低,吹在我们身上的风势愈来愈强也愈来愈冷,我担心待会儿很可能要下雨了。没想到当我们进入斯卡杜谷地时,天空没有下雨,反倒下起雪来了。可是现在下的雪,并不是往常我们所喜欢的那种"干雪",而是像我爱尔兰老家那种一落地便融成水的"湿雪"。我们一路向前走,身子就变得愈来愈湿、愈来愈冷,不一会儿能见度便只有五十码,步道上积了六英寸高的烂泥。我们快速地通过这一片阴暗之路,耳边却传来跟平常不太一样的雪崩声,虽然此刻我的身体非常不舒服,不过还是很高兴知道,原来巴尔蒂斯坦也会有这么糟糕的天气。一个人总不至于期待他喜爱的地方,永远都是那么和蔼可亲吧。沙迪克告诉我,斯卡杜已经一连下了四天的雪,甚至连晚上都没停。

当我们回到斯卡杜的时候正好是下午五点。一到家,我就把全身湿透又冷得直发抖的蕾秋一个人丢在我们那间很冷的小房间里。我得先把哈兰背上的行李全卸下来(此刻我的手指已经冻僵,所以动作不太灵活),把它的背擦干,喂饲料给它吃。接着我赶紧把行李打开,取出我们的小煤油炉子把它点着,然后把蕾秋身上的衣服全脱下来,再拿一条拼布缝被给她裹在身上,并且泡了一大壶茶。这时我才发现,我们的铺盖也全都湿透了,我得马上用煤油炉子把睡袋烘干。等一切忙完了,我累得往床上一瘫,立刻睡着了。

**斯卡杜,三月六日**

今天斯卡杜的天气依旧很糟,才走一下子,烂泥就溅得膝盖到处都是,不拿拐杖根本没法直起身子走路。天空中乌云密布,我们房间的天花板有多处漏水,根本没地方摆床,而且地板的积水也快和室外一样多了,而哈兰的马房天花板漏水情形更是严重。下午有四名男学童在屋顶上帮我们清除积雪,不过我担心他们的铲雪动作反而会使原本已经不太牢靠的屋顶泥土变得更糟糕。斯卡杜的人家目前大都遭遇到这种窘境。

今天我们一整天都去拜访朋友,他们每个人都叫我们千万别在天气好转以前转往希加。虽然此刻的斯卡杜实在很不吸引人,可是能回到我们在巴尔蒂斯坦的老家,感觉还是很不错。我们受到无数人的热烈欢迎,包括市集里的小贩、在河里遇见的邻居、在兵营前面的警察等等,斯卡杜人或许不像克伯卢人那样待人一见如故,不过一旦接纳了你,他们也是非常亲切的。

**斯卡杜,三月七日**

今天的天气状况好了很多,可是却给我们带来了灾难性的后果。炙热的阳光几乎把屋顶的积雪全给融化了,因此当我们去市集搜寻煤油未果而回家时,赫然发现所有的铺盖全湿透了,不过把它们拿到外面晒一下就干了。正午刚过不久,就不时传来雪崩的声音,上午蕾秋和几个好朋友到本地的女子学校去玩,她发现在目前的情况下,想要腰杆挺直地往前走非常困难。目前煤油短缺的情形相当严重,因为吉普车仍旧无法从加格洛开到斯卡杜来,路上一共有七处严重的坍方中断了两地的交通。

**斯卡杜,三月八日**

今天早上我们去拜访督察总长,他告诉我们一个令人痛心的消息:巴尔蒂斯坦的可耕地面积,每年都会因为水土问题而大量流失,这也是某些村落之所以会呈现出不如以往繁荣的景象的原因之一。如果巴尔蒂斯坦农民能够学会一些自助式的洪水防治方法,那么将可以挽救不少的耕地面积。显然学会了水土保持工作,将会令那些擅于在这种山坡地耕种的农民获益匪浅,可惜他们现在却仍将土地流失归因于"安拉的意旨"。

在我们谈天的时候,有好几名吉普车车主进督察总长的办公室来,请他发给他们汽油购买证,可惜全数遭到拒绝。其实我有点搞不懂,为什么核发购油许可这种事情会交由督察总长来管,而不是由隔壁的"市民物资供应处"来统筹办理?反正斯卡杜的生活就是这样。不过这倒让我借机提起,虽然我拥有"物资供应处"核发的购油许可,可是我们最近到处都买不到煤油。卡林汗一听,立刻派一名年轻警察帮我们去买。现在已经是睡觉时间了,可是那年轻人还没出现,但我相信他一定会帮我们弄到煤油的。

如果明天天气许可的话,我们将到塞帕拉走走。

**斯卡杜,三月九日**

我们在吃完早餐后出发,当时天空湛蓝,只有在山顶有些云朵,可是才不过下午两点,却又突然下起雪来。此刻整个塞帕拉谷地笼罩在一片白雪之中,塞帕拉湖的湖面更是完全结冰,上面还覆盖着一层刚降下的雪,稍不注意就会打湖边经过而不自知。至于吉普车道的路面也早就被雪盖住看不见了,当地部分居民自行踩踏出一条路来,可是这小径实在不适合哈兰走(或者应该说是危险),所以我们在离塞帕拉只剩一英里路的地方打道回府。那时候雪前风也正好刮起,天空中的云层也降得更低了,看来我这次是注定无缘在晴天见到塞帕拉谷地的顶部了。

到今天我才发现,雪崩的时间其实蛮固定的,当我们行经被雪冰封的塞帕拉湖时,听到今天的第一声"枪响",经过一阵沉寂之后,紧接着便是如响雷般的轰隆声——这是我们遇见声音最大的一次雪崩——听起来很像是从塞帕拉湖西岸的那座山的背面传来的。我看看手表的指针指着十一点五十八分。真是搞不懂，为什么每天的第一次雪崩总是在十一点五十五至十二点零五分之间发生。

我们看到那些比较陡直的覆雪山坡上，出现了深深的凹陷和长长的棕色土表。当我们从斯卡杜来的时候，曾看到白色的路面上有着鲜红的血迹，再往前走两英里路便来到了出事的现场。我们看到血迹一路从积雪的山坡，延伸到一片碎石子地为止，在雪坡的高处有一大块红色，受害者就是从那里一路跌落到路面上的，连带引起一阵小规模的落石。稍后我们才听说，当时那个倒霉的人为了寻找一只走失的绵羊，正好经过碎石子地，不幸被一块石头砸到脑袋。可是他就和一般勇敢的巴尔蒂斯坦人一样，勉强打起精神站起来，把身上的衬衫脱下来绑住伤口，然后自个儿走四英里路到医院去包扎。谁晓得，今天碰巧是星期天，医院里半个人也没有，他只好把伤口再绑紧一点，然后又撑着走了八英里路回家。只要和巴尔蒂斯坦人相处几个月，你就会了解我们西方人已经变得有多没用了，只要我们再继续这样娇纵自己和仰赖机器代步，再过几代，我们的身体将无法发挥其正常的功能了。

**斯卡杜，三月十日**

今天早上发生了一件极富意义的历史性事件：在将近三个月的苦撑之后，墨菲家的女士们今天终于更衣了！蕾秋还很不满意呢,她说:"我们的身体看起来根本不脏嘛,只有外套脏而已呀。"显然在这么酷寒的气候之下,其实人的身子并不会愈来愈脏,皮肤表面自然形成的油质保护膜似乎可以防污。至于那些脏衣服的下场呢,当然只有丢进垃圾桶啰,至少它们最后还能够被那些出来找寻燃油的村民们捡回去,发挥最后的一点功能。我决定不洗澡就直接换上干净的衣服,天晓得我们到了希加谷地会遇上什么样的温度?

今天的天气很糟,讨厌的"湿雪"不停地下着,低低的天空简直快要变成黑色了,而冰冷的湿气直钻入人的骨髓里去。到镇上走了一圈,发现这里仿佛是一座鬼域,脚下的烂泥地湿黏得好像强要把人的鞋给扒掉似的,再不就是滑得让人扶着拐杖也是寸步难行。

今天晚上我开始为煤油短缺的情况感到担忧,这几天我们都是靠着向亲友东借西凑才勉强够用,看来那名年轻的警员也是无能为力。照目前的情况看来,我们无法再用煤油炉子了,只好等到希加时,再看看那里能不能买到柴火。

### 斯卡杜,三月十一日

今天的天气稍微改善了些,至少天空不像昨天那么阴沉,再加上及时买到四加仑的煤油,除了可以还清向朋友借来的分量之外,还剩下一些可以带上路,所以只要天气一放晴,我们便可以朝希加出发了。另外我还在旧市集买到一些马铃薯,这些马铃薯非

第十一章 吉里斯到斯卡杜

常昂贵,才两磅就花掉我两卢比,不过用它们做出来的料理,可是我们几个月以来难得一尝的美味。

我在吉里斯市集用一卢比买了两磅的萨图,之后又在希加买了八磅,把它混进保温瓶装的热茶里,就变成吃了让人非常暖和的午餐,比起情况好时所吃的水煮蛋,或者是粮食青黄不接时的杏子干,应该好多了。

# 第十二章

# 春临希加

> 希加谷地本身便拥有最棒的景致：它是一座宽广、平坦、开放的谷地，不过四周都有高山环抱，它们高低起伏有致，峰顶宛如针尖，有的甚至终年覆盖白雪。
>
> ——杨赫斯本爵士（1888）

> 快乐系于品味，而不在物；而我们之所以感到快乐，是因为我们得到喜爱之物，而非得到别人认为值得拥有之物。
>
> ——拉罗什福科

**希加，三月十二日**

今天真是愉快的一天，不过这仅指天气状况而言，其他的事情可就没那么顺利了。早上八点四十五分我们便上路了，袋子里的茶壶、煎锅一路发出铿锵声，听起来好像是补锅匠来了，这已成了我们在喀喇昆仑山的招牌记号。

这一段七英里长的路，我们一直沿着往克伯卢的步道前进，这段路最近才刚以沙石重新铺设过(本地的修路工程师每一英里路便雇用一名修路工人),接下来,我们从一座老旧的吊桥渡过印度河,此地的河面仅约一百码宽。这一段印度河的水流相当平静,只有在拍打到河水中的巨大石块时,才会搅乱了水纹。河的两岸是巨大的花岗岩石块,吊桥的钢索便固定在这些石块上。河右岸的冰雪几乎完全融化了,我们的步道随即爬上一片长而宽的沙地,上面长着低矮的沙漠植物,这种沙漠植物非常强韧,连山羊都没兴趣。这片沙地向斯卡杜绵延而去,形成一连串形状美丽的沙丘,我们的前方则是一座黑色石头组成的长墙,石头上面爬满美丽的白色大理石纹。在它的西端独有一座红棕色的尖山耸立着,而我们的步道便是从这座山与那面黑色石壁之间狭窄的山沟穿越而过。在山沟的那一边,我们可以看到浅平的谷地,远处有一名牧羊人,正赶着羊群往某处我们看不见的牧草地而去。

我们的步道在越过一处极干旱的平原之后,转往北方而行,接下来是一段极陡的上坡路,步道在两座像是受到坏脾气的巨人泄怒破坏的破碎山脉中,弯曲前进。步道愈爬愈高,来到长而窄的鞍形山,山上的积雪依旧很厚,空气清新沁凉,这对刚爬得气喘吁吁的我来说真是一大福音。前方是数座不知名的雪峰,山巅云雾缭绕,两旁则是寸草不生的黑色崖壁,上面有好多处圆形的凹洞。这段路总算好走多了,我们气定神闲地在这一片带着某种冷峻美感和无比宁静的景致之中缓步前行,就是这种感觉让我舍不得离开巴尔蒂斯坦。

然后我们看到了宁静的希加谷地,以及三十多英里外,其与巴尔都谷地（Braldu Valley）和巴斯纳谷地（Basna Valley）的交会处，这两座谷地的面积比希加谷地小多了。这时从我们的左手边望过去，又可见到"斯卡杜之石"，耸立在希加河与印度河的汇流之处。这一段长长的下坡路，在距离河面不到八十英尺高的平地结束了，这片平地位于荒瘠的暗色悬崖底部，上面遍布各种形状、颜色和大小不一的石头，我们贪心地拣拾了一大堆石子，直到我的外套口袋都鼓起来了。接着我们来到一片果园和聚落，妇女们坐在屋台上做着女红，旁边则是一群看起来雄赳赳气昂昂的牦牛，我发现其中有几头是毛色比较罕见的混种牛。由于步道愈来愈泥泞，我们改从一条小径辗转从田地和民家之间来到村子的中心，我一眼便认出那座醒目的清真寺，以及围绕在它旁边的小屋和大树，这些景物时常出现在艾布鲁齐公爵①于六十六年前到此地游历时所拍摄的照片之中。从一九○九年到现在，世上还有哪个村子，像此地这样几乎没什么改变的？这也就难怪我会对巴尔蒂斯坦如此魂萦梦系。

**浪费公帑**

经过这个村子的主要市集时，我惊鸿一瞥地瞧见许多户人家有着精雕细琢的木刻阳台。为何说是"惊鸿一瞥"？因为步道十分泥泞，一不留神就会摔倒在地，要是把刚买来的十枚鸡蛋摔破，

---

① 艾布鲁齐公爵（Duke of Abruzzi），意大利著名的登山家和北极探险家。

那就可惜了。经过市集之后，我看到一面神气的新招牌写着："公务员宿舍区：市立医院暨公共工程部员工招待所"。从那间可爱的小招待所再过去，便是所谓的公务员"宿舍区"。这是一排只施工一半便闲置不用的平房，这类浪费公帑的建设正是现代巴尔蒂斯坦的特色之一，而这个"宿舍区"肯定是巴基斯坦政府中，某个连穆里都没去过的官僚想出来的东西。不过幸好它们在招待所的后面，所以从招待所的大门处望过去，我们只会看到一群成半圆形的积雪山峰熠熠生辉。

市立医院的负责人国伦，从那一大群跟在我们身后的孩子中，随便找了一个孩子去把招待所的管理员找来。国伦和另外一名老护士，他们两人包办医院所有大大小小的工作。你绝对猜不出那名护士是从哪里来的，答案是"仰光"，够意外吧。医院里一共有六张病床，以及数名鲜少来到此地的医生，可是诊所里每天都有两百名病人来看病，大多数人都是甲状腺肿并发症、结核、支气管炎、眼疾和寄生虫等毛病。

巴基斯坦观光发展公司计划把希加谷地搞成像西班牙的布拉瓦海岸（Costa Brava）之流的旅游胜地，所以这间在英国人殖民期间建造的招待所，最近又重新装修，不但家具全部换新，甚至还装设了电力开关和现代化的管线设备，只是不知道要多久，这些东西才能开始启用。我们的房间里只有一张吊床（可是高级货喔），只是铺着厚地毯的地板也很适合打地铺。管理员匆匆赶来时，国伦便吩咐他去拿茶来，可是等我把茶叶拿给他们之后，又足足等了半小时茶才送来。我只花了不到十五分钟便把卸行李、打开行李、点煤油炉子等工作全部完成了，还烧了一壶水。人说"熟能生巧"，这句话一点也不错。

**希加，三月十三日**

今早我们上希加去逛逛，结果却遇到一阵狂风沙，幸好蕾秋所在的位置刚好没被风沙刮到，为了躲开这种危险，我们必须改走别的路线，等风势稍微减弱，再快步越过它来到一个比较安全的悬崖壁面。结果，我很快便发现其实这里也不是真的很安全，因为有个小屋子那么大的土块就落在步道前方五十码的地方。在喀喇昆仑山区即使随便走一小段路，也常会碰到类似的状况，绝对不会让人觉得无聊。

我们在这座悬崖的顶部经过好几户人家，有三名妇女一脸紧张且恳求的表情，不停地向我们招手，要我们过去。我们跟着她们三人来到一个破烂、脏污、昏暗、烟雾缭绕的房间，里面有一名老妇人躺在干草堆上，她身上没有穿衣服，只盖着一件烂乎乎的百衲被，正痛苦地咳着。她的额头滚烫，那一双正紧握着我的手，十分虚弱地颤抖着。她所躺卧的这个空间，其破旧程度绝非我们富裕的西方人所能想象，但是老太太身上却有种绝对不被环境击垮的气质。我在她的身边坐了半个钟头，她家里的人拿了几粒脏兮兮的杏子干给蕾秋，我确信这位受人喜爱的老奶奶只不过是在等死罢了。可是我还是叫她的孙子跟我到招待所去，拿了十粒抗生素胶囊给他，希望他能了解我告诉他的正确服用方法。

吃过午餐后，我们越过招待所旁边的山间急流，然后沿着灌溉渠道上的狭窄小径往上走。我们不时停下来，欣赏喀喇昆仑山脉那种威猛、闪耀之美，偶尔会见到如羽毛般的薄云从山巅飘过。回程时我们经过一大落老房子，看到好多小驴子，居然还看到几只狗呢，它们的体型和柯利牧羊犬一样，不过结实多了，身上有着米色的短毛，耳朵短短，口鼻的形状看起来钝钝的。

希加一直是巴尔蒂斯坦最繁荣的主要谷地之一，因此，本地的某些建筑要比其他地方复杂一些，我猜，这也许是受到那些到本地最重要的清真寺工作的克什米尔人影响。这座清真寺是在"数百年前"盖的，飞檐上有着十分精致的透雕细工，做工显然和巴尔蒂斯坦的粗线条风格不同，屋台有三层楼高，成金字塔状，据说内部非常华美，不过这里的居民都是教规森严的什叶派穆斯林，所以我们妇女连从走廊偷瞧一下内部都不行。

**希加，三月十四日**

市集上方有三座山峰，蕾秋给它们取了个绰号叫"三熊山"，而流经招待所的那条支流，便是从小熊山和中熊山之间贯穿而过。今天我们特地一早出发，要去探访这座小山谷，在快到小镇的边上，我发现了一项设计精巧的水土保持工具。夏季是洪水泛滥最严重的时期，居民便使用许多装了石头的巨大柳条篮子（高约八英尺、直径约六英尺），放在堤防的前方，以减低河水的威力。而在此地的正上方，有一座宝塔形状的小清真寺，看来非常破旧，里面住了一大窝飞禽。不远一个地势较高的地方，便是领主的旧宫殿，这是一栋灰色四层楼高的堡垒式建筑，下方则是领主的新宫殿，一栋粉白色两层楼高的建筑，殿外有一道木梯，向南的阳台雕饰相当简单。从这两栋宫殿看来，绝对没有人可以批评巴尔蒂斯坦的统治者奢侈浪费。

步道来到小熊山和中熊山之间那座背阳的阴冷峡谷时，我们置身于一大落可怕的石堆中，抬头往上瞧，便可清楚地看见这一大堆落石是从哪里坠落下来的。我发现小熊山的顶峰刚好突出于步道的上方，便说："我觉得这好像是小熊山伸出头来的模样。"

蕾秋却回答说："我可不这么认为，我觉得它只是随时可能会掉下来的山石而已。"虽然再过五百年那堆"山石"也不可能会掉下来，但我们还是不由自主地加快脚步离开。

**对往事漠然**

从这座短短的峡谷出来之后，步道又朝着数座闪闪发光的积雪高山缓缓上行。在我们的右手边，也就是这条支流再过去的地方，是一面平滑的积雪山坡，再往上走便可连接到数座高低不平、排成一直线的山峰；至于我们的左手边呢，则是一片平缓、石砾遍布的山坡，这片山坡上面积雪已经完全融化了，正从山上潺潺而下。我看这座谷地即使到了夏天，也绝对不可能是希加山谷的放牧地，因为这上面只有几小块地可以长出青草。不过意外的是，这条步道大部分时候都还相当好走，我一直不懂这是为什么，等

第十二章　春临希加　319

到看到位于我们下方很远的地方,有许多小梯田的遗迹时,真相才告大白。晚上有人大略地告诉我:"那里原本有一座村子,可是后来不知道发生了什么事。"有时候巴尔蒂斯坦人那种对过去的事情(不论是远在远古或近在昨日都一样)毫不关心的态度真是会把人气炸。我相信这座村子的存在,离现在一定不会很久远,因为不论是道路或是田地,一旦没有人照顾就根本不可能存留。当然这条步道并非一路都很平整,像在它突出于这座峡谷上方的几个路段,路面就缩小到几乎没路可走的地步。

虽然我们看到水道那一边的雪地上有许多牲畜走的小径,可是一连五个钟头我们都没有遇见其他任何一个人。我们不时回头望着希加河那一头的多座高峰,它们比暗沉沉的"三熊山"高,而且闪闪生辉;然而眼前的步道突然在渊深的悬崖前终止了,幸好当时我正好没往后看,否则这下已经不在人世了。这座悬崖显然是因为最近发生非常频繁的山脉震动而产生的,从这儿看过去,我们似乎距离积雪的山谷顶部不是很远。从风势的冰冷刺骨(虽然现在是正午,阳光非常温暖),以及我们和周围几座高山的高度颇接近两项特点推断,我们现在所在的高度大约有一万一千英尺。像这样完全不见人迹的水道实在不多见,真佩服巴尔蒂斯坦人居然能在这么糟糕的自然环境下,开辟出一片生存的空间,而这一方孤独宁静的天地也真是深得我心。虽然这一小落被废弃的田地,看起来也还相当不错,不过在我们休息的地方对面有一片长满果树的林子,我想那儿才应该是那个已经消失的村落最可能的所在地。

虽然一连爬了六英里的山路,可是蕾秋却一点儿也不累,我坐下来休息的时候,她仍然在找寻有没有好看的石头可以拣回家。其实我们在招待所的家,现在已经成了一间管理不善的博物馆。在我们往上爬的途中经过了好几处石头地,上面有着各种颜色的大石块,有红、绿、白、粉红、橘、黑、紫各色大石块,有的石块上甚至有好几层不同的颜色呢。步道旁边躺着一大摞白色大理石,仿佛是某座文艺复兴时代的宫殿倒塌而留下的遗迹,路面上还遍布着像黄金般闪闪发光的云母。我们被一大片柔软的铁红色石头地吸引而停了下来,还用两只手挖了一块带回家。

我觉得那座孤独的山谷真是完美极了,它积雪的山坡绵长而优雅,那高起的黄褐色山壁下一大片灰棕色的碎石岩,以及它那气势不凡的积雪山峰。巴尔蒂斯坦的景致真是美得独一无二,根本无法以文字形容,我的秃笔只能描绘出它的万分之一而已。

**希加,三月十五日**

今天整天的活动无法连成一气,不过还是挺有趣的。先是吃过早餐后国伦要求我去检查他的医院,可是因为本地的税务官已经约好要请我们吃午餐,所以只得在附近随便逛逛。我们看到农民们正忙着进行第一次的犁田工作,在那片向阳的梯田上,妇女已经将肥料拌进田里去了,犁田的工作由两头犏牛负责,它们拖着非常粗陋的木制犁具,上面居然连一根铁做的钉齿都没有,然后再由皮绳将它绑在竹制的牛轭上。由于田地刚刚化冻,农民得花上好大的力气才能犁开一行地。牛儿每犁完一行地，立刻有四名农民用一只宽宽的木耙子，把田中大块的土给松开，这时轮到妇女上场了，她们用双手像揉面团似的，把粪肥跟棕色的沃土拌在一起。此时那些耙好土的男士则聚在田边上哈几口水烟筒，顺便把手放在小树枝和草根升起的小火堆上取暖。

**鸡同鸭讲**

我们必须先爬上一道很陡的梯子，再从一大群深棕色的小绵羊当中挤过去，才能进到税务官的家里。然后呢，好不容易来到进门处，偏又遇上两头打架的公山羊，以及正在亲热的一对公鸡母鸡挡住去路。我们在旁人的带领下，从炽热的户外进到一间阴暗、凉爽、天花板很低的屋子里，里面只有一张吊床和一张山羊皮地毯，炉子烧着稀有昂贵的柴火，以本地的传统习俗而言，坐在这种炉子旁边乃是一种地位不凡的象征，因为这显示主人家不需依赖免费的日光来取暖。

这位年轻的税务官身材比一般巴尔蒂斯坦人高，非常强调其职位的重要性。他的英语其实很破，可是又喜欢连珠炮似的说个不停，因此想当然，我们的对话会出现这种牛头不对马嘴的可笑结果。

笔者问：请问渔民是用网子、陷阱还是炸药来捕鱼的？

税官答：是的，敝国政府计划兴建一座大水库，好让全巴尔蒂斯坦都能有电力可使用，为了要建水库，工程师必须要使用大量的炸药。

问：请问在水道上方（用手指给对方看）的那座村子是什么时候被废弃的？村民是什么时候离开的？

答：不会的，我们里的百姓绝对不会离开这座谷地，这里非常富庶，整个希加谷地的百姓都非常富裕，没有人被废弃。

我从别的客人（十二名高中教师）那里得知，每年夏天从希加河里都可以提炼出数量颇丰的黄金，他们在村子里把黄金熔化以后再卖给走私客（趁着夜晚时分进行），走私客再经由契特拉把货运到阿富汗去。其实我觉得这项传闻有过分夸大之嫌，不过倒不失为一则很有趣的故事。

由于午餐还有很久才会准备好，主人为了不想让我们太过无聊，于是便提议要带我们去参观附近的女子小学。这所学校是在一九〇九年，由当时的巴尔蒂斯坦政务代表所设立的，我可没见过这么无用的教育建设了。税务官最多只能到学校围墙上的矮门前，便不能再进去了，这是因为什叶派的严格教规所定，所以我和蕾秋只得在没人带领的情况下进去乱闯了。我们看到两名非常害羞的年轻女老师，正在教三十名小女孩学习乌尔都语的字母和简单的算术。由于教室里的地板积水达数英寸，所以学生们全坐在教室外上课，她们用削尖的芦苇笔沾粉笔灰水，然后在染黑的桑葚木板子上写字，这种类似粉笔的粉在山上随处都可以抓到一大把，等水蒸发了便会在板子上留下清楚的字迹，所以何必浪费钱买墨水呢？我原本希望和那两位老师聊聊，可是她们没想到居然会有"外人"乱闯校园，所以吓得连一句话也说不出来。这就令我想不明白了,何必浪费时间让这些可怜的小女生,被八辈子也用不着的乌尔都语整得七荤八素的呢?我想对这些希加未来的妻子和妈妈们来说,育儿及生理卫生的知识反倒更实用且必要。

**迟来的晚餐**

当我们回到税务官家里时,午餐仍旧未准备好,这时候陆陆续续有不少人进来找税务官商量事情。每一次门被打开,我就会瞧见厨房里的三名长工焦急地守在灶旁,每隔一会儿,他们当中就会有一个人跑出去,用一把小小的斧头劈些柴火抱进来。由于灶火常在劈柴的当儿便熄灭了,等柴火添加进去以后便得再用力扇风,才能让灶上那一大锅米再煮开来。他们三人忙了大半天,终于弄出一顿美味的大餐,有厚厚的煎饼、湿软的米饭、稀稀的肉汁,以及我吃过最硬(我保证绝对是天下最硬)的羊肉。那肉实在太硬了,根本不必费神去咬它,反正一骨碌吞进肚子里再说。不过不管怎样,对三个月不知肉味的我们来说,这餐饭仍旧是一顿不折不扣的大餐。

在回家的途中,顺道拜访警察局的督察总长,他是我们的好友克伯卢领主的妹婿。到了那儿并没有看到任何女眷,只有一名穿着破烂衣裳、打着赤脚的年轻人端来一壶印度茶,以及一盘从拉瓦尔品第来的陈年饼干,这名年轻人还不时地分神去看看,他主人那支价值不菲的珠宝水烟筒。一只滚动着琥珀色眼珠的顽皮小山羊,不时撞进门里来找蕾秋玩,这小家伙果然是号"人物",它一点儿也不害怕主人的怒火,旁边有一大群孩子围着在看我们,他们还把杏子丢给那头小山羊吃。督察总长命令两名男孩送我们回招待所,其中一名男孩背上背着一束干草,另外一名男孩把一大盆大麦顶在头上,想必我们那好心的主人,已经听说我们在市集里到处要买哈兰的粮草却没买到。我真高兴这下哈兰可以饱餐一顿,明天就有力气带我们去达梭(Dasso)了,说不定还可以到阿斯科(Askole)呢。不过情况如何还得视明天的天气状况而定,因为到达梭的路况不知道适不适合马走,反正明天就见分晓了。达梭离此地有三十四英里,所以我估计大概要两天才到得了。

### 尤诺,三月十六日

从我开始记日记以来,已经有好长一段时间不曾像今天一样,身心都极度不舒服。可是我非得勉强打起精神来,好好把事情从头说个明白,不过我并不是在抱怨什么,因为今天的天气实在很棒。

**着蓝西装的归人**

我们才离开希加三英里路,步道便开始往上爬,不过因为坡度非常和缓,所以根本也没察觉在爬坡,一直到我们回过头看,才发现希加的果树林，早已变成蓝色的群山脚下一团红棕色的模糊影子了。这座谷地是我们到目前为止，走过的谷地中地势最平缓的一个，平均宽度约有五或六英里，在希加河的两岸都有村落，不过我们今天几乎看不见希加河。那些村落就位于多座高山的山坡终点之间的山洼里，而我们就在这几处山洼里，一个接着一个地往前走，越过好多处荒凉的冰碛地。一旦离开了希加河左岸的绿洲带，到了这一带便没有什么可耕地，但对岸那边可就有数百座的梯田，不过此刻那些梯田还积着厚厚的雪呢。在我们的右手边，每隔几英里路便会出现一座狭窄的小山谷，坐落在积雪的高山之间。在河的那一边，有座积雪的高山从谷地底部拔地而起，在耀眼的蓝天下形成一幅美不胜收的画面。在山谷的顶部我们亦见到数座积雪的高峰交会，这里就是巴尔都和巴斯纳两条河汇流成希加河的地方。

途中我们休息了两次，吃点东西解馋，玩堆沙堡的游戏，晒晒日光浴，以及膜拜这片自然美景。在村子外我们没遇见任何人，不过在第一次停下来休息的时候，倒是见到一个人。这名年轻男子穿着一套廉价的天蓝色西装，里面穿着一件粉红色的衬衫，脚上是一双亮晶晶的塑料皮鞋，他这一身打扮在山林之间真是十分抢眼，因为这里的人都穿得非常朴素。显然他是搭乘昨天抵达斯卡杜的那班飞机来的，现在正在回家的路上，他的手上提着一个鼓鼓的巴基斯坦航空公司的袋子，想必里面是要送给家人的礼物吧。不过从他的表情也可以很明显地看出来，他不是那种对外国人很友善的本地人，他不理会我们的招呼。我发现这人一看就很讨人厌，因为他有着一副冷硬、愠怒的脸孔，而且眼神不定。

自从我们离开斯卡杜之后还没见过吉普车呢，因此当我们听到四点钟方向传来吉普车声时，真是十分意外（这条使用频率极低的吉普车道可直通山谷的顶部）。我们从后方的山脊望过去，一辆"世界卫生组织"的蓝色吉普车映入眼帘，车上坐着我们在斯卡杜的好友，他们正开车到附近区域进行卫生检查的工作。他们听说我们从希加走了二十一英里路来到这里，居然没有安排晚上的住宿，都觉得很不可思议，因此主动表示要帮我们在最近的村子里安排住宿的地方。其实我是觉得，我们自己这样乱走乱闯的，也不会有什么呀。我觉得这种讨厌的气氛可能部分要归因于，我们和这些"多管闲事的旁遮普人"扯上关系的缘故吧（巴尔蒂斯坦人把所有的巴基斯坦人都当做旁遮普人）。

**寄人篱下**

我们从下一座圆丘的顶上，看到尤诺（Yuno）就位于一座陡直、荒凉的山脉的山脚下，而村落下方的梯田里则依旧积着雪。然后我们又遇见了折回头的吉普车，旁边有一大群男人和年轻人护送他们离开，他们两位称这些人是"石器时代的人类"，然后把我们母女交给一位其中年纪最长的男子，便走了。当吉普车驶离了之后，这名男子不知道为了什么原因，又把我们转托付给这一个非常刻薄的家庭，他们非常明白地表示，根本不想与我们有任何瓜葛。

有时候语言障碍会给事情染上一种不真实的色彩,此刻我们站在一棵巨大的法国梧桐树下,由于太阳已经落到山后,因此天色立即转为灰色,气温也突然间变得冷起来了。我们的"监护人"正和几名嗓音很尖锐的女人,叽里呱啦地激辩着,那几名女子从屋台的边上瞪着我们,好像我们身上感染了瘟疫似的。那一群人说话的速度非常快,口气也很凶,所以我完全猜不出他们到底在吵些什么,不过很明显地,她们非常不欢迎我们。当我正打算向蕾秋说,我们最好继续往前走到下一个村子时,我们的"监护人"突然举起双拳挥向那群妇女,口中还嘟囔着一串骂人的话,这一场争吵便瞬即鸣金收兵。那名男子招手,要我们爬上一条很陡的小路到他们的家里去,那家人的家里最近新加盖了一个房间,看来似乎是这个村子里最棒的一户房子。当我为哈兰卸下行李和马鞍的时候,旁边有十多名男子围观,可是居然没有人出手帮忙,而且蕾秋发现,那间新的房间居然是从一扇窗户进出的。那些围观的男子看到我把东西一一搬进房间时,都窃窃私语、偷偷讪笑。这个房间约有十英尺宽、三十英尺长,房里还有一座柴火放置得太多的大壁炉。不一会儿,蕾秋和我都开始流起汗来,因为我们早已习惯住在冷冷的房间里,单靠厚衣服保持温暖。当我坐在离火炉最远的地板上、用我自己带来的蜡烛写今天的日记时,依旧热得汗流浃背。而蕾秋更是可怜,虽然她今天走了一整天的路,早就累瘫了,却被这难以忍受的热度,以及身边的嘈杂声,闹得无法入眠。这户人家的每个人似乎都有严重的干咳,这也难怪,因为他们宁可忍受这样的高温,以换取在巴尔蒂斯坦这种寒冷的地方,只穿着单薄的衣服。

**不友善之家**

好了,现在我就言归正传,从我们一进门的时候从头说起。我们一进到房间见到的头一个人,便是早上遇见的那名着"蓝西装"的年轻人,他正一脸臭臭地坐在火炉旁那张吊床的边上,那对极不情愿接待我们的老公婆是他的祖父母,而他的返乡正引起一阵非常激烈的情绪,每个来看他的人,不论是男人还是女人,全都激动得落泪。他们热情地拥他在怀里,非常疼爱地亲吻着他。

当我打开行李拿出煤油炉子准备泡茶的时候,"蓝西装"突然很无礼地问我:"你是穆斯林吗?"而我的答复显然令他非常不满。过去我只有在东土耳其遇到过对异教徒的敌意,这种情况并不多见,可是当你发现对方有这种偏见时,多少会觉得不自在。当我拿出茶壶,很礼貌地请主人给我一些水时,我发现全屋子的人竟然都瞪着我看,他们既不说话,也没任何动作,就这样沉寂了一阵子。这时候"蓝西装"开口了:"我们村子里没有水,你们干吗不到下一个村子去呢? 他们那儿有水,而且也有招待所,只要再走一英里就到了啊。"到了这个地步,我真是后悔刚才没有直接掉头就走,可是现在行李已经全部打开了,而且这家人还非常过分地向我收取十卢比的费用,却给哈兰一份质量很差的饲料,因此我无意在这时离开。再者,我很清楚下一个村子里根本没有招待所,而且离此至少还要再爬三英里的上坡路。

蕾秋一听到那家伙跟我说这儿没水,马上很坚定地表示:"一个村子不可能没有水。"说完立即提起水壶从窗户爬出去,一溜烟便不见了。过了十五分钟以后她终于回来了,脸上带着一副困惑的表情,不过茶壶里倒是装了满满一壶不很纯白的雪。"真的,这个村子里居然没有溪水,没有灌溉渠道,也没有水井,我只好到田地去挖些雪回来,而且我是从下面一点的地方挖的,这样才不会太脏。"女儿真是贴心。

这一整个晚上,主人家没有表现出半点待客之道,不像我们以往待过的任何一户巴尔蒂斯坦人家,即使生活再穷困,都会立刻奉上一些杏子干,或是杏子果仁之类的东西招待客人。此刻这屋子里的十五个人,吃着非常少量的薄煎饼配融化的雪水当晚餐,我想他们只能祈盼好几个小时以前他们吃过的一些杏子,能够填补胃里的一些空隙。(难怪古时候中国的地理学家会把巴尔蒂斯坦人称为"以杏子维生的藏族人"。)或许是为了庆祝"蓝西装"的返乡,主人仍旧不停地往炉子里添加柴火,我真的快要热昏了。以巴尔蒂斯坦人的标准而言,这一户人家可算得上是脾气暴烈,从我们进屋到现在,他们几乎吵个没停,男人和女人在谈话当中都不时提高音量。现在是十点十五分,一般的巴尔蒂斯坦人在这个时候早就上床了,可是这家人才刚开始谈起一堆琐事,而且外面还继续传来砍柴的声音。我们的主人一边讲话,还时不时转过来瞧我一眼,那眼神几乎带着憎恨,至少在他头上的壁龛里的油灯映照下看来是如此。他是一名身材高瘦的男人,有着长方且苍白的脸孔,以及一把黑色的胡子。他和家中其余成员一样患着严重的眼疾,而他脸上的表情是我见过最缺乏笑容的,真不知道什么时候他那张紧绷的脸,才会稍微放松一下。

我要上床了,不过我很担心可能要失眠了。

**席尔迪,三月十七日**

昨晚真是非常不舒服,我们在那片积满厚厚一层灰土的地板上打地铺,蕾秋搞了很久终于因为累极了而睡着。不久我也设法从她身边硬挤出一小块空位躺了下来,可是接下来的一个钟头,主人继续为烧得旺红的火炉添进柴火,水烟筒也继续不停地呼噜噜地响着,那一家人也彻夜争吵着,我则被闷热的气温烤得流汗不止。每当我好不容易快入眠,就又被热醒,或被他们的谈话声吵醒,再不然就是被跳蚤咬醒。恍惚中,我听到他们还一度非常激烈地谈到克什米尔的事情,"蓝西装"带来许多最新的拉瓦尔品第的消息。

**头一遭遇贼**

现在是凌晨一点四十分,大伙儿差不多全躺下了(只有男主人例外),这个房间里一共睡了十九个人,不过还有好几名婴儿没算在内,虽然距离天亮的时间已经所剩不多了,但那些小婴儿还是不时传出一些声音。我口渴极了,最后终于昏睡过去,可是却被蕾秋的大脚给踢醒。她的脚踢在我的鼻子上,痛死了,害我流了好多鼻血,我只得脱掉脚上的袜子把血给擦掉。天啊,这真是一言难尽的一晚,足以列入我生平十大痛苦之夜的排行榜。

五点四十分,我们的男主人便起床了,他将一把带嘴的茶壶放进火炉旁一个盛着雪水的大锅子里,接着便出去进行他在祈祷前的净身仪式。太阳一升起他便进屋了,身子朝着麦加(差不多是那个方向啦),然后开始大声地念着祈祷文。其他男士也跟着依样画葫芦,我也从那口大锅里取了些水来泡茶(虽然"蓝西装"曾小声地制止我)。由于流了一整晚的汗,我和蕾秋都处于严重脱水的状态,根本顾不得这茶没加糖,而且喝起来似乎觉得不太干净,一下子就连灌了两壶茶下肚。我们两人的早餐是杏子加萨图,主人家则吃一小块面包配加味茶。

当我们把所有的东西打包好以后,我便和蕾秋出去上厕所(常吃杏子干会帮助你养成定时排泄的好习惯)。回程的时候我们顺便浏览了一下希加河那一边的山景,积雪的山顶被长串粉白色的云雾所围绕,随着太阳自东边的山脉逐渐升起,这一串云雾也快速地依次变成金黄色。

当我牵着哈兰要出发的时候,我发现至少被偷掉价值五卢比的煤油。虽然我们一向都很习惯随便把东西丢着不管,可是这还是我们头一回在巴尔蒂斯坦遇到贼呢。这家人偷偷摸摸的手段真的很下流,我已经给了他们三品脱的煤油,供他们那墨水瓶做成的油灯使用,还给了他们十二盒火柴,以及蕾秋那件滚毛边的厚夹克,这件衣服在斯卡杜的 K2 商店(位于新市集的一家二手商店)里,一件要卖七十五卢比呢。我故意让他们知道,我已经发现煤油被偷的事,可是我想最好还是别撕破脸,虽然这些人不太可能会伤害我们,可是这些人显然不是什么好人,而且在这种荒村野店里,实在不能完全信任那些带有偏执观念的人。

我们在快到下一个村落前停下来喂哈兰喝水,这里也是希加山谷中最后一座村子,有好几条夹带着泥沙的小溪流经我们的步道。之后我们沿着山脉的外围一路向上走,途中经过好几处小型的坍方。差不多九点的时候我已经汗流浃背了,幸好现在是下坡路段,当我们来到一片雪原,这时地面上正闪烁着那种在融雪之前特有的如丝缎般的奇异光芒,这一片地面上满布巨大的石块,而在这些有如"储藏室兼暖房"的大石旁边,已经长出了几丛百里香树。我们在这里停了半小时让哈兰吃个过瘾。

**蜀道难行**

下一座村子便是达梭,它位于巴尔都谷地上方十多英里处。希加谷地的顶部离此地不远,由于山谷两侧的山壁坚如堡垒,所以巴尔都河及巴斯纳河只能找到一条窄小的路径,穿山而过。我仔细地看了看尤诺上方那些陡直的积雪山脉,心里正纳闷着,为什么没见到融雪之水从山坡上流下来呢,这些山脉顶峰的积雪非常多,而雪融之后总该有个去处啊,那些水究竟流到哪儿去了,真是非常奇怪。

我们的步道终于在谷地的顶部结束了,不过我相信公共工程部(或者是某个单位)的人,一定花了不少工夫想要改善此地的交

第十二章 春临希加 333

通状况。因为我们的步道向下走到了河面的高度,我相信在夏季,这条步道一定局部被河水淹没,因为我们可以见到,在头顶正上方那座山上的另外两条步道的遗迹。它们的路面都有十多处被雪崩、落石和坍方毁损的痕迹,不过其中有一条步道可能每年都曾经修缮过,以应付夏季期间的交通。

不一会儿我们的步道就变得很不适宜哈兰行走,因为脚下满布着松散的圆形河床石,而且两边都积着数英尺的雪。再接下来却又换成让我很不好走的路况,路上积着数英寸高的泥浆,旁边的雪又太软,根本无法承受我的体重。当我们一路朝东走,巴尔都谷地也随之变窄,我们看到右手边的山坡上,堆着好几大摊刚崩落不久的雪堆,看得我们胆战心惊。这附近的山脉比河那一边的灰色石质山壁要破碎得多,最后步道在雪地上转个弯,朝向巴尔都河前进,于是看到了一条河面不及四十码宽的豆绿色急流,向前奔腾而去。接下来我们遇到一座高高突起的大石块,哈兰两度被背阳那一面的积雪给滑倒,虽然蕾秋已经下来自己走,我们也把它背上的行李给堆得高高的,可是它还是好几次,似乎要从步道的边缘坠落到深谷里去似的。由于步道的两侧都积着厚厚的冰雪,所以我实在无法测出这条步道究竟有多宽,好几次我用手戳进以为是坚硬的路面,没想到它却突然消失不见。然后我们转了个弯,赫然发现前方的路段上有一大片崩雪横躺在险峻、积雪的山上。我看了一下手表,时间是十一点四十五分,正是雪崩最活跃的时段。虽然我们离达梭还不到五英里路,可是现在阳光十分炙热,经验告诉我,这种时候最好别冒险。

蕾秋非常生气:"我们就快到达梭了呀,你干吗大惊小怪?你一向都不会这样的啊,为什么我们今天要往回走?"

我坚定地回答她说:"因为现在有大麻烦了,我的经验告诉我,不可以小看它。现在请你下马来好吗?我们得尽快离开这里。"蕾秋也没再啰嗦,她一向是个听话的孩子,反倒是要让哈兰掉转头来比较麻烦,因为在这条窄窄的路面上,凸起了一块大石头。

我们好不容易从那块凸起的石头上走过时,我重新把行李调整好,然后让蕾秋再回到哈兰的背上。接着她又提起刚才的话题:"为什么你知道我们应该回头呢?我们以前还不是也走过比这条路更危险的路吗?"

"没错,可是现在是三月中旬,而且已经快到中午了,而这又刚好是一座会雪崩的山,在这种生死无关乎个人技术或小心谨慎的情况,当然应该往回走。在一些危险的路段上,只要我们小心走就没事了,可是遇到雪崩,再怎么小心也是没有用的。"

"喔,我懂了。"我希望她真的能明了我的用意。

回程途中,我们原本想绕道去看看希加河的发源处,也就是巴尔都河与巴斯纳河汇流的地方,可惜未能如愿以偿。因为我们得先经过路面上满是松散的石头,还结了厚厚的雪的羊肠小道,才能到达巴尔都河的边上。当我们到达河边的时候,对岸恰好也有六名男士要过河,这一群人是我们离开尤诺之后首度遇见的村民。我们先前在步道上时已经看到他们的踪影了,那时他们像几只蚂蚁越过一大片冰雪,朝我们这个方向逼近,他们每个人都背着一个大羊皮袋,我们向他们行礼致意,可是他们却只是呆呆地瞪着我们。反正这是一般巴尔蒂斯坦人对我们母女俩的正常反应,我们也见怪不怪。他们拉起了长衫的下摆,把它与背上的羊皮袋绑在一起,然后三个人一组地互相把手搭在同伴的肩上,再借助拐杖的力量来帮助平衡,开始慢慢地过河。这条奔腾的河水足有腹部那么深,后来我才恍然大悟,他们全是为了礼让我们,才要忍受衣服浸湿的痛苦。他们遇到的主要困难倒不在于奔腾的河水,而是河床上移来动去的石头。他们当中有三位年纪较长,而其中体格最瘦弱的那位,便不幸在河中摔了一跤,他背上的袋子也泡到河水里,幸好袋子里装的是奶油,倒是没有什么损失。

当这一群人走了以后,我们仍旧坐在河边,俭省地吃着几粒杏子充当午餐。哈兰倒是最有口福,居然有大麦可以吃,它是这趟旅行中吃得最好的一"人"。当我把蕾秋抱上马时,发现她的体重只剩下三个月前的一半而已。

### 险些流离失所

继续往谷地下行时,阳光依旧炙热,空气却非常清新,虽然我们"出师未捷",可我还是认为今天的行程非常愉快。而且今天的行程还凸显出一个奇特的现象,那就是饥饿和睡眠不足在这里并不会构成任何问题,这究竟是因为高度的关系,抑或是因为巴尔蒂斯坦的景致实在太美了,所以让我们乐得忘记了所有的不适呢?不管真正的原因是什么,坐飞机旅行还是最方便的了,只要在飞机上睡一小时,再加上几粒杏子,就可以轻轻松松游览二十二英里路。

当我们抵达席尔迪(Sildi)的时候,已经是下午五点半,看来我们好像又要流离失所了。我们首先遇见四名男士,他们不知道是听不懂我的问话,还是故意假装不解(我认为后者的成分比较高),总之就是无功而返。当我继续往前走时,忽然看到一座屋台上有一位面容非常慈祥的老妇人,我还没来得及开口说话,她便招手叫我把哈兰牵到她的屋子旁,接着再用手指着三十多码外一户只有一个房间的屋子,原来那正是她已婚的孙子的住家兼店铺。她的孙媳妇有两个孩子,分别是三岁和一岁,他们的脸也是非常肮脏,脓疱还流着脓呢,不过他们全都非常和气开朗。主人取来我们要的水,他的小铺子里居然也卖糖(一席尔要九卢比,因此我发现村子里的人一次都只买几汤匙而已),不一会儿我就有了一壶非常甜的红茶可以享用。其实在家的时候,我晚上是不喝茶的,可是在这里只好将就一下,以茶代威士忌。主人家的小房间里一下子便挤满了好奇的村人,刚开始的时候大家都对我们非常友善,可是后来有一位身材高大、态度傲慢、相貌英俊的年轻毛拉也来了,他对我们非常无礼。当他坐在火炉边时没人敢理会我们,可是当他一走,所有的人全都松懈了下来。我们的年轻女主人从厨房里端了四张薄煎饼给我们,而老奶奶则在厨房里准备晚餐。当我们狼吞虎咽地吃掉这四张饼、喝光两壶茶之后,蕾秋几乎站着睡着了,可是我找不到地方让她躺下来睡,幸好后来男主人、女主人以及男主人的五位朋友,拿了一块祈祷的地垫铺在房

第十二章 春临希加　337

间中央的地板上。当我把蕾秋的睡袋铺好让她睡下时,主人家的两个孩子也挨着她的身边躺下,身上盖着破不成样的旧被子。这个时候小店铺的生意突然热闹了起来。店里头那座六英尺多高、三英尺多宽的自制货架上,放着一些沾了灰的茶叶、岩盐、羊奶油、糖、香烟,各种颜色的玻璃手环和香皂等等。

老奶奶把男女主人的晚餐给端了过来,包括一小碗看来蛮恶心的灰色液状物,以及六张薄煎饼(男主人吃四张、女主人吃两张)。吃完晚餐后已经八点半,睡觉的时间到了,我们的女主人躺在两个孩子的中间,顺便还喂那一岁的小女儿喝奶。男主人则睡在一张窄窄的吊床上,身上盖着屋里唯一一件够暖的被子;在巴尔蒂斯坦,女人家的地位形同一只会说话的动物。

**希加,三月十八日**

昨晚我又睡得很不安稳。我躺在蕾秋和那名三岁小男孩中间,那小家伙一整晚都抽抽搭搭地低泣着,他妹妹的情况也好不到哪里去,也是一整晚哭着、咳着。这当中我们的男主人曾经把老婆叫上床去,可是等到事情办完了以后,她又躺回地上来。还有恼人的跳蚤,也扰得我一夜不得安眠,这些刚从冬眠中醒来的恶棍,简直像饥饿的狮子似的,蕾秋在睡梦中不停地拍打、咕哝和搔抓,不过她倒是没有真正醒过来。

我们在早上七点四十五分出发,满心愉悦地走完这十四英里路回到希加。当我们在小村子暂停一下想找些食物时,发现居然有个小杂货摊,在货架的最上一层,放着一包不知道摆了多久的四盎司饼干,我还买了两枚鸡蛋,然后在身旁一群人的众目睽睽之下,当场三两口就把这一堆东西吞进肚里去。

我们看到田间有更多的人在犁地,每一组都是由三到四个人驱使两头动物进行工作。我们还看到有四名男子两两成对地自己拖着犁,因为他们的两头犏牛翘工跑走了,一大群小男孩开心地在后面追着。我们在希加谷地里看到非常多的载货小马,它们的个子很小但很结实,身上的毛很长,跟我们的老哈兰长得完全不同,哈兰的体型较瘦、四肢很长,以它的体型来说,的确很不适宜走在巴尔蒂斯坦窄小的路面上。(我确信哈兰有外国马的血统。)拥有一匹载货小马,在本地来说,可是一项了不起的地位象征,因为养马的饲料费用很昂贵,而且大多数的本地人都习惯把重物扛在肩膀上,所以他们常随身携带一支"拐杖椅",这种手杖的顶端有一块长木头,当人们从雪地上长途跋涉之后,可以当做椅子坐下来歇歇腿,或是在人们身上背负着很重的货物,没法坐在石头上休息的时候都很好用,不需要借助别人的帮忙便可站起身子来赶路。

**巴尔蒂斯坦的苦命人**

我们今天曾数度停下来休息,有一次坐在大石头上喘口气,旁边正好也有三名背着重物的男子在休息。他们还带了一头脾气非常温驯的犏牛,以及一只公山羊,它的两只角上套着皮绳子由主人牵着,这三个人的样貌正是典型的苦命巴尔蒂斯坦人。先说说里面最年长的这位吧,他脚上没穿鞋,脸上有道尖尖的鹰钩鼻,一嘴乱七八糟的络腮胡,身材高瘦、衣着褴褛;再说说年纪居中的这位吧,他的个子比那位老先生矮一些,身上披了一条满是补丁的长披巾,脖子上垂挂下肿得很大的甲状腺,所以他的声音非常刺耳。至于最年轻的那位呢,他只有一只眼睛是好的,一张带有蒙古血统的大脸,负责牵那头山羊,从他的神情判断,他似乎有些弱智,腿还有点跛。当他们在我们旁边停下来的时候,那名老者口里喃喃地说了些话,似乎是在回答我的问候。他们三人静静地站着看了我们好一会儿,然后才慢慢地坐到那块大石头上休息,然后他们又继续静静地看着我们,他们的犏牛和山羊也和主人一样,静静地看着我们。我忽然发现自己正想着(或者应该说是觉得),他们三个人与他们养的牲畜之间的共同之处,说不定比他们和我们之间的共同点还要多一些呢。我立刻被自己对这三名人类同胞的非自主性反应给吓了一大跳,这种反应违反了每个宗教以及各族裔之法典的教诲,当然亦违反了联合国宪章,以及我个人的行事原则;可是有的时候那些非自觉性的反应,是不是可以迫使人更看清事实的真相呢?从以前我就常常在想,人与人之间的地位到底有多平等呢,暂且先忘却所有的原理和原则,如果从一出生便将这三个人送到富裕一些的巴基斯坦或爱尔兰家庭里,由充满爱心、受过良好教育的养父母将他们养育成人的话,他们的现状将会是怎样一番景况呢?

我开始怀疑,在他们改信伊斯兰教之前,其实巴尔蒂斯坦人受到佛教的影响仅仅是表面上的,这是基于他们那么轻易就改变了信仰而做出的判断。就拿藏族人来说吧,在他们的土地上也有不少基督教和伊斯兰教的传教团体,可是改变信仰的藏族人却很少。我觉得巴尔蒂斯坦人和邻近的西藏西部的游牧民族一样,可能是属于那种原始的万物有灵论者,所以他们只是对佛教教义略识皮毛而已。

**希加,三月十九日**

这间招待所有数项惊喜,其中之一,是我们居然找到一卷淡粉色的卫生纸,它是去年夏天两名游客(一位美国小姐和一位法国男士)留下来的纪念品,他们登记的投宿日期是一九七四年。蕾秋非常兴奋地问:"这里怎么会有这种东西?"当我把原委告诉她以后,她却噘起嘴来:"这两个人有点太那个了吧,行李里面居然还带卫生纸。"

我温和地对她说:"不能光用这种事来论断人,并不是每个人都能吃苦耐劳,像我们一样,用雪球和石头来擦屁股。"

**以一当百的美德**

在巴尔蒂斯坦的生活让我们学会每样东西都可以有好几种不同的用途。就以我们的大背包来说吧,平常它只是一只背包,可是在必要的时候,它就会摇身一变而成窗帘、桌巾、床垫、枕头、像现在我在这间干净的招待所里煮菜的时候,它就变成一块遮布,免得我把地毯给弄脏了。如此举一反三,像我那罐已经吃完了的营养饮品的盖子,正面可以拿来当做茶托或是烛台,反面可以拿来当做镜子;我们的平底锅,可以拿来装哈兰的饲料盆,指甲刷可以拿来刷衣服,也可以拿来刷锅子、刷靴子、清洗马铃薯;至于盛水盆呢,可以当做洗脸盆,逼不得已的时候,还可充当夜壶。说不定不久以后,我们西方世界的人也都得学会这种一物当百物用的节俭美德呢。

虽然附近有好几条河流,可是这间招待所的水源供应还是不太好。我一直就弄不懂,为什么我们的茶水总是带着一股浓浓的肥皂味儿。管理员是在往上游走差不多十码的地方取水的,结果今天他刚好人不在,我才发现,原来是有好几名妇女躲在两块大石头中间洗衣服的缘故。

## 斯卡杜,三月二十日

今天就要回斯卡杜了,心里真是有一股依依不舍之情,因为这段路,将是我们与哈兰一起走过的最后一段路程。不过因为空气中充满了春天来临的气息,所以我们的情绪很快便好转了。果园里的积雪已经全部融化,叶子纷纷抽出新芽,鸟儿也都出来高歌。八天前我们经过此地时,河的两岸还都积着厚厚的雪呢,可是现在已经长出嫩嫩的青草,谷地的地面现在已是一片灰棕色的沙地,步道的路面也已经变干变硬了。

当我们越过那座高高的鞍形山时，我们在那座孤立的山脚下，整整停留了两个小时。蕾秋在这里盖了一座非常漂亮的沙堡，旁边还有一条很棒的公路系统。而我呢，则坐在大石头上辛苦地敲杏子果仁当我的午餐，记得三个月前，我总是敲不开它们，可是现在我的技巧已经十分熟练了，敲开的果核形状非常平整。当我们起身准备离去时，看到被我丢在地上的这一堆"垃圾"，我忽然想到，真正的巴尔蒂斯坦人是绝对不会这么暴殄天物的，他会小心地把这些果核捡回家当燃料。或许我在巴尔蒂斯坦之所以会生活得这么自在，就是因为他们那种节俭的天性和我非常相投，不像在欧洲，每天都要目睹我们那个"消费者社会"浪费食物、物资和能源。

**再会吧，印度河**

一个钟头以后，我们终于最后一次渡过年轻的印度河。我们站在桥的中央停了一下，望着下方那一条绿色的河水，在有如怪兽般的巨石间奔腾前进，我相信下回我们再经过它的时候，它必然已经变成一条成熟的河了；它的河面将会变宽，水色变成棕色，威力十足地流过艾塔克堡。

斯卡杜的风貌因为雪水融化而改变，这还是我们头一回看见，没有完全被厚厚的冰雪所掩盖的斯卡杜。春天的斯卡杜看起来更不像真正的城镇，每个人都在辛苦地犁地，这些田地就散布在市集和破旧的公家机关，以及单调乏味的驻扎地之间。这里的每户人家都拥有几块田地，不论其本业为何，那些原本在冬季从事办公室工作的人，这会儿也全都跑到户外来了，在烈日下汗流浃背地从事着农务，有些人负责驱赶混种牛犁地，有的人则负责播种，还有的人则忙着用粗陋的木耙子把大块土给耙碎。我们的邻居因为发明了一样省力的工具而洋洋自得，他从一个大柜子上拆下来一个木头盖子，然后在那盖子下面绑了许多坚硬、分岔的树枝，他还让他那笑盈盈的小孙女坐在上头，拉着这项了不起的发明，在田里上上下下、来来回回地犁着地，小孙女也坐得乐不可支。

今天晚上，我终于决定了离开巴尔蒂斯坦的日期，就是这个月的二十四号。不过走不走得成，还得看安拉和天气状况来做最后的定夺。反正早晚都得离开，还是愈快愈好。

## 斯卡杜，三月二十一日

今天是新年（Now Ruz），这是什叶派穆斯林一个非常重要的节庆，因为它已经持续了千年。这个时候过新年似乎比一月一日合理得多，可惜今天天公不作美，早上斯卡杜的天色非常阴暗，气温也很冷，山边满布着乌云。不过朋友们见面都会开心地互相拥抱，人们三五成群地聚在一起摆龙门阵，街上有许多人到处闲逛，见了熟人便互相握握手或者交换涂成紫色、橘色、粉红色或蓝色的彩蛋。通常新年大家都要穿新衣，有些生意做得不错的商人，一身都是全新的装束，甚至包括刺绣精致的无袖皮背心。不过大多数的人并没有多余的钱添新衣,有的人则意思意思穿一件新衣服,像是一些很俗气的平价衬衫或长上衣之类。这些闪闪发光的衣服,总算为今天提供了仅有的节庆气氛。虽然今天是国定假日,不过许多商家都闭着店,这不禁让我想起,先前的穆哈兰姆似乎反倒比较受到本地人的重视。我发现这里的百姓和卡帕鲁的居民不同,斯卡杜人似乎不太擅于营造欢乐的气氛。

**野地足球赛**

下午我们听到远处似乎传来鼓号乐队游行的声音,沙迪克告诉我,每年新来的警员都要和斯卡杜高中的学生来一场足球比赛,届时一定会有乐队伴奏。这音乐与足球的奇妙组合勾起了我的好奇心,所以我们也火速赶往游行场看热闹。在那里果然看到一大群男人以及男孩子在场边跑来跑去,他们一视同仁地为两支队伍加油,这两支球队的球技平平,不过态度倒是非常棒。其实巴尔蒂斯坦并不是非常重视足球活动,在球场的一边排着一小列的位子给观众坐,我们一到场,立刻有人搬来椅子给我们坐。不过我这个"解放派"的女人一出现,便引起在场男士的不自在,这并不是因为这些人待人不友善,最主要是因为,一个没有男伴同行的西方女性,有可能不是什么好女人,所以令他们非常紧张。一名独自旅行的女性对斯卡杜的正统什叶派穆斯林所造成的震撼程度,就和都柏林的百姓见到裸女的情形是相同的。一想到此,非但不会抱怨他们待我太过冷漠,反而很感谢他们容忍我和他们平起平坐。

我们只看到下半场的比赛,在球赛进行间,乐队会随着比赛情况紧张而加快节奏,球出界的时候乐声也随之停止,最后双方的比分是一比一平手。接下来警察队准备表演巴尔蒂斯坦的民俗舞蹈,这时观众的兴致更高了,他们全挤到球场的三边,围成一个⊓字形,而我们的椅子刚好在⊓字的对面,成了个口字,乐队(两名鼓手和一名长笛手)正好坐在我们的对面,舞者分别两个、三个、四个一组地从人群中出场,舞蹈是挺好看的,可是算不上是一流,不过有一对长者舞木剑的表演倒相当特别。其中有两支舞蹈看起来跟西藏舞非常相似,我发现这乃是卡帕鲁地区特有的艺术。所有的表演都由群众以有节奏的掌声伴奏,我还从没见过斯卡杜的百姓如此活泼的一面。

没想到我们的新年日,最后居然以一件不太卫生的事情收场。当时蕾秋已经上床了,我才刚开始写今天的日记,结果我听到一个可怜巴巴的声音说着:"不知道是什么虫子在咬我呢,好像不是跳蚤。"我拿起蜡烛仔细地检查蕾秋身上的咬痕,看来果然不是跳蚤咬的。所以我赶紧又点上另一根蜡烛,亮一点才好捉虫子,结果发现蕾秋的衣服上爬了不少灰色的小体虱。我的天呀!大事不妙,我在去希加以前,就已经把所有的脏衣服给扔掉了,所以我们现在只剩下身上穿的这些衣服。我仔细察看,确定蕾秋身上没有体虱以后,便把她全身的衣服剥光,让她躺到我的睡袋里,然后赶紧检查我的衣服有没有那讨厌的小东西,幸好我的衣服都没问题,不过倒是捉到三只跳蚤。蕾秋现在穿着我的外套和毛衣，以及她自己的雪衣舒服地睡着。体虱这个名字取得真贴切，因为在她的外裤、紧身裤以及袜子里都没找到它们的踪迹，只有上衣里找到一群。我把那几件有体虱的衣服丢在远远的角落里，明天一大早可得把这些衣服好好用开水煮过。我发现我对跳蚤和体虱这两种虫子的反应，可说是截然不同。我觉得跳蚤这玩意儿带着一种漫画式的滑稽模样，所以并不会对它们感到特别痛恨，捉跳蚤有点像是一种运动，需要运用相当的技巧，有时你还会对它们灵活的动作而佩服不已呢。可是今天晚上这一团灰乎乎的小东西，真是让我倒尽了胃口。

**斯卡杜，三月二十二日**

今天是我最不想面对的一天，我把哈兰以四百卢比的代价卖给沙迪克的弟弟，他也住在这附近。我的难过伤心更甚于蕾秋，因此变得有些不近情理，居然不让蕾秋掉泪。蕾秋在这种最需要母亲安慰的时刻，得到的却是我的刻薄对待。我真的没想到情况会这么糟糕，与哈兰分别，简直像心爱的小狗死了一样难过。它是一匹勇敢的好马，虽然它从不说话，可是我非常了解它的个性，现在它与我们分开了，只留下了无比的空虚和寂静。

**斯卡杜，三月二十三日**

今天依旧是个阴天，整座山谷笼罩在一片阴沉之中。除非天

第十二章 春临希加　347

气好转,否则明天就没有飞机起降,不过为了以防万一,今天早上我还是把所有的行李全都分类打包好了。

下午两点半,我们来到了马球场,观看本季的第一场比赛,由斯卡杜镇民队对抗喀喇昆仑侦察员队。这是一项能真正激起巴尔蒂斯坦人热情的运动(范恩形容这种运动是"马上曲棍球"),约有数百名观众挤在"斯卡杜之石"下面观赛。才一看到那么多活泼的马儿打扮得非常华丽地出场,蕾秋已经兴奋极了,完全陶醉在比赛前的紧张气氛。不过在正式开赛之前,先来一场刺激的马上挑桩比赛(译注:骑马者疾驰时以长矛尖挑起打入地里的帐篷桩),两个小时以后马球比赛开始,这场比赛没有我以前在雅欣(Yasin)看到的比赛精彩,既缺乏那种疯狂拼斗的气势,也看不见优雅的技巧,而马儿们在冬季刚刚结束的此刻,体能亦非处于巅峰状态;老百姓队的马儿太瘦,而警官队的马儿又太胖。不过喀喇昆仑的马球比赛是不可能无聊的,最后双方以六比六打成平手,令所有的人皆大欢喜。比赛一结束,我们立即赶赴欢送会,大家为了欢送我,当场开了一罐珍贵无比的雀巢咖啡(容量仅有两盎斯),真的让我感动万分,自去年十二月十八日到今天,我还是头一回尝到咖啡呢。

日落时分,山谷里突然刮起一阵威力强大的南风,此刻是晚间九点半,我来到户外观看天气状况,风力已经减缓,而且在接连三天的阴天之后,天空终于放晴了。康宁汉曾经提及:"'斯卡杜'的意思是指'繁星点点之地'。"而今晚天上的星星看来距离我们好近喔,我真想飞到天上去摘一些星星下来。

想想再过十二个小时,我们就要离开巴尔蒂斯坦了,真的很难接受这个事实呢。

**伊斯兰马巴德,三月二十四日**

我们已经离开巴尔蒂斯坦了,我的心中充满了害怕的情绪。毫无疑问地,高度的改变也是令我感到不适的部分原因之一,我很反常地觉得心情沮丧、头痛,如果有人一直看着我,我甚至会掉泪,而且对任何事都提不起兴趣来。还有,我感觉自己与周遭的奢华环境格格不入,也受不了那种嘈杂、忙乱的二十世纪生活的气息。我非常想念哈兰,我怀念那些美丽的雪峰,那遗世独立的寂静,那份乐天知命的满足感,那稀薄清新的空气,那种面对绝世美景的狂眩,那源源不绝的能量和宁静……

相信我一定还会再回到巴尔蒂斯坦,也许下一次会选在初秋,那时就完全不需要仰仗吉普车的帮忙,我可以沿着窄窄小小的山路,爬到那一座又一座的隘口去。

# 附录

# 装备清单

### 一般类

一顶轻型高山用帐篷
一副骑载两用的马鞍,附有马尾秋、皮带和马镫
一具罗盘兼计步器
一夸脱容量的水瓶
一具小煤油炉
一只两加仑容量的塑胶扁壶
一只铁茶壶
一只平底锅
一支叉子
两把小刀
两支汤匙
两个小塑料碗
两支大塑料马克杯
一支开罐器
一管牙膏
两支牙刷
一块香皂
一个医护包

五十粒盘尼西林药片
一支盘尼西林软膏
五十粒水质净化药片
五十粒磺胺胍药片
两百粒维他命C丸
两百粒多种维他命丸
十五码尼龙绳
一具照相机
十卷胶卷
四张地图
三本大笔记本
十支墨水原子笔
二十支有色的粗头铅笔
一本大素描簿
六本课本
三本练习簿
一只大帆布袋
一只非常大的背袋
一只非常小的背袋

两支手电筒　　　　　　　　十二粒电池

**我的衣物**

一件厚雪衣　　　　　　　　一顶卷边帽
一件尼龙夹克　　　　　　　一副滑雪用丝质手套
一条便裤　　　　　　　　　一副皮手套
两件毛背心　　　　　　　　一件二手德制军用长大衣
两条毛质内裤　　　　　　　一条太空被毯
一件毛衣　　　　　　　　　一具高地用睡袋
一双袜子　　　　　　　　　一具铺棉睡袋
一双登山靴　　　　　　　　一件两用斗篷
一条围巾

**蕾秋的衣物**

一件铺棉雪衣　　　　　　　一条毛料紧身裤
两件毛衣　　　　　　　　　一副绵羊皮手套
一条便裤　　　　　　　　　一件毛料带帽厚大衣
两件毛背心　　　　　　　　一顶有带的硬式骑马帽
一双袜子　　　　　　　　　一具鸭绒睡袋
一双滚毛边的靴子　　　　　一只可充气的垫子
一件法兰绒衬衫　　　　　　一只玩具松鼠

**干粮**

三包两磅装的即食汤包　　　三罐即食饮品

一公斤巴基斯坦奶酪 　　　　　四罐鲔鱼罐头
四罐澳洲奶酪 　　　　　　　　四罐炖牛肉罐头

**随身读物**

菲利波·迪·菲利普的《喀喇昆仑山与喜马拉雅西岭》　　《安娜·卡列尼娜》
伊安·史帝芬斯的《新月》和《巴基斯坦》　　　　　　西蒙娜·波伏娃的《一代名流》
《战争与和平》　　　　　　　　普里斯特利的《文学与西方人》
　　　　　　　　　　　　　　　《莎士比亚选集》

**蕾秋带的读物**

琼·艾肯的《海底下的王国》　　　里奇玛尔·康普顿的《威廉四世》
帕特里克·约翰逊的《公主列传》　休·洛夫廷的《月亮上的杜立德医生》

地图标注：

朗玛冰河
江格冰
哈拉木希岭
巴斯纳河
巴尔都河玛
尤诺
席尔迪
印度河 索渥尔
百怡佳
隆达 门迪
希加河
柴利
（桥梁）
希加
斯卡杜机场
斯卡杜
戈莫
塞帕拉湖
塞帕拉
塞帕拉河

作者旅行的路线 - - - -
0　5　10　15　20（英里）
0　10　20　30（公里）

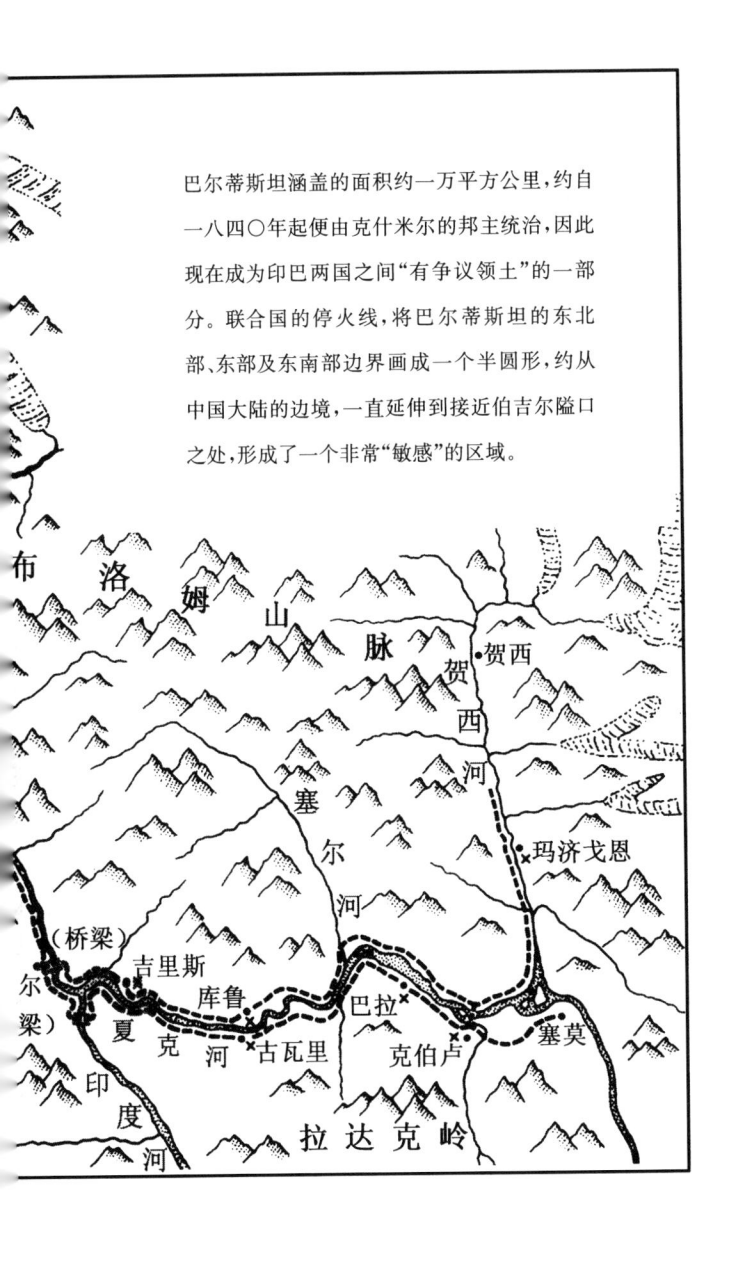

巴尔蒂斯坦涵盖的面积约一万平方公里,约自一八四〇年起便由克什米尔的邦主统治,因此现在成为印巴两国之间"有争议领土"的一部分。联合国的停火线,将巴尔蒂斯坦的东北部、东部及东南部边界画成一个半圆形,约从中国大陆的边境,一直延伸到接近伯吉尔隘口之处,形成了一个非常"敏感"的区域。